007

—No escasean tipos en el Special Air o el Boat Service que sepan manejar bien un cuchillo o un rifle —dijo el hombre en voz baja—. Pero tampoco son adecuados para situaciones, digamos, más sutiles. Además, hay muchos individuos con talento en Cinco y Seis que conocen la diferencia entre... —Echó un vistazo a la copa de Bond— ... un côte de beanne y un côte de nuits, y que son capaces de hablar el francés con tanta fluidez como el árabe..., pero que se desmayarían al ver sangre, ya fuera de ellos o de otros. —Los ojos de acero lo taladraron—. Usted parece ser una rara combinación de ambos.

Carta blanca

books4pocket

Jeffery Deaver

Carta blanca

Traducción de Eduardo G. Murillo

EDICIONES URANO
Argentina - Chile - Colombia - España
Estados Unidos - México - Perú - Uruguay - Venezuela

Título original: *Carte Blanche*
Copyright © 2011 by Ian Fleming Publications Limited
James Bond and 007 are registered trademarks of Danjaq LLC,
used under license by Ian Fleming Publications Limited

© de la traducción: Eduardo García Murillo
© 2011 by Ediciones Urano, S.A.
        Aribau, 142, pral. – 08036 Barcelona
        www.edicionesurano.com
        www.books4pocket.com

1ª edición en books4pocket junio 2013

Impreso por Novoprint, S.A.
Energía 53
Sant Andreu de la Barca (Barcelona)

Fotocomposición: **books4pocket**

ISBN: 978-84-15139-80-5
Depósito legal: B-10.551-2013

Código Bic: FH
Código Bisac: FIC031000

Impreso en España – *Printed in Spain*

*Para Ian Fleming, el hombre que nos enseñó
que todavía podíamos creer en héroes*

Nota del autor

Ésta es una obra de ficción. No obstante, con algunas excepciones, las organizaciones mencionadas son reales. El mundo de la inteligencia, la contrainteligencia y el espionaje se compone de acrónimos y abreviaturas. Como la sopa de letras de agencias de seguridad puede llegar a ser un poco abrumadora, pensé que un glosario sería de ayuda. Aparece al final del libro.

J. D.

«Lo que necesitamos es una nueva organización que coordine, inspire, controle y ayude a los ciudadanos de países oprimidos. [...] Necesitamos el secretismo más absoluto, un cierto entusiasmo fanático, ganas de trabajar con gente de diferentes nacionalidades, y completa fiabilidad política. En mi opinión, la organización debería ser totalmente independiente de la maquinaria del Ministerio de la Guerra.»

HUGH DALTON, ministro de la Guerra Económica, al describir la formación del grupo de espionaje y sabotaje Ejecutivo de Operaciones Especiales del Reino Unido, cuando estalló la Segunda Guerra Mundial.

Domingo

EL DANUBIO ROJO

1

Con la mano sobre la palanca de seguridad, el maquinista de la diésel de Ferrocarriles Serbios experimentó la emoción que siempre le embargaba en ese tramo concreto de la vía férrea, cuando salía de Belgrado en dirección norte y se acercaba a Novi Sad.

Era la ruta del famoso Arlberg Orient Express, que partía de Grecia, atravesaba Belgrado y se dirigía a otros puntos del norte entre los años treinta y los sesenta. Por supuesto, no conducía una reluciente locomotora de vapor Pacific 231, que arrastraba elegantes vagones restaurante de caoba y latón, suites y coches-cama, donde los pasajeros flotaban en vapores de lujo e ilusión. Conducía un trasto abollado procedente de los Estados Unidos que tiraba de una ristra de material móvil más o menos fiable, atestado de cargamento prosaico.

Pero el maquinista todavía sentía la emoción de la historia en cada panorámica que el viaje ofrecía, sobre todo cuando se acercaban al río, su río.

Y no obstante, estaba intranquilo.

Entre los vagones que se dirigían a Budapest, llenos de carbón, chatarra, productos de consumo y madera, había uno que le preocupaba sobremanera: iba cargado de bidones de MIC (isocianato de metilo), que se utilizaría en Hungría en la fabricación de caucho.

El maquinista, un hombre calvo y rechoncho, vestido con una gorra raída y un mono manchado, había sido informado con detalle acerca de aquel producto químico letal. Se lo había comentado su revisor y un idiota del Ministerio de Supervisión de la Seguridad y el Bienestar en el Transporte. Unos años antes, aquella sustancia había matado a ocho mil personas en Bhopal en la India unos días después de que se produjera una fuga en una fábrica de pesticidas.

Había reconocido el peligro que representaba el cargamento, pero, como veterano ferroviario y sindicalista, había preguntado:

—¿Qué significa esto con respecto al viaje a Budapest… en concreto?

El jefe y el burócrata habían intercambiado una mirada de funcionarios importantes y, al cabo de una pausa, se habían contentado con responder:

—Limítese a ir con mucho cuidado.

Las luces de Novi Sad, la segunda ciudad más poblada de Serbia, empezaron a difuminarse en la distancia, y más adelante, a las puertas de la noche, el Danubio apareció como una pálida franja. El río había sido ensalzado por la historia y la música. En realidad, era un marrón y ordinario hogar de barcazas y buques cisterna, y no había ni rastro de barcos iluminados con velas repletos de amantes y orquestas vienesas. No allí, al menos. De todos modos, era el Danubio, un icono del orgullo balcánico, y el pecho del ferroviario siempre se henchía cuando conducía su tren sobre el puente.

Su río…

Miró a través del parabrisas manchado e inspeccionó la vía a la luz del faro de la Diésel General Electric. No había nada de que preocuparse.

El regulador de velocidad tenía ocho posiciones, y la número uno era la mínima. En ese momento corría con la cinco, y pasó a la tres para disminuir la velocidad del tren cuando entró en una serie de curvas. El motor de cuatro mil caballos de vapor se calmó cuando derivó el voltaje a los motores de tracción.

Cuando los vagones entraron en la sección recta del puente, el conductor pasó de nuevo a la posición cinco, y después a la seis. El motor se aceleró y emitió un sonido más intenso, y atrás se oyeron una serie de chirridos metálicos. El conductor sabía que los ruidos se debían a los enganches de los vagones, que protestaban por el cambio de velocidad, una cacofonía de escasa importancia que había oído miles de veces en su trabajo. Pero su imaginación le decía que el ruido se debía a los contenedores metálicos del mortífero producto químico que se alojaba en el vagón número tres, que se empujaban mutuamente, aun a riesgo de vomitar su veneno.

«Tonterías» se dijo, y se concentró en mantener la velocidad constante. Después, por ningún motivo en concreto, salvo para sentirse mejor, tocó el silbato.

2

Tendido en lo alto de una colina, rodeado de hierba oscura, un hombre de rostro serio y porte de cazador oyó el silbato a lo lejos, a kilómetros de distancia. Una mirada le dijo que el sonido procedía del tren que se acercaba desde el sur. Llegaría a aquel punto al cabo de unos diez o quince minutos. Se preguntó cómo afectaría a la precaria operación que estaba a punto de iniciarse.

Cambió un poco de posición, y estudió con su monocular de visión nocturna la locomotora diésel y la larga hilera de vagones que arrastraba.

Convencido de que el tren no iba a significar ninguna alteración de sus planes, James Bond desvió el visor hacia el restaurante del hotel balneario, y una vez más estudió a su objetivo a través de la ventana. El edificio, erosionado por los elementos, era grande, de estuco amarillo con adornos marrones. Por lo visto, era uno de los hoteles favoritos de los vecinos de la zona, a juzgar por el número de Zastavas y Fiats aparcados.

El reloj marcaba las ocho y cuarenta minutos, y la noche era luminosa en aquel lugar, cerca de Novi Sad, donde la llanura Panónica se elevaba hasta conformar un paisaje que los serbios llamaban «montañoso», aunque Bond supuso que habían elegido el adjetivo para atraer al turismo. Para él, amante del esquí, aquellas elevaciones eran simples colinas. El aire de mayo era seco y frío, y el entorno, tan silencioso como la capilla de una funeraria.

Bond cambió de postura una vez más. A los treinta y pico años, medía metro ochenta de estatura y pesaba unos setenta y siete kilos. Llevaba el pelo negro con raya a un lado, y algunos mechones le caían sobre un ojo. Una cicatriz de siete centímetros le recorría la mejilla derecha.

Esa noche había elegido su indumentaria con sumo cuidado. Llevaba una chaqueta verde oscuro y pantalones impermeables de la empresa estadounidense 5.11, que fabricaba la mejor ropa táctica del mercado. Iba calzado con botas de piel desgastadas por el uso, fabricadas para la persecución y para pisar con seguridad en caso de lucha.

A medida que anochecía, hacia el norte brillaban las luces con más intensidad: era la antigua ciudad de Novi Sad. Pese a que ahora era una población alegre y encantadora, Bond sabía que su pasado era tenebroso. Después de que los húngaros asesinaran a miles de ciudadanos en enero de 1942 y arrojaran los cadáveres al Danubio helado, Novi Sad se había convertido en un símbolo para los partisanos de la resistencia. Bond se encontraba allí esa noche para impedir otro horror, de naturaleza diferente pero de igual o peor magnitud.

El sábado anterior, una alerta había llegado a la comunidad de la inteligencia británica. La Jefatura de Comunicaciones del Gobierno (GCHQ), en Cheltenham, había descodificado un rumor electrónico sobre un ataque que se produciría más avanzada la semana:

reunión en despacho de noah, confirma incidente viernes noche, 20, bajas iniciales calculadas en miles, intereses británicos gravemente afectados, transferir fondos tal como se acordó.

Poco después, los escuchas del Gobierno habían descifrado también parte de un segundo mensaje de texto, enviado desde el mismo teléfono, con el mismo algoritmo de encriptación, pero a un número diferente.

reúnete conmigo domingo en restaurante rostilj afueras novi sad, 20:00. mido 1,80, acento irlandés.

Después, el irlandés, que había tenido la cortesía, aunque sin darse cuenta, de facilitarles su apodo, había destruido el teléfono o tirado las baterías, al igual que las personas que habían recibido el otro mensaje de texto.

En Londres, el Comité Conjunto de Inteligencia y miembros de COBRA, el dispositivo de gestión de crisis, se reunieron bien entrada la noche para analizar el peligro que entrañaba el Incidente Veinte, que recibió ese nombre debido a la fecha del viernes.

No existía información sólida sobre el origen o naturaleza de la amenaza, pero el MI6 era de la opinión de que procedía de las regiones tribales de Afganistán, donde Al Qaeda y sus compinches habían decidido contratar a espías occidentales de países europeos. Los agentes del Seis de Kabul llevaron a cabo un gran esfuerzo por averiguar algo más. También había que seguir la conexión serbia. Así pues, a las diez de la noche anterior, los largos tentáculos de esos acontecimientos se habían apoderado de Bond, quien se encontraba sentado en un exclusivo restaurante de Charing Cross Road con una mujer hermosa, cuya prolija descripción de su vida como pintora infravalorada había conseguido aburrirle. El mensaje aparecido en el móvil de Bond rezaba: «ACNOT, llama al DE».

La alerta de Acción Nocturna significaba que se exigía una respuesta inmediata, fuera cual fuera la hora. La llamada al director ejecutivo había abreviado la cita misericordiosamente, y pronto se encontró de camino hacia Serbia, con una orden de nivel 2, que le autorizaba a identificar al irlandés, colocar rastreadores y otros dispositivos de vigilancia y seguirle. Si eso resultaba imposible, la orden autorizaba a Bond a llevar a cabo una detención extrajudicial del irlandés y conducirlo de vuelta a Inglaterra, o bien a un centro clandestino del continente con el fin de interrogarlo.

Por eso, Bond estaba tendido ahora entre narcisos blancos, con cuidado de no rozar las hojas de aquella flor primaveral, bella pero venenosa. Se concentró en mirar a través de la ventana delantera del restaurante Roštilj, al otro lado de la cual el irlandés se sentaba ante un plato casi intacto, hablando con su socio, a quien todavía no había identificado pero que tenía apariencia eslava. Tal vez debido a que estaba nervioso, el contacto local había aparcado en otro sitio y caminado hasta el restaurante, de modo que no contaban con su número de matrícula.

El irlandés no había sido tan tímido. Su Mercedes de gama baja había llegado cuarenta minutos antes. Su matrícula había revelado que había alquilado el vehículo pagando en metálico aquel mismo día, bajo nombre falso, con un permiso de conducir y un pasaporte británico falsos. El hombre tendría la misma edad de Bond, o tal vez sería un poco mayor, medía metro ochenta y cinco y era delgado. Había entrado en el restaurante con movimientos desmañados, pues era patizambo. Un flequillo rubio irregular caía sobre su frente alta, y los pómulos descendían en ángulo hasta una barbilla cuadrada.

A Bond le complacía que aquel hombre fuera su objetivo. Dos horas antes había entrado en el restaurante a tomar un café y había pegado un dispositivo de escucha a la parte interior de la puerta principal. Un hombre había llegado a la hora de la cita y hablado con el *maître* en inglés, despacio y en voz alta, como suelen hablar los extranjeros a la gente de la zona. Para Bond, que escuchaba mediante una aplicación de su teléfono, a treinta metros de distancia, el acento era sin duda del Ulster, muy probablemente de Belfast o alrededores. Por desgracia, la reunión entre el irlandés y su contacto local estaba teniendo lugar lejos del alcance del micrófono.

Bond estudió a su adversario con el monocular y tomó nota de cada detalle. Como le recordaban siempre sus instructores de Fort Monckton, «las pequeñas pistas te salvan. Los pequeños errores te matan». Observó que los movimientos del irlandés eran precisos y que no hacía gestos innecesarios. Cuando el cómplice dibujó un diagrama, el irlandés lo acercó hacia sí con la goma de un portaminas con el fin de no dejar huellas dactilares. Estaba sentado de espaldas a la ventana y delante de su cómplice. Las aplicaciones de vigilancia del móvil de Bond no podían leer los labios. En una ocasión, el irlandés se volvió con brusquedad y miró hacia fuera, como alertado por un sexto sentido. Sus ojos claros estaban desprovistos de toda expresión. Al cabo de unos momentos se volvió hacia la comida que, al parecer, no le interesaba.

Por lo visto, la cena se estaba desinflando. Bond bajó de la loma y se abrió paso entre abetos y pinos muy espaciados, así como maleza anémica, con grupos de flores blancas omnipresentes. Dejó atrás un letrero descolorido en serbio, francés e inglés que le había resultado divertido cuando lo leyó:

Restaurante y Balneario Rostilj

Situado en una región declarada terapéutica,
y recomendado para todas las convalecencias de
operaciones quirúrgicas, de inestimable ayuda para
enfermedades agudas y crónicas de órganos
respiratorios, así como anemias.

Bar con bebidas alcohólicas.

Volvió a la zona de almacenamiento, detrás del cobertizo de un jardín decrépito que olía a aceite de motores, petróleo y meados, cerca del camino de entrada del restaurante. Sus dos «camaradas», como los llamaba para sus adentros, le estaban esperando.

James Bond prefería trabajar solo, pero el plan que había trazado necesitaba la colaboración de dos agentes locales. Eran de la BIA, la Agencia de Información de Seguridad serbia, el nombre más benévolo para una organización de espionaje que podía imaginarse. Los hombres, no obstante, iban camuflados con el uniforme de la policía local de Novi Sad, y exhibían la placa dorada del Ministerio del Interior.

Rostro cuadrado, cabeza redonda, sin sonreír jamás, con el pelo muy corto bajo gorras de plato azul marino. Sus uniformes de lana eran del mismo tono. Uno frisaría los cuarenta años, y el otro, veinticinco. Pese a sus disfraces de agentes rurales, iban preparados para entrar en combate. Portaban pesadas pistolas Beretta y montones de municiones. En el asiento trasero del coche de policía que les habían prestado, un Volkswagen Jetta, había dos Kalashnikov, una Uzi y una bolsa de lona con granadas de fragmentación, algo muy serio, HG 85 de fabricación suiza.

Bond se volvió hacia el agente de mayor edad, pero antes de que pudiera hablar oyó una fuerte palmada detrás. Su mano voló hacia la Walther PPS, giró en redondo y vio que el serbio más joven estaba golpeando un paquete de cigarrillos contra la palma de la mano, un ritual que Bond, ex fumador, siempre había considerado absurdo, afectado e innecesario.

¿En qué estaba pensando aquel tipo?

—Silencio —susurró con frialdad—. Y guárdelos. Aquí no se fuma.

La perplejidad se insinuó en los ojos oscuros.

—Mi hermano fuma siempre que participa en alguna operación. En Serbia, eso parece más normal que no fumar.

Mientras se dirigían en coche al restaurante, el joven había dado la tabarra sin parar sobre su hermano, un agente de alto rango de la tristemente célebre JSO, en teoría una unidad del servicio secreto estatal, aunque Bond sabía que, en realidad, era un grupo paramilitar de operaciones clandestinas. Al joven agente se le había escapado, tal vez a propósito porque lo había dicho con orgullo, que su hermano mayor había luchado con los Tigres de Arkan, una banda carente de escrúpulos que había cometido algunas de las peores atrocidades en los combates librados en Croacia, Bosnia y Kosovo.

—Tal vez en las calles de Belgrado nadie se fije en un cigarrillo —murmuró Bond—, pero esto es una operación táctica. Guárdelos ahora mismo.

El agente obedeció lentamente. Dio la impresión de que iba a decir algo a su compañero, pero después se lo pensó mejor, tal vez al recordar que Bond dominaba el serbocroata.

Bond miró de nuevo hacia el restaurante y vio que el irlandés estaba dejando algunos dinares sobre la bandeja metálica. Por supuesto, no había ninguna tarjeta de crédito susceptible de ser rastreada. Su cómplice se estaba poniendo la chaqueta.

—Muy bien. Ha llegado el momento.

Bond repitió el plan. Seguirían en el coche patrulla al Mercedes del irlandés cuando éste saliera del camino de entrada, y después por la carretera hasta encontrarse a unos dos o tres kilómetros del restaurante. Los agentes serbios detendrían entonces el coche, alegando que coincidía con un vehículo que se había utilizado en un crimen relacionado con las drogas y perpetrado en Novi Sad. Pedirían con educación al irlandés que bajara y lo esposarían. En el maletero del Mercedes guardarían su móvil, el billetero y los documentos de identidad, lo llevarían a un lado y lo obligarían a sentarse mirando hacia el lado contrario del coche.

Entretanto, Bond bajaría del asiento trasero, fotografiaría los documentos, descargaría todo lo posible del teléfono, examinaría los ordenadores portátiles y el equipaje, y después colocaría dispositivos de seguimiento.

Para entonces, el irlandés se habría dado cuenta de que todo era una farsa y ofrecería un soborno sustancioso. Quedaría en libertad para continuar su camino.

Si el cómplice local abandonaba el restaurante en su compañía, llevarían a cabo el mismo plan con ambos hombres.

—Bien, estoy seguro en un noventa por ciento de que los creerá —dijo Bond—, pero en caso contrario, y si planta cara, recuerden que no debe morir bajo ninguna circunstancia. Lo necesito vivo. Disparen al brazo que utilice más, cerca del codo, pero no al hombro.

Pese a lo que se veía en las películas, una herida en el hombro era con frecuencia tan fatídica como en el abdomen o el pecho.

El irlandés salió con sus andares patizambos. Paseó la vista a su alrededor y se detuvo a inspeccionar la zona. Debía de estar pensando si existía alguna diferencia. Habían llegado más coches desde que ellos habían entrado. ¿Detectaba algo significativo en ellos? Por lo visto, decidió que no percibía ninguna amenaza, y ambos hombres subieron al Mercedes.

—Van los dos —dijo Bond—. El mismo plan.

—*Da*.

El irlandés puso en marcha el motor. Los faros del coche se encendieron.

Bond apoyó la mano sobre la Walther, que se alojaba en la funda de cuero D. M. Bullard, y subió al asiento trasero del coche patrulla. Reparó en una lata vacía tirada en el suelo. Uno de sus camaradas había disfrutado de una cerveza Jelen Pivo mientras Bond se dedicaba a vigilar. La insubordinación le molestaba menos que el descuido. El irlandés podía ponerse suspicaz si lo detenía un policía que oliera a cerveza. Bond creía que el ego y la codicia de los hombres podían ser útiles, pero la incompetencia suponía un peligro inútil e inexcusable.

Los serbios subieron delante. El motor cobró vida. Bond dio unos golpecitos en el auricular de su SRAC, el aparato de comunicaciones de corto alcance utilizado para enmascarar transmisiones de radio en operaciones tácticas.

—Canal dos —les recordó.

—*Da, da.*

El hombre de mayor edad parecía aburrido. Ambos se pusieron los auriculares.

Y James Bond se preguntó una vez más si lo había planificado todo bien. Pese a la celeridad con que se había montado la operación, había dedicado horas a formular la táctica. Creía haber previsto todas las variantes posibles.

Salvo una, por lo visto.

El irlandés no hizo lo que debía hacer.

No se marchó.

El Mercedes se alejó del camino de entrada y salió del aparcamiento al césped que se extendía junto al restaurante, al otro lado de un alto seto, de forma que ni los camareros ni los clientes pudieran verlo. Se dirigió hacia un campo infestado de malas hierbas, al este.

—*Govno!* —exclamó el agente más joven—. ¿Qué demonios está haciendo?

Los tres hombres bajaron para ver mejor. El de mayor edad desenfundó el arma y corrió tras el coche.

Bond le indicó con un ademán que se detuviera.

—¡No! Espere.

—Se está escapando. ¡Sabe que lo vigilamos!

—No, es otra cosa.

El irlandés no conducía como si se sintiera perseguido. Avanzaba poco a poco, de forma que el Mercedes se movía como una barca mecida por el oleaje matutino. Además, no había adónde escapar. Estaba rodeado de acantilados que dominaban el Danubio, el terraplén de la vía férrea y el bosque de la colina de Fruska Gora.

Bond vio que el Mercedes llegaba a la vía férrea, a cien metros de donde se encontraban ellos. Aminoró la velocidad, dio media vuelta y aparcó, con el capó apuntado hacia el restaurante. Estaba cerca de una nave de la vía férrea y de un cambio de agujas, donde una segunda vía se desviaba de la línea principal. Los dos hombres bajaron y el irlandés sacó algo del maletero.

«El propósito de tu enemigo dictará tu respuesta.» Bond recitó en silencio otra máxima de las conferencias del Centro de Preparación de Especialistas de Fort Monckton, en Gosport. Debes descubrir cuáles son las intenciones de tu enemigo.

Pero ¿cuál era su propósito?

Bond sacó de nuevo el monocular, conectó la visión nocturna y enfocó. El cómplice abrió un panel montado sobre un letrero situado junto al cambio de agujas y empezó a manipular los componentes internos. Bond vio que la segunda vía, que se desviaba hacia la derecha, era un ramal oxidado y en desuso que acababa ante una barrera, en lo alto de la colina.

De modo que se trataba de sabotaje. Iban a hacer descarrilar el tren desviándolo hacia el ramal. Los vagones caerían colina abajo hasta un riachuelo que desembocaba en el Danubio.

Pero ¿por qué?

Bond giró el monocular hacia la locomotora diésel y los vagones que arrastraba, y vio la respuesta. Los dos primeros coches sólo contenían chatarra, pero detrás, un vagón de plataforma cubierto con una lona llevaba la inscripción «*Opasnost* – ¡Peligro!*». También vio un rombo de sustancias peligrosas, la señal de advertencia universal que alertaba a los rescatadores de emergencias del riesgo de aquel cargamento en particular. Más alarmante todavía, aquel rombo exhibía cifras elevadas para las tres categorías: salud, inestabilidad e inflamabilidad. La A de la parte inferior significaba que la reacción de la sustancia al entrar en contacto con el agua sería peligrosa. Fuera lo que fuera lo que transportase el tren, entraba dentro de la categoría más mortífera, dejando aparte sustancias nucleares.

El tren se encontraba a un kilómetro del cambio de agujas, y aceleró para ganar la pendiente del puente.

El propósito de tu enemigo dictará tu respuesta...

Ignoraba la relación del sabotaje con el Incidente Veinte, en caso de que existiera, pero su objetivo inmediato estaba claro. Como la respuesta que Bond formuló de manera instintiva.

—Si intentan escapar —dijo a sus camaradas—, ciérrenles el paso y deténganlos. Sin fuerza letal.

Saltó al asiento del conductor del Jetta. Dirigió el coche hacia los campos desde donde había vigilado y pisó el acelerador al tiempo que desembragaba. El coche se lanzó hacia delante, el motor y la caja de cambios protestaron por aquel trato rudo, mientras el vehículo rodaba sobre los arbustos, árboles jóvenes, narcisos y matas de frambuesas que crecían en toda Serbia. Los perros huyeron y las luces de las casitas cercanas se encendieron. Los residentes salieron a los jardines y agitaron los brazos en señal de airada protesta.

Bond no les hizo caso y se concentró en mantener la velocidad mientras corría hacia su destino, guiado sólo por una escasa iluminación: un gajo de luna en el cielo y el faro del tren condenado, mucho más brillante y redondo que la lámpara celestial.

3

La inminencia de la muerte lo llenaba de pesar.

Niall Dunne estaba acuclillado entre la maleza, a nueve metros del cambio de agujas. Forzó la vista a la luz mortecina del anochecer y miró a la cabina del maquinista del tren de mercancías de Ferrocarriles Serbios cuando se acercó, y pensó: «¡Qué tragedia!».

Para empezar, la muerte era casi siempre una pérdida de tiempo, y a Dunne no le gustaba perder el tiempo. Era casi un pecado. Motores diésel, bombas hidráulicas, puentes levadizos, motores eléctricos, ordenadores, cadenas de montaje... El propósito de todas las máquinas era cumplir su cometido perdiendo el tiempo lo menos posible.

La muerte significaba dilapidar eficacia.

No obstante, daba la impresión de que esa noche no había otro remedio.

Miró hacia el sur, a las relucientes agujas de luz blanca sobre las vías, obra del foco del tren. Paseó la vista a su alrededor. El Mercedes estaba apartado de la vista del tren, aparcado en el ángulo preciso para mantenerlo oculto de la cabina. Era uno más de los cálculos exactos que había incorporado al proyecto de aquella noche. Recordó la voz de su jefe.

«Éste es Niall. Es brillante. Es mi diseñador...»

Dunne creyó ver la sombra de la cabeza del maquinista en la cabina de la locomotora.

Muerte... Intentó desembarazarse de aquel pensamiento.

El tren se hallaba ahora a cuatrocientos o quinientos metros de distancia.

Aldo Karic se reunió con él.

—¿Qué velocidad? —preguntó Dunne al serbio de edad madura—. ¿Todo va bien? Parece que va lento.

—No, ningún problema —dijo el serbio en un inglés almibarado—. Está acelerando. Mira. Ya se ve. Va bien.

Karic, un hombre similar a un oso, sorbió aire a través de los dientes. Había parecido nervioso durante toda la cena. Según había confesado, no había sido por temor a que le detuvieran o despidieran, sino por la dificultad de mantener ocultos los diez mil euros a todo el mundo, incluidos su mujer y sus dos hijos.

Dunne volvió a mirar el tren. Calculó la velocidad, la masa y la pendiente. Sí: no había problema. En ese momento, aunque alguien intentara parar el tren, aunque un supervisor de Belgrado observara que algo iba mal, telefoneara al conductor y le ordenara echar el freno, sería físicamente imposible detener el tren antes de que llegara al cambio de agujas, que estaba configurado para la traición.

Y se recordó que, a veces, la muerte es necesaria.

El tren se encontraba a trescientos metros de distancia.

Todo habría acabado antes de noventa segundos. Y después...

Pero ¿qué era aquello? Dunne captó de repente un movimiento en un campo cercano, una forma poco definida que ascendía por el terreno irregular en dirección a la vía.

—¿Ves eso? —preguntó a Karic.

El serbio lanzó una exclamación ahogada.

—Sí, lo veo... ¡Es un coche! ¿Qué está pasando?

Lo era, en efecto. A la tenue luz de la luna, Dunne vio el pequeño turismo de color claro, que coronaba lomas y esquivaba árboles y fragmentos de vallas. ¿Cómo era posible que el conductor mantuviera una velocidad tan elevada con aquellos obstáculos? Parecía imposible.

Adolescentes, quizá, practicando sus estúpidos jueguecitos. Mientras miraba el vehículo, calculó primero la velocidad y luego los ángulos. Si no aminoraba la velocidad, cruzaría la vía con unos segundos de margen..., pero el conductor tendría que saltar sobre las vías, porque allí no había cruce. Si se quedaba atascado en la vía, la locomotora lo aplastaría como una lata de verduras. De todos modos, eso no afectaría a la misión de Dunne. El diminuto coche sería arrojado a un lado, y el tren continuaría su mortífera carrera.

Pero... ¡un momento!..., ¿qué era aquello? Dunne cayó en la cuenta de que era un coche de la policía. ¿Y por qué iba sin luces ni sirena? Lo habrían robado. ¿Un suicida?

Pero el conductor del coche patrulla no tenía la menor intención de parar en la vía ni de cruzar al otro lado. Con un último salto en el aire desde lo alto de la colina, el vehículo cayó a tierra y frenó, a escasa distancia de la capa de balasto y a unos cincuenta metros delante del tren. El conductor bajó de un salto: era un hombre. Iba vestido de oscuro. Dunne no le veía con claridad, pero no parecía policía. Tampoco estaba intentando hacer señas al conductor de la locomotora. Corrió hacia el centro de la vía y se acuclilló con calma, delante de la locomotora, que iba lanzada hacia él a unos ochenta o noventa kilómetros por hora.

El frenético pitido del tren estremeció la noche, y franjas anaranjadas de chispas salieron disparadas cuando las ruedas se trabaron.

Con el tren a escasos metros de él, el hombre saltó de la vía y desapareció en la cuneta.

—¿Qué está pasando? —susurró Karic.

En aquel preciso momento, un destello blanco amarillento brotó de las vías delante de la diésel, y un momento después

Dunne oyó un estampido que reconoció: la explosión de un artefacto improvisado, o una granada. Otra detonación similar la siguió segundos después.

Por lo visto, el conductor del coche patrulla tenía sus propios planes.

Que frustraban los de Dunne.

No, no era ni un policía ni un suicida. Era una especie de agente, con experiencia en trabajos de demolición. La primera explosión había volado los pinchos que clavaban la vía a las traviesas de madera, y la segunda había empujado la vía suelta a un lado, para que las ruedas delanteras de la parte izquierda de la locomotora se salieran.

Karic masculló algo en serbio. Dunne no le hizo caso y vio que el disco del faro de la locomotora oscilaba. Después, con un terrible estruendo acompañado de un chirrido, la locomotora y los vagones que arrastraba descarrilaron y, levantando una gigantesca nube de polvo, se abrieron paso a través de la tierra y la piedra astillada de la capa de balasto.

4

Desde la cuneta, James Bond vio que la locomotora y los vagones continuaban su camino, aminorando la velocidad cuando arremetieron contra la tierra blanda, levantando vías y arena, polvo y piedras por todas partes. Por fin salió de la zanja y examinó la situación. Había contado con muy pocos minutos para pensar en cómo evitar la calamidad que arrojaría la sustancia mortífera al Danubio. Después de frenar el coche, había cogido dos de las granadas que habían llevado los serbios, y después saltado a las vías para colocar los explosivos.

Tal como calculó, la locomotora y los vagones habían conservado el equilibrio y no habían caído al río. Había preparado el descarrilamiento donde el terreno era todavía liso, al contrario que el lugar donde el irlandés había tramado el sabotaje. Por fin, entre silbidos, chirridos y crujidos, el tren paró no lejos del irlandés y su socio, aunque Bond no podía verlos a causa del polvo y el humo.

Habló por la radio del móvil.

—Aquí Líder Uno. ¿Están ahí? —Silencio—. ¿Están ahí? —gruñó—. Respondan.

Bond se masajeó el hombro, donde un fragmento de metralla al rojo vivo había rasgado su chaqueta e interesado la piel.

Un chasquido. Por fin:

—¡El tren ha descarrilado! —Era la voz del serbio de mayor edad—. ¿Lo ha visto? ¿Dónde está?

—Escúcheme con atención.

—¿Qué ha pasado?

—¡Escuche! No nos queda mucho tiempo. Creo que intentarán volar o ametrallar los contenedores de sustancias peligrosas. Es la única forma de derramar el contenido. Voy a disparar contra ellos y obligarlos a retroceder hacia su coche. Esperen a que el Mercedes llegue a la zona embarrada que hay cerca del restaurante, y entonces disparen a los neumáticos para retenerlos allí.

—¡Deberíamos ir a por ellos ahora!

—No. No hagan nada hasta que estén cerca del restaurante. Dentro del Mercedes no podrán defenderse. Tendrán que rendirse. ¿Me entiende?

La radio enmudeció.

¡Maldita sea! Bond se abrió paso entre el polvo hacia el lugar donde el tercer vagón, el que contenía la sustancia peligrosa, esperaba a ser destripado.

Niall Dunne intentaba reconstruir lo sucedido. Ya sabía que debería improvisar, pero no había contado con aquello: un ataque preventivo de un enemigo desconocido.

Miró con cautela desde su posición privilegiada, un bosquecillo de arbustos cercano al lugar donde la locomotora había parado, soltando humo, chasquidos y silbidos. El atacante era invisible, oculto por la oscuridad de la noche, el polvo y los gases. Tal vez el hombre había muerto aplastado. O había huido. Dunne cargó la mochila al hombro y rodeó la locomotora hasta el otro lado, donde los vagones descarrilados lo protegerían del intruso..., si todavía estaba vivo y merodeaba por los alrededores.

Curiosamente, Dunne se había sentido aliviado de su torturante angustia. Se había evitado la matanza. Estaba preparado para ella, se había armado de valor para afrontar la situación (cualquier cosa por su jefe, por supuesto), pero la intervención del otro hombre había zanjado el asunto.

Mientras se acercaba a la diésel, no pudo reprimir su admiración por la enorme máquina. Era una Dash 8-40B de la General Electric estadounidense, vieja y abollada, como las que solían verse en los Balcanes, pero de una belleza clásica, y cuatro mil caballos de potencia. Observó las planchas de acero, las ruedas, conductos de ventilación, cojinetes y válvulas, las ballestas, manguitos y tubos… Todo tan hermoso, tan elegante en su sencilla funcionalidad. Era un alivio que…

Se sobresaltó al ver a un hombre que avanzaba tambaleante hacia él, suplicando ayuda. Era el maquinista. Dunne le pegó dos tiros en la cabeza.

Era un alivio que no se hubiera visto obligado a causar la muerte de aquella maravillosa máquina, como había temido. Pasó la mano por el costado de la locomotora, como un padre acariciaría el pelo de un niño enfermo cuya fiebre acabara de remitir. La diésel volvería a estar en servicio dentro de pocos meses.

Niall Dunne se cargó la mochila al hombro y se deslizó entre los vagones para ponerse manos a la obra.

5

Los dos disparos que James Bond había oído no alcanzaron al vagón de las sustancias peligrosas: lo estaba cubriendo desde treinta metros de distancia. Supuso que el conductor de la locomotora y su ayudante habían sido las víctimas.

Entonces, a través del polvo, vio al irlandés. Empuñaba una pistola negra y estaba parado entre los dos vagones llenos de chatarra que iban detrás de la locomotora. De su hombro colgaba una mochila. Parecía estar llena, lo cual significaba que, dado que intentaba detonar los contenedores de sustancias peligrosas, aún no había colocado las cargas.

Bond apuntó su pistola y disparó dos balas cerca del irlandés, con el fin de obligarle a retroceder hacia el Mercedes. El hombre se agachó, sobresaltado, y desapareció en el acto.

Bond miró hacia el lado de la vía del restaurante, donde estaba aparcado el Mercedes. Apretó la boca. Los agentes serbios no habían seguido sus órdenes. Estaban junto al cobertizo, tras haber tirado al suelo al cómplice eslavo del irlandés e inmovilizado sus muñecas con cuerdas de nailon. Los dos se estaban acercando al tren.

Incompetentes...

Bond se puso en pie y corrió hacia ellos agachado.

Los serbios estaban apuntando a las vías. La mochila estaba ahora en el suelo, entre unas plantas altas cerca de la locomotora, y detrás había un hombre. Los agentes avanzaron con cautela acuclillados.

La mochila era la del irlandés..., pero, por supuesto, el hombre que había detrás no era él. El cadáver del maquinista, probablemente.

—No —susurró Bond en la radio—. ¡Es una treta! ¿Están ahí?

Pero el agente de mayor edad no le estaba escuchando. Avanzó y gritó:

—*Ne mrdaj!* ¡No se mueva!

En aquel momento, el irlandés se asomó por la cabina de la locomotora y disparó una ráfaga de pistola, que alcanzó al serbio en la cabeza. Cayó muerto al instante.

Su colega más joven supuso que el hombre tendido en el suelo era el que disparaba, y vació su automática en el cadáver del maquinista.

—*Opasnost!* —gritó Bond.

Pero era demasiado tarde. El irlandés volvió a asomarse por la cabina y disparó al agente más joven en el brazo derecho, cerca del codo. El joven dejó caer el arma y lanzó un grito, mientras se tambaleaba hacia atrás.

Cuando el irlandés saltó del tren, lanzó media docena de balas contra Bond, quien devolvió el fuego, apuntando a los pies y los tobillos, pero la niebla y los vapores eran espesos. Falló. El irlandés enfundó el arma, se colgó al hombro la mochila y arrastró al agente más joven hacia el Mercedes. Ambos desaparecieron.

Bond corrió hacia el Jetta, subió y salió a toda velocidad. Cinco minutos después, ascendió una colina y aterrizó, derrapando, en el campo que había detrás del restaurante Roštilj. Contempló una escena de caos absoluto, mientras comensales y empleados huían presa del pánico. El Mercedes había desaparecido. Miró hacia el tren descarrilado y vio que el irlandés no sólo había matado al agente de mayor edad, sino también a su propio cómplice, el serbio con quien había cenado. Le había disparado cuando estaba tendido boca abajo, con las manos atadas.

Bond bajó del Jetta y registró los bolsillos del muerto, pero el irlandés había despojado al hombre de su billetero y de cualquier otro material. Bond sacó sus gafas de sol Oakley, las limpió, y después apretó el pulgar y el índice del muerto contra una lente. Volvió corriendo al Jetta y salió en pos del Mercedes, hasta alcanzar los cien kilómetros por hora pese a las curvas y los baches que sembraban la carretera.

Pocos minutos después divisó algo de color claro en un área de descanso. Pisó los frenos, controlando apenas el vehículo, y paró, con el coche envuelto en el humo de los neumáticos, a pocos metros del agente más joven. Bajó y se inclinó sobre el hombre, que estaba temblando y llorando. La herida del brazo era bastante grave, y había perdido mucha sangre. Le faltaba un zapato, y le habían cortado el dedo gordo del pie. El irlandés le había torturado.

Bond abrió su navaja, cortó la camisa del agente con la hoja afilada como una cuchilla de afeitar y ató una tira de lana alrededor de su brazo. Improvisó un torniquete con un palo que encontró frente al área. Se agachó y secó el sudor de la cara del joven.

—¿Adónde ha ido?

El joven lanzó una exclamación ahogada, hizo una mueca de dolor y farfulló algo en serbocroata.

—Llame a mi hermano —dijo después en inglés, al reconocer a Bond—. Tiene que llevarme al hospital. Le diré adónde tiene que ir.

—Lo que tengo que saber es adónde fue.

—No dije nada. Lo intentó. Pero le juro que no le dije nada acerca de usted.

El muchacho había revelado todo cuanto sabía sobre la operación, por supuesto, pero ése no era el problema.

—¿Adónde fue? —preguntó Bond.

—El hospital… Lléveme ahí y se lo diré.

—Dígamelo o morirá dentro de cinco minutos —replicó Bond, al tiempo que aflojaba el torniquete del brazo derecho. Manó sangre en abundancia.

El joven parpadeó para contener las lágrimas.

—¡De acuerdo! ¡Hijo de puta! Me preguntó cómo llegar a la E-75, la vía rápida que sale de la autopista 21. Por ahí llegará a Hungría. Va hacia el norte. ¡Por favor!

Bond volvió a apretar el torniquete. Sabía, por supuesto, que el irlandés no iba hacia el norte. El hombre era un estratega cruel e inteligente. No necesitaba que lo orientaran. Bond cayó en la cuenta de que el hombre utilizaba las técnicas del espionaje moderno. Antes incluso de llegar a Serbia, el irlandés se habría aprendido de memoria los alrededores de Novi Sad. Iría hacia el sur por la autopista 21, la única carretera importante que había en los alrededores. Se dirigiría a Belgrado o a cualquier otro lugar cercano desde el que podrían evacuarlo.

Bond palpó los bolsillos del joven agente y sacó su móvil. Llamó al número de emergencias, el 112. Cuando oyó una voz de mujer, apoyó el teléfono junto a la boca del hombre, y después volvió corriendo al Jetta. Se concentró en conducir lo más deprisa posible sobre la superficie irregular de la carretera, y se abismó en la coreografía de frenar y manejar el volante.

Tomó una curva muy rápido y el coche patinó, de modo que cruzó la raya blanca. Se acercaba en dirección contraria un camión grande, con un logo en cirílico. El conductor dio un volantazo y tocó la bocina, irritado. Bond volvió a su carril, evitó la colisión por centímetros y continuó en persecución de la única pista que tenían sobre Noah y los miles de muertos del viernes.

Cinco minutos después, al acercarse a la autopista 21, Bond aminoró la velocidad. Delante vio un destello anaranjado y, en el cielo, una columna de humo que ocultaba la luna y las estrellas. No tardó en llegar al lugar del accidente. El irlandés no había visto una curva cerrada y pretendió guarecerse en lo que parecía un arcén cubierto de hierba, pero no lo era. Una hilera de arbustos ocultaba una pendiente pronunciada. El coche había saltado por el borde y volcado. El motor ardía.

Bond se acercó, apagó el motor del Jetta y bajó. Sacó la Walther y descendió la colina en dirección al vehículo, atento a cualquier amenaza, pero no percibió ninguna. Cuando estuvo cerca, se detuvo. El irlandés estaba muerto. Todavía sujeto al asiento por el cinturón de seguridad; cabeza abajo y los brazos le colgaban por encima de los hombros. La sangre le cubría el rostro y el cuello y estaba formando un charco en el techo del vehículo.

Bond entornó los ojos para poder ver entre los gases y propinó una patada a la ventanilla del conductor para sacar el cadáver. Recuperaría el móvil del hombre y lo que guardara en los bolsillos, y después abriría el maletero para apoderarse del equipaje y los ordenadores portátiles.

Abrió de nuevo la navaja para cortar el cinturón de seguridad. A lo lejos, el insistente aullido de las sirenas aumentó de intensidad. Miró hacia la carretera. Los coches de bomberos se encontraban todavía a unos kilómetros de distancia, pero no tardarían en llegar. ¡Deprisa! Las llamas del motor eran cada vez más agresivas. El humo apestaba.

Cuando empezó a cortar el cinturón, pensó de repente: «¿Bomberos? ¿Ya?».

Era absurdo. Policía, sí, pero bomberos no. Agarró el pelo ensangrentado del conductor y volvió la cabeza.

No era el irlandés. Bond miró la chaqueta del hombre: las letras cirílicas eran las mismas del camión con el que casi había chocado. El irlandés había obligado al vehículo a detenerse. Había degollado al conductor, lo había atado al Mercedes y arrojado el coche al precipicio, para luego llamar a los bomberos y así entorpecer el tráfico e impedir que Bond lo persiguiera.

Por supuesto, el irlandés se habría llevado la mochila y todo lo que había en el maletero. Dentro del coche, no obstante, sobre el techo invertido, hacia el asiento de atrás, vio unas cuantas hojas de papel. Bond se las embutió en los bolsillos antes de que las llamas le hicieran retroceder. Volvió corriendo al Jetta y se dirigió hacia la autopista 21, lejos de las luces destellantes que se acercaban.

Sacó el móvil. Parecía un iPhone, pero era un poco más grande y contaba con sistemas especiales de audio y video, así como otras prestaciones especiales. El aparato contenía múltiples teléfonos, uno de los cuales podía registrarse a nombre de la identidad falsa oficial o extraoficial de un agente, y disponía de cientos de aplicaciones operativas y programas de encriptación. (Como el aparato había sido desarrollado por Rama Q, había bastado un día para que una lumbrera de la oficina los bautizara «iQPhones».)

Abrió una aplicación que le concedió un vínculo de prioridad con un centro de seguimiento de la GCHQ. Recitó en el sistema de reconocimiento de voz una descripción del camión Zastava Eurozeta amarillo que el irlandés estaba conduciendo. El ordenador de Cheltenham localizaría automáticamente el emplazamiento de Bond y proyectaría rutas para el camión, y después guiaría al satélite con el fin de que buscara todos los vehículos cercanos de aquel tipo y lo localizara.

Cinco minutos después, oyó el zumbido del teléfono. Excelente. Echó un vistazo a la pantalla.

Pero el mensaje no era de los fisgones. Era de Bill Tanner, director ejecutivo de la organización de Bond. El encabezamiento rezaba: INMERSIÓN, abreviatura de Emergencia.

Bond continuó leyendo, paseando la vista entre la carretera y el teléfono.

Intercepción GHCQ: agente de seguridad serbio asignado a usted en operación Incidente Veinte murió camino del hospital. Denunció que usted le había abandonado. Los serbios tienen orden prioritaria de detenerle. Evacue de inmediato.

Lunes

EL TRAPERO

6

A las siete de la mañana, después de tres horas y media de sueño, el tono electrónico del despertador del móvil despertó a James Bond en su piso de Chelsea. Sus ojos se concentraron en el techo blanco de su pequeño dormitorio. Parpadeó dos veces y, sin hacer caso de los dolores de hombro, cabeza y rodillas, saltó de la cama doble, azuzado por el ansia de seguir la pista del irlandés y de Noah.

Su ropa de la misión en Novi Sad estaba tirada sobre el suelo de parqué. Tiró la indumentaria táctica en una bolsa de entrenamiento, recogió el resto de su ropa y la depositó dentro de la lavadora, una cortesía para con May, su adorable ama de llaves escocesa que acudía tres veces a la semana para solucionar su vida doméstica. No quería que recogiera sus cosas.

Desnudo, Bond entró en el cuarto de baño, abrió al máximo el agua caliente de la ducha y se restregó con jabón sin perfume. Después, disminuyó la temperatura y permaneció bajo el agua helada hasta que ya no pudo aguantarla más, para luego salir y secarse. Examinó sus heridas de la noche pasada: dos grandes moratones de color berenjena en la pierna, algunos rasguños y un corte en el hombro debido a la metralla de la granada. Nada grave.

Se afeitó con una pesada maquinilla de afeitar de doble hoja, cuyo mango era de cuerno de búfalo. Utilizaba aquel elegante accesorio, no porque fuera más benigno con el medio ambiente que las desechables de plástico que utiliza la mayoría de los hombres, sino porque afeitaba mejor y exigía cierta destreza al manipularla. James Bond encontraba consuelo hasta en los retos más nimios.

A las siete y medio estaba vestido: un traje Canali azul marino, una camisa Sea Island blanca y una corbata Grenadine de color burdeos, estos últimos complementos de Turnbull & Asser. Se calzó unos zapatos negros sin cordones. Nunca llevaba cordones, excepto en calzado de combate o cuando la misión exigía que enviara mensajes silenciosos a otro agente mediante nudos convenidos.

Se ciñó a la muñeca el Rolex Oyster Perpetual de acero, el modelo de 34 milímetros, cuya única complicación era la ventanilla de la fecha. Bond no necesitaba saber las fases de la luna, ni el momento exacto de la marea alta en Southampton. Además, sospechaba que a muy poca gente le importaba.

Casi todos los días desayunaba (su comida favorita del día) en un pequeño hotel ubicado cerca de Pont Street. De vez en cuando se preparaba una de las pocas cosas que sabía improvisar en la cocina: tres huevos suavemente revueltos con mantequilla irlandesa. La masa humeante iba acompañada de beicon y tostada crujiente de pan integral, con más mantequilla irlandesa y mermelada.

Aquel día, sin embargo, la urgencia del Incidente Veinte estaba en pleno apogeo, de modo que no había tiempo para desayunar. Se preparó un potente jamaica blue mountain, que bebió en una taza de porcelana mientras escuchaba Radio 4, con el fin de averiguar si el incidente del tren y las muertes posteriores habían saltado a los titulares de las noticias internacionales. No era así.

Guardó en el bolsillo el billetero y el dinero, y también la llave del coche. Cogió la bolsa de plástico con los objetos que había reunido en Serbia, así como la caja de acero cerrada con llave que contenía su arma y las municiones, algo que no podía transportar de manera legal en el Reino Unido.

Bajó a toda prisa la escalera de su piso, en otro tiempo dos espaciosas caballerizas. Abrió la puerta y entró en el garaje. En el apretado espacio cabían apenas los dos coches que guardaba, además de neumáticos de repuesto y herramientas. Subió al vehículo más nuevo, el Bentley Continental GT último modelo, con el exterior del gris granito característico de la marca, y el interior de suave cuero negro.

El motor turbo W12 cobró vida con un murmullo. Puso la primera y salió a la calle, dejando atrás su otro vehículo, menos potente y más temperamental, pero igual de elegante: un Jaguar tipo E de los años sesenta, que había pertenecido a su padre.

Bond se dirigió hacia el norte sorteando el tráfico, acompañado de decenas de miles de personas que se encaminaban a las oficinas de todo Londres al iniciarse la semana, aunque, por supuesto, en el caso de Bond, la imagen mundana desmentía la verdad.

Lo mismo podía afirmarse de su empleador.

Tres años antes, James Bond se había sentado ante un escritorio gris del barroco edificio del Ministerio de Defensa, en Whitehall. El cielo no era gris, sino del azul de un lago de las Tierras Altas en un día de verano. Después de abandonar la Real Reserva Naval, no deseaba trabajar gestionando cuentas en Saatchi & Saatchi, ni revisando hojas de balances para NatWest, de modo que había llamado a un ex compañero de esgrima de Fettes, quien había sugerido que probara en la Inteligencia de Defensa.

Al cabo de una temporada en Inteligencia de Defensa, redactando análisis que habían sido descritos como contundentes y valiosos, había preguntado a su superior si existían posibilidades de poder ver un poco más de acción.

Poco después de aquella charla, había recibido una misteriosa misiva, escrita a mano en vez de enviada por correo electrónico, en la que se solicitaba su presencia en un almuerzo en Pall Mall, en el Travellers Club.

El día de marras, habían conducido a Bond a un comedor y lo habían acomodado en una esquina, delante de un hombre corpulento de unos sesenta y cinco años, identificado sólo como el «Almirante». Llevaba un traje gris que hacía juego con sus ojos. Era mofletudo y coronaba su cabeza una constelación de antojos, visibles a través del pelo gris y castaño, ralo y peinado hacia atrás. El almirante había mirado fijamente a Bond sin impertinencia, desdén o análisis excesivo. A Bond no le había costado nada sostenerle la mirada: un hombre que ha matado en combate y que ha estado a punto de morir no se acobarda ante la mirada de nadie. No obstante, se dio cuenta de que no tenía la menor idea de lo que estaba pensando el Almirante.

No se estrecharon la mano.

Llegaron las cartas. Bond pidió fletán a la espalda, con patatas hervidas a la holandesa y espárragos a la plancha. El Almirante eligió riñones a la plancha con beicon.

—¿Vino? —preguntó a Bond.

—Sí, por favor.

—Elija usted.

—Yo diría que un borgoña. ¿Côte de beaune? ¿O quizás un chablis?

—¿Qué le parece el Alex Gambal Puligny? —le sugirió el camarero.

—Perfecto.

La botella llegó un momento después. El camarero exhibió la etiqueta con elegancia, y sirvió unas gotas en la copa de Bond. El vino era del color de la mantequilla, orgánico y excelente, y estaba a la temperatura exacta, no demasiado frío. Bond bebió, cabeceó en señal de aprobación, y llenaron a medias sus copas.

—Usted es un veterano, y yo también —gruñó el hombre de mayor edad cuando el camarero se alejó—. A ninguno de los dos nos interesa intercambiar trivialidades. He pedido que viniera para hablar de una oportunidad profesional.

—Eso pensaba, señor.

Bond no había querido añadir la última palabra, pero le resultó imposible.

—Tal vez esté familiarizado con la norma del Travellers, relativa a no exhibir documentos de trabajo. Me temo que será necesario quebrantarla. —El hombre extrajo un sobre del bolsillo superior, y se lo entregó—. Esto es algo parecido a la ley de Secretos Oficiales.

—He firmado una...

—Por supuesto..., para la Inteligencia de Defensa —replicó el Almirante, al tiempo que revelaba su impaciencia por abundar en algo que era evidente—. Ésta es más compleja. Lea.

Bond obedeció. Más compleja, por decirlo de una manera suave.

—Si no le interesa firmar —dijo el Almirante—, terminaremos nuestro almuerzo y hablaremos de las recientes elecciones, la pesca de la trucha en el norte, o cómo esos malditos neozelandeses nos derrotaron una vez más la semana pasada, y volveremos a nuestros despachos.

Arqueó una poblada ceja.

Bond vaciló sólo un momento, y después, con decisión, garabateó su nombre al final de la hoja y se la devolvió al Almirante. El documento se volatilizó.

Un sorbo de vino.

—¿Ha oído hablar del Ejecutivo de Operaciones Especiales? —preguntó el Almirante.

—Sí.

Por supuesto. Bond tenía pocos ídolos, pero en lo más alto de la lista se hallaba Winston Churchill. Durante su juventud, cuando era reportero y soldado en Cuba y Sudán, Churchill había concebido un gran respeto por las operaciones de guerrillas, y más adelante, tras estallar la Segunda Guerra Mundial, él y el ministro de Economía de la Guerra, Hugh Dalton, habían creado el SOE para armar a los partisanos detrás de las líneas alemanas y para lanzar en paracaidas a espías y saboteadores ingleses. Llamado también el Ejército Secreto de Churchill, causó incalculables daños a los nazis.

—Excelente organización —dijo el Almirante—. La finiquitaron después de la guerra. Rencores entre agencias, dificultades organizativas, luchas intestinas en el MI6 y Whitehall. —Tomó un sorbo del fragante vino y la conversación se temperó mientras comían. Los platos eran soberbios. Bond así lo manifestó—. El chef sabe lo que se lleva entre manos —dijo el Almirante con voz rasposa—. No aspira a cocinar en ninguna cadena de la televisión estadounidense. ¿Sabe cómo empezaron Cinco y Seis?

—Sí, señor. He leído mucho al respecto.

En 1909, en respuesta a las preocupaciones sobre una posible invasión alemana y la infiltración de espías en Inglaterra (preocupaciones alimentadas, curiosamente, por novelas de intriga muy populares), el Almirantazgo y el Ministerio de la Guerra habían formado la Oficina del Servicio Secreto (SBB). Poco después, el SSB se dividió en el Directorio de Inteligencia Militar Sección 5, o MI5, encargado de la seguridad nacional, y la Sección 6, o MI6, encargada del espionaje en el extranjero. Seis era la organización de espionaje en activo más antigua del mundo, pese a que China reivindicara para sí dicho título.

—¿Cuál es el elemento que destaca en ambas? —preguntó el Almirante.

Bond ni siquiera fue capaz de hacer conjeturas.

—La negativa plausible —murmuró el hombre—. Tanto Cinco como Seis fueron creados como cortafuegos, para que la Corona, el primer ministro, el gabinete y el Ministerio de la Guerra no tuvieran que ensuciarse las manos con el desagradable asunto del espionaje. Igual de mal que ahora. Todo el mundo fiscaliza las actividades de Cinco y Seis. Informes centrados en las relaciones sexuales, invasión de la intimidad, espionaje político, rumores de asesinatos ilegales... Todo el mundo clama en favor de la transparencia. Por supuesto, a nadie parece importarle que el rostro de la guerra está cambiando, y que el otro bando ya no se atiene a las normas. —Otro sorbo de vino—. En algunos círculos se opina que nosotros también debemos regirnos por un conjunto de normas diferente. Sobre todo después del 11-S y el 7-J.

—Si lo he entendido bien, está hablando de crear una nueva versión del SOE, pero que técnicamente no forme parte del Seis, el Cinco ni el Ministerio de Defensa.

El Almirante sostuvo la mirada de Bond.

—He leído los informes sobre su comportamiento en Afganistán, en la Real Reserva Naval, pero aun así logró que lo trasladaran a unidades de combate de infantería. Debió de costarle un poco. —Los ojos fríos le observaban con detenimiento—. Tengo entendido que también consiguió participar en algunas misiones detrás de las líneas enemigas, no demasiado oficiales. Gracias a usted, ciertos individuos que hubieran podido causar muchos estragos no gozaron de dicha oportunidad.

Bond estaba a punto de tomar un sorbo de puligny-montrachet, la encarnación perfecta de la uva chardonnay. Dejó la copa sobre la mesa sin hacerlo. ¿Cómo demonios había averiguado el viejo tantas cosas?

—No escasean tipos en el Special Air o el Boat Service que sepan manejar bien un cuchillo o un rifle —dijo el hombre en voz baja—. Pero tampoco son adecuados para situaciones, digamos, más sutiles. Además, hay muchos individuos con talento en Cinco y Seis que conocen la diferencia entre...

—Echó un vistazo a la copa de Bond— … un côte de beaune y un côte de nuits, y que son capaces de hablar el francés con tanta fluidez como el árabe…, pero que se desmayarían al ver sangre, ya fuera de ellos o de otros. —Los ojos de acero lo taladraron—. Usted parece ser una rara combinación de ambos.

El Almirante dejó sobre la mesa el cuchillo y el tenedor.

—Su pregunta.

—¿Mi…?

—Sobre una nueva versión del Ejecutivo de Operaciones Especiales. La respuesta es que sí. De hecho, ya existe. ¿Le interesaría incorporarse?

—Sí —contestó Bond sin la menor vacilación—. De todos modos, quisiera preguntarle algo: ¿a qué se dedica exactamente?

El Almirante pensó un momento, como si quisiera pulir su respuesta.

—Nuestra misión es sencilla —contestó—. Protegemos el reino… por todos los medios necesarios.

7

Bond se estaba acercando en su elegante y ronroneante Bentley al cuartel general de su organización, cerca de Regent's Park, después de media hora de zigzaguear entre el tráfico del centro de Londres.

El nombre de su organización era casi tan vago como el del Ejecutivo de Operaciones Especiales: el Grupo de Desarrollo Exterior (ODG). El director general era el Almirante, conocido tan sólo como M.

Oficialmente, el ODG ayudaba a empresas británicas a abrir o ampliar operaciones comerciales en el extranjero, y también en el apartado de inversiones. La tapadera oficial de Bond era la de analista de seguridad e integridad. Su trabajo consistía en viajar por el mundo y analizar riesgos comerciales.

Daba igual que en el momento de aterrizar asumiera una tapadera no oficial, con una identidad ficticia, guardara las hojas de Excel, se pusiera su indumentaria táctica 5.11 y se armara con un rifle 308 provisto de un visor Nikon Buckmaster. O tal vez se vistiera con un traje de Savile Row hecho a medida para jugar al póker con un traficante de armas checheno en un club privado de Kiev, con el fin de analizar la seguridad del principal acontecimiento de la velada: el secuestro extrajudicial del hombre y su posterior envío a un lugar clandestino de Polonia.

Agazapado con discreción en la jerarquía del Ministerio de Asuntos Exteriores y de la Commonwealth, el ODG se alojaba en un estrecho edificio eduardiano de seis pisos, sito en una calle tranquila, frente a Devonshire Road. Estaba separado de la bulliciosa Marylebone Road por mediocres bufetes de abogados, oficinas de organizaciones no gubernamentales y consultorios médicos.

Bond se dirigió hacia la entrada del túnel que conducía al aparcamiento subterráneo del edificio. Miró el escáner de iris, y después lo sometieron a un nuevo examen, practicado esta vez por un ser humano. La barrera bajó, y él avanzó en busca de un hueco para aparcar.

El ascensor también examinó los ojos azules de Bond, y después le subió a la planta baja. Entró en el despacho del armero, al lado de la galería de tiro, y entregó la caja metálica cerrada con llave al pelirrojo Freddy Menzies, ex cabo de los SAS y uno de los mejores expertos en armas del ramo. Él se ocuparía de que limpiaran, aceitaran y comprobaran si la Walther había sufrido algún daño, y además llenaría los cargadores con las balas favoritas de Bond.

—Estará preparada dentro de media hora —anunció Menzies—. ¿Se porta bien, 007?

Bond sentía afecto profesional por ciertas armas de su oficio, pero no las personalizaba y, en cualquier caso, una Walther del calibre 40, incluso la compacta Police Pistol Short, sería sin duda masculina.

—Muy bien —contestó.

Subió en ascensor al tercer piso, y al salir torció a la izquierda, recorrió un insustancial pasillo pintado de blanco, de paredes algo rayadas, cuya monotonía mitigaban grabados de Londres que abarcaban desde los tiempos de Cromwell hasta los de la reina Victoria, así como reproducciones de numerosos campos de batalla. Alguien había alegrado los antepechos de las ventanas con jarrones provistos de plantas, falsas, por supuesto. De haber sido auténticas, habrían tenido que contratar personal de mantenimiento externo para regarlas y podarlas.

Bond vio a una joven sentada ante un escritorio, al final de una amplia zona llena de terminales de trabajo. «Sublime», había pensado cuando la conoció hacía un mes. Tenía la cara en forma de corazón, con pómulos salientes, rodeada de pelo rojo como una pintura de Rossetti que caía en cascada desde sus maravillosas sienes hasta más abajo de los hombros. Un diminuto hoyuelo, algo apartado del centro, que él consideraba absolutamente encantador, afligía su barbilla. Sus ojos color avellana, de un verde dorado, se clavaban con intensidad cuando miraba, y para Bond, su figura era la ideal de una mujer: delgada y elegante. Llevaba las uñas cortas y sin pintar. Aquel día vestía una falda negra larga hasta la rodilla, y blusa color melocotón de cuello alto, pero lo bastante fina para revelar que llevaba ropa interior de encaje, y lograba ser, al mismo tiempo, elegante y provocadora. Nailon color café con leche abrazaba sus piernas.

«¿Medias o panties?», se preguntó Bond sin poder evitarlo.

Ophelia Maidenstone era una analista de inteligencia del MI6. Estaba destinada al ODG como agente de enlace, porque el Grupo de Desarrollo Exterior no se dedicaba a recoger información. Era operativo, sobre todo táctico. Por consiguiente, al igual que el gabinete y el primer ministro, era consumidor de «producto», como llamaban a la inteligencia. Y el principal proveedor del ODG era Seis.

Cabía admitir que la apariencia y la actitud directa de Philly era lo que había llamado al principio la atención de Bond, y sus incansables esfuerzos y multitud de recursos la habían monopolizado. No obstante, su amor por los coches también le atraía. Su vehículo favorito era una BSA Sptifire de 1966, la A65, una de las motos más hermosas jamás fabricadas. No era la moto más potente de la línea Small Arms de Birmingham, pero sí un verdadero clásico, y cuando estaba puesta a punto (cosa de la que se encargaba ella en persona, alabado fuera Dios), dejaba una ancha franja de goma en la línea de salida. Había dicho a Bond que le gustaba conducir hiciese el tiempo que hiciese, y había comprado un mono de cuero impermeable que le permitía salir a correr siempre que le apetecía. Se la había imaginado con un atuendo de lo más ajustado, y arqueado una ceja. Había recibido a cambio una sonrisa sardónica, lo cual le reveló que su gesto había rebotado como una bala desviada.

Salió a relucir el hecho de que iba a casarse. El anillo, en el que Bond había reparado de inmediato, era un rubí engañoso.

Asunto concluido.

Philly levantó la vista con una sonrisa contagiosa.

—¡Hola, James! ¿Por qué me miras así?

—Te necesito.

Ella se recogió un mechón de pelo suelto.

—Sería un placer ayudarte si pudiera, pero tengo que hacer algo para John. Ha ido a Sudán. Están a punto de liarse a tiros.

Los sudaneses habían luchado contra los británicos, los egipcios, otras naciones africanas vecinas y entre sí desde hacía más de cien años. La Alianza Oriental, varios estados sudaneses cercanos al mar Rojo, quería segregarse y formar un país laico moderado. La iniciativa no complacía al régimen dictatorial de Jartum, todavía sacudido por el reciente movimiento independentista del sur.

—Lo sé. Al principio, iba a ir yo. En cambio, me enviaron a Belgrado.

—La comida es mejor —repuso ella con estudiada seriedad—. Si te gustan las ciruelas.

—Es sólo que recogí unas cosas en Serbia y habría que investigarlas.

—Contigo nunca es «sólo», James.

El móvil de la joven zumbó. Frunció el ceño y miró la pantalla. Cuando contestó a la llamada, sus ojos penetrantes color avellana se desviaron hacia él y lo miraron con cierta sorna.

—Entiendo —dijo, y desconectó—. Has pedido la devolución de algún favor. O has intimidado a alguien.

—¿Yo? Nunca.

—Por lo visto, habrá que librar esa guerra de África sin mí. Por decirlo de alguna manera.

Se encaminó a otra terminal de trabajo y entregó el testigo de Jartum a otro compañero.

Bond se sentó. Notaba algo diferente en la terminal de ella, pero no podía identificarlo. Tal vez la había ordenado, o dispuesto los muebles de otra manera, dentro de los límites de la diminuta zona.

Cuando volvió, clavó los ojos en él.

—De acuerdo, pues. Soy toda tuya. ¿Qué tenemos?

—El Incidente Veinte.

—Ah, eso. Yo no estaba en el ajo, así que será mejor que me informes.

Al igual que Bond, Ophelia Maidenstone gozaba de acceso casi ilimitado a material de alto secreto, salvo datos ultrasecretos referidos a armas nucleares, una autorización expedida por la Agencia de Investigación de Defensa, el Ministerio de Asuntos Exteriores y de la Commonwealth, y Scotland Yard. Bond la informó sobre Noah, el irlandés, la amenaza del viernes y el incidente de Serbia. Ella tomó notas con meticulosidad.

—Necesito que hagas de detective. Esto es lo único que tenemos para continuar. —Le entregó la bolsa que contenía las hojas de papel que había salvado del coche en llamas a las afueras de Novi Sad, así como sus gafas de sol—. Necesitaré la identificación deprisa, muy deprisa, y cualquier cosa que puedas averiguar.

Ella levantó el teléfono y pidió que recogieran el material para analizarlo en el laboratorio del MI6 o, si eso se demostraba insuficiente, en las instalaciones forenses de Scotland Yard pertenecientes a la policía judicial. Cortó la comunicación.

—El mensajero ya viene.

Sacó unas pinzas del bolso y extrajo los dos papeles. Uno era una factura de un pub cercano a Cambridge, de fecha reciente. Por desgracia, habían pagado en metálico.

En el otro papel ponía: «Boots[1] – 17. Marzo. No más tarde». ¿Era un código, o sólo un recordatorio para recoger algo en la farmacia, que se remontaba a dos meses antes?

—¿Y las Oakley?

La joven estaba examinando detenidamente el interior de la bolsa.

—Hay una huella dactilar justo en el centro de la lente derecha. El socio del irlandés. No llevaba nada en los bolsillos.

Ophelia hizo fotocopias de ambos documentos, le dio un juego a Bond, se guardó uno para ella y devolvió los originales a la bolsa, junto con las gafas.

A continuación, Bond le habló de la sustancia peligrosa que el irlandés intentaba arrojar al Danubio.

—Tengo que saber qué era, y qué tipo de daños podría haber causado. Me temo que los serbios se han enfadado un poco. No querrán colaborar.

—Nos ocuparemos de eso.

Justo entonces, el móvil de Bond zumbó. Miró la pantalla, aunque conocía muy bien aquel gorjeo peculiar. Contestó.

---

1. Cadena de farmacias del Reino Unido. (*N. del T.*)

—Moneypenny.

—Hola, James —dijo la voz grave de la mujer—. Bienvenido.

—¿M? —preguntó.

—M.

8

El letrero que había al lado de la puerta anunciaba «Director General».

Bond entró en una antesala, donde una mujer de unos treinta y cinco años estaba sentada a una diminuta mesa. Vestía una blusa crema claro, bajo una chaqueta casi del mismo tono que la de Bond. Un rostro largo, hermoso y majestuoso, ojos que podían pasar de la severidad a la compasión con más rapidez que una caja de cambios de Fórmula 1.

—Hola, Moneypenny.

—Sólo será un momento, James. Está hablando con Whitehall de nuevo.

Su postura era erguida, sus gestos, económicos. Ni un cabello fuera de su sitio. Bond reflexionó, como hacía a menudo, que su pasado militar había dejado una huella indeleble. Había renunciado a su empleo en la Marina Real para aceptar su actual trabajo de secretaria de M.

Justo después de integrarse en el ODG, Bond se había dejado caer en la silla de su oficina y exhibido una amplia radiante.

—Tenías rango de teniente, ¿verdad, Moneypenny? —bromeó—. Prefiero imaginarte encima de mí.

Bond había abandonado el servicio con rango de comandante.

Como respuesta, no había recibido la réplica mordaz que merecía, sino un comentario afable.

—Ah, pero he descubierto, James, que en la vida hay que aprender todas las posiciones mediante la experiencia. Y me complace decir que en eso no te llego ni a la suela de los zapatos.

El ingenio y celeridad de la réplica, así como el tuteo, junto con su radiante sonrisa, definieron su relación en aquel mismo momento, y de manera inmutable: ella le había puesto en su sitio, pero abierto el camino de la amistad. Así había continuado desde entonces, afectuosa e íntima, pero siempre profesional. (De todos modos, Bond albergaba la creencia de que, de todos los agentes de la sección 00, él era su favorito.)

Moneypenny lo miró de arriba abajo y frunció el ceño.

—Me han dicho que te lo pasaste de miedo allí abajo.

—Por decirlo de alguna manera.

Moneypenny echó un vistazo a la puerta cerrada de M.

—Este asunto de Noah es peliagudo, James. Llegan mensajes de todas partes. Se fue a las nueve de la noche, y ha llegado a las cinco de la mañana —añadió en un susurro—. Estaba preocupado por ti. Anoche estuviste incomunicado en algunos momentos. No paró de llamar por teléfono.

Vieron que la luz del teléfono se apagaba. Moneypenny oprimió un botón y habló por un micrófono que casi era invisible.

—Ha llegado 007, señor.

Cabeceó en dirección a la puerta, y Bond se encaminó hacia ella cuando la luz de «no molestar» que había encima destelló. Todo sucedió en silencio, por supuesto, pero Bond siempre imaginaba que la luz venía acompañada por el sonido de un cerrojo que se abría para dejar pasar a un prisionero al interior de una mazmorra medieval.

* * *

—Buenos días, señor.

M tenía el mismo aspecto que en el Travellers Club tres años antes, cuando se habían conocido, y era bastante probable que llevara el mismo traje gris. Señaló una de las sillas funcionales encaradas hacia el gran escritorio de roble. Bond se sentó.

La oficina estaba amueblada y las paredes forradas de librerías. El edificio se encontraba en el punto donde el viejo Londres se encontraba con el nuevo, y las ventanas de M permitían contemplarlo. Hacia el oeste, los edificios de época de Marylebone High Street contrastaban con los rascacielos de vidrio y metal de Euston Road, esculturas conceptuales de alta tecnología y estética dudosa, con sistemas de ascensores más inteligentes que las personas.

Esos escenarios, no obstante, quedaban atenuados, incluso en días soleados, porque el cristal de la ventana era a prueba de bomba y reflectante, con el fin de impedir que un enemigo ingenioso, flotando en globo sobre Regent's Park, los espiara.

M alzó la vista de sus notas y examinó a Bond.

—Ningún informe médico, supongo.

Nunca se le escapaba nada.

—Uno o dos rasguños. Nada grave.

El escritorio del hombre albergaba una libreta, una complicada consola telefónica, su móvil, una lámpara de latón eduardiana y un humidificador lleno de estrechos puros negros, que M se permitía fumar en ocasiones cuando iba y venía de Whitehall, y durante sus breves paseos por Regent's Park, cuando iba acompañado de sus pensamientos y dos guardias de la Rama P. Bond sabía muy poco de la vida privada de M, salvo que vivía en una mansión estilo Regencia en la periferia de Windsor Forest y que jugaba al bridge, le gustaba pescar y pintaba unas acuarelas de flores bastante conseguidas. Un cabo de la Marina afable y con talento, Andy Smith, era el conductor de su lustroso Rolls-Royce de diez años de antigüedad.

—Deme su informe, 007.

Bond ordenó sus pensamientos. M no toleraba un relato confuso ni andarse por las ramas. Los «hum» y los «eh» eran tan inaceptables como decir obviedades. Repitió lo que había sucedido en Novi Sad.

—Encontré algunas cosas en Serbia que tal vez nos aporten más detalles —añadió—. Philly las está investigando ahora, así como la sustancia peligrosa del tren.

—¿Philly?

Bond recordó que a M le desagradaba el uso de apodos, aunque él recibiera uno que utilizaba toda la organización.

—Ophelia Maidenstone —explicó—. Nuestro enlace con Seis. Si hay algo que descubrir, ella lo hará.

—¿Su tapadera en Serbia?

—Era una operación de bandera falsa. Los dirigentes de la BIA en Belgrado saben que trabajo para el ODG y cuál era mi misión, pero dijimos a sus dos agentes de campo que trabajaba para una organización ficticia dedicada a la defensa de la paz. Lo que el irlandés logró averiguar gracias al agente más joven no es comprometedor.

—El Yard y Cinco se están preguntando... Teniendo en cuenta lo del tren de Novi Sad, ¿cree que el Incidente Veinte está relacionado con el sabotaje de una línea férrea de aquí? ¿Que lo de Serbia era un ensayo?

—Yo también me lo he planteado, señor. Pero no sería el tipo de operación que necesita mucho ensayo. Además, el cómplice del irlandés preparó el descarrilamiento en tres minutos. Nuestros sistemas ferroviarios deben ser más sofisticados que una línea de mercancías de la Serbia rural.

Una poblada ceja se enarcó, tal vez para expresar su desacuerdo con aquella suposición.

—Tiene razón —dijo M—. No parece el preludio del Incidente Veinte.

—Bien —Bond se inclinó hacia delante—, lo que me gustaría hacer, señor, es volver de inmediato a la Estación Y. Entrar por Hungría y montar una operación de busca y captura del irlandés. Me llevaré un par de agentes 00. Podemos seguir el rastro del camión que robó. Será complicado, pero...

M estaba sacudiendo la cabeza, al tiempo que se balanceaba en su gastado trono.

—Parece que se ha armado un buen lío, 007. Le concierne a usted.

—Diga lo que diga Belgrado, el joven agente que murió...

M agitó la mano con impaciencia.

—Sí, sí, por supuesto que lo ocurrido fue culpa de él. No lo he dudado en ningún momento. Las explicaciones son una señal de debilidad, 007. No sé por qué me las da.

—Lo siento, señor.

—Estoy hablando de otra cosa. Anoche, Cheltenham consiguió una imagen por satélite del camión en el que escapó el irlandés.

—Muy bien, señor.

Por lo visto, su aplicación de rastreo había tenido éxito.

Pero el ceño fruncido de M sugería que la satisfacción de Bond era prematura.

—A unos veintidós kilómetros al sur de Novi Sad, el camión paró y el irlandés subió a un helicóptero. Ni matrícula ni identificación, pero la GCHQ logró un perfil MASINT del vehículo.

La inteligencia de reconocimiento y signatura era lo último en espionaje de alta tecnología. Si la información llegaba por fuentes electrónicas, como transmisiones de microondas o radio, era ELINT; de fotografías e imágenes de satélites, IMINT; de teléfonos móviles y correos electrónicos, SIGINT, y de fuentes humanas, HUMINT. Con MASINT, los instrumentos recogían y perfilaban datos como energía térmica, ondas de sonido, alteraciones de las corrientes de aire, vibraciones de rotores de hélices y helicópteros, gases de escape de motores a reacción, trenes y coches, pautas de velocidad y más.

—Anoche —continuó el director general—, Cinco registró un perfil MASINT que coincidía con el helicóptero en que el hombre escapó.

Maldita sea, si el MI5 había localizado el helicóptero, eso significaba que estaba en Inglaterra. El irlandés, la única pista que conducía a Noah y al Incidente Veinte, se encontraba en el único lugar donde James Bond carecía de autoridad para perseguirle.

—El helicóptero aterrizó al nordeste de Londres a eso de la una de la madrugada —añadió M—. Le perdieron la pista. —Meneó la cabeza—. No entiendo por qué Whitehall no nos concedió más libertad de acción para operar en casa cuando nos crearon. Habría sido fácil. ¿Qué pasaría si hubiera seguido al irlandés hasta el Ojo de Londres o el museo de Madame Tussaud? ¿Qué habría tenido que hacer, llamar al 999? ¡Por el amor de Dios, en estos tiempos de globalización, de Internet, de la Unión Europea, no podemos seguir pistas en nuestro propio país!

No obstante, la razón de esta norma era muy clara. El MI5 llevaba a cabo investigaciones brillantes. El MI6 era un maestro en el arte de recoger información del extranjero y en «acción perjudicial», como destruir una célula terrorista desde su interior diseminando información falsa. El Grupo de Desarrollo Exterior hacía bastante más, incluido, aunque en escasas ocasiones, ordenar a sus agentes de la Sección 00 que esperaran a los enemigos del Estado y les mataran a tiros. Pero hacerlo en el Reino Unido, aunque fuera justificable desde un punto de vista moral o conveniente desde un punto de vista táctico, caería bastante mal entre los blogueros y los plumíferos de la prensa.

Por no mencionar que los fiscales de la Corona tal vez quisieran decir algo también acerca del tema.

Pero, dejando aparte la política, Bond quería seguir sin la menor duda en el caso del Incidente Veinte. Había desarrollado una particular aversión por el irlandés. Habló a M en tono contenido.

—Creo que me encuentro en una situación inmejorable para encontrar a este hombre y a Noah, y para descubrir qué están tramando. Quiero continuar, señor.

—Ya me lo imaginaba. Y yo quiero que usted continúe, 007. Esta mañana he hablado por teléfono con Cinco y Operaciones Especiales del Yard. Ambos están de acuerdo en otorgarle un papel consultivo.

—¿Consultivo? —dijo con amargura Bond, pero después se dio cuenta de que M habría tenido que llevar a cabo negociaciones durísimas para lograr eso—. Gracias, señor.

M desechó las palabras con un ademán.

—Trabajará con alguien de la División Tres, un individuo llamado Osborne-Smith.

La División Tres... La seguridad británica y las operaciones policiales eran como los seres humanos: nacían, se casaban, se multiplicaban, morían, e incluso, había bromeado Bond en una ocasión, se sometían a operaciones de cambio de sexo. La División Tres era uno de los retoños más recientes. Tenía cierta relación con Cinco, del mismo modo que el ODG guardaba un levísimo parentesco con Seis.

Negación plausible...

Si bien Cinco contaba con amplios poderes de investigación y vigilancia, carecía de autoridad para practicar detenciones, y no contaba con agentes tácticos. No era el caso de la División Tres. Era un grupo hermético y solitario de magos de la tecnología, burócratas y antiguos chicos duros del SAS y del SBS armados hasta los dientes. Bond se quedó impresionado por sus recientes éxitos en desarticular células terroristas de Oldham, Leeds y Londres.

M lo miró fijamente.

—Sé que está acostumbrado a gozar de carta blanca para manejar la situación tal como le parezca conveniente, 007. Tiene una vena independiente que le ha hecho grandes favores en el pasado. —Una mirada sombría—. Casi siempre. Pero en casa, su autoridad es limitada. De una manera significativa. ¿Me he expresado con claridad?

—Sí, señor.

«Por lo tanto, se acabó la carta blanca —reflexionó irritado Bond—. Más carta gris.»

Otra adusta mirada de M.

—Ahora, una complicación. Esa conferencia de seguridad.

—¿Conferencia de seguridad?

—¿No ha leído el informe de Whitehall? —preguntó malhumorado M.

Se trataba de declaraciones administrativas sobre asuntos internos del Gobierno y, en consecuencia, Bond no las leía.

—Lo siento, señor.

Las mandíbulas de M se tensaron.

—Tenemos trece agencias de seguridad en el Reino Unido. Tal vez más a partir de esta mañana. Los jefes de Cinco, Seis, SOCA, JTAC, SO Trece y DI, el equipo al completo, yo incluido, se recluirán en Whitehall durante tres días a finales de esta semana. Ah, también la CIA y algunos tipos del continente. Informes sobre Islamabad, Pyongyang, Venezuela, Beijing y Yakarta. Y probablemente algún joven analista con gafas de Harry Potter, pregonando su teoría de que los rebeldes chechenos son los responsables del maldito volcán de Islandia. En conjunto, un gran inconveniente. —Suspiró—. Estaré prácticamente incomunicado. El director ejecutivo estará al mando de la operación del Incidente Veinte.

—Sí, señor. Me coordinaré con él.

—Manos a la obra, 007. Y recuerde: está operando en el Reino Unido. Trátelo como un país en el que nunca ha estado. Lo cual significa, por el amor de Dios, que debe ser diplomático con los nativos.

9

—Tiene muy mal aspecto, señor. ¿Está seguro de que quiere verlo? No es agradable.

—Sí —replicó de inmediato el hombre al capataz.

—De acuerdo, pues. Yo le conduciré.

—¿Quién más lo sabe?

—Sólo el jefe de turnos y el chico que lo encontró. —Lanzó una mirada a su jefe y añadió—: Mantendrán la boca cerrada. Si eso es lo que usted quiere.

Severan Hydt no dijo nada.

Bajo el cielo encapotado y polvoriento, los dos hombres abandonaron la zona de carga y descarga del antiguo edificio de la oficina central y caminaron hasta un coche cercano. Subieron a un monovolumen engalanado con el logo de Green Way International Disposal and Recycling. El nombre de la empresa estaba impreso sobre el delicado dibujo de una hoja verde. A Hydt no le gustaba mucho el dibujo, que se le antojaba falsamente progresista, pero le habían dicho que la imagen había tenido éxito entre grupos focales y era bueno para las relaciones públicas. («¡Ah, el público!», había contestado con velado desprecio, para luego darle su aprobación a regañadientes.)

Era un hombre alto (casi metro noventa) y ancho de espaldas, con el torso embutido en un traje de lana negra hecho a medida. Su enorme cabeza estaba cubierta de espeso y rizado pelo negro, veteado de blanco, y lucía una barba a juego. Sus uñas largas y amarillentas sobrepasaban con holgura las yemas de los dedos, pero estaban cuidadosamente limadas. Eran largas a propósito, no por descuido.

La palidez de Hydt destacaba las oscuras ventanas de la nariz, y los ojos todavía más oscuros, enmarcados por una cara larga que aparentaba menos de los cincuenta y seis años que contaba. Era un hombre fuerte todavía, pues había conservado la mayor parte de su musculatura juvenil.

El monovolumen atravesó los terrenos destartalados de su empresa, más de cuarenta hectáreas de edificios bajos, vertederos, contenedores de basuras, gaviotas que lo sobrevolaban, humo, polvo...

Y putrefacción...

Mientras corrían por las carreteras llenas de baches, la atención de Hydt se desvió un momento hacia una construcción que se encontraba a un kilómetro de distancia. Estaban a punto de terminar un nuevo edificio. Era idéntico a los dos que ya se alzaban en los terrenos: cajas de cinco pisos cuyas chimeneas se elevaban hacia el cielo, que rielaba debido al calor que subía. A los edificios se los conocía como «destructores», una palabra victoriana que a Severan Hydt le encantaba. Inglaterra era el primer país del mundo en obtención de energía a partir de residuos municipales. La primera central eléctrica que lo hizo, en la década de 1870, fue construida en Nottingham; al poco tiempo había cientos de ellas funcionando por todo el país, y producían vapor con el fin de generar electricidad.

El destructor que estaban a punto de terminar en mitad de su centro de eliminación y reciclaje de basuras no era diferente, en teoría, de sus lúgubres antepasados dickensianos, salvo que utilizaba estropajos y filtros para limpiar los peligrosos gases y era mucho más eficaz, pues quemaba combustible derivado de los desperdicios y producía energía que luego se enviaba (con el fin de obtener beneficios, por supuesto) a los sistemas de suministro eléctrico de los condados que rodean Londres.

De hecho, Green Way International, S. A. era el último de una larga tradición inglesa de eliminación y reciclaje de basuras. Enrique IV había decretado que la basura debía ser recogida y eliminada de las calles de ciudades y pueblos bajo amenaza de multa. Los golfillos habían mantenido limpias las orillas del Támesis (en beneficio de las empresas, no porque el Gobierno les diera un salario), y los niños que rebuscaban en la basura habían vendido restos de lana a fábricas de tejidos para la producción de paños burdos. En Londres, ya en el siglo XIX, habían empleado a mujeres y chicas para rebuscar entre la basura que llegaba, y clasificarla según su utilidad futura. La British Paper Company se había fundado para fabricar papel reciclado... en 1890.

Green Way estaba situado a casi treinta kilómetros al este de Londres, lejos de los bloques apelotonados de edificios de oficinas de la Isle of Dogs y la cúpula en forma de mina marina del enorme auditorio O_2, más allá del batiburrillo de Canning Town y Silvertown, los Docklands. Para llegar, tenías que desviarte de la A13 en dirección sudeste y conducir hacia el Támesis. No tardabas en encontrar una pista estrecha, poco acogedora e incluso inhóspita, rodeada de arbustos y plantas esqueléticas, pálidas y translúcidas como la piel de un agonizante. La franja de asfalto parecía que no iba a ninguna parte... hasta que coronabas una elevación de escasa altitud y veías delante el enorme complejo de Green Way, casi siempre oculto por la niebla.

El monovolumen se detuvo en mitad de ese país encantado de basura junto a un contenedor abollado, de un metro ochenta de altura por seis de largo. Dos obreros cuarentones, vestidos con el mono de color tostado de Green Way, estaban parados junto a él con aspecto inquieto. Su aspecto no mejoró ni siquiera ahora que estaba presente el propietario de la empresa, nada menos.

—¡Caramba! —susurró el uno al otro.

Hydt sabía que también estaban amedrentados por sus ojos negros, la espesa masa de su barba y su alta estatura.

Además de las uñas.

—¿Ahí dentro? —preguntó.

Los obreros permanecieron mudos, y el capataz, cuyo nombre, Jack Dennison, estaba cosido en el mono, habló.

—Exacto, señor. Vale, tío —dijo con brusquedad a uno de los obreros—, no hagas esperar al señor Hydt. No tiene todo el día libre, ¿verdad?

El empleado corrió a un lado del contenedor y, con cierto esfuerzo, abrió la enorme puerta, auxiliado por un muelle. Dentro había los omnipresentes montones de bolsas de basura verdes y desperdicios sueltos (botellas, revistas y periódicos) que la gente perezosa no se preocupaba en separar para reciclar.

Y otro elemento desechado: un cuerpo humano.

Era de una mujer o un adolescente, a juzgar por la estatura. No había gran cosa que investigar, pues estaba claro que la muerte había tenido lugar varios meses antes. El hombre se agachó y lo tocó con sus largas uñas.

Aquel agradable examen confirmó que el cadáver era de una mujer.

Mientras contemplaba la piel suelta, los huesos protuberantes, la obra de insectos y animales en los restos de carne, Hydt sintió que se le aceleraba el corazón.

—No hablaréis a nadie de esto —dijo a los dos trabajadores.

Mantendrán la boca cerrada.

—Sí, señor.

—Por supuesto, señor.

—Esperad allí.

Se alejaron al trote. Hydt miró a Dennison, quien asintió para confirmar que se portarían bien. Hydt no lo puso en duda. Dirigía Green Way más como como una base militar que como una empresa de vertido y reciclaje de basura. La seguridad era estricta (los teléfonos móviles estaban prohibidos, y todas las comunicaciones con el exterior se controlaban) y la disciplina, espartana. Pero, en compensación, Severan Hydt pagaba a su gente bien, muy bien. La historia enseñaba que los soldados profesionales duraban más que los de leva, siempre que tuvieras dinero. Y esa materia prima nunca escaseaba en Green Way. Deshacerse de lo que la gente ya no deseaba siempre había sido (y sería siempre) una empresa ventajosa.

Ahora que estaba solo, Hydt se agachó junto al cadáver.

El descubrimiento de restos humanos en este lugar era algo que ocurría con frecuencia. A veces, empleados que trabajaban en los escombros de las obras y en la división de recuperación de Green Way encontraban huesos o esqueletos disecados victorianos en los cimientos de edificios. O bien el cadáver de un sin techo, muerto por exposición a los elementos, la bebida o las drogas, y arrojado sin más ceremonias sobre las bolsas de basura. A veces se trataba de la víctima de un asesinato, en cuyo caso los asesinos tenían el detalle de trasladar el cuerpo allí.

Hydt nunca informaba de las muertes. La presencia de la policía era lo último que deseaba.

Además, ¿por qué debía renunciar a semejante tesoro?

Se acercó más al cadáver, con las rodillas apretadas contra lo que quedaba de los pantalones vaqueros de la mujer. El olor a putrefacción, como a cartón amargo y mojado, sería desagradable para casi todo el mundo, pero Hydt había dedicado toda la vida a deshacerse de cosas, y no le daba más asco que a un mecánico el olor de la grasa, o a un empleado del matadero el olor a sangre y vísceras.

Sin embargo, Dennison, el capataz, esperaba a cierta distancia del perfume.

Hydt acarició con una de sus uñas la parte superior del cráneo, del cual había desaparecido casi todo el pelo, después la mandíbula y los huesos de los dedos, los primeros en quedar expuestos. Sus uñas también eran largas, pero eso no se debía a que hubieran crecido después de muerta, lo cual era un mito. Parecían más largas porque la carne de debajo se había encogido.

Estudió a su nueva amiga durante un largo rato, y después retrocedió a regañadientes. Consultó su reloj. Sacó el iPhone del bolsillo y tomó una docena de fotos del cadáver.

Después, paseó la vista a su alrededor. Señaló un punto desierto situado entre dos grandes montículos que se alzaban sobre sendos vertederos, como túmulos que albergaran falanges de soldados muertos.

—Dile a los hombres que la entierren allí.

—Sí, señor —contestó Dennison.

—A poca profundidad —dijo Hydt, mientras volvía hacia el monovolumen—. Y deja una señal. Para que pueda encontrarla de nuevo.

Media hora después, Hydt se encontraba en su despacho, revisando las fotos que había tomado al cadáver, perdido en las imágenes, sentado ante la puerta de una mazmorra de trescientos años de edad, montada sobre patas, que constituía su escritorio. Por fin, guardó el teléfono y dedicó sus ojos oscuros a otros asuntos. Y había muchos. Green Way era uno de los líderes mundiales en la industria de la eliminación, recuperación y reciclaje de basura.

El despacho era espacioso y estaba poco iluminado, situado en el último piso de la sede central de Green Way, una antigua fábrica de productos cárnicos que se remontaba a 1896, renovada y transformada en lo que las revistas de interiorismo calificaban de «cutre chic».

En las paredes colgaban reliquias arquitectónicas de edificios que su empresa había demolido: vidrieras de colores rajadas, con roñosos marcos pintados, gárgolas de hormigón, escenas de flora y fauna, efigies, mosaicos. Había varias representaciones de san Jorge y el dragón. Y de san Juan, también. En un enorme bajorrelieve, Zeus, disfrazado de cisne, se lo montaba con la hermosa Leda.

La secretaria de Hydt entró con cartas que debía firmar, informes que leer, notas que aprobar y estados financieros que estudiar. Los negocios de Green Way iban muy bien. En una conferencia sobre la industria del reciclaje, Hydt había observado en broma que el adagio sobre la certidumbre en la vida no debería limitarse a las dos afirmaciones más famosas. La gente tenía que pagar impuestos, tenía que morir... y tenía que entregar su basura para que la recogieran y eliminaran.

Su ordenador gorjeó y vio un correo electrónico encriptado de un colega que estaba fuera del país. Se refería a una reunión importante del día siguiente, martes, confirmando la hora y el lugar. La última frase le estimuló: «El número de muertos de mañana será considerable: cerca de cien. Espero que sea apropiado».

En efecto. Y el deseo que le había asaltado cuando vio el cadáver en el contenedor se intensificó.

Miró a la esbelta mujer de unos sesenta y pocos años que había entrado, vestida con traje pantalón oscuro y camisa negra. Tenía el pelo blanco, cortado en media melena. Un diamante grande sin adornos colgaba de una cadena de platino alrededor de su estrecho cuello, y piedras similares, aunque con arreglos más trabajados, adornaban sus muñecas y varios dedos.

—He dado el visto bueno a las pruebas.

Jessica Barnes era estadounidense. Había nacido en una pequeña ciudad de las afueras de Boston. El acento local prestaba un matiz adorable a su voz. Reina de la belleza hacía años, había conocido a Hydt cuando era camarera en un pequeño restaurante de Nueva York. Habían vivido juntos varios años y, para tenerla cerca, la había contratado con la excusa de que revisara los anuncios de Green Way, otra tarea por la que Hydt sentía escaso respeto o interés. No obstante, le habían dicho que la mujer había tomado buenas decisiones de vez en cuando en lo tocante a las estrategias de *marketing* de la empresa.

Pero cuando Hydt la miró, observó algo diferente en ella.

Se descubrió estudiando su cara. Eso era. Hydt prefería, insistía en ello, que llevara sólo blanco y negro, y que mantuviera su rostro libre de maquillaje. Aquel día se había aplicado un levísimo colorete, y tal vez (no estaba seguro) un poco de carmín. No frunció el ceño, pero Jessica captó su mirada y se alteró un poco; su respiración cambió. Se llevó los dedos a una mejilla, pero detuvo la mano.

Pero el mensaje había sido recibido claramente. Jessica le presentó los anuncios.

—¿Quieres echarles un vistazo?

—Estoy seguro de que son perfectos.

—Los enviaré.

La mujer salió del despacho, pero su destino no era el departamento de *marketing*, sabía Hydt, sino el lavabo de señoras, donde se lavaría la cara. Jessica no era idiota. Había aprendido la lección.

Después, se esfumó de sus pensamientos. Miró por la ventana a su nuevo destructor. Era muy consciente del acontecimiento del viernes, pero en aquel momento no podía quitarse de la cabeza el día de mañana.

«El número de muertos… cerca de cien.»

Notó un agradable retortijón en las tripas.

Fue entonces cuando su secretaria anunció por el intercomunicador:

—El señor Dunne ha llegado, señor.

—Ah, estupendo.

Un momento después, Niall Dunne entró y cerró la puerta para quedarse a solas con Hydt. La cara trapezoidal del voluminoso hombre pocas veces había reflejado emociones durante los nueve meses que se conocían. A Severan Hydt le desagradaba casi todo el mundo y no le interesaba la vida social. Pero Dunne le provocaba escalofríos incluso a él.

—Bien, ¿qué ha sucedido? —preguntó. Después del incidente de Serbia, Dunne había dicho que debían reducir al mínimo sus conversaciones telefónicas.

El hombre volvió sus ojos azul claro hacia Hydt y le contó, con su acento de Belfast, que a él y a Karic, el contacto serbio, los habían sorprendido varios hombres, al menos dos de los cuales eran agentes de la inteligencia serbia, la BIA, disfrazados de policías, y un occidental, quien había contado al agente serbio que era del Grupo Europeo para el Mantenimiento de la Paz.

Hydt frunció el ceño.

—Es...

—Tal grupo no existe —dijo con calma Dunne—. Debe de ser una operación privada. No había apoyo, central de comunicaciones ni sanitarios. El occidental debió de sobornar a los agentes de inteligencia para que lo ayudaran. Al fin y al cabo, se trata de los Balcanes. Puede que haya surgido un competidor. Tal vez uno de sus socios, o un trabajador de aquí, filtró algo sobre el plan.

Se estaba refiriendo a Gehenna, por supuesto. Hacían todo lo posible por mantener en secreto el proyecto, pero había personas implicadas esparcidas por todo el mundo. Era imposible que no se produjera una filtración y que alguna organización criminal no quisiera averiguar algo más al respecto.

—No quiero minimizar los riesgos —continuó Dunne—. Son muy inteligentes. Pero no fue un operativo coordinado a gran escala. Estoy convencido de que podemos continuar adelante.

Dunne entregó a Hydt un teléfono móvil.

—Utilice éste para nuestras conversaciones. La encriptación es mejor.

Hydt lo examinó.

—¿Pudo ver al occidental?

—No. Había mucho humo.

—¿Y Karic?

—Lo maté.

El rostro impenetrable expresó la misma emoción que si hubiera dicho: «Sí, hoy hace frío fuera».

Hydt reflexionó sobre lo que había dicho el hombre. Nadie era más preciso o cauteloso en lo referente a análisis que Niall Dunne. Si estaba convencido de que no existían problemas, Hydt aceptaría su opinión.

—Me voy a las instalaciones —dijo Dunne—. En cuanto consiga los últimos materiales, el equipo dice que puede acabar en cuestión de horas.

Hydt se sintió inflamado de repente, espoleado por el cadáver de la mujer en el contenedor... y la idea de lo que esperaba en el norte.

—Lo acompañaré.

Dunne no dijo nada.

—¿Cree que es una buena idea? —preguntó, por fin—. Podría ser peligroso.

Lo dijo como si hubiera detectado ansiedad en la voz de Hydt. Al parecer, Dunne opinaba que no podía salir nada bueno de una decisión basada en las emociones.

—Correré el riesgo.

Hydt dio unas palmaditas sobre su bolsillo para asegurarse de que llevaba el teléfono. Esperaba que se le presentara la oportunidad de tomar más fotografías.

10

Después de salir de la guarida de M, Bond recorrió el pasillo. Saludó a una asiática vestida con elegancia que tecleaba diestramente ante un ordenador de grandes dimensiones y atravesó la puerta por detrás de ella.

—Te han colgado el muerto —dijo al hombre encorvado sobre un escritorio, tan invadido de papeles y de carpetas como vacío estaba el de M.

—Ya lo creo. —Bill Tanner levantó la vista—. Acomódate, James. Ahora soy el jefe supremo del Incidente Veinte. —Señaló con un cabeceo una silla vacía, o mejor dicho, la silla vacía. Había varias en el despacho, pero las demás servían de puestos de avanzada para más carpetas—. Lo más importante —preguntó el director ejecutivo del ODG cuando Bond se sentó—, ¿anoche te ofrecieron un vino decente y una cena de *gourmet* en el vuelo del SAS?

Un helicóptero Apache, cortesía del Special Air Service, había recogido a Bond en un campo situado al sur del Danubio para trasladarlo a una base de la OTAN en Alemania, donde un Hercules cargado con piezas de camionetas emprendería vuelo a Londres.

—Por lo visto, se olvidaron de aprovisionar la cocina.

Tanner rió. El oficial del ejército retirado, ex teniente coronel, era un hombre corpulento de unos cincuenta años, de complexión sanguínea y honrado a carta cabal. Iba vestido con su uniforme habitual: pantalones oscuros y camisa azul claro con las mangas subidas. El trabajo de Tanner, dirigir las operaciones cotidianas del OGD, era duro, y por ello debería tener escaso sentido del humor, pero lo poseía en abundancia. Había sido mentor de Bond cuando el joven agente ingresó en la organización, y ahora era su amigo más íntimo dentro de ella. A Tanner le encantaba jugar al golf, y cada pocas semanas Bond y él intentaban escaparse a alguno de los campos más difíciles, como Royal Cinque Ports, Royal St George's o, si había poco tiempo, Sunningdale, cerca de Windsor.

Tanner, por supuesto, estaba enterado del Incidente Veinte y de la búsqueda de Noah, pero Bond le puso al corriente, y explicó su exiguo papel en la operación inglesa.

El jefe de personal lanzó una carcajada de pésame.

—Así que carta gris, ¿eh? Debo decir que te lo estás tomando bastante bien.

—No tenía mucha elección —confesó Bond—. ¿Whitehall sigue convencido de que la amenaza parte de Afganistán?

—Digamos que alberga esa esperanza —dijo Tanner en voz baja—. Por varios motivos. Es muy probable que los adivines tú solito.

Se refería a política, por supuesto.

Señaló con un cabeceo la oficina de M.

—¿Te dio su opinión sobre esa conferencia de seguridad a la que se ve obligado a ir esta semana?

—No me dejó mucho margen para la interpretación.

Tanner lanzó una risita.

Bond consultó su reloj y se levantó.

—Debo encontrarme con un hombre de la División Tres. Osborne-Smith. ¿Sabes algo de él?

—Ah, Percy. —Bill Tanner enarcó una críptica ceja y sonrió—. Buena suerte, James. Será mejor que lo dejemos aquí.

La Rama O ocupaba casi toda la cuarta planta.

Era una zona amplia y despejada, con despachos para los agentes en la periferia. En el centro había terminales de trabajo para secretarios y otros empleados de apoyo. Podría haber sido el departamento de ventas de una gran superficie, de no ser por el hecho de que todas las puertas de los despachos disponían de un escáner de iris y una cerradura con teclado. Había muchos ordenadores de pantalla plana en el centro, pero ninguno de aquellos monitores gigantescos que parecían de rigor en las organizaciones de espionaje que aparecían en la televisión y en las películas.

Bond atravesó esta zona ajetreada y saludó con la cabeza a una rubia de unos veinticinco años, inclinada hacia delante en su silla y que presidía un espacio de trabajo ordenado. Si Mary Goodnight hubiera trabajado en otro departamento, tal vez Bond la habría invitado a cenar, con el fin de ver qué surgía de aquello. Pero no trabajaba en otro departamento. Se hallaba a cuatro metros de su despacho y era su agenda humana, su rastrillo y puente levadizo, y era capaz de repeler a las visitas inesperadas con firmeza y, lo más importante en el servicio gubernamental, con tacto inmejorable. Aunque no había ninguna a la vista, Goodnight recibía en ocasiones (de compañeros de oficina, amigos y ligues) tarjetas de recuerdo inspiradas en la película *Titanic*, por lo mucho que se parecía a Kate Winslet.

—Buenos días, Goodnight.

Aquel juego de palabras, y otros por el estilo, hacía mucho tiempo que habían virado del flirteo al afecto. Habían desarrollado un cariño similar al de unos esposos, casi automático y nunca aburrido.

Goodnight repasó sus compromisos del día, pero Bond le dijo que lo cancelara todo. Iba a reunirse con un hombre de División Tres, procedente de la sede del MI5 enThames

House, y después tal vez tuviera que marcharse casi enseguida.

—¿Retengo también los mensajes? —preguntó la joven.

Bond meditó unos instantes.

—Supongo que les echaré un vistazo ahora. En cualquier caso, debería despejar mi escritorio. Si tuviera que marcharme, no quiero regresar y tener que leer todo lo recibido durante la semana.

Mary le entregó las carpetas a rayas verdes de alto secreto. Con la aprobación de la cerradura de teclado y el escáner de iris, Bond entró en su despacho y encendió la luz. El espacio no era pequeño según los parámetros londinenses, cinco por cinco más o menos, pero bastante soso. El escritorio era algo más grande, pero del mismo color, que su escritorio en Inteligencia de Defensa. Las cuatro librerías de madera estaban atestadas de volúmenes y revistas que le habían ayudado, o podrían ayudarle, en diversos temas, desde las últimas técnicas de piratería informática utilizadas por los búlgaros hasta una guía para recargar cartuchos de fusil Lapua 338, pasando por un compendio de modismos tailandeses. Pocos objetos de naturaleza personal alegraban la habitación. El único objeto que habría podido exhibir, la Cruz por la Valentía Demostrada, concedida por su trabajo en Afganistán, estaba escondida en el último cajón del escritorio. Había aceptado la distinción con mucho gusto, pero para Bond la valentía no era más que otra herramienta más de un soldado, y le parecía tan absurdo exhibir indicaciones de su uso anterior como colgar en la pared una libreta de códigos caducados.

Bond se sentó en su silla y empezó a leer los mensajes, informes de inteligencia enviados por Necesidades, del MI6, convenientemente pulidos y organizados. El primero era de la Sección Rusa. Su estación R había logrado introducirse en un servidor gubernamental de Moscú y apoderarse de algunos documentos secretos. Bond, quien poseía una facilidad innata para los idiomas y había estudiado ruso en Fort Monckton, se saltó la sinopsis inglesa y fue directo a los datos.

Llegó a un párrafo de la farragosa prosa, cuando dos palabras le pararon en seco.

смальноц памрон.

Significaban «Cartucho de acero» en ruso.

La frase resonó en su interior, al igual que el sonar de un submarino capta un blanco lejano pero definitivo.

Por lo visto, Cartucho de Acero era el nombre en clave de una «medida activa», el término soviético que describía una operación táctica. Había ocasionado «algunas muertes».

некоморые смермц

Pero no había nada concreto sobre los detalles de la operación.

Bond se reclinó en la silla y contempló el techo. Oyó voces femeninas al otro lado de la puerta y alzó la vista. Philly, que sostenía varias carpetas, estaba conversando con Mary Goodnight. Bond cabeceó, y la agente de Seis se sentó al otro lado del escritorio en una silla de madera.

—¿Qué has descubierto, Philly?

Ésta se inclinó hacia delante, cruzó las piernas, y Bond creyó oír el crujido seductor del nailon.

—En primer lugar, las fotos te salieron bien, James, pero no había bastante luz. No conseguí una resolución de la cara del irlandés lo suficientemente alta como para efectuar un reconocimiento. Tampoco había huellas en la factura del pub ni en la otra nota, salvo una parcial de ti.

Así pues, el hombre continuaría en el anonimato, de momento.

—Pero las huellas de las gafas eran buenas. El local era Aldo Karic, serbio. Vivía en Belgrado y trabajaba para los ferrocarriles nacionales. —Frunció los labios, frustrada, cosa que resaltó aún más el delicioso hoyuelo—. Pero obtener más detalles nos llevará más tiempo del que esperaba. Lo mismo digo de la sustancia peligrosa del tren. Nadie dice ni pío. Tenías razón: Belgrado no está de humor para colaborar.

»En cuanto a los papeles que encontraste en el coche incendiado, tengo una posible localización.

Bond se fijó en las fotocopias que sacaba de una carpeta. Eran planos engalanados con el alegre logo de MapQuest, el servicio de localización de direcciones en línea.

—¿Tenéis problemas presupuestarios en Seis? Si quieres, será un placer llamar a Hacienda.

Ella rió, un sonido entrecortado.

—He utilizado servidores de acceso, por supuesto. Sólo quería hacerme una idea de en qué terreno estábamos jugando. —Dio unos golpecitos con el dedo sobre uno de los papeles—. En cuanto a la factura, el pub está aquí.

Se hallaba nada más salir de la autovía, cerca de Cambridge.

Bond contempló el plano. ¿Quién había comido allí? ¿El irlandés? ¿Noah? ¿Otros cómplices? ¿O alguien había alquilado el coche la semana anterior, y no guardaba la menor relación con el Incidente Veinte?

—¿Y el otro trozo de papel? El que llevaba una frase escrita. «Boots – 17. Marzo. No más tarde.»

Sacó una larga lista.

—Intenté pensar en todas las combinaciones posibles de lo que podía significar. Fechas, calzado, puntos geográficos, la farmacia. —Volvió a cerrar la boca con fuerza. Estaba disgustada por el fracaso de sus esfuerzos—. Nada evidente, me temo.

Bond se levantó y bajó varios planos del Servicio Oficial de Cartografía de la estantería. Abrió uno y lo examinó con detenimiento.

Mary Goodnight apareció en la puerta.

—James, hay alguien abajo que quiere verte. Dice que es de la División Tres. Percy Osborne-Smith.

Philly debió de fijarse en el cambio de expresión de Bond.

—Voy a esfumarme, James. Seguiré dando la paliza a los serbios. Cederán, te lo aseguro.

—Ah, una cosa más, Philly. —Bond le dio un mensaje que acababa de leer—. Necesito que reúnas toda la información posible sobre una operación soviética o rusa llamada Cartucho de Acero. Aquí tienes algo, pero es poca cosa.

La joven miró la hoja impresa.

—Siento no haberlo traducido —dijo Bond—, pero es probable que...

—*Ya govoryu po russki.*

Bond exhibió una incipiente sonrisa.

—Y tu acento es mucho mejor que el mío.

Se dijo que nunca más la subestimaría.

Philly examinó la hoja con detenimiento.

—Esto fue pirateado de una fuente en línea. ¿Quién tiene el archivo original?

—Uno de los nuestros. Llegó de la Estación R.

—Me pondré en contacto con la Sección Rusa. Quiero echar un vistazo a los metadatos codificados en el archivo. Contendrán la fecha en que fue creado, quién fue el autor, tal vez referencias a otras fuentes. —Guardó el documento ruso en una carpeta de papel manila y utilizó un bolígrafo para tildar una de las casillas de delante—. ¿Cómo quieres que lo clasifique?

Bond meditó un momento.

—Sólo para nuestros ojos.

—¿«Nuestros»? —preguntó ella. Ese posesivo no había sido utilizado nunca en la clasificación de documentos oficiales.

—Los tuyos y los míos —dijo él en voz baja—. Nadie más.

Una breve vacilación, y después, con su delicada letra, la joven escribió arriba: Únicos ojos. Agente Maidenstone SIS. Agente James Bond ODG.

—¿Prioridad? —preguntó en voz alta.

Bond no vaciló:

—Urgente.

11

Bond estaba sentado a su mesa, investigando algunas bases de datos gubernamentales, cuando oyó pasos que se acercaban, acompañados de una voz resonante:

—Estoy bien, estupendamente. Ya puede marcharse, por favor, y gracias. Me las arreglaré sin el GPS.

Con esto, un hombre con un traje a rayas ceñido entró en el despacho de Bond, tras haber despedido al agente de seguridad de la Sección P que le había acompañado. También se había saltado a Mary Goodnight, quien se había levantado con semblante malhumorado cuando el hombre pasó como una exhalación a su lado sin hacerle caso.

Se acercó al escritorio de Bond y extendió una palma carnosa. Delgado pero fofo, poco impresionante, poseía, en cambio, ojos autoritarios y manos grandes al final de sus largos brazos. Parecía del tipo que estrechaban las manos hasta romperte los huesos, de modo que Bond oscureció la pantalla y se levantó, preparado para contrarrestar la agresión.

De hecho, el apretón de Percy Osborne-Smith fue inofensivo, aunque desagradablemente húmedo.

—Bond. James Bond.

Indicó al agente de la División Tres la silla que acababa de desocupar Philly, y se recordó que no debía permitir que el peinado (pelo rubio oscuro como pegoteado a un lado de la cabeza), los labios fruncidos y el cuello gomoso del hombre le engañaran. Una barbilla débil no significaba un hombre débil, como podría certificar cualquiera que estuviese familiarizado con la carrera del mariscal Montgomery.

—Bien —empezó Osborne-Smith—, aquí estamos. Nervios en abundancia con el Incidente Veinte. ¿Quién se inventa esos nombres?, ¿lo sabe usted? El Comité de Inteligencia, supongo.

Bond ladeó la cabeza sin comprometerse.

Los ojos del hombre pasearon por el despacho, se posaron un instante sobre una pistola de plástico con boca naranja utilizada en combates cuerpo a cuerpo y regresaron a Bond.

—Bien, por lo que me han dicho, Defensa y Seis están calentando motores para recorrer la ruta afgana, en busca de los malos en las tierras del interior. Nos convierte a usted y a mí en los torpes hermanos pequeños, abandonados con este problema de la conexión serbia. Pero a veces son los peones los que ganan la partida, ¿verdad?

Se secó la nariz y la boca con un pañuelo. Bond no consiguió recordar la última vez que había visto a alguien menor de setenta años emplear esa combinación de gesto y accesorio.

—Me han hablado de usted, Bond… James. Vamos a tutearnos, ¿de acuerdo? Mi apellido es bastante largo. Una cruz que me impusieron. Al igual que el nombre de mi cargo: subdirector de Operaciones de Campo.

«Metido con calzador», reflexionó Bond.

—Así que seremos Percy y James. Suena a número cómico de algún programa de televisión. En cualquier caso, he oído hablar de ti, James. Tu reputación te precede. No te «excede», por supuesto. Al menos, por lo que me han dicho.

«Oh, Dios», pensó Bond, ya se le había agotado la paciencia. Se adelantó a la continuación del monólogo y explicó lo ocurrido en Serbia con todo lujo de detalles.

Osborne-Smith le escuchó y tomó notas. Después, describió lo sucedido en el lado inglés del Canal, lo cual no fue muy esclarecedor. Pese a contar con las impresionantes aptitudes para la vigilancia de la Rama A del MI5 (conocidos como los Vigilantes), nadie había sido capaz de confirmar que el helicóptero a bordo del cual viajaba el irlandés había aterrizado al nordeste de Londres. Desde entonces no se había descubierto ningún MASINT, y no había ni rastro del helicóptero.

—¿Cuál va a ser nuestra estrategia? —dijo Osborne-Smith, aunque no era una pregunta. Era el prefacio a una directriz—. Mientras Defensa, Seis y todo el mundo mundial recorren el desierto en busca de afganos de destrucción masiva, yo quiero salir en busca de este irlandés y de Noah, atarlos bien corto y traerlos aquí.

—¿Detenerlos?

—Bien, «retenerlos» sería una palabra más apropiada.

—De hecho, no estoy seguro de que ése sea el mejor enfoque —dijo Bond con delicadeza.

«Por el amor de Dios, sé diplomático con los nativos...»

—¿Por qué no? No tenemos tiempo para vigilancia. —Bond reparó en un leve ceceo—. Sólo para interrogar.

—Si hay miles de vidas en peligro, el irlandés y Noah no pueden trabajar solos. Igual están en la parte inferior de la cadena alimentaria. Lo único que sabemos con certeza es que hubo una reunión en el despacho de Noah. Nada sugirió en ningún momento que estuviera al mando de la operación. En cuanto al irlandés, es un pistolero. Conoce su oficio, de eso no cabe duda, pero básicamente es un sicario. Creo que hemos de identificarlos y mantenerlos en juego hasta conseguir más respuestas.

Osborne-Smith estaba asintiendo como dándole la razón.

—Ah, pero tú no conoces mis antecedentes, James, mi currículo. —La sonrisa y la untuosidad desaparecieron—. Me fogueé interrogando a prisioneros. En Irlanda del Norte. Y Belmarsh.

La tristemente célebre «Cárcel de Terroristas» de Londres.

—También me he curtido en Cuba —continuó—. Guantánamo. Sí, en efecto. La gente acaba hablando conmigo, James. Después de tratarlos durante unos cuantos días, me dicen la dirección donde se esconden sus hermanos. O sus hijos. O sus hijas. Oh, la gente habla cuando le pregunto… con toda educación.

Bond no se rindió.

—Pero si Noah tiene cómplices y averiguan que lo hemos detectado, tal vez aceleren sus planes para el viernes. O desaparezcan…, y los perdamos hasta que vuelvan a atacar dentro de seis u ocho meses, cuando todas las pistas se hayan enfriado. Estoy seguro de que el irlandés habrá planificado una contingencia similar.

La nariz fofa se arrugó en señal de pesar.

—Es que, bien, si estuviéramos en el Continente o paseando por la plaza Roja, me encantaría verte jugar a tu aire, pero resulta que aquí jugamos en casa.

El encontronazo era inevitable, por supuesto. Bond decidió que era inútil discutir. El títere acicalado tenía nervios de acero. También ostentaba la máxima autoridad y, si así lo deseaba, podía excluir a Bond por completo.

—Tú decides, por supuesto —dijo éste en tono plácido—. Bien, supongo que el primer paso es localizarlos. Voy a enseñarte las pistas.

Le entregó una copia de la factura del pub y la nota que rezaba «Boots – 17. Marzo. No más tarde».

Osborne-Smith frunció el ceño mientras examinaba las hojas.

—¿Qué deduces de todo esto? —preguntó.

—Nada muy sexy. El pub está a las afueras de Cambridge. La nota es un poco misteriosa.

—¿«17 Marzo»? ¿Un recordatorio de ir a la farmacia?

—Quizá —dijo Bond con escepticismo—. Estaba pensando que quizá se trate de un código. —Empujó hacia delante la hoja impresa de MapQuest que Philly le había facilitado—. Si quieres saber mi opinión, es posible que el pub carezca de importancia. No he encontrado nada particular en él. No está cerca de nada importante. Saliendo de la M11, cerca de Wimpole Road. —Tocó la hoja—. Una pérdida de tiempo, probablemente, pero tal vez valdría la pena investigarlo ¿Por qué no me ocupo yo? Me acercaré y echaré un vistazo a los alrededores de Cambridge. Tal vez podrías pasar la nota a los criptoanalistas de Cinco y ver qué dicen sus ordenadores. Creo que eso encierra la clave.

—Lo haré, pero si no te importa, James, tal vez sea mejor que yo me ocupe del pub. Conozco bien la zona. Fui a Cambridge: Magdalene. —El plano y la factura del pub desaparecieron en el maletín de Osborne-Smith, junto con una copia de la nota sobre Marzo. Después, sacó otra hoja de papel—. ¿Puedes llamar a esa chica?

Bond arqueó una ceja.

—¿Cuál?

—La guapa de ahí fuera. Soltera, por lo que he visto.

—Te refieres a mi secretaria —dijo Bond con sequedad. Se levantó y se dirigió hacia la puerta—. Señorita Goodnight, ¿quiere entrar, por favor?

Ella obedeció, con el ceño fruncido.

—Nuestro amigo Percy quiere hablar con usted.

Osborne-Smith no captó la ironía de la elección de nombre de Bond y le entregó la hoja de papel.

—Hágame una fotocopia, por favor.

La joven asintió, no sin lanzar una mirada a Bond, cogió el documento y fue a la fotocopiadora. Osborne-Smith la llamó:

—Por ambos lados, claro está. El derroche concede ventaja al enemigo, ¿no es así?

Goodnight regresó un momento después. Osborne-Smith guardó el original en su maletín y dio la copia a Bond.

—¿Va alguna vez al campo de tiro?

—De vez en cuando —contestó Bond. No añadió que lo hacía seis horas a la semana, religiosamente, allí dentro con armas cortas y al aire libre con todo el equipo en Bisley. Y cada quince días practicaba en el FATS de Scotland Yard, el simulador de entrenamiento de tiro informatizado de alta definición, en el cual te colocaban un electrodo en la espalda. Si el terrorista te disparaba antes que él a ti, acababas de rodillas presa de un dolor tremendo.

—Debemos observar las formalidades, ¿verdad? —Osborne-Smith señaló la hoja que sostenía Bond—. Solicitud de ir armado temporalmente.

Tan sólo unos cuantos agentes del orden podían portar armas en Inglaterra.

—Tal vez no sea buena idea utilizar mi nombre en eso —indicó Bond.

Dio la impresión de que Osborne-Smith no había pensado en aquel detalle.

—Puede que tengas razón. Bien, utiliza una tapadera extraoficial, ¿de acuerdo? John Smith bastará. Rellena el formulario y contesta a las preguntas de atrás. Política sobre armas y todo eso. Si te la pegas con una banda sonora, llámame. Yo te sacaré del apuro.

—Pongo manos a la obra.

—Buen chico. Me alegro de que todo esté arreglado. Ya nos coordinaremos más adelante..., despues de nuestras respectivas misiones secretas. —Dio unas palmaditas sobre su maletín—. Me voy a Cambridge.

Dio media vuelta y salió tan en tromba como había llegado.

—Qué individuo tan espantoso —susurró Goodnight.

Bond lanzó una breve carcajada. Levantó la chaqueta del respaldo de la silla y se la puso, al tiempo que cogía el plano.

—Voy a la armería a recoger mi arma, y después me ausentaré durante tres o cuatro horas.

—¿Y el formulario, James?

—Ah. —Lo levantó, lo rompió en pulcras tiras y las introdujo en el plano a modo de puntos—. ¿Para qué desperdiciar post-its? Concede ventaja al enemigo, ya sabes.

12

Una hora y media después, James Bond iba en su Bentley Continental GT, una flecha gris que corría en dirección norte.

Estaba pensando en que había engañado a Percy Osborne-Smith. Había decidido que la pista del pub de Cambrige no era, en realidad, muy prometedora. Sí, cabía la posibilidad de que los protagonistas del Incidente Veinte hubieran comido allí: la factura sugería una comida para dos. Pero la fecha se remontaba a más de una semana atrás, de modo que parecía improbable que alguno de los camareros se acordara de un hombre que coincidiera con la descripción del irlandés y de sus acompañantes. Y como ese hombre había demostrado ser muy inteligente, Bond sospechaba que debía comer y comprar en un sitio distinto cada vez. No sería un cliente habitual.

Había que seguir la pista de Cambridge, por supuesto, pero igualmente importante era mantener a Osborne-Smith distraído. No podía permitir que detuvieran y condujeran a Belmarsh al irlandés o a Noah, como si fueran traficantes de drogas o islamistas que hubieran comprado demasiado abono. Necesitaban dejar que los dos sospechosos continuaran con su plan, con el fin de descubrir la naturaleza del Incidente Veinte.

Por consiguiente, Bond, avezado jugador de póker, se había echado un farol. Se había tomado un inusitado interés por la pista del pub y mencionado que no se encontraba lejos de Wimpole Road. Para la mayoría de la gente esto no hubiera significado nada, pero Bond suponía que Osborne-Smith sabía que una instalación secreta del Gobierno relacionada con Porton Down, el Centro de Investigación de Armas Biológicas del Ministerio de Defensa, sito en Wiltshire, se hallaba también en Wimpole Road. Cierto, estaba doce kilómetros al este, al otro lado de Cambridge y lejos del pub, pero Bond creía que relacionar ambos lugares animaría al hombre de División Tres a precipitarse sobre la idea como un ave marina al divisar la cabeza de un pez.

Esto relegaba a Bond a la tarea, en apariencia infructuosa, de luchar con la críptica nota. «Boots – 17. Marzo». No más tarde.»

La cual creía haber descifrado.

Casi todas las sugerencias de Philly acerca de su significado se referían a la farmacia, Boots, que tenía tiendas en todas las ciudades del Reino Unido. También había ofrecido sugerencias sobre calzado y sobre acontecimientos ocurridos un 17 de marzo.

Pero una sugerencia, al final de la lista, había intrigado a Bond. La joven había observado que «Boots» y «Marzo» estaban unidos mediante una raya, y había descubierto que existía una Boots Road que pasaba cerca de la ciudad de March —es decir, 'marzo' en inglés—, a un par de horas en coche al norte de Londres. También se había fijado en el punto y seguido entre «17» y ««Marzo». Teniendo en cuenta que la última frase «no más tarde» sugería una fecha tope, «17» tenía sentido como fecha, pero tal vez era 17 de mayo; es decir, el día siguiente.

«Una chica lista», había pensado Bond en su despacho, mientras esperaba a Osborne-Smith, y entonces había recurrido a Cable de Oro (una red segura de fibra óptica que relacionaba datos de todas las agencias de seguridad británicas importantes) con el fin de averiguar todo lo posible sobre March y Boots Road.

Había encontrado algunos datos apasionantes: informes de tráfico sobre desvíos de carreteras porque un gran número de camiones iban y venían por Boots Road cerca de una antigua base del ejército, y noticias de prensa relativas a trabajos con maquinaria pesada. Las referencias insinuaban que deberían finalizar a medianoche del día 17, de lo contrario se impondrían multas. Intuía que esto podía significar una sólida pista relacionada con el irlandés y Noah.

Y la práctica de su profesión dictaba que hacer caso omiso de dichas intuiciones podía ser peligroso.

Por lo tanto, iba camino de March, concentrado en el placer de conducir.

Lo cual significaba, por supuesto, que tenía que conducir deprisa.

Bond tuvo que ejercer cierto control, por supuesto, puesto que no estaba en la N-260 de los Pirineos, ni en las carreteras secundarias del Lake District, sino que viajaba en dirección norte por la A1, que iba cambiando de identidad de forma arbitraria entre autovía y carretera principal. De todos modos, la aguja del velocímetro llegaba en ocasiones a los 160 kilómetros por hora, y con frecuencia le daba un leve toque a la palanca de la caja de cambios Quickshift, suave como una seda y de respuesta al milisegundo, con el fin de adelantar a algún remolque para caballerías o un Ford Mondeo. Circulaba casi siempre por el carril derecho, aunque una o dos veces se acercó al arcén para proceder a un embriagador, aunque ilegal, adelantamiento. Disfrutó de algunos patinazos controlados en tramos de inclinación inversa.

La policía no significaba ningún problema. Si bien la jurisdicción del ODG estaba limitada al Reino Unido (carta gris, no blanca, bromeó Bond para sí), a menudo era necesario que los agentes de la Rama O se desplazaran con celeridad a otras partes del país. Bond había solicitado por teléfono una NDR (Solicitud de Detención Cero), y las cámaras y agentes de tráfico motorizados hacían caso omiso de su matrícula.

Ah, el Bentley Continental GT coupé… El mejor vehículo personalizado del mundo, creía Bond.

Siempre había amado la marca. Su padre había guardado cientos de fotos de periódicos antiguos de los famosos hermanos Bentley y de sus creaciones, que habían dejado atrás a los Bugatti y similares en Le Mans durante las décadas de 1920 y 1930. Bond en persona había visto vencer en la carrera de 2003 al asombroso Bentley Speed 8, en su vuelta a los circuitos después de tres cuartos de siglo. Siempre se había marcado como objetivo adquirir uno de aquellos majestuosos vehículos, veloces e inteligentes al mismo tiempo. Si bien el Jaguar tipo E que descansaba bajo su piso había sido una herencia de su padre, el GT había sido un legado indirecto. Había comprado su primer Continental años antes, agotando lo que quedaba del pago de un seguro de vida que había cobrado tras la muerte de sus padres. Lo había cambiado en fecha reciente por el nuevo modelo.

Salió de la autovía y se dirigió hacia March, en el corazón de los Fens. Sabía poco del lugar. Había oído lo del «March, March, March», una caminata que daban los estudiantes desde March a Cambridge durante, por supuesto, el tercer mes del año. Estaba la cárcel de Whitemoor. Y los turistas iban a ver la ingesia de Santa Wendreda. Bond tendría que confiar en la palabra de la oficina de turismo, en el sentido de que era espectacular. No había pisado un lugar de culto, salvo por motivos de vigilancia, desde hacía años.

Delante se alzaba la antigua base del ejército británico. Continuó describiendo un amplio círculo hacia la parte de atrás, rodeada por una alambrada de espino y letreros prohibiendo la entrada. Vio por qué: la iban a demoler. Así que aquélla era la obra de la que había oído hablar. Ya habían derribado media docena de edificios. Sólo quedaba uno, de tres pisos de altura, construido en ladrillo rojo. Un letrero descolorido anunciaba: HOSPITAL.

Había varios camiones grandes, junto con máquinas excavadoras, aparte de remolques y otros equipos para remover tierra, sobre una colina que se alzaba a unos cien metros del edificio, probablemente el cuartel general provisional de la brigada de demolición. Un coche negro estaba aparcado cerca del remolque más grande, pero no se veía a nadie en los alrededores. Bond se preguntó por qué. Aquel día era un lunes no festivo.

Escondió el coche en un bosquecillo, de forma que nadie pudiera verlo. Bajó e inspeccionó el terreno: complicados canales, campos de patatas y remolacha azucarera, y grupos de árboles. Bond se embutió en su atuendo táctico 5.11, con el desgarrón de la metralla en el hombro de la chaqueta y el olor a quemado (de cuando había rescatado la pista en Serbia que le había conducido hasta allí) y cambió sus zapatos de ciudad por botas de combate bajas.

Ciñó su Walther y dos cartucheras al cinturón multiusos de red de lona.

«Si te la pegas con una banda sonora, llámame.»

También guardó en los bolsillos el silenciador, una linterna, un *kit* de herramientas y la navaja plegable.

Después, Bond hizo una pausa y se desplazó a otro lugar, adonde iba siempre antes de cualquier operación táctica: calma total, ojos concentrados en cada detalle, como ramas que podían traicionarlo con un crujido, arbustos que podían ocultar la boca de un rifle, indicios de cables, sensores y cámaras que podían revelar su presencia al enemigo.

Y preparándose para segar una vida, con rapidez y eficacia, si fuera necesario. Eso formaba parte también del otro mundo.

Y pensaba proceder todavía con más cautela debido a las numerosas preguntas que aquella misión había suscitado.

«Adapta tu respuesta al propósito de tu enemigo.»

Pero ¿cuál era el propósito de Noah?

De hecho, ¿quién demonios era?

Bond avanzó entre los árboles, y después atajó a través de la esquina de un campo sembrado de remolacha azucarera. Rodeó una apestosa ciénaga y atravesó con cautela una maraña de zarzas, siempre en dirección al hospital. Por fin, llegó al perímetro de alambre de espino, sembrado de señales de advertencia. Eastern Demolition and Scrap se encargaba de la obra, anunciaban. Nunca había oído hablar de la empresa, pero creyó haber visto sus camiones. Le resultaban familiares los colores verde y amarillo.

Examinó el campo invadido de malas hierbas que se extendía ante el edificio. Detrás vio la plaza de armas. No divisó a nadie, de modo que empezó a atacar la alambrada con una cizalla, mientras pensaba que sería una idea genial utilizar el edificio para reuniones secretas relativas al Incidente Veinte. Pronto demolerían el lugar, lo cual destruiría todas las pruebas de su uso.

No había obreros en las cercanías, pero la presencia del coche negro sugería que podía haber alguien dentro. Buscó una puerta trasera u otra entrada discreta. Cinco minutos después descubrió lo que necesitaba: una depresión en la tierra, de unos tres metros de profundidad, causada por el derrumbamiento de lo que habría sido un túnel de aprovisionamiento subterráneo. Bajó al hoyo y encendió la linterna en el interior. Daba la impresión de que conducía al sótano del hospital, situado a unos cincuenta metros de distancia.

Avanzó y reparó en los antiguos muros y techo de ladrillo agrietados, y justo en aquel momento se desprendieron dos ladrillos y cayeron al suelo, donde distinguió una vía de tren estrecha, oxidada y cubierta de barro en algunos puntos.

A mitad del lóbrego pasaje llovieron sobre su cabeza guijarros y un chorro de tierra húmeda. Alzó la vista y vio, a unos dos metros de altura, que el techo del túnel estaba surcado de grietas. Parecía que una simple palmada lograría que se derrumbara sobre él.

No era un buen lugar para quedar enterrado vivo, reflexionó Bond.

Pero ¿acaso existía alguno?, añadió después, con ironía.

—Brillante trabajo —dijo Severan Hydt a Niall Dunne.

Estaban solos en el aparcamiento de remolques de Hydt, situado a unos cien metros del siniestro hospital del ejército británico que había a las afueras de March. Como el equipo de Gehenna había estado sometido a presión para acabar el trabajo al día siguiente, Hydt y Dunne habían detenido la demolición por la mañana, con el fin de que la cuadrilla se mantuviera alejada. Casi ningún empleado de Hydt sabía nada de Gehenna, y debían proceder con mucha cautela cuando las dos operaciones se solaparan.

—Quedé satisfecho —replicó Dunne, en el tono con el que respondía a casi todo, ya fuera de alabanza, crítica u observación desapasionada.

El equipo se había marchado con el dispositivo media hora antes, después de haberlo montado con los materiales que Dunne había aportado. Estaría escondido en un piso franco próximo hasta el viernes.

Hydt había dedicado un rato a pasear alrededor del último edificio que sería demolido: el hospital, erigido hacía más de ochenta años.

La demolición aportaba a Green Way una ingente cantidad de dinero. La empresa obtenía beneficios de la gente que pagaba por derribar lo que ya no quería, y de extraer de los escombros lo que otra gente sí quería: vigas de madera y acero, cable, tuberías de aluminio y cobre, hermoso cobre, el sueño de todo trapero. Pero el interés de Hydt en la demolición iba más allá de lo puramente económico, por supuesto. Estudiaba ahora el antiguo edificio en un estado de tenso arrobamiento, como mira un cazador a un animal desprevenido momentos antes de lanzar el disparo fatídico.

No pudo por menos que pensar en los anteriores ocupantes del hospital, los muertos y los agonizantes.

Hydt había tomado docenas de fotos del edifico, mientras paseaba por las salas podridas, las mohosas habitaciones (sobre todo las zonas del depósito de cadáveres y la sala de autopsias), almacenando imágenes de descomposición y decadencia. Sus archivos fotográficos contenían instantáneas tanto de edificios antiguos como de cadáveres. Guardaba un buen número de fotos, bastante artísticos, de lugares como Northumberland Terrace, Palmers Green, en la North Circular Road, las ahora desaparecidas instalaciones petrolíferas de Pura, a orillas del río Creek en Canning Town, y el Real Arsenal Gótico y el Real Laboratorio de Woolwich. Sus fotos de Lovell's Wharf, en Greenwich, testimonios de lo que la negligencia agresiva podía lograr, siempre lo conmovían.

Niall Dunne estaba dando instrucciones por el móvil al conductor del camión que acababa de marcharse, con el fin de explicarle la mejor forma de ocultar el dispositivo. Eran detalles muy precisos, en consonancia con su naturaleza y la de aquella arma terrorífica.

Aunque el irlandés le ponía nervioso, Hydt se sentía agradecido de que sus caminos se hubieran cruzado. No habría podido proceder tan deprisa, ni con tanta seguridad, en lo tocante a Gehenna sin él. Hydt había llegado a llamarlo «el hombre que piensa en todo», y era cierto. Por lo tanto, Severan Hydt estaba dispuesto a soportar sus siniestros silencios, las miradas frías y la desmañada disposición de acero robótico que era Niall Dunne. Los dos hombres formaban una eficiente sociedad, aunque irónica: un ingeniero cuyo objetivo era construir, un trapero cuya pasión era destruir.

«Qué curioso constructo somos los humanos. Predecibles sólo en la muerte. Leales sólo entonces», reflexionó Hydt, y después desechó el pensamiento.

Justo después de que Dunne desconectara, alguien llamó a la puerta. Se abrió. Eric Janssen, un hombre de seguridad de Green Way que les había conducido en coche hasta March, se quedó parado en el umbral con cara de preocupación.

—Señor Hydt, señor Dunne, alguien ha entrado en el edificio.

—¿Qué? —bramó Hydt, al tiempo que volvía su enorme cabeza equina hacia el hombre.

—Entró por el túnel.

Dunne lo ametralló a preguntas. ¿Iba solo? ¿Se habían producido transmisiones que Janssen hubiera controlado? ¿Estaba su coche cerca? ¿Se había producido tráfico inusual en la zona? ¿Iba armado el hombre?

Las respuestas sugerían que el hombre trabajaba solo y no era de Scotland Yard ni del Servicio de Seguridad.

—¿Has conseguido una fotografía o lo has visto bien? —preguntó Dunne.

—No, señor.

Hydt entrechocó dos uñas.

—¿Es el hombre de los serbios? ¿El de anoche? —preguntó a Dunne—. ¿El agente privado?

—No es imposible, pero no sé cómo habrá podido seguirnos hasta aquí.

Dunne miró por la ventana sucia de polvo del remolque como si no estuviera viendo el edificio. Hydt sabía que el irlandés estaba dibujando un plano en su mente. O tal vez examinando el que ya había preparado en caso de una contingencia como la actual. Permaneció inmóvil durante un buen rato. Por fin, Dunne desenfundó su pistola, salió del remolque e indicó a Janssen, con un ademán, que le siguiera.

13

El olor a moho, putrefacción, productos químicos, aceite y petróleo era abrumador. Bond se esforzó por no toser y parpadeó para reprimir las lágrimas de sus ojos irritados. ¿Era posible que también percibiera humo?

El sótano del hospital carecía de ventanas. Tan sólo una tenue iluminación se filtraba por la boca del túnel. Bond paseó la linterna a su alrededor. Estaba al lado de una placa giratoria de vía férrea, destinada a hacer girar pequeñas locomotoras una vez habían entrado cargadas de suministros o pacientes.

Con la Walther en la mano, Bond examinó la zona, e intentó oír voces, pasos, el chasquido de un arma al cargar balas o la liberación de un seguro. Pero el lugar estaba desierto.

Había entrado en el túnel por el extremo sur. Mientras avanzaba hacia el norte, alejándose de la placa giratoria, llegó a un letrero que le arrancó una breve carcajada: DEPÓSITO DE CADÁVERES.

Consistía en tres grandes habitaciones sin ventanas que habían estado ocupadas en fecha reciente. Los suelos estaban barridos y había bancos de trabajo nuevos y baratos. El humo parecía proceder de una de esas habitaciones. Bond vio cables sujetos a la pared y el suelo con cinta aislante, que probablemente habrían suministrado energía para las luces y los trabajos que se llevaran a cabo. Quizá un cortocircuito había producido el humo.

Salió del depósito de cadáveres y llegó a un amplio espacio abierto, con una doble puerta a la derecha, en dirección este, que permitía el acceso a la plaza de armas. La luz se filtraba a través de una grieta entre los paneles, una posible ruta de escape, observó, de forma que memorizó su emplazamiento y el de las columnas que podían proporcionarle protección en el caso de que tuviera que huir bajo el fuego.

Unas mesas metálicas antiguas, manchadas de negro y marrón, estaban clavadas al suelo, cada una con su propio desagüe. Para efectuar autopsias, por supuesto.

Bond continuó hacia el extremo norte del edificio, que terminaba en una serie de habitaciones más pequeñas provistas de ventanas con barrotes. Un letrero sugería el porqué: PABELLÓN DE SALUD MENTAL.

Probó las puertas que conducían a la planta baja, descubrió que estaban cerradas con llave y volvió a las tres habitaciones contiguas a la placa giratoria. Una búsqueda sistemática reveló por fin el origen del humo: en el suelo de un rincón de una habitación había un hogar improvisado. Distinguió grandes volutas de ceniza, sobre las cuales pudo distinguir algo escrito. Los fragmentos eran delicados. Intentó levantar uno, pero se disolvió entre sus dedos.

«Cuidado», se dijo.

Se acercó a uno de los cables que subían por la pared. Desprendió varios pedazos de la cinta aislante que los sujetaba y los cortó en trozos de quince centímetros con la navaja. Después, los apretó con mucho cuidado sobre las volutas grises y negras de ceniza, los guardó en el bolsillo y continuó su registro. En una segunda habitación había algo plateado que le llamó la atención. Corrió al rincón y descubrió diminutas astillas de metal que sembraban el suelo. Las recogió con otro trozo de cinta, y también las guardó en un bolsillo.

De pronto, Bond se quedó petrificado. El edificio había empezado a vibrar. Un momento después, los temblores aumentaron de manera considerable. Oyó el ruido de un motor diésel, no muy lejos. Eso explicaba por qué el lugar estaba desierto. Los trabajadores habrían ido a comer, y ahora regresaban. No podía subir a la planta baja o a los pisos superiores sin salir del edificio, donde sin duda lo verían. Había llegado el momento de marcharse.

Retrocedió a la habitación de la placa giratoria para salir por el túnel.

Y unos cuantos decibelios le salvaron de una fractura de cráneo.

No vio al atacante ni oyó su respiración, ni tampoco el silbido del objeto con el que iba a golpearle, pero Bond percibió un leve enmudecimiento de la vibración del diésel, cuando la ropa del hombre absorbió el sonido.

Bond saltó atrás instintivamente y el tubo de metal erró por escasos centímetros.

Bond lo agarró con la mano izquierda y su atacante perdió el equilibrio, demasiado sorprendido para soltar el arma. El joven rubio vestía un traje oscuro barato y una camisa blanca, el uniforme de un hombre de seguridad, supuso Bond. No llevaba corbata. Tal vez se la habría quitado antes del ataque. Con los ojos abiertos de par en par a causa de la consternación, volvió a tambalearse y estuvo a punto de caer, pero se enderezó al instante y se lanzó sobre Bond. Cayeron juntos al sucio suelo de la habitación circular. No era el irlandés, observó Bond.

Bond se puso en pie de un salto y avanzó, con las manos convertidas en puños, pero era una treta. Su intención era que el musculoso individuo retrocediera para evitar el puñetazo, cosa que hizo con facilidad, y eso proporcionó a Bond la oportunidad de desenfundar su arma. Sin embargo, se abstuvo de disparar. Necesitaba al hombre vivo.

El hombre se inmovilizó bajo la amenaza de la pistola del calibre 40 de Bond, aunque introdujo la mano dentro de la chaqueta.

—Olvídalo —dijo Bond con frialdad—. Tiéndete en el suelo con los brazos en cruz.

Su oponente continuó inmóvil, sudoroso a causa de los nervios, con la mano sobre la culata de su pistola. Una Glock, observó Bond. El teléfono del hombre empezó a zumbar. Echó un vistazo al bolsillo de la chaqueta.

—¡Tírate al suelo!

Si desenfundaba, Bond intentaría herirle, pero tal vez acabara matándolo.

El teléfono dejó de sonar.

—Ya.

Bond bajó el arma y apuntó al brazo derecho de su atacante, cerca del codo.

Dio la impresión de que el rubio iba a obedecer. Dejó caer los hombros y, a la tenue luz, sus ojos se dilataron de miedo e incertidumbre.

En aquel momento, la excavadora debió de llegar al terreno cercano. Ladrillos y tierra llovieron del techo. Un cascote de gran tamaño golpeó a Bond. Se encogió y retrocedió, mientras parpadeaba para quitarse el polvo de los ojos. Si su atacante hubiera sido más profesional, o hubiera estado menos asustado, habría desenfundado su arma y disparado. Pero no lo hizo. Dio media vuelta y huyó por el túnel.

Bond adoptó su postura favorita, la de un esgrimista, con el pie izquierdo apuntado hacia delante y el derecho en perpendicular detrás. Disparó con las dos manos un solo tiro ensordecedor que alcanzó en la pantorrilla al hombre, que se desplomó con un grito, a unos diez metros de la entrada del túnel.

Bond corrió tras él. Entonces, los temblores aumentaron de intensidad, al igual que el ruido del motor, y más ladrillos cayeron de las paredes. Cascadas de yeso y polvo se desprendieron del techo. Una pelota de críquet de cemento aterrizó sobre el hombro herido de Bond, que lanzó un gemido.

Pero siguió avanzando por el túnel. Su atacante estaba en el suelo, arrastrándose hacia la fisura por la que se colaba el sol.

Daba la impresión de que la excavadora estaba sobre su cabeza. «Muévete, maldita sea», se dijo Bond. Era muy probable que fueran a derribar todo el edificio. Cuando se acercó más al hombre herido, el chug chug chug del motor diésel aumentó de volumen. Más ladrillos cayeron al suelo.

No era un un buen lugar para quedar enterrado vivo...

A sólo diez metros del herido. Practicarle un torniquete, sacarlo del túnel, ponerse a cubierto... y empezar a hacer preguntas.

Pero con un estrépito brutal, la suave luz del día de primavera que entraba por el extremo del túnel se apagó. Dos ojos blancos relucientes la sustituyeron, brillantes a través del polvo. Se detuvieron, y entonces, como si pertenecieran a un león que hubiera divisado a su presa, se desviaron un poco y apuntaron a Bond. Con una tos feroz, la excavadora continuó avanzando, al tiempo que empujaba una oleada de barro y piedra ante ella.

Bond apuntó la pistola, pero no tenía blanco. La cuchilla de la máquina estaba levantada, para proteger la cabina del operario. El vehículo avanzaba sin cesar, empujando una masa de tierra, ladrillo y otros escombros.

—¡No! —gritó el herido, mientras la excavadora continuaba su avance. El conductor no le veía. O, si lo veía, no habría podido importarle menos el que el hombre muriera.

El atacante de Bond desapareció con un chillido bajo la capa de roca. Un momento después, las orugas rodaron sobre el lugar donde había quedado enterrado.

Los faros no tardaron en desaparecer, ocultos por los cascotes, y se hizo una oscuridad total. Bond encendió la linterna y volvió corriendo a la habitación de la placa giratoria. Tropezó en la entrada y cayó al suelo, mientras tierra y ladrillo se le amontonaban hasta los tobillos y, después, las pantorrillas.

Un momento después, las rodillas de Bond quedaron inmovilizadas.

Detrás de él, la excavadora continuaba su marcha, de forma que iba empujando los escombros enlodados hacia el interior de la habitación. Bond no tardó en quedar inmovilizado hasta la cintura. Otro medio minuto, y estaría cubierto hasta la cara.

Pero el peso de la montaña de escombros fue demasiado para la excavadora, o tal vez había afectado a los cimientos del edificio. La ola cesó de avanzar. Antes de que el operario pudiera maniobrar para proseguir su tarea, Bond se había liberado y huido de la habitación. Le picaban los ojos, y sus pulmones sufrían una atroz tortura. Escupió polvo y arenilla, y apuntó la linterna hacia el túnel. Estaba bloqueado por completo.

Atravesó a toda prisa las tres habitaciones sin ventanas donde había recogido la ceniza y los fragmentos de metal. Se detuvo junto a la puerta que conducía a la sala de autopsias. ¿Habrían obstruido la salida para obligarlo a caer en una trampa? ¿Estarían esperándole el irlandés y los demás guardas de seguridad? Enroscó el silenciador en la Walther.

Respiró hondo, hizo una pausa y abrió la puerta, al tiempo que adoptaba una postura de tiro defensiva, la linterna apuntada hacia delante con la mano izquierda, sobre la cual descansaba la derecha, que empuñaba la pistola.

El enorme vestíbulo estaba desierto. Pero las puertas dobles que había visto antes, por las que se filtraba un rayo de luz, estaban obstruidas: la excavadora había apilado toneladas de cascotes contra ellas.

Atrapado...

Corrió a las habitaciones más pequeñas del lado norte del sótano, el pabellón de salud mental. La más grande (la oficina, supuso) tenía una puerta, pero estaba cerrada a cal y canto. Bond apuntó la Walther y, parado en un ángulo oblicuo, disparó cuatro veces contra la placa metálica del cerrojo, y después cuatro más en los goznes.

No causó el menor efecto. Un proyectil semiblindado no tiene nada que hacer contra el acero. Volvió a cargar e introdujo el cargador vacío en su bolsillo izquierdo, donde siempre guardaba los ya utilizados.

Estaba contemplando las ventanas enrejadas cuando una voz estentórea le hizo dar un salto.

—*Attention! Opgelet! Grozba! Nebezpeciy!*

Bond dio media vuelta en busca de un objetivo.

Pero la voz llegaba desde un altavoz sujeto a la pared.

—*Attention! Opgelet! Grozba! Nebezpeciy!* ¡Faltan tres minutos! —se oyó por el altavoz.

La última frase, una grabación, se repitió en holandés, polaco y ucraniano.

¿Tres minutos?

—¡Evacuación inmediata! ¡Peligro! ¡Se han colocado cargas explosivas!

Bond paseó la linterna alrededor de la habitación.

¡Los cables! No servían para proporcionar electricidad a la construcción. Estaban sujetos a cargas explosivas. Bond no los había visto porque las cargas estaban pegadas con cinta adhesiva a vigas metálicas del techo. Todo el edificio iba a estallar.

Tres minutos...

La linterna reveló la existencia de docenas de paquetes de explosivos, suficientes para convertir las paredes de piedra que lo rodeaban en polvo… y vaporizar a Bond. Y todas las salidas estaban bloqueadas. Con el corazón acelerado y la frente perlada de sudor, Bond guardó la pistola y la linterna, y agarró una de los barrotes de hierro de una ventana. Tiró de él, pero resistió.

A la luz brumosa que se filtraba a través del cristal, paseó la vista a su alrededor y después trepó a una viga cercana.

Desprendió uno de los paquetes de explosivos y saltó al suelo. Las cargas eran de un compuesto de RDX, a juzgar por el olor. Cortó con la navaja un fragmento grande y lo apretó contra el pomo y el cerrojo de la puerta. Eso sería suficiente para volar la cerradura sin matarse de paso.

¡Manos a la obra!

Bond retrocedió unos seis metros, apuntó y disparó. Alcanzó de lleno el explosivo.

Pero, tal como temía, no sucedió nada... salvo que la masa gris amarillenta de plástico mortífero cayó al suelo como si nada. Los compuestos sólo estallan con un detonador, no con un impacto físico, incluso el de una bala que viaja a seiscientos metros por segundo. Había esperado que la sustancia fuera la excepción a la regla.

El aviso de que quedaban dos minutos resonó en la habitación.

Bond alzó la vista hacia el lugar donde el detonador que había desprendido de la carga colgaba de una manera obscena. Pero la única forma de detonarlo era con una corriente eléctrica.

Electricidad...

¿Los altavoces? No, el voltaje era demasiado bajo para detonar un casquillo detonador. Igual que el de la batería de su linterna.

La voz resonó de nuevo: el aviso de que faltaba un minuto.

Bond se secó el sudor de las palmas de las manos, sacó la pistola y expulsó una bala. Con el cuchillo abrió la bala de plomo y la tiró a un lado. Después, presionó el cartucho, lleno de pólvora, en el interior del explosivo, que pegó a la puerta.

Retrocedió, apuntó con cuidado al diminuto disco del cartucho y disparó una bala. El proyectil alcanzó el cebo, que detonó la pólvora y, después, el plástico. Con una enorme llamarada, la explosión voló la cerradura en pedazos.

También arrojó a Bond al suelo, entre una lluvia de astillas de madera y humo. Durante unos segundos permaneció aturdido, después se puso en pie y avanzó tambaleante hacia la puerta, que estaba abierta, aunque atascada. El hueco mediría tan sólo veinte centímetros de anchura. Asió el pomo y empezó a abrir poco a poco la pesada puerta.

—*Attention! Opgelet! Grozba! Nebezpeciy!*

14

En el aparcamiento de remolques, Severan Hydt y Niall Dunne estaban parados el uno al lado del otro. Tenían la mirada fija en el viejo hospital del ejército, y estaban tensos e impacientes. A todo el mundo (incluido el frío Dunne, especulaba Hydt) le gustaba contemplar una explosión controlada que derribaba un edificio.

Como Janssen no había contestado al teléfono y Dunne había oído un disparo en el interior, el irlandés manifestó a Hydt su convencimiento de que el hombre de seguridad, Eric Janssen, tenía que estar muerto. Había bloqueado las salidas del hospital, para volver después corriendo al remolque como un animal torpe, y le había contado a Hydt que iba a detonar las cargas del edificio. Estaba previsto que fuera al día siguiente, pero no existían motivos para aplazar la demolición.

Dunne había activado el sistema informatizado y oprimido los dos botones rojos al mismo tiempo, con lo que se inició la secuencia. Una póliza de responsabilidad civil exigía que se transmitiese una grabación de aviso de ciento ochenta segundos a todo el edificio, en idiomas que representaran los hablados por el noventa por ciento de los trabajadores. Habría sido necesario más tiempo para anular la medida de seguridad, pero si el intruso no estaba enterrado en el túnel, se encontraba encerrado en el depósito de cadáveres. No podría escapar a tiempo. Si al día siguiente o al otro alguien acudía a hacer preguntas sobre una persona desaparecida, Hydt podría contestar: «Lo comprobaremos, desde luego… ¿Qué? ¡Oh, Dios mío, no teníamos ni idea! Hicimos todo lo que debíamos con la valla y los letreros. ¿Cómo es posible que no oyera los avisos grabados? Lo lamentamos, pero no somos los responsables».

—Quince segundos —dijo Dunne.

Ningún ruido mientras Hydt contaba los segundos en silencio.

El temporizador de la pared llegó al cero y el ordenador envió la señal acordada de antemano a los detonadores.

Al principio, no vieron los destellos de las explosiones. Las iniciales eran internas y de escasa intensidad, para eliminar las principales vigas del edificio. Pero pocos segundos después, unos estallidos de luz destellaron como cámaras de *paparazzi*, les siguió un sonido de petardos propio de una fiesta mayor y después, estruendos más profundos. Dio la impresión de que el edificio se estremecía. A continuación, como si se arrodillara para ofrecer su cuello a la hoja del verdugo, el hospital se desmoronó poco a poco, formando una nube de polvo y humo que no tardó en extenderse hacia el exterior.

—La gente lo habrá oído —dijo Dunne al cabo de unos momentos—. Deberíamos irnos.

No obstante, Hydt estaba fascinado por la pila de cascotes, tan diferentes del elegante aunque marchito edificio que había existido unos momentos antes. Lo que había sido algo se había convertido en nada.

—Severan —insistió Dunne.

Hydt descubrió que estaba entusiasmado. Pensó en Jessica Barnes, en su pelo blanco, la piel pálida y áspera. Ella no sabía nada de Gehenna, de modo que él no había pedido que le acompañara aquel día, pero lamentaba su ausencia. Bien, le había pedido que se reuniera con él en su despacho, para luego ir a su casa.

Su estómago emitió un ruidito de placer. Una sensación sobrealimentada por el recuerdo del cadáver que había encontrado en Green Way aquella mañana… y de lo que ocurriría al día siguiente.

Un centenar de muertos...

—Sí, sí.

Severan Hydt recogió su maletín y salió. De todos modos, no subió al Audi A8 de inmediato. Se volvió para examinar una vez más el polvo y el humo que se elevaban sobre el edificio derruido. Observó que la explosión había sido preparada con habilidad. Se recordó que debía dar las gracias al equipo. Manipular cargas es un verdadero arte. El truco no consiste en volar el edificio, sino en eliminar lo que lo mantiene vertical, permitiendo que la gravedad haga su trabajo.

Lo cual, reflexionó Hydt, era una metáfora de su papel en la tierra.

15

A primera hora de la tarde, franjas de sol y sombra rodaban sobre las bajas filas de remolacha azucarera en el campo de los Fenlands.

James Bond estaba tendido de espaldas, abierto de brazos y piernas, como un niño que hubiera estado haciendo ángeles de nieve y no quisiera volver a casa. Rodeado por un mar de hojas verdes, se encontraba a treinta metros de la pila de cascotes que había sido el viejo hospital del ejército, desprovisto del sentido del oído por obra y gracia de las ondas de choque del explosivo de plástico. Había mantenido los ojos cerrados para protegerlos del fogonazo y la metralla, pero había tenido que utilizar ambas manos para escapar, abriendo por la fuerza la puerta del pabellón de salud mental, mientras las principales cargas detonaban y el edificio se venía abajo detrás de él.

Se levantó un poco (la remolacha azucarera proporcionaba escaso refugio en mayo) y paseó la mirada a su alrededor en busca de señales amenazadoras.

Nada. El cerebro del plan (ya fuera el irlandés, Noah o un cómplice) no le estaba buscando. Tal vez estaban convencidos de que había muerto como consecuencia del derrumbe.

Respiró con fuerza para limpiar los pulmones de polvo y del acre humo químico, se puso en pie y salió del campo dando tumbos.

Regresó al coche y se dejó caer en el asiento delantero. Sacó una botella de agua del asiento de atrás y bebió un poco, y luego se inclinó hacia fuera y vertió el resto sobre los ojos.

Puso en marcha el potente motor, con el consuelo de que ya podía oír el borboteo de los gases de escape, y tomó una ruta diferente para salir de March, en dirección este para no toparse con nadie que estuviese relacionado con la demolición, y después volvió hacia el oeste. No tardó en llegar a la A1, de vuelta a Londres para descifrar los crípticos mensajes relacionados con el Incidente Veinte que los fragmentos de ceniza pudieran contener.

Cerca de las cuatro de la tarde, Bond entró en el aparcamiento subterráneo del edificio del ODG.

Pensó en darse una ducha, pero decidió que no tenía tiempo. Se lavó las manos y la cara, aplicó una tirita sobre un pequeño corte, cortesía de un ladrillo caído, y corrió a ver a Philly. Le entregó los trozos de cinta aislante.

—¿Puedes llevarlos a analizar?

—Por el amor de Dios, James, ¿qué ha pasado?

Parecía alarmada. Los pantalones y la chaqueta tácticos se habían llevado la peor parte del derrumbe, pero ya habían aparecido algunas contusiones nuevas en gloriosos tonos violeta.

—Un pequeño encontronazo con una excavadora y un poco de C4 o Semtex. Estoy bien. Averigua todo lo que puedas sobre Eastern Demolition and Scrap. Además, me gustaría saber quién es el propietario de la base del ejército que hay a las afueras de March. ¿El Ministerio de Defensa? ¿O la han vendido?

—Me pondré a ello.

Bond volvió a su despacho, y acababa de sentarse cuando Mary Goodnight lo llamó por el intercomunicador.

—James. El tipo ese por la línea dos.

Su tono dejó muy claro quién llamaba.

Bond pulsó el botón.

—Percy.

La voz untuosa:

—¡Hola, James! Estoy volviendo de Cambridge. He pensado que tú y yo podíamos charlar un rato. A ver si hemos encontrado algunas piezas de nuestro rompecabezas.

—¿Qué tal ha ido tu excursión?

—Cuando llegué, eché un vistazo por los alrededores. Resulta que la gente de Porton Down tiene una pequeña instalación cerca. Me topé con ella por casualidad.

Lo cual divirtió a Bond.

—Qué interesante. ¿Existe alguna relación entre productos bioquímicos y Noah o el Incidente Veinte?

—No te lo sabría decir. Sus sistemas de vigilancia y registros de visitas no revelaron nada destacable. Mi secretaria sigue trabajando en ello.

—¿Y el pub?

—Curry tenía razón. La camarera no se acordaba de quién había pedido el pastel o el guiso hace tanto tiempo, pero, por otra parte, era de esperar, ¿no? ¿Y tú? La misteriosa nota sobre la farmacia y los dos días después de los idus de marzo ¿ha dado algún resultado?

Bond estaba preparado para esto.

—Me la jugué. Fui a March, Boots Road, y me topé con una antigua base militar.

Una pausa.

—Ah. —El hombre de la División Tres rió, aunque el sonido parecía desprovisto de humor—. De modo que malinterpretaste la pista cuando estuvimos hablando antes. ¿Y el fatídico número diecisiete es la fecha de mañana, por casualidad?

En cualquier caso, Osborne-Smith era agudo.

—Es posible. Cuando llegué, estaban demoliendo el lugar —añadió Bond, sin dar más detalles—. Plantea más preguntas que otra cosa, me temo. Los técnicos están investigando algunos hallazgos. Cosas de escasa importancia. Te enviaré los informes.

—Gracias. Estoy investigando aquí toda clase de pistas islámicas, la conexión afgana, picos en SIGINT, lo de siempre. Debería mantenerme ocupado un rato.

Estupendo. Bond no habría podido pedir nada mejor para el subdirector de Operaciones de Campo, el señor Percy Osborne-Smith.

Mantenerlo ocupado...

Cortaron la comunicación y Bond llamó a Bill Tanner para informarle sobre lo sucedido en March. Acordaron no hacer nada de momento con el cuerpo del hombre que había atacado a Bond en el hospital, pues preferían mantener intacta la tapadera de éste antes que obtener alguna información del cadáver.

Mary Goodnight asomó la cabeza por la puerta.

—Philly te llamó cuando estabas al teléfono. Ha descubierto algunas cosas que te interesarán. Le dije que subiera. —Su secretaria tenía el ceño fruncido, y sus ojos se desviaron hacia una de las ventanas opacas de Bond—. Una pena, ¿verdad? Lo de Philly.

—¿De qué estás hablando?

—Pensaba que te habías enterado. Tim rompió el compromiso. La dejó plantada hace unos días. Hasta tenían apalabrada la iglesia, y ella ya había planeado la despedida de soltera: un fin de semana sólo para chicas en España. Yo iba a ir.

«¿Tan observador soy?», pensó Bond. Eso era lo que faltaba de su escritorio del tercer piso: las fotos de su prometido. Era probable que el anillo de compromiso también hubiera desaparecido en combate.

—¿Qué ha pasado? —preguntó.

—Siempre es algo más que una sola cosa, ¿no? No se llevaban muy bien últimamente. Malos rollos. Discusiones acerca de que ella conducía demasiado deprisa y trabajaba demasiado. No acudió a una gran reunión familiar en casa de los padres de él. De pronto, le cayó a Tim la oportunidad de ocupar un cargo en Singapur o Malasia. Lo aceptó. ¡Llevaban juntos tres años, caramba!

—Lo siento.

La conversación sobre el drama terminó con la llegada de la protagonista.

Sin reparar en la atmósfera tensa en la que acababa de adentrarse, Philly pasó junto a Goodnight con una sonrisa y entró en el despacho de Bond, donde se dejó caer en una silla. Su cara en forma de corazón daba la impresión de haberse estrechado, y sus ojos avellana brillaban con la intensidad de un cazador que acaba de encontrar un rastro fresco. Conseguía que resultara más hermosa todavía. ¿Una despedida de soltera sólo para chicas en España? Dios, no le cabía en la imaginación, del mismo modo que no se imaginaba a Philly llegando a casa cargada con dos bolsas del supermercado para preparar una cena hogareña en honor de un hombre llamado Tim y sus hijos, Matilda y Archie.

¡Basta!, se reprendió, para concentrarse en lo que ella le estaba diciendo.

—Nuestra gente consiguió leer un fragmento de ceniza. Las palabras eran «el plan Gehenna». Y debajo, «viernes, 20 de mayo».

—¿Gehenna? Me suena, pero ahora no lo ubico.

—Es un nombre bíblico. Investigaré más. Me limité a entrar «plan Gehenna» en las bases de datos de agencias de seguridad y de delitos. Resultó negativa.

—¿Qué contenía el otro fragmento de ceniza?

—Ése estaba más dañado. Nuestro laboratorio sólo pudo identificar las palabras «término» y «cinco millones de libras», pero el resto era indescifrable. Lo enviaron a la policía judicial de Scotland Yard, sólo para unos ojos. Me informarán esta noche.

—«Término»… Términos del acuerdo, supongo. Pago o anticipo de cinco millones por el ataque o lo que sea. Eso sugiere que Noah lo está haciendo por dinero, y no en nombre de una tendencia política ni de una ideología.

Ella asintió.

—Acerca de la conexión serbia: mi ardid húngaro no funcionó. Los tíos de Belgrado están muy enfadados contigo, James. Pero conseguí que tu Rama I me presentara como funcionaria de la Unión Europea: jefa del Directorio de Investigaciones sobre la Seguridad en los Transportes.

—¿Qué demonios es eso?

—Me lo inventé. Imité un acento francosuizo muy bueno, aunque lo diga yo. Los serbios se mueren de ganas de hacer cualquier cosa que haga feliz a la Unión Europea, de modo que se esforzarán al máximo por informarme sobre las sustancias peligrosas del tren y proporcionarme más detalles acerca de Karic.

Philly era un auténtico tesoro.

—Eastern Demolition tiene su sede central en Slough. Fue la empresa que ofreció el precio más bajo por el proyecto de demolición de la base del ejército británico en March.

—¿Es una sociedad anónima?

—No cotiza en Bolsa. De la que es propietario un hólding, que tampoco cotiza en Bolsa: Green Way International. Es muy grande, y tiene delegaciones en media docena de países. Todas las acciones están en manos de un solo hombre: Severan Hydt.

—¿Ése es su auténtico nombre?

Philly rió.

—Al principio me pregunté en qué estarían pensando sus padres. Por lo visto, se lo cambió oficialmente cuando cumplió veinte años.

—¿Cuál era su nombre de pila?

—Maarten Holt.

—Hydt por Holt —murmuró Bond—. No lo entiendo, aunque carece de importancia, pero ¿Severan por Maarten? ¿Por qué demonios?

La hermosa joven se encogió de hombros.

—Green Way es una enorme empresa de recogida y reciclaje de basura. Habrás visto sus camiones, pero es probable que no hayas pensado demasiado en ellos. No pude averiguar gran cosa, porque se filtra escasa información y Hydt se mantiene alejado de la prensa. Un artículo del *Times* lo llamaba «el trapero más rico del mundo». El *Guardian* publicó un perfil de él hace años, y fue muy elogioso, pero él sólo les proporcionó unas cuantas citas genéricas, y punto. Descubrí que era de origen holandés, mantuvo la doble nacionalidad durante un tiempo, y ahora sólo es inglés.

El lenguaje corporal y el brillo de cazador en sus ojos delataron que Philly no lo había revelado todo.

—¿Y? —preguntó Bond.

La joven sonrió.

—Encontré algunas referencias en línea a cuando estudiaba en la Universidad de Bristol, donde fue un alumno excelente, por cierto. —Explicó que Hydt había sido miembro activo del club de vela de la universidad, y capitán de un barco en las competiciones—. No sólo navegaba, sino que se construyó su propio barco. Le valió un mote.

—¿Cuál? —preguntó Bond, aunque intuyó que ya lo sabía.

—Noé, o sea, Noah.

16

Eran las cinco y media. Como pasarían varias horas antes de que Philly recibiera la información que estaba esperando, Bond sugirió que fueran a cenar juntos.

Ella accedió y volvió a su ordenador, mientras Bond redactaba y encriptaba un correo electrónico para M, con copia a Bill Tanner, en el cual afirmaba que Noah era Severan Hydt, e incluía una sinopsis de sus antecedentes y de lo que había ocurrido en March. Añadía que Hydt se refería al ataque relacionado con el Incidente Veinte como el «plan Gehenna». Pronto enviaría más datos.

Recibió una lacónica respuesta:

007:
Autorizado a proceder. Se espera coordinación adecuada con organizaciones nacionales.
M

«Mi carta gris...»

Bond salió de su despacho, subió en ascensor al segundo piso y entró en una sala grande en la que había más ordenadores que en una tienda de electrónica. Algunos hombres y mujeres trabajaban delante de monitores, o ante el tipo de ordenadores típicos de un laboratorio de química universitario. Bond se encaminó hacia un despacho acristalado situado al fondo y dio unos golpecitos en la ventana.

Sanu Hirani, jefe de la Rama Q del ODG, era un hombre delgado de unos cuarenta años. Era de tez cetrina, y su abundante pelo negro enmarcaba un rostro lo bastante hermoso como para conseguirle papeles en Bollywood. Brillante jugador de críquet, famoso por la velocidad con que lanzaba, se había licenciado en químicas, ingeniería eléctrica e informática por las mejores universidades de Inglaterra y los Estados Unidos (donde había triunfado en todo, salvo en vender el críquet a los yanquis, que ni captaban las sutilezas del juego ni toleraban la duración de un partido que puede prolongarse varios días).

La Rama Q era el enclave de soporte técnico del OGD. Hirani supervisaba todos los aspectos de los artilugios que utilizaban los agentes. Los magos de departamentos como la Rama Q y la División de Ciencia y Tecnología de la CIA dedicaban todo su tiempo a aportar innovaciones en *hardware* y *software*, como cámaras en miniatura, armas improbables, objetos ocultos, aparatos de comunicaciones y equipos de vigilancia, como el último descubrimiento de Hirani: un micrófono omnidireccional hipersensible montado en el interior de una mosca muerta («Un micro dentro de un mico», había comentado con ironía Bond a su creador, a lo cual éste había replicado que era la decimoctava persona que le hacía la bromita, y que, por cierto, una mosca no era, desde un punto de vista biológico, un mico).

Como la razón de ser del ODG era operativa, casi todo el trabajo de Hirani residía en procurar tener a mano toda clase de monoculares, prismáticos, camuflaje, artilugios de comunicaciones, armas especializadas y material de contravigilancia. A este respecto, era como un bibliotecario encargado de fichar los libros y lograr que se devolvieran a tiempo.

Pero el genio particular de Hirani residía en su habilidad para inventar e improvisar, ideando aparatos como el iQPhone. El ODG era el titular de la patente de docenas de sus invenciones. Cuando Bond u otros agentes de la Rama O tenían una misión y se encontraban en un aprieto, una llamada a Hirani, en cualquier momento del día o de la noche, solucionaba el problema. Él o su equipo ingeniaban algo en la oficina y lo introducían en la valija diplomática del FCO para entregarlo al día siguiente. Con mucha frecuencia, por desgracia, el tiempo era un factor crítico, de modo que Hirani solicitaba la colaboración de alguno de sus múltiples innovadores y gorrones astutos de todo el mundo para que fabricara, localizara o modificara un aparato ipso facto.

—James. —Los dos hombres se estrecharon la mano—. Me han dicho que te encargas del Incidente Veinte.

—Eso parece.

Bond se sentó, y reparó en un libro que descansaba sobre el escritorio de Hirani: *La guerra secreta,* de Charles Fraser-Smith. Era uno de sus favoritos sobre la historia de los artilugios relacionados con el espionaje.

—¿Es muy grave?

—Bastante —dijo con laconismo Bond, sin informarle de que había estado a punto de morir dos veces en el cumplimiento de su misión en menos de cuarenta y ocho horas.

—¿Qué necesitas? —preguntó Hirani, sentado bajo fotos de antiguos ordenadores IBM y jugadores de críquet indios.

Bond bajó la voz para que el empleado de la Rama Q más cercano, una joven con la vista clavada en la pantalla, no le oyera.

—¿Qué clase de equipos de vigilancia tienes que un hombre solo pueda colocarlos? No puedo acceder al ordenador o teléfono del tipo, pero tal vez pueda colocar algo en su despacho, vehículo o domicilio particular. Desechable. Puede que no lo recupere después.

—Ah, sí...

Los ojos luminosos de Hirani se apagaron.

—¿Algún problema, Sanu?

—Bien, James, debo decirte que, no hace ni diez minutos, he recibido una llamada de arriba.

—¿Bill Tanner?

—No… De más arriba.

M. Maldita sea, pensó Bond. Ya se lo venía venir.

—Dijo que si alguien de la Rama O solicitaba un equipo de vigilancia —continuó Hirani—, tendría que informarle de inmediato. Qué casualidad.

—Sí —contestó con amargura Bond.

—De modo que —dijo Hirani, con una sonrisa de suficiencia— ¿debo decirle que alguien de la Rama O desea hacerse con un equipo de vigilancia?

—Tal vez podrías esperar un poco.

—Bien, dalo por hecho —dijo Hirani, y su rostro se iluminó de nuevo—. Tengo maravillosos paquetes entre los que puedes elegir. —Hablaba como un vendedor de coches—. Un micrófono que se carga por inducción. Basta con que lo coloques cerca de un cable eléctrico, sin pilas. Capta voces a quince metros de distancia y ajusta el volumen automáticamente para que no se produzcan distorsiones. Ah, y otra cosa con la que hemos logrado un gran éxito es una moneda de dos libras, conmemorativa de los trescientos noventa y cuatro años del Banco de Inglaterra. Es relativamente rara, de modo que un objetivo tiende a guardarla para que le dé buena suerte, pero no tan rara como para que no pueda venderla. La batería dura cuatro meses.

Bond suspiró. Los aparatos prohibidos le parecían perfectos. Dio las gracias al hombre y le dijo que seguirían en contacto. Volvió a su despacho, donde encontró a Mary Goodnight sentada a su escritorio. No había motivos para que se quedara.

—Ya puedes irte a casa. Buenas noches, Goodnight.

Ella lanzó un vistazo a sus últimas heridas y reprimió sus instintos maternales, pues sabía por pasadas experiencias que serían rechazados. Se decidió por un «hasta mañana, James», y después recogió su bolso y su chaqueta.

Bond se sentó de nuevo y de repente tomó conciencia de que hedía a sudor, y del polvo de ladrillo que engalanaba sus uñas. Pensó en volver a casa a ducharse. En tomar su primera copa del día. No obstante, antes tenía que solucionar algo.

Se volvió hacia su pantalla y entró en la base de datos de información general de Golden Wire, gracias a la cual averiguó que el negocio y el domicilio de Severan Hydt se hallaban, cosa curiosa, en una zona depauperada del este de Londres conocida como Canning Town. La sede central de Green Way se encontraba a orillas del Támesis, cerca de Rainham, lindante con el Wildspace Conservation Park.

Bond echó un vistazo a los planos por satélite de la casa de Hydt y los terrenos de Green Way. Era de importancia vital tener vigilado al hombre. Pero no había forma legal de conseguirlo sin la colaboración de Osborne-Smith y los equipos de espionaje de la Rama A del MI5..., y en cuanto el hombre de la División Tres se enterara de la identidad de Hydt, procedería a «retenerlos» a él y al irlandés. Bond reflexionó de nuevo sobre el peligro. ¿Era realista su preocupación por el hecho de que, si los detenían a ambos, sus cómplices procederían a acelerar la carnicería, o desaparecerían hasta atacar de nuevo al mes siguiente, o al año siguiente?

La maldad puede ser paciente, había descubierto Bond.

¿Vigilancia o no?

Debatió consigo mismo. Tras un momento de vacilación, descolgó de mala gana el teléfono.

17

A las seis y media, Bond volvió a su piso, entró en el garaje y dio marcha atrás para aparcar junto al Jaguar verde de competición. Subió al primer piso por la escalera, abrió la puerta con llave, desconectó la alarma y confirmó con otra función de seguridad (un video acelerado) que sólo May, su ama de llaves, había estado dentro. Algo avergonzado, le explicó cuando había empezado a trabajar para él que la cámara de seguridad era una exigencia de su jefe; el piso tenía que estar vigilado cuando estaba ausente, aunque ella trabajara dentro. «Teniendo en cuenta lo que usted debe de estar haciendo por el país, siendo un patriota y todo eso, no es ninguna molestia», había contestado la leal mujer, utilizando la palabra «señor», una señal de respeto que le reservaba únicamente a él.

Oyó los mensajes del buzón de voz. Sólo tenía uno. Era de un amigo que vivía en Mayfair, Fouad Jaraz, un astuto y exuberante jordano que se dedicaba a toda clase de negocios, sobre todo relacionados con vehículos: coches, aviones y los yates más asombrosos que Bond había visto en su vida. Jaraz y él eran miembros del mismo club de juego en Berkeley Square, el Commodore.

Al contrario que muchos clubes similares de Londres, donde podías hacerte socio en veinticuatro horas por quinientas libras, el Commodore era un establecimiento formal, que para ingresar exigía paciencia y una investigación previa. Cuando ya eras socio, tenías que ceñirte a una serie de normas estrictas, como el código de etiqueta, además de un comportamiento impecable en las mesas. Contaba también con un restaurante y una bodega excelentes.

Jaraz había llamado para invitar a Bond a cenar en el club aquella noche. «Tengo un problema, James. He heredado dos hermosas mujeres de Saint-Tropez. Se trata de una historia demasiado larga y delicada para plasmarla en un mensaje. Pero no puedo ser lo bastante encantador para ambas. ¿Me puedes ayudar?»

Bond sonrió y llamó a su amigo para decirle que tenía otra cita. Aplazaron el encuentro.

Después, procedió al ritual de la ducha (abrasadora, después helada) y se secó con brío. Se pasó los dedos por las mejillas y la barbilla, y decidió atenerse a su prejuicio de toda la vida de no afeitarse dos veces al día. A continuación, se reprendió: ¿por qué lo has pensado? Philly Maidenstone es bonita e inteligente, y corre en una moto estupenda..., pero es una colega. Punto.

No obstante, el mono de cuero negro se materializó de improviso en su mente.

Cubierto con un albornoz, Bond entró en la cocina y se sirvió dos dedos de bourbon Basil Hayden en un vaso, dejó caer un cubito y bebió la mitad, disfrutando del sabor almendrado penetrante. El primer sorbo del día siempre era el mejor, sobre todo en un momento como éste: después de una azarosa incursión contra el enemigo y en vísperas de una velada con una hermosa mujer...

Se reprimió de nuevo. Basta.

Se sentó en una vieja butaca de cuero de la sala de estar, apenas amueblada. La mayoría de objetos habían pertenecido a sus padres, heredados cuando habían muerto y almacenados en casa de su tía, en Kent. Él había comprado pocas cosas: algunas lámparas, un escritorio y sillas y un aparato estéreo Bose que nunca había tenido la oportunidad de escuchar.

Sobre la repisa de la chimenea descansaban fotos de sus padres y abuelos, escoceses por parte de padre y suizos por parte de madre. En algunas aparecía su tía Charmian, con un joven Bond en Kent. En las paredes colgaban más fotografías, tomadas por su madre, fotoperiodista *freelance*. Sobre todo en blanco y negro, las flotos plasmaban diversas imágenes: mítines políticos, actos sindicales, competiciones deportivas, escenas panorámicas de lugares exóticos.

También había un curioso *objet d'art* en el centro de la repisa: una bala. No tenía nada que ver con el papel de Bond como agente de la Sección 00 de la Rama O del ODG. Se remontaba a una época y un lugar muy diferentes en la vida de Bond. Caminó hacia la chimenea y dio una o dos vueltas en la mano al proyectil, hasta que la dejó de nuevo en su sitio y volvió a la butaca.

Después, pese a que pretendía mantener una relación con Philly..., con la agente Maidenstone..., puramente profesional, no pudo dejar de pensar en ella como mujer.

Que ya no estaba comprometida.

Bond tuvo que admitir que sentía por Philly algo más que puro deseo físico. Y entonces se formuló una pregunta que había surgido en otros momentos, con otras mujeres, aunque muy pocas veces: ¿podrían entablar una relación seria?

La vida sentimental de Bond era más complicada que la de la mayoría de la gente. Las barreras que le impedían tener pareja fija eran, hasta cierto punto, sus numerosos viajes, las exigencias de su trabajo y el constante peligro que le rodeaba. Pero más fundamental era la delicada cuestión de admitir quién era él en realidad y, sobre todo, su cometido en la Sección 00, que algunas mujeres, tal vez casi todas, considerarían desagradable, cuando no aberrante.

Sabía que, en algún momento, tendría que confesar al menos una parte de esa faceta de su existencia a cualquier mujer que llegara a ser algo más que una amante ocasional. Es difícil ocultar secretos a tus íntimos durante mucho tiempo. La gente es más inteligente y observadora de lo que pensamos y, entre amantes, los secretos fundamentales de un miembro de la pareja sólo se mantienen ocultos porque el otro desea que sigan así.

La negación plausible tal vez funcionara en Whitehall, pero no duraba mucho entre amantes.

Sin embargo, con Philly Maidenstone esto no constituía ningún problema. No habría confesiones durante la cena o entre las sábanas arrugadas de la cama al amanecer. Ella conocía su currículo y su cometido... íntimamente.

Y había sugerido que cenaran cerca del piso de ella.

¿Qué clase de mensaje ocultaba esa elección?

James Bond consultó su reloj. Era hora de vestirse y tratar de descifrar el código.

18

A las ocho y cuarto, el taxi dejó a Bond frente a Antoine's, en Blooms-bury, y aprobó de inmediato la elección de Philly. Detesta-ba los bares y restaurantes abarrotados y ruidosos, y en más de una ocasión se fue de locales selectos cuando el nivel de decibelios había llegado a ser demasiado irritante. Los pubs de gama alta eran más «rastro» que «gastro», había bromeado en una ocasión.

Pero Antoine's era silencioso y poco iluminado. Una im-presionante selección de vinos se veía al fondo de la sala, y las paredes estaban forradas de retratos del siglo XIX. Bond pidió un pequeño reservado no lejos de la pared de botellas. Se aco-modó en el cuero mullido de cara a la puerta, como de costum-bre, y estudió el lugar. Ejecutivos y gente del barrio, decidió.

—¿Desea beber algo? —preguntó el camarero, un hombre agradable que frisaría los cuarenta años, con la cabeza afeitada y pendientes en las orejas.

Bond se decantó por un combinado.

—Crown Royal con hielo, doble, por favor. Añada media medida de triple seco, dos gotas de bíter y una corteza de na-ranja.

—Sí, señor. Interesante bebida.

—Basada en el Old Fashioned. Creación propia, en realidad.

—¿Tiene nombre?

—Todavía no. Estoy buscando el más adecuado.

Al cabo de un momento, llegó, y tomó un sorbo. Estaba mez-clado a la perfección, y Bond así lo manifestó. Acababa de dejar el vaso sobre la mesa cuando vio a Philly entrar por la puerta con una sonrisa radiante. Dio la impresión de que aceleraba el paso al verle.

Iba vestida con unos pantalones vaqueros negros muy ceñidos, chaqueta de cuero marrón y, debajo, un jersey ajustado verde oscuro, el color de su Jaguar.

Bond hizo ademán de levantarse, y Philly se sentó a su lado, en lugar de hacerlo delante. Cargaba con un maletín.

—¿Estás bien? —preguntó ella.

Bond había esperado algo más personal que aquel saludo informal. Pero después se preguntó con severidad: «¿Por qué?».

Philly acababa de quitarse la chaqueta cuando vio al camarero, a quien saludó con una sonrisa.

—Ophelia.

—Aaron. Tomaré una copa de riesling.

—Ahora mismo.

Su vino llegó y Bond dijo a Aaron que pedirían la cena más tarde. Sus vasos se hicieron una mutua reverencia, pero no entrechocaron.

—Antes que nada —murmuró Bond, al tiempo que se acercaba un poco más—, Hydt. Háblame de él.

—Investigué en Operaciones Especiales del Yard, Seis, Interpol, NCIC, la CIA y el AIVD de los Países Bajos. También llevé a cabo unas discretas investigaciones en Cinco. —Era evidente que había detectado la tensión existente entre Bond y Osborne-Smith—. Sin antecedentes. No consta en listas de vigilancia. Más conservador que laborista, pero no le interesa mucho la política. No es miembro de ninguna Iglesia. Trata bien a su gente. No se han producido conflictos laborales de ningún tipo. Ningún problema con Hacienda ni Seguridad e Higiene en el Trabajo. Parece ser un hombre de negocios acaudalado. Muy acaudalado. Lo único que ha hecho desde un punto de vista profesional es recoger basura y reciclarla.

El Trapero...

—Tiene cincuenta y seis años, y no se ha casado nunca. Su padre y su madre, holandeses, ya han muerto. Su padre tenía algo de dinero y viajaba mucho por motivos de negocios. Hydt nació en Ámsterdam y después se vino a vivir aquí con su madre cuando tenía doce años. Ella padeció una crisis nerviosa, de modo que el crío estuvo casi siempre al cuidado de un ama de llaves que les había acompañado desde Holanda. Después, su padre se arruinó casi por completo y desapareció de la vida de su hijo. Como no le pagaban, el ama de llaves llamó a Servicios Sociales y se esfumó... después de ocho años de cuidar al chico. —Philly sacudió la cabeza con compasión—. Tenía catorce años.

»Empezó a trabajar de basurero a los quince. Después, desapareció hasta los veintipico. Fundó Green Way justo cuando empezó la moda del reciclaje.

—¿Qué pasó? ¿Heredó dinero?

—No. Es un poco misterioso. Empezó sin un penique, por lo que sé. Cuando fue mayor, se matriculó en la universidad. Cursó historia antigua y arqueología.

—¿Y Green Way?

—Se ocupa de eliminación de basuras en general, recogida en contenedores de ruedas, eliminación de residuos de la construcción, chatarra, demolición, reciclaje, destrucción de documentos, recogida y eliminación de materiales peligrosos. Según la prensa profesional, se ha instalado en una docena de países más para introducir contenedores de basura y centros de reciclaje.

Philly exhibió una fotocopia de un folleto de ventas de la empresa.

Bond frunció el ceño al ver el logo. Parecía una daga verde, apoyada en un costado.

—No es un cuchillo —rió Philly—. Yo pensé lo mismo. Es una hoja. El calentamiento global, la polución y la energía son los temas más a la última del movimiento ecologista hoy por hoy. Pero lo que prospera a marchas forzadas es la eliminación y reciclaje de basuras que no contaminan el planeta. Y Green Way es uno de los grandes innovadores.

—¿Hay alguna conexión serbia?

—Por mediación de una filial, es propietario de una peque-ña empresa en Belgrado, pero, como todos los demás miembros de la organización, ninguno posee antecedentes delictivos.

—No entiendo a qué juega. No es un político, ni tiene ten-dencias terroristas. Casi da la impresión de que lo hayan contra-tado para organizar el ataque, o lo que sea, del viernes. Pero no necesita el dinero. —Bond bebió su combinado—. Bien, pues, detective Maidenstone, hábleme de las pruebas, ese otro frag-mento de ceniza encontrado en March. Seis descifró el «plan Gehenna» y «viernes, 20 de mayo». ¿Los forenses de Scotland Yard han encontrado algo?

Ella bajó la voz, lo cual precisó que Bond se acercara más. Su perfume era dulce, aunque poco definido. El jersey, de cache-mira, rozó el dorso de la mano de Bond.

—Sí. Creen que el resto de las palabras era: «Trayectoria confirmada. Radio de la explosión de treinta metros mínimo. Las diez y media es la hora óptima».

—Bien, algún tipo de ingenio explosivo. Las diez y media del viernes, por la noche, según la interceptación original. Y «trayec-toria»…, una ruta de navegación o aérea, lo más probable.

—Bien —continuó ella—, en cuanto al metal que encon-traste es un laminado de acero y titanio. Único. Nadie en el laboratorio había visto jamás algo por el estilo. Los fragmentos eran virutas. Habían caído de la máquina un día antes o así.

¿Era eso lo que estaba haciendo la gente de Hydt en el só-tano del hospital? ¿Estaban fabricando un arma con este metal?

—Las instalaciones todavía son propiedad de Defensa, pero hace tres años que no se utilizan.

Sus ojos se pasearon por el maravilloso perfil, desde la frente hasta los pechos, mientras ella bebía vino.

Philly continuó:

—En cuanto a los serbios, vine a decirles más o menos que les obligaría a aceptar el euro en lugar del dinar si no me ayudaban. Al final accedieron. El hombre que trabajaba con el irlandés, Aldo Karic, era programador de cargas del ferrocarril.

—Por lo tanto, sabía perfectamente cuál era la sustancia peligrosa que transportaba.

—Sí. —La joven frunció el ceño—. A propósito, James, me parece raro. La sustancia era muy peligrosa. Isocianato de metilo, MIC. Es el agente químico que mató a todas aquellas personas en Bhopal.

—¡Dios!

—Pero, mira, éste es el inventario de todo lo que iba a bordo del tren. —Le enseñó la lista, traducida al inglés—. Los contenedores químicos son a prueba de balas. Puedes dejar caer uno desde un avión y, en teoría, no se rompe.

Bond se quedó confuso.

—Por lo tanto, un accidente de tren no habría producido un derrame.

—Es muy improbable. Y otra cosa: el vagón sólo contenía unos trescientos kilos de MIC. Es un material muy peligroso, desde luego, pero en Bhopal se liberaron cuarenta y dos mil kilos. Aunque se hubieran roto algunos bidones, los daños habrían sido mínimos.

Pero ¿en qué otra cosa estaba interesado el irlandés? Bond examinó la lista. Aparte de los productos químicos, la carga era inofensiva: calderas, piezas de vehículos, aceite de motor, chatarra, vigas, madera... Ni armas, ni sustancias inestables, ni otros materiales peligrosos.

Tal vez el incidente había sido una complicada estratagema para matar al maquinista del tren o a alguien que vivía al pie de la colina, cerca del restaurante. ¿Había acudido el irlandés con el propósito de escenificar la muerte como si fuera un accidente? Hasta que no descubrieran los propósitos de Noah, no tendrían una respuesta efectiva. Bond sólo podía confiar en que la vigilancia que había montado de mala gana a primera hora de la noche diera algún resultado.

—¿Algo más sobre Gehenna? —preguntó.

—El infierno.

—¿Perdón?

La joven sonrió.

—El concepto del infierno judeocristiano proviene de la Gehenna. La palabra se deriva de Gehinnom, el valle de Hinnom, un valle de Jerusalén. Hace siglos, opinan algunos, se utilizaba para quemar basura, y es posible que hubiera depósitos de gas natural en las rocas que mantuvieran las hogueras encendidas a perpetuidad. En la Biblia, Gehenna era el lugar adonde iban a parar los pecadores e infieles.

»La única referencia importante reciente, si hace ciento cincuenta años puede considerarse una fecha reciente, se encuentra en un poema de Rudyard Kipling. —Se había aprendido el verso de memoria, y lo recitó—: «Ya sea descendiendo a Gehenna o subiendo al Trono / quien viaja solo viaja más rápido».

A Bond le gustó y lo repitió para sí.

—Bien, hablemos de mi otra tarea, Cartucho de Acero.

Relájate, se dijo Bond. Arqueó una ceja con indiferencia.

—No he encontrado ninguna relación entre el plan Gehenna y Cartucho de Acero.

—No, lo comprendo. No creo que estén relacionados. Es otra cosa, de antes que yo entrara en el ODG.

Los ojos color avellana escudriñaron su rostro y se detuvieron un momento en la cicatriz.

—Estabas en Inteligencia de Defensa, ¿verdad? Y antes estuviste en Afganistán, en la Reserva Naval.

—Exacto.

—Afganistán... Los rusos estuvieron allí, por supuesto, antes de que nosotros y los estadounidenses decidiéramos ir a tomar el té. ¿Está relacionado con tus misiones en ese país?

—Podría ser, pero no lo sé.

Philly cayó en la cuenta de que estaba formulando preguntas que tal vez él no quisiera responder.

—Recibí el archivo original que nuestra Estación R pirateó, y examiné los metadatos. Me derivó hacia otras fuentes y descubrí que Cartucho de Acero era una operación de asesinato, bendecida al más alto nivel. A eso se refería la frase «algunas muertes». No pude averiguar si era del KGB o del SVR, de manera que todavía no sabemos la fecha.

En 1991, el KGB, el tristemente célebre aparato de seguridad y espionaje soviético, quedó dividido entre la FSB, con jurisdicción en el país, y la SVR, dedicada al extranjero. El consenso entre los expertos en el mundo del espionaje era que el cambio sólo había sido cosmético.

Bond reflexionó un momento.

—Una operación de asesinato.

—Exacto. Y uno de nuestros operativos clandestinos, un agente de Seis, estaba implicado de alguna manera, pero aún no sé quién o cómo. Tal vez nuestro hombre estaba siguiendo el rastro del asesino ruso. Tal vez quería convertirlo en agente doble. O puede que nuestro agente fuera el objetivo. Pronto sabré más. He abierto canales.

Bond tecleó en su móvil una sinopsis de lo que Philly le había contado sobre Hydt, el Incidente Veinte y Green Way International, pero omitió la información sobre la Operación Cartucho de Acero. Envió el mensaje a M y Bill Tanner.

—De acuerdo —dijo—. Ahora, ha llegado el momento de alimentarnos, después de nuestro esforzado trabajo. En primer lugar, vino. ¿Tinto o blanco?

—Soy una chica que no acata las normas. —Philly dejó en suspenso la frase..., en broma, al parecer de Bond. Después, se explicó—. Tomaré un tinto potente, un margaux o un st julien, con un pescado suave como el lenguado. Y tomaré un pinot gris o un albariño con un jugoso filete. —Se aplacó—. Estoy diciendo que me irá bien cualquier cosa que te apetezca, James.

Extendió mantequilla sobre un pedazo del panecillo y comió con evidente placer. A continuación, levantó la carta y examinó la hoja, como una niña que intentara decidir qué regalo de Navidad abriría primero. Bond estaba fascinado.

Un momento después, Aaron, el camarero, se materializó a su lado.

—Tú primero —dijo Philly a Bond—. Yo necesito siete segundos más.

—Empezaré con el paté. Después tomaré el rodaballo a la plancha.

Philly pidió una ensalada de rúcula y parmesano con pera, y como segundo, la langosta cocida con judías verdes y patatas tempranas.

Bond eligió una botella de un chardonnay fermentado en barriles de acero inoxidable procedente de Napa (California).

—Bien —dijo ella—. Los estadounidenses tienen las mejores uvas chardonnay, aparte de las de Borgoña, pero deberían armarse de valor y tirar algunas de sus malditas barricas de roble.

Lo mismo opinaba Bond.

El vino llegó, y después la comida, que demostró ser excelente. Bond la felicitó por su elección de restaurante.

Continuaron hablando de trivialidades. Ella le preguntó por su vida en Londres, viajes recientes, dónde se había criado. Guiado por su instinto, Bond le facilitó tan sólo la información que ya era de dominio público: la muerte de sus padres, su infancia en casa de su tía Charmian, en el idílico Pett Bottom

(Kent), su breve estancia en Eton y la posterior adscripción a la antigua universidad de su padre, Fettes, en Edimburgo.

—Sí, sé que en Eton te metiste en un pequeño lío... ¿Algo relacionado con una chica? —Dejó que el silencio se prolongara unos segundos. Después, sonrió—. Conozco la historia oficial, algo escandalosa. Pero también corrían otros rumores. En el sentido de que habías defendido el honor de la chica.

—Creo que mis labios deben mantenerse sellados. —Bond sonrió—. Me acogeré a la ley de Secretos Oficiales. Extraoficialmente.

—Bien, si eso es cierto, eras muy joven para ir de caballero andante.

—Creo que acababa de leer el *Sir Gawain* de Tolkien —dijo Bond. No pudo dejar de observar que la joven le había investigado a fondo.

Él le preguntó sobre su infancia. Philly le dijo que se había criado en Devon, había ido a un internado de Cambridgeshire (donde, ya de adolescente, se había distinguido como voluntaria en organizaciones pro defensa de los derechos humanos), y después había cursado leyes en la LSE. Le encantaba viajar, y habló largo y tendido sobre sus vacaciones. Manifestó un gran entusiasmo cuando le llegó el turno a su moto BSA y a su otra pasión, el esquí.

«Interesante —pensó Bond—. Algo más en común.»

Sus ojos se encontraron, y sostuvieron la mirada cinco segundos.

Bond experimentó la sensación eléctrica que tan bien conocía. Su rodilla rozó la de ella, en parte por accidente, pero en parte no. Ella se pasó una mano por su pelo rojo suelto.

Philly se masajeó los ojos cerrados con las yemas de los dedos.

—Debo decir que ha sido una idea brillante—dijo en voz baja, y miró a Bond—. Me refiero a la cena. Necesitaba mucho… —Enmudeció, y entornó los ojos, risueña, cuando no pudo, o no quiso, dar más explicaciones—. No estoy segura de querer finalizar la velada. Mira, sólo son las diez y media.

Bond se inclinó hacia delante. Sus antebrazos se tocaron, pero esta vez no se separaron.

—Me gustaría tomar una copa —dijo Philly—, pero no sé muy bien qué tienen aquí.

Ésas fueron sus palabras literales, pero en realidad le estaba diciendo que tenía oporto o coñac en su piso, justo al otro lado de la calle, y un sofá y música. Y, muy probablemente, algo más.

Códigos…

La siguiente frase de él tendría que haber sido: «A mí también me apetece una. Aunque puede que aquí no».

Pero entonces, Bond reparó en algo muy pequeño, muy sutil.

Los dedos índice y pulgar de la mano derecha estaban acariciando el dedo anular de la izquierda. Observó una leve palidez en el bronceado de las vacaciones recientes: el anillo de compromiso de Tim, ahora ausente, lo había protegido del sol.

Los radiantes ojos de color verde dorado de Philly estaban clavados en los de Bond, con la sonrisa en su sitio. Él sabía que sí, que podían pagar la cuenta, salir, y que ella se colgaría de su brazo cuando caminaran hacia su piso. Sabía que continuarían con el toma y daca humorístico. Sabía que el sexo sería apasionado. Lo sabía por el centelleo de sus ojos y su voz, por la forma en que había atacado la comida, por la ropa que vestía y por cómo la vestía. Por su risa.

Pero también sabía que no era el momento adecuado. Ahora no. Cuando se quitó el anillo y lo devolvió, también devolvió un trozo de su corazón. No dudaba de que había emprendido el camino de la recuperación. Una mujer que conducía una moto BSA a toda velocidad por los caminos del Peak District no estaría mucho tiempo deprimida.

Pero era mejor esperar, decidió.

Si Ophelia Maidenstone era una mujer a la que podía ofrecer un espacio en su vida, continuaría siéndolo al cabo de uno o dos meses.

—Creo que he visto un armañac en la lista de licores que me ha intrigado. Me gustaría probarlo.

Y Bond supo que había hecho lo correcto cuando el rostro de la joven se suavizó, cuando el alivio y la gratitud se impusieron a la decepción..., aunque sólo por los pelos. Ella le apretó el brazo y se reclinó en su silla.

—Pide por mí, James. Estoy segura de que sabes lo que me gusta.

Martes

MUERTE EN LA ARENA

19

James Bond despertó de un sueño que no pudo recordar, pero que le había provocado un intenso sudor. El corazón le latía con fuerza, y más todavía debido al sonido de su teléfono.

El reloj de la mesita de noche le dijo que eran las cinco y un minuto de la mañana. Cogió el móvil y miró la pantalla, mientras parpadeaba para despejarse. «Bendito sea», pensó.

Apretó el botón de respuesta.

—*Bonjour, mon ami.*

—*Et toi aussi!* —dijo la voz profunda y áspera—. Estamos encriptados, ¿no?

—*Oui*. Sí, por supuesto.

—¿Qué hacíamos en los días previos a la encriptación? —preguntó René Mathis, probablemente desde su oficina del boulevard Mortier, en el *arrondissement* 20 de París.

—No hubo días previos a la encriptación, René. Sólo hubo días previos a que existiera una aplicación para ello en una pantalla táctil.

—Bien dicho, James. Eres sabio, *comme un philosophe*. Y tan temprano.

Mathis, de treinta y cinco años, era agente del servicio secreto francés, la Direction Générale de la Sécurité Exterieure. Bond y él trabajaban juntos en ocasiones, en operaciones conjuntas del ODG y la DGSE, la más reciente en el desmantelamiento de Al Qaeda y otras organizaciones criminales en Europa y el norte de África. También habían trasegado juntos importantes cantidades de Lillet y Louis Roederer, y pasado algunas..., bueno, animadas noches en ciudades como Bucarest, Túnez y Bari, la libertina joya de la costa italiana del Adriático.

A René Mathis lo había llamado Bond la noche anterior, en lugar de hacerlo a Osborne-Smith, para pedir a su amigo que vigilara a Severan Hydt. Había tomado la decisión de mala gana, pero se había dado cuenta de que debía correr el riesgo político de saltarse no sólo a la División Tres, sino también al propio M. Necesitaba vigilancia, pero debía asegurarse de que Hydt y el irlandés ignoraban que las autoridades británicas les pisaban los talones.

Francia, por supuesto, tenía su propio aparato de fisgoneo, como la GHCQ de Inglaterra, la NSA de los Estados Unidos y las agencias de inteligencia de otros países provistas de un generoso presupuesto. La DGSE escuchaba en todo momento conversaciones y leía correos electrónicos de ciudadanos de otros países, incluido el Reino Unido. (Sí, los países eran aliados en aquel momento, pero existía aquel pequeño problema histórico entre ambos.)

De modo que Bond había pedido el favor. Había pedido a René Mathis que escuchara el ELINT y el SIGINT de Londres, captados por la antena de cien metros del satélite espía francés estabilizado por gradiente de gravedad, en busca de palabras clave reveladoras.

—Tengo algo para ti, James —dijo Mathis.

—Me estoy vistiendo. Pongo el manos libres.

Bond apretó el botón y saltó de la cama.

—¿Significa eso que la hermosa pelirroja que está acostada a tu lado también va a escucharme?

Bond lanzó una risita, sobre todo porque el francés había mencionado aquel color de pelo en particular. Rememoró la breve imagen de haber apretado su mejilla contra la de Philly la noche anterior, delante de su portal, mientras su pelo rojizo le acariciaba el hombro, antes de que regresara a su piso.

—Busqué mensajes en que aparecieran el nombre «Severan Hydt» o bien que citaran su apodo, «Noah». Y cualquier cosa relacionada con Green Way International, el plan Gehenna, descarrilamientos en Serbia o acontecimientos amenazadores previstos para este viernes próximo, así como todo lo parecido a nombres que sonaran irlandeses. Pero es muy raro, James. El vector del satélite estaba apuntado directamente a los terrenos de Green Way, al este de Londres, pero ningún SIGINT salía del lugar. Es como si hubiera prohibido a sus trabajadores utilizar móviles. Muy curioso.

Sí, en efecto, reflexionó Bond. Continuó vistiéndose a toda prisa.

—Pero pudimos captar otras cosas. Hydt se encuentra ahora en casa, y va a salir del país esta mañana. Temprano, creo. No sé adónde va. Pero lo hará en avión. Hay una referencia a un aeropuerto y otra a pasaportes. Será en un jet privado, puesto que su gente se ha puesto en contacto directo con el piloto. Mucho me temo que no existen pistas sobre cuál será exactamente el aeropuerto de salida. Sé que hay muchos en Londres. Los tenemos todos controlados... ¡Sólo para vigilancia, corro a añadir!

Bond no pudo reprimir una carcajada.

—No hemos descubierto nada sobre ese plan Gehenna, James, pero cuento con una información inquietante. Desciframos una breve llamada, hace un cuarto de hora, a un lugar situado a unos quince kilómetros al oeste de Green Way, en las afueras de Londres.

—La casa de Hydt, probablemente.

Mathis continuó.

—Una voz de hombre dijo: «Severan, soy yo». Con acento, pero nuestros algoritmos no descifraron la región de origen. Los cumplidos de rigor, y después: «Nos han confirmado para las siete de la tarde de hoy. El número de muertos será de unos noventa. No llegues más tarde de las siete menos cuarto».

Por lo tanto, Hydt participaba en un plan para asesinar a montones de personas, o bien se iba a encargar él mismo de la faena.

—¿Quiénes son las víctimas? ¿Por qué van a morir?

—No lo sé, James, pero lo que consideré igual de inquietante fue la reacción de tu señor Hydt. Su voz era como la de un *enfant* a quien le ofrecieran chocolate. Dijo, «¡Una noticia maravillosa! Muchísimas gracias». Nunca había oído tanta alegría ante la perspectiva de matar —dijo Mathis con voz sombría—. Pero luego preguntó algo más extraño todavía: «¿Podré acercarme a los cadáveres?».

—¿Eso dijo?

—Ya lo creo. El hombre le dijo que podría acercarse mucho. Hydt parecía muy complacido. Después, los teléfonos enmudecieron y no los han vuelto a utilizar.

—A las siete de la tarde. Fuera del país. ¿Algo más?

—Me temo que no.

—Te estoy muy agradecido. Será mejor que ponga manos a la obra.

—Ojalá pudiera mantener nuestro satélite en línea más rato, pero mis superiores ya están haciendo preguntas sobre por qué estoy tan interesado en ese villorrio insignificante llamado Londres.

—La próxima vez, yo invito al Dom, René.

—Pero por supuesto. *Au revoir.*

—*À bientôt, et merci beaucoup.*

Bond cortó la comunicación.

Durante sus años como comandante de la Real Reserva Naval y agente del ODG, se había enfrentado a gente muy malvada: insurgentes, terroristas, criminales psicópatas, traidores amorales que vendían secretos a nucleares a hombres lo bastante locos para utilizarlos. Pero ¿a qué jugaba Hydt?

Propósito... respuesta.

Bien, aunque no estuviera claro cuál era el objetivo retorcido del hombre, al menos Bond podía iniciar una reacción.

Diez minutos después, bajó corriendo la escalera, mientras sacaba las llaves del coche del bolsillo. No necesitó buscar la dirección de Severan Hydt. Se la había aprendido de memoria la noche anterior.

20

Thames House, la sede del MI5, la Oficina para Irlanda del Norte y algunas organizaciones de seguridad relacionadas, era menos impresionante que la residencia del MI6, que está cerca, al otro lado del río, en la orilla sur. El cuartel general de Seis se parece bastante a un enclave futurista salido de una película de Ridley Scott. (Lo llaman Babilonia del Támesis, por su parecido con un zigurat, y también, aunque esto es algo menos complaciente, Legolandia.)

Pero aunque no sea notable desde un punto de vista arquitectónico, Thames House es mucho más formidable. El monolito de piedra gris, de noventa años de antigüedad, es el tipo de lugar donde, si fuera una jefatura de policía de la Unión Soviética o de la Alemania del Este, empezarías a contestar antes de que te hicieran preguntas. Por otra parte, el lugar cuenta con algunas esculturas impresionantes (*Britania* y *San Jorge*, de Charles Sargeant Jagger, por ejemplo) y, cada dos por tres, turistas procedentes de Arkansas o Tokio se acercan a la puerta principal convencidos de que es la Tate Gallery, que se halla a escasa distancia.

En las entrañas carentes de ventanas de Thames House se encontraban las oficinas de División Tres. La organización, de manera consciente (con el fin de poder negarlo), alquilaba espacio y equipo a Cinco (nadie posee mejores equipos que el MI5), a un tiro de piedra de distancia.

En el centro de este feudo había una amplia sala de control, bastante deteriorada en la periferia, con las paredes verdes maltrechas y rayadas, los muebles mellados, la alfombra insultada por demasiados tacones. Los habituales carteles gubernamentales que advertían acerca de paquetes sospechosos, simulacros de incendios, asuntos sindicales y de sanidad, eran omnipresentes, a menudo «adornados» por burócratas sin nada mejor que hacer.

PRO
TÉJASE
LOS O
JOS EN
CASO DE
NECESIDAD

Pero los ordenadores eran voraces, y las docenas de monitores planos, grandes y brillantes. El subdirector de Operaciones de Campo Percy Osborne-Smith estaba parado, con los brazos cruzados, delante de la más grande y brillante. Con chaqueta marrón y pantalones que no combinaban (se había despertado a las cuatro de la mañana y vestido pasadas las cinco), Osborne-Smith estaba acompañado de dos jóvenes: su secretario y un desaliñado técnico encorvado sobre un teclado.

Osborne-Smith se inclinó hacia delante y oprimió un botón, y escuchó una vez más la grabación que acababa de efectuar el servicio de vigilancia que había enviado después de su inútil excursión a Cambridge, cuyo único resultado positivo había sido comer un curry de pollo, que para colmo le había dado la noche. El espionaje no afectaba al sospechoso del Incidente Veinte, puesto que nadie había tenido la gentileza de proporcionarles la identidad del hombre, sino que los chicos y chicas de Osborne-Smith habían dispuesto un sistema de escucha muy productivo. Sin informar al MI5 de lo que estaban haciendo, su gente había colocado algunos micrófonos en las ventanas de uno de los cómplices del malhechor anónimo: un tipo llamado James Bond, Sección 00, Rama O, Grupo de Desarrollo Exterior, Ministerio de Asuntos Exteriores y de la Commonwealth.

Y de este modo averiguó Osborne-Smith la existencia de Severan Hydt, que era Noah y el propietario de Green Way International. Por lo visto, Bond se había olvidado de mencionar que su desplazamiento a Boots Road, y no a Boots, la farmacia, muchísimas gracias, había dado como resultado importantes descubrimientos.

—Hijo de puta —dijo el ayudante de Osborne-Smith, un joven delgado con una irritante mata de abundante pelo castaño—. Bond está jugando con vidas.

—Cálmate un poco, ¿vale? —dijo Osborne-Smith al joven, al cual llamaba «Sub-Sub», aunque no en su presencia.

—Bueno, pero lo es. Un hijo de puta.

Por su parte, Osborne-Smith estaba bastante impresionado por el hecho de que Bond se hubiera puesto en contacto con el servicio secreto francés. De lo contrario, nadie se habría enterado de que Hydt estaba a punto de abandonar el país y matar a noventa y tantas personas a última hora del día, o al menos estar presente en el momento de la matanza. La información fortaleció la determinación de Osborne-Smith de meter entre rejas a Severan «Noah» Hydt, arrastrarlo hasta la sala de interrogatorios de Belmarsh o División Tres, que no era mucho más acogedora que la de una cárcel, y chuparle hasta la última gota de sangre.

—Concéntrate en Hydt —dijo a Sub-Sub—. Quiero saber lo bueno y lo malo, qué medicinas toma, el *Independent* o el *Daily Sport*, el Arsenal o el Chelsea, sus preferencias gastronómicas, las películas que le asustan o le hacen llorar, con quién pierde el tiempo o quién le hace perder el tiempo. Monta un equipo de detención. Dime, no hemos recibido la autorización para portar armas de Bond, ¿verdad?

—No, señor.

Aquello sí que ofendió a Osborne-Smith.

—¿Y dónde está mi ojo que todo lo ve? —preguntó al joven técnico, sentado ante su consola de videojuegos.

Habían intentado averiguar el destino de Hydt de la forma más sencilla. Como el *espion* de París había descubierto que el hombre partía en un avión privado, habían investigado los registros de la CAA (la Autoridad de Aviación Civil) en busca de aviones registrados a nombre de Severan Hydt, Green Way International o cualquier filial. Pero no encontraron ninguno. Por lo tanto, tendrían que seguirle el rastro a la antigua usanza, si era posible describir así a un avión espía de tres millones de libras.

—Espera, espera —dijo el técnico, malgastando aliento—. Gran Pájaro entra en acción.

Osborne-Smith contempló la pantalla. La vista desde cinco kilómetros de altitud era notablemente diáfana.

—¿Estás seguro de que es la casa de Hydt? —preguntó al ver la imagen—. ¿No será una parte de su empresa?

—Positivo. Residencia privada.

La casa ocupaba toda una manzana de Canning Town. Estaba aislada, cosa poco sorprendente, de sus vecinos, que habitaban en viviendas de protección oficial o en pisos deteriorados, por un imponente muro, sobre el cual destellaba la cima de alambre de espino. Dentro del terreno se veían jardines bien cuidados, florecientes en pleno mayo. Por lo visto, el lugar había sido un almacén o una fábrica un siglo antes, pero lo habían remodelado en fecha reciente. Había cuatro edificaciones anejas y un garaje apiñados.

«¿Qué está pasando?», se preguntó. ¿Por qué un hombre tan rico vivía en Canning Town? Era un barrio pobre, complicado desde un punto de vista étnico, proclive al delito violento y a las bandas, pero poblado por residentes ferozmente leales y concejales activistas que trabajaban hasta matarse por sus electores. Se estaba llevando a cabo un inmenso esfuerzo de renovación, aparte de las construcciones olímpicas, que en opinión de algunos estaba arrancando el corazón de la zona. Su padre, recordó Osborne-Smith, había visto a Police, Jeff Beck y Depeche Mode en un legendario pub de Canning Town, hacía décadas.

—¿Por qué vive ahí Hydt? —meditó en voz alta.

—Acaban de avisarme de que Bond ha salido de su piso —anunció su secretario—, en dirección este. Nuestro hombre lo ha perdido. Bond conduce como Michael Schumacher.

—Sabemos adónde va —observó Osborne-Smith—: a casa de Hydt.

Detestaba tener que explicar lo obvio.

A medida que transcurrían los minutos sin ninguna actividad en casa de Hydt, el joven ayudante de Osborne-Smith le iba poniendo al corriente. Habían reunido un equipo de detención, incluidos agentes armados.

—Quieren saber cuáles son sus órdenes, señor.

Osborne-Smith reflexionó.

—Que estén preparados, pero vamos a esperar a ver si Hydt se reúne con alguien. Quiero detener a todo bicho viviente.

—Señor, tenemos movimiento —dijo el técnico.

Osborne-Smith se acercó más a la pantalla y observó que un hombre corpulento con traje negro (un guardaespaldas, supuso) estaba sacando maletas de casa de Hydt y entraba en el garaje independiente.

—Señor, Bond acaba de llegar a Canning Town. —El técnico manipuló un *joystick* y la vista se amplió. —Allí —señaló—. Es él. El Bentley.

El vehículo gris oscuro aminoró la velocidad y frenó junto al bordillo.

El secretario emitió un silbido.

—Un Continental GT. Menudo automóvil. Creo que salió una reseña en *Top Gear*. ¿Ves alguna vez el programa, Percy?

—Por desgracia, casi siempre estoy trabajando.

Osborne-Smith lanzó una mirada contrita hacia Sub-Sub, y decidió que si el jovencito no era capaz de tratarle con más respeto, no sobreviviría (en lo tocante a su carrera) mucho más allá del final de la misión Incidente Veinte.

El coche de Bond estaba aparcado con discreción (si podía utilizarse tal palabra en relación con un coche de ciento veinticinco mil libras) a unos cincuenta metros de casa de Hydt, oculto tras varios contenedores de basura.

—El equipo de detención ha subido a bordo del helicóptero —dijo el ayudante.

—Que despeguen —ordenó Osborne-Smith—. Que planeen cerca del Pepinillo.

El edificio de oficinas de cuarenta pisos de Swiss Re que se alzaba sobre la City (y que parecía más una nave espacial de la década de 1950 que un pepinillo encurtido, en opinión de Osborne-Smith) era muy céntrico y, por lo tanto, un buen lugar desde el que iniciar la persecución.

—Avisa a seguridad de todos los aeropuertos: Heathrow, Gatwick, Luton, Stansted, London City, Southend y Biggin Hill.

—De acuerdo, señor.

—Más sujetos —dijo el técnico.

En la pantalla, tres personas estaban saliendo de la casa. Un hombre alto trajeado, de cabello y barba veteados de gris, caminaba al lado de un hombre rubio desgarbado y patizambo. Una mujer delgada con traje negro y pelo blanco los seguía.

—Ése es Hydt —dijo el técnico—. El de la barba.

—¿Alguna idea sobre quién pueda ser la mujer?

—No, señor.

—¿Y la jirafa? —preguntó Osborne-Smith con sarcasmo. Todavía estaba muy irritado por el hecho de que Bond hubiera hecho caso omiso de su solicitud de permiso de armas—. ¿Ése es el irlandés del que habla todo el mundo? Consigue una foto y pásala, deprisa.

El trío entró en el garaje. Un momento después, un Audi A8 negro salió por la puerta delantera a la calle y aceleró enseguida.

—Recuento de personas: tres en el coche, además del guardaespaldas —llamó Sub-Sub.

—No los pierdas, MASINT. Y píntalo con láser, por si acaso.

—Lo intentaré —dijo el técnico.

—Más te vale.

Vieron a Bond en su Bentley, que se deslizaba con facilidad entre el tráfico y salía disparado tras el Audi.

—No los pierdas —dijo Osborne-Smith, con el ceceo que intentaba disimular. Su defecto le había torturado durante toda la vida.

La cámara siguió al coche alemán.

—Buen chico —dijo al técnico.

El Audi aceleró. Bond le seguía con discreción, pero jamás erraba un giro. Aunque el conductor del coche alemán era hábil, Bond le superaba. Se anticipaba cuando el conductor intentaba algo astuto, un giro abortado o un cambio de carril inesperado, y contrarrestaba la medida. Los coches se saltaban los verdes, ámbar y rojos por igual.

—Dirección norte. Prince Regent Lane.

—Descartado el aeropuerto de London City.

El Audi tomó Newham Way.

—De acuerdo —se entusiasmó Sub-Sub, y tironeó de su erupción de pelo—. O Stansted o Luton.

—Dirección norte por la A406 —gritó otro técnico, una rubia rechoncha que se había materializado de la nada.

Después de jugar al gato y al ratón durante un rato, los dos contrincantes, el Audi y el Bentley, tomaron la M25 en sentido contrario a las agujas del reloj.

—¡Es Luton! —clamó el ayudante.

—Di al helicóptero que esté preparado —ordenó Osborne-Smith, más calmado.

—Voy.

Siguieron en silencio el avance del Audi. Por fin, entró en la zona de estacionamiento limitado del aeropuerto de Luton. Bond le seguía de cerca. Aparcó fuera de la vista del coche de Hydt.

—El helicóptero se dirige hacia la plataforma del aeropuerto reservada a antiterrorismo. Nuestra gente se desplegará en dirección al aparcamiento.

Nadie bajó del Audi. Osborne-Smith sonrió.

—¡Lo sabía! Hydt está esperando a que otros cómplices se reúnan con él. Los detendremos a todos. Di a nuestra gente que se esconda hasta que yo dé la orden. Conéctame en línea todas las cámaras de Luton.

Reflexionó que las cámaras de seguridad del aeropuerto tal vez le facilitarían ver la reacción sorprendida de Bond cuando los equipos de División Tres descendieran como halcones y detuvieran a Hydt y al irlandés. No había sido el objetivo de Osborne-Smith al ordenar el video, pero… sería una magnífica propina.

21

Hans Groelle estaba sentado al volante del elegante Audi A8 negro de Severan Hydt. El corpulento y rubio veterano del ejército holandés había practicado el motocross y otros tipos de carreras en sus años mozos, y estaba contento de que el señor Hydt le hubiera pedido que utilizara su destreza aquella mañana. Saboreando el recuerdo de la frenética carrera desde Canning Town al aeropuerto de Luton, Groelle escuchaba distraído la conversación que sostenían el hombre y la mujer del asiento trasero y el pasajero de delante.

Estaban riendo. El conductor del Bentley era muy competente y, lo más importante, intuitivo. Como no sabía adónde iba Groelle, tenía que anticipar los giros, muchos de ellos al azar. Era como si el perseguidor poseyera un sexto sentido que le dijera cuándo iba Groelle a girar, disminuir la velocidad y acelerar.

Un conductor nato.

Pero ¿quién era?

Bien, pronto lo averiguarían. Nadie en el Audi había conseguido una descripción del conductor (era muy listo), pero sí que habían visto el número de matrícula. Groelle había llamado a un compinche de la sede central de Green Way, quien estaba utilizando algunos contactos en la DVLA[2] de Swansea para descubrir quién era el propietario del vehículo.

---

2. Organización encargada de mantener actualizadas las bases de datos de conductores y vehículos en el Reino Unido. *(N. del T.)*

Fuera cual fuera la amenaza, Hans Groelle estaría preparado. Un Colt 1911 del 45 descansaba en su axila izquierda, un camarada confortable y cordial.

Miró una vez más el fragmento de guardabarros gris del Bentley.

—Ha salido bien, Harry —dijo al hombre de atrás—. Los hemos engañado. Llama al señor Hydt.

Los dos pasajeros de atrás y el hombre sentado al lado de Groelle eran trabajadores de Green Way implicados en Gehenna. Se parecían al señor Hydt, la señorita Barnes y Niall Dunne, quienes se hallaban de camino hacia un aeropuerto diferente, Gatwick, donde un jet privado los estaba esperando para sacarlos del país.

El engaño había sido obra de Dunne, por supuesto. Era una persona seca, pero eso no afectaba a su cerebro. Habían surgido problemas en March: alguien había matado a Eric Janssen, uno de los hombres de seguridad de Groelle. Aquel hijo de puta había muerto, pero Dunne había supuesto que habría más, vigilando la fábrica o la casa, tal vez ambas. Por consiguiente, había buscado tres empleados lo bastante parecidos a ellos como para engañar a quienes los vigilaran, y los habían trasladado a Canning Town a primeríssima hora de la mañana. Después, Groelle había cargado maletas hasta el garaje, seguido del señor Hydt, la señorita Barnes y el irlandés. Groelle y los señuelos, que habían estado esperando en el Audi, salieron con destino a Luton. Diez minutos después, el verdadero séquito subió a la parte posterior de un camión de Green Way International y se dirigió hacia Gatwick.

Ahora, los señuelos se quedarían en el Audi lo máximo posible para mantener ocupado al hombre del Bentley, el tiempo suficiente para que el señor Hydt y los demás salieran del espacio aéreo británico.

—Tendremos que esperar un poco —dijo Groelle. Indicó la radio y miró a los empleados de Green Way—. ¿Qué será?

Votaron Radio 2 por mayoría.

—Ajá. Era una maldita treta —dijo Osborne-Smith. Habló con voz tan serena como siempre, pero la palabrota, si lo seguía siendo en la actualidad, indicaba que estaba furioso.

Una cámara de vigilancia del aparcamiento de Luton estaba proyectando una imagen en la gran pantalla de la División Tres, y el *reality show* que emitía no era muy alentador. La vista en ángulo del Audi no era la mejor del mundo, pero estaba claro que la pareja del asiento de atrás no era Severan Hydt ni su acompañante femenina. Y el pasajero de delante, a quien había confundido con el irlandés, no era el rubio desgarbado que había visto antes, caminando hacia el garaje.

Señuelos.

—Tienen que haber ido a algún otro aeropuerto de Londres —indicó Sub-Sub—. Vamos a dividir el equipo.

—A menos que hayan decidido ir a Manchester o Leeds-Bradford.

—Ah, vale.

—Envía a todos los Vigilantes de la Rama A la foto de Hydt. Sin demora.

—Sí, señor.

Osborne-Smith entornó la vista cuando miró la imagen transmitida por la cámara de seguridad. Veía parte del guardabarros del Bentley de James Bond aparcado a veinticinco metros del Audi.

Si algo podía consolarlo del fracaso, era que también Bond había caído víctima de la treta. Combinado con su falta de colaboración, su cuestionable utilización del servicio secreto francés y su actitud de superioridad moral, el error tal vez significaría un golpe importante para su carrera.

22

La camioneta alquilada a Green Way International, pero sin marcas distintivas, frenó ante el bordillo de la terminal de primera clase del aeropuerto de Gatwick. La puerta se abrió y Severan Hydt, una mujer de edad avanzada y el irlandés bajaron y recogieron su equipaje.

A diez metros de distancia, había en el aparcamiento un Mini Cooper negro y rojo, cuya decoración interior incluía una rosa amarilla en un jarrón de plástico encajado en un portavasos. Al volante, James Bond estaba observando al trío de pasajeros que descendían al pavimento. El irlandés, por supuesto, estaba paseando la vista a su alrededor. Daba la impresión de que no bajaba la guardia jamás.

—¿Qué opinas de eso? —preguntó Bond en el manos libres conectado al móvil.

—¿Eso?

—El Bentley.

—¿Eso? La verdad, James, un coche como éste exige un nombre —le reprendió Philly Maidenstone. Estaba sentada en el Bentley Continental GT, en el aeropuerto de Luton, tras haber perseguido al Audi de Hydt desde Canning Town.

—No tengo la costumbre de bautizar a mis coches.

«Ni de dotar de sexo a mi arma», reflexionó Bond. Mantuvo la vista clavada en el trío.

Bond estaba convencido de que, después de los incidentes de Serbia y March, Hydt (o el irlandés, más probablemente) sospecharía que le seguían en Londres. También le preocupaba que Osborne-Smith lo estuviera siguiendo a él. Por lo tanto, después de hablar con René Mathis, había salido de su piso y conducido hasta un aparcamiento cubierto de la City, donde había cambiado de coche con Philly. Ella seguiría al Audi de Hydt, del cual Bond sospechaba que era un señuelo, en su Bentley, mientras él, en el Mini de Philly, esperaría a la verdadera partida del hombre, que se produjo diez minutos después de que el coche alemán hubiera salido de la casa de Hydt en Canning Town.

Bond miró a Hydt, que estaba llamando por teléfono con la cabeza gacha. A su lado estaba la mujer. De unos sesenta y cinco años, calculó Bond, tenía facciones atractivas, aunque su cara era pálida y demacrada, una imagen acentuada por el abrigo negro. Demasiado poco sueño, tal vez.

Bond se preguntó si sería su amante. ¿O, tal vez, se trataría de su secretaria desde hacía mucho tiempo? A juzgar por la expresión que puso al mirar a Hydt, se decantó por lo primero.

Además, el irlandés. Bond no le había visto con claridad en Serbia, pero no cabía duda. Los andares desgarbados, las piernas torcidas hacia afuera, la mala postura, el extraño flequillo rubio.

Bond supuso que era el tipo de la excavadora que había aplastado sin piedad al responsable de seguridad en March. También imaginó a los muertos de Serbia (los agentes, los conductores del tren y el camión, así como el propio cómplice del hombre), y dejó que su ira llegara al máximo y se disolviera.

—En respuesta a tu pregunta —dijo Philly—, me gustaba mucho. En la actualidad, muchos motores van sobrados. Puedes ir a buscar a los críos al colegio en el Mercedes AMG, pero, madre mía, ¿cuál es el par motor del Bentley? Nunca había experimentado algo semejante.

—Más de quinientos.

—Oh, Dios —susurró Philly, impresionada o envidiosa, o quizás ambas cosas—. Estoy enamorada de la tracción a las cuatro ruedas, ¿Cómo está distribuida?

—Sesenta cuarenta.

—Brillante.

—El tuyo tampoco está mal —dijo Bond acerca del Mini—. Has añadido un sobrealimentador.

—En efecto.

—¿Cuál?

—Autorrotor. De marca sueca. Casi dobló la potencia. Ahora, cerca de trescientos caballos.

—Eso pensaba. —Bond estaba impresionado—. Debes darme el nombre de tu mecánico. Tengo un Jaguar antiguo que necesita reparaciones.

—Oh, dime que es un tipo E. Es el coche más sexy de la historia del automovilismo.

Una cosa más en común. Bond se extasió con esta idea y la desechó al instante.

—Te mantendré en vilo. Espera. Hydt se mueve.

Bond bajó del Mini y escondió la llave de Philly en el paso de una rueda. Cogió la maleta y la bolsa del ordenador portátil, se caló un par nuevo de gafas de sol con montura de carey y se deslizó entre la multitud para seguir a Hydt, el irlandés y la mujer hasta la terminal de aviones privados de Gatwick.

—¿Estás ahí? —preguntó en el manos libres.

—Sí —contestó Philly.

—¿Qué está pasando con los señuelos?

—Están sentados en el Audi.

—Esperarán hasta que Hydt despegue y el avión haya salido del espacio aéreo inglés. Después, darán media vuelta para llevaros a ti y probablemente también al señor Osborne-Smith, de vuelta a Londres.

—¿Crees que Ozzy está vigilando?

A Bond se le escapó una sonrisa.

—Estoy seguro de que tienes un avión espía no tripulado acechando a tres mil metros sobre tu cabeza. Ahora van a entrar en la terminal. Tengo que irme, Philly.

—No salgo lo suficiente de la oficina, James. Gracias por haberme dado la oportunidad de participar en la Fórmula 1.

—Tengo una idea —dijo Bond, siguiendo un impulso—. Tal vez podríamos llevarlo al campo, juntos, para conducir en serio.

—¡James! —dijo ella, enfadada. Bond se preguntó si se habría excedido—. No puedes seguir refiriéndote a esta magnífica máquina de esa manera impersonal. Me devanaré los sesos y pensaré en un nombre apropiado para ella. Y sí, una salida al campo suena divina, siempre que me dejes conducir la mitad exacta del tiempo. Además, presentaremos una solicitud de detención nula. Ya me han quitado algunos puntos del carné.

Cortaron la comunicación, y Bond siguió a su presa de manera discreta. Los tres se detuvieron en la puerta de la valla metálica y presentaron sus pasaportes al guardia. Bond vio que el de la mujer era azul. ¿Estadounidense? El hombre uniformado apuntó algo en una tablilla y les indicó con un ademán que pasaran. Cuando Bond llegó a la valla los vio subir la escalera de un jet blanco privado, grande, con siete ventanillas redondas a cada lado del fuselaje y las luces de posición ya encendidas. La puerta se cerró.

Bond oprimió el botón de marcación rápida.

—Flanagan. Hola, James.

—Maurice —dijo Bond al jefe de Rama T, el grupo del ODG que se encargaba de todo lo relacionado con vehículos—, necesito el destino de un avión privado que va a despegar ahora mismo de Gatwick.

Le leyó la matrícula de cinco letras pintada sobre el motor.

—Dame un minuto.

El avión avanzó. Maldita sea, pensó Bond encolerizado. No vayas tan deprisa. Era demasiado consciente de que, si la información de René Mathis era correcta, Hydt iba camino de supervisar el asesinato de noventa personas, como mínimo, aquella noche.

—Lo tengo —dijo Flanagan—. Un bonito pájaro, un Grumman 55. Alta tecnología y carísimo. Es propiedad de una empresa holandesa que se dedica al negocio de la basura y el reciclaje.

Una de las varias de Hydt, por supuesto.

—El destino es Dubái.

¿Dubái? ¿Era allí donde se iban a producir las muertes?

—¿Dónde hará escala para repostar?

Flanagan rió.

—James, tiene una autonomía de más de diez mil kilómetros. Vuela a casi el doble de la velocidad del sonido.

Bond vio que el avión se desplazaba hacia la pista. Dubái se encontraba a cinco mil seiscientos kilómetros de Londres. Si se tenía en cuenta la diferencia horaria, el Grumman aterrizaría a las tres o las cuatro de la tarde.

—Necesito llegar a Dubái antes que ese avión, Maurice. ¿Qué puedes improvisarme? Tengo pasaportes, tarjetas de crédito y tres de los grandes en metálico. Haz lo que puedas. Ah, llevo mi arma. Debes tener eso en cuenta.

Bond seguía observando el elegante avión blanco, con los extremos de las alas apuntados hacia arriba. Parecía menos un pájaro que un dragón, aunque debía ser porque conocía a los ocupantes y sus planes.

Noventa muertos...

Transcurrieron unos tensos momentos, mientras Bond veía que el jet se acercaba más y más a la pista.

—Lo siento, James —dijo Flanagan—. Lo máximo que puedo hacer es reservarte un vuelo comercial que sale de Heathrow dentro de unas horas. Te dejará en Dubái alrededor de las seis y media.

—Eso no me sirve, Maurice. ¿Militar? ¿Del Gobierno?

—No hay nada disponible. Absolutamente nada.

«Maldita sea», pensó. Al menos, podría encargar a Philly o a Bill Tanner que alguien de la oficina de Seis en los Emiratos Árabes apostara un espía en el aeropuerto de Dubái para seguir a Hydt y Dunne hasta su destino.

Suspiró.

—Resérvame el vuelo comercial.

—Lo haré. Lo siento.

Bond consultó su reloj.

Nueve horas hasta las muertes...

Siempre podía confiar en que el vuelo de Hydt se retrasara.

En aquel preciso momento, vio que el Grumman se desviaba por la pista principal y, sin detenerse, aceleraba, se elevaba sin el menor esfuerzo del hormigón y encogía hasta convertirse en un punto a medida que el dragón se elevaba en el cielo, alejándose a toda velocidad de él.

Percy Osborne-Smith estaba inclinado hacia el enorme monitor de pantalla plana, dividido en seis rectángulos. Veinte minutos antes, una cámara de seguridad había enfocado el número de matrícula de una camioneta registrada a nombre de la empresa de Severan Hydt en la salida de Redhill y Reigate de la A23, que conducía a Gatwick. Él y sus ayudantes estaban examinando todas las cámaras dentro y alrededor del aeropuerto en busca del vehículo.

La segunda técnico que se había reunido con ellos terminó de ceñirse el pelo rubio con una goma elástica y señaló una de las pantallas con un dedo rechoncho.

—Allí está.

Por lo visto, quince minutos antes, según el indicador de tiempo, la camioneta se había detenido en un bordillo cerca de la terminal de aviación privada, y varias personas habían bajado. Sí, era el trío.

—¿Por qué no obtuvimos una lectura de la cara de Hydt cuando llegó? Podemos localizar a *hooligans* de Rio antes de que lleguen a Old Trafford, pero no podemos descubrir a un asesino múltiple a plena luz del día. Dios mío, ¿será indicativo de las prioridades de Whitehall? Que nadie repita lo que acabo de decir. Escanea la pista.

El técnico manipuló los controles. Apareció una imagen de Hydt y los demás caminando hacia un avión privado.

—Obtén el número de matrícula. Investígalo.

Comprobó con admiración que Sub-Sub ya lo había hecho.

—Propiedad de una empresa holandesa que se dedica al reciclaje. Vale, tenemos el plan de vuelo. Se dirige a Dubái. Ya han despegado.

—¿Dónde están ahora? ¿Dónde?

—Comprobando… —El ayudante suspiró—. Acaba de salir del espacio aéreo británico.

Osborne Smith contempló la imagen fija del avión con los dientes apretados.

—A saber qué haría falta para reunir algunos Harriers y derribarlo —musitó. Después, alzó la vista y se dio cuenta de que todo el mundo le estaba mirando—. No hablo en serio, caballeros.

Pero sí, al menos un poco.

—Mirad eso —interrumpió el técnico masculino.

—¿Qué demonios quieres que mire?

—Sí, hay alguien más vigilándolos —dijo Sub-Sub.

La pantalla mostraba la entrada de la terminal de vuelos privados de Gatwick. Un hombre estaba parado ante la valla metálica, contemplando el avión de Hydt.

¡Dios bendito…! Era Bond.

Así que el listillo del agente del ODG, con un coche de lujo y sin permiso para portar armas en Gran Bretaña, había seguido a Hydt, al fin y al cabo. Osborne Smith se preguntó por un momento quién iba en el Bentley. Sabía que la treta no sólo tenía por objetivo engañar a Hydt, sino también a la División Tres.

Vio con considerable satisfacción que Bond volvía hacia el aparcamiento, con la cabeza gacha y hablando por el móvil, sin duda soportando una reprimenda de su jefe por haber permitido que el zorro escapara.

23

Por lo general, nunca oímos el sonido que nos despierta. Si se repite, tal vez: se trata de una alarma, o de una voz perentoria. Pero un sonido que sólo hemos oído una vez nos despierta sin que quede registrado en nuestra conciencia.

James no sabía qué le había sacado de su sueño. Consultó su reloj.

Pasaban unos minutos de la una.

Entonces percibió un delicioso aroma: una combinación de perfume floral (jazmín, creyó), y el maduro e intenso olor de un excelente champán. Sobre él vio la forma celestial de una hermosa mujer de Oriente Medio, vestida con una elegante falda color vino y una blusa dorada de manga larga que cubría su voluptuosa figura. Una perla sujetaba el cuello, diferente de los demás botones. A Bond le pareció delicioso el diminuto punto de color crema. Tenía el pelo negro azulado como plumas de cuervo, recogido en un moño sobre la cabeza, aunque un mechón rebelde se había escapado y abrazaba un lado de su cara, sutil y meticulosamente maquillada.

—*Salam alaikum* —le dijo Bond.

—*Wa alaikum salam* —contestó ella. Dejó la copa de cristal sobre la mesa bandeja que tenía delante, junto con la elegante botella del rey de los Moët, el Dom Pérignon—. Lo siento, señor Bond, le he despertado. Me temo que he hecho más ruido al descorcharlo de lo que esperaba. Iba a dejar la copa para no molestarle.

—*Shukran* —dijo Bond, mientras levantaba la copa—. No se preocupe. Mi segunda forma favorita de despertar es con el sonido de una botella de champán al abrirse.

Ella reaccionó a su frase con una sonrisa sutil.

—También puedo ordenar que le preparen algo de comer.

—Eso sería estupendo. Si no son demasiadas molestias.

La joven volvió a la cocina.

Bond se bebió el champán y miró por la ventanilla del avión privado, mientras los dos motores Rolls-Royce latían con suavidad. Volaban hacia Dubái a diez mil quinientos metros de altura; a una velocidad de más de mil kilómetros por hora. El avión, reflexionó Bond divertido, era un Grumman, como el de Severan Hydt, el modelo más veloz, más autónomo que el del Trapero.

Bond había iniciado la persecución cuatro horas antes, con el equivalente actualizado de una escena salida de una película estadounidense antigua de policías, en la que el detective salta al interior de un taxi y ordena: «¡Siga a ese coche!». Había decidido que el vuelo comercial le depositaría en Dubái demasiado tarde para impedir los asesinatos, de modo que llamó a su amigo del Club Commodore Fouad Jaraz, quien al instante puso a su disposición un avión privado. «Amigo mío, ya sabes que estoy en deuda contigo», había dicho el árabe.

Un año antes había abordado a Bond con torpeza para solicitar su ayuda, sospechando que se dedicaba a algo relacionado con la seguridad gubernamental. Cuando volvía a casa del colegio, el hijo adolescente de Jaraz se había convertido en el objetivo de unos matones encapuchados de diecinueve o veinte años, quienes exhibían su comportamiento antisocial como si fueran insignias de rango. La policía manifestó su pesar, pero no tenía tiempo para el drama. Loco de preocupación por su hijo, Jaraz preguntó si Bond podía recomendarle algo. En un momento de debilidad, el caballero andante que anidaba en el interior de Bond se impuso, de manera que un día había seguido al muchacho a casa desde el colegio, en un momento en que no tenía gran cosa que hacer en el ODG. Cuando los maltratadores habían intervenido, Bond entró en acción.

Con unas cuantas maniobras de artes marciales había derribado a dos de los atacantes y aplastado al tercero, el líder de la banda, contra una pared. Había obtenido sus nombres gracias a los permisos de conducir, y susurrado con voz fría que, si volvían a molestar al hijo de Jaraz, la siguiente visita de Bond a los encapuchados no terminaría de una forma tan civilizada. Los chicos habían salido huyendo, pero el muchacho no volvió a tener problemas. Su situación en el colegio había mejorado.

De modo que Bond se había convertido en el «mejor amigo de todos los mejores amigos» de Jaraz. Había decidido pedir que le devolviera el favor prestándole uno de sus aviones.

Según el mapa digital de la mampara, debajo de los indicadores de velocidad del aire y altitud, estaban sobrevolando Irán. Faltaban dos horas para aterrizar en Dubái.

Justo después de despegar, Bond había llamado a Bill Tanner para revelarle su destino y hablar de las noventa muertes planeadas para las siete de aquella tarde, presumiblemente en Dubái, pero tal vez en cualquier otro lugar de los Emiratos Árabes Unidos.

—¿Por qué va a matarlos Hydt? —había preguntado el director ejecutivo.

—No estoy seguro de que vaya a ser él el responsable, pero toda esa gente va a morir y él estará presente.

—Utilizaré los canales diplomáticos para informar a las embajadas de que existe alguna amenaza, pero aún no sabemos nada concreto. Filtrarán la información al aparato de seguridad de Dubái mediante canales extraoficiales.

—No menciones el nombre de Hydt. Es necesario que entre en el país sin que nadie le moleste. No ha de sospechar nada. Tengo que averiguar qué está tramando.

—Estoy de acuerdo. Lo haremos a escondidas.

Había pedido a Tanner que buscara en Golden Wire la relación de Hydt con los Emiratos, con la esperanza de que se dirigiera a un lugar concreto. Un momento después, el director ejecutivo lo llamó de nuevo.

—No tiene oficinas, residencias ni negocios en la región. Acabo de llevar a cabo una búsqueda minuciosa. No hay reservas de hotel a su nombre.

Bond no se quedó satisfecho. En cuanto Hydt aterrizara, desaparecería en el extenso emirato de dos millones y medio de habitantes. Sería imposible encontrarlo antes de que atacara.

Nada más desconectar, apareció la azafata.

—Tenemos muchos platos diferentes, pero vi que miraba con agrado el Dom, de modo que decidí que preferiría lo mejor que llevamos a bordo. El señor Jaraz dijo que le tratáramos a cuerpo de rey. —Dejó la bandeja de plata junto a la copa de champán, que le volvió a llenar—. Le he traído caviar iraní, beluga, por supuesto, con tostadas, sin blinis, con *crème fraîche* y alcaparras. —Las alcaparras eran grandes, tan grandes que las cortó—. Las cebollas ralladas son vidalia, de los Estados Unidos, las más dulces del mundo. Además, son amables con el aliento. Las llamamos «cebollas de los amantes». A continuación hay pato en gelatina, con yogur a la menta y dátiles. También puedo prepararle un filete.

Bond rió.

—No, no. Esto es más que suficiente.

La azafata le dejó comer a sus anchas. Cuando terminó, tomó dos tacitas de café arábigo al aroma de cardamomo, mientras leía la información de Philly Maidenstone sobre Hydt y Green Way. Dos cosas le sorprendieron: el cuidado del hombre en no mezclarse con el crimen organizado y sus esfuerzos fanáticos por expandir la empresa a lo largo y ancho del mundo. La joven había descubierto recientes solicitudes de abrir sedes en Corea del Sur, China, la India, Argentina y media docena de países más pequeños. Le decepcionó no encontrar pistas en cuanto a la identidad del irlandés. Philly había pasado la foto del hombre, junto con la de la mujer, por bases de datos, pero sin encontrar coincidencias. Además, Bill Tanner había informado que agentes del MI5, la SOCA y Crimen Especializado desplazados a Gatwick se habían encontrado con la sorpresa de que, por desgracia, los registros de los pasajeros del Grumman «habían desaparecido, por lo visto».

Fue entonces cuando recibió más noticias inquietantes. Un correo electrónico encriptado de Philly. Al parecer, alguien había estado investigando en Seis, de manera extraoficial, el paradero e itinerario previsto de Bond.

Ese «alguien», supuso Bond, tenía que ser su querido amigo Percy Osborne-Smith. En teoría, en Dubái estaba fuera de la jurisdicción del hombre de la División Tres, pero eso no significaba que no pudiera causarle graves problemas, incluso hacer saltar por los aires su tapadera.

Bond no tenía ninguna relación con la gente de Seis en Dubái. En cambio, debía asumir que Osborne-Smith sí. Lo cual significaba que Bond no podía ordenar que agentes locales esperaran el vuelo de Hydt. De hecho, decidió que no podía contar para nada con sus compatriotas, una pena, porque el cónsul general de Dubái era inteligente y comprensivo… y amigo de Bond. Envió un mensaje de texto a Bill Tanner y le pidió que se abstuviera de solicitar coordinación con Seis.

Bond llamó al piloto por el intercomunicador para averiguar la situación del jet que perseguían. Por lo visto, el control de tráfico aéreo había ordenado que redujeran la velocidad de su avión, pero no la de Hydt, de modo que no podrían adelantarlo. Aterrizarían, como mínimo, media hora después que Hydt.

Maldita sea. Esa media hora podría significar la diferencia entre la vida y la muerte para noventa personas, como mínimo.

Miró por la ventanilla al golfo Pérsico. Sacó el móvil y pensó de nuevo en la gran hoja de balance del espionaje, mientras desplegaba su nutrido listín telefónico para buscar un número. Empezaba a sentirse un poco como Lehman Brothers, pensó. Sus deudas excedían con mucho sus activos.

Bond hizo una llamada.

24

La limusina que transportaba a Severan Hydt, Jessica Barnes y Niall Dunne se detuvo justo frente al lujoso hotel Interconti-nental, situado a orillas del ancho y tranquilo Dubái Creek. El corpulento y serio conductor era un nativo que ya habían utili-zado antes como chófer. Al igual que Hans Groelle en Inglate-rra, el conductor hacía también las veces de guardaespaldas (y, de vez en cuando, algunas cosas más).

Se quedaron en el coche mientras Dunne leía un mensaje de texto o un correo electrónico. Cerró el móvil y alzó la vista.

—Hans ha descubierto algo acerca del conductor del Bent-ley. Es interesante.

Groelle había ordenado a alguien de Green Way que inves-tigara la matrícula. Hydt entrechocó sus uñas.

Dunne evitó mirarlas.

—Existe una relación con March —dijo.

—¿Ah, sí?

Hydt intentó leer los ojos de Dunne. Como de costumbre, eran indescifrables.

El irlandés no dijo nada más, teniendo en cuenta que Jessica estaba presente. Hydt le hizo una señal con la cabeza.

—Vamos a registrarnos.

Hydt levantó el puño de su elegante chaqueta y consultó la hora. Faltaban dos horas y media.

El número de muertos será de unos noventa.

Dunne fue el primero en bajar. Como de costumbre, sus ojos penetrantes examinaron la zona en busca de alguna amenaza.

—De acuerdo —dijo el irlandés—. Todo despejado.

Hydt y Jessica salieron al asombroso calor y entraron a toda prisa en el frescor del vestíbulo del Intercontinental, dominado por un sorprendente conjunto de flores exóticas de tres metros de altura. En una pared cercana colgaban retratos de las familias gobernantes de los Emiratos Árabes Unidos, que los miraban con aire severo y seguro de sí mismo.

Jessica firmó en el registro, porque la habitación iba a su nombre, otra idea de Dunne. Aunque no iban a quedarse mucho (el vuelo siguiente estaba previsto para la noche), les iría de perlas tener un sitio donde guardar las maletas y descansar un poco. Entregaron el equipaje al responsable de los botones para que lo subiera a la habitación.

Hydt dejó a Jessica junto a las flores e indicó a Dunne con la cabeza que salieran.

—¿Quién era el del Bentley?

—Registrado a nombre de una empresa de Manchester... La misma dirección de Midlands Disposal.

Midlands estaba relacionada con uno de los mayores sindicatos del crimen organizado, que operaba al sur de Manchester. En los Estados Unidos, la mafia había estado muy implicada en la manipulación de desechos, y en Nápoles, donde gobernaba la Camorra, la recogida de basuras se conocía como Il Re del Crimine. En Inglaterra, el crimen organizado no mostraba tanto interés por el negocio, pero en ocasiones algún jefe local de los bajos fondos intentaba abrirse camino en el mercado, como un matón de una película de Guy Ritchie.

—Esta mañana —continuó Dunne—, la policía apareció en la obra de la base del ejército, enseñando fotos de alguien que había sido visto en la zona el día anterior. Llevaban una orden de detención contra él por lesiones corporales graves. Trabajaba para Midlands. La policía dijo que había desaparecido.

Tal como ocurrirá, pensó Hydt, cuando el cadáver empiece a pudrirse bajo las miles de toneladas de escombros del hospital.

—¿Qué estaría haciendo allí? —preguntó.

Dunne reflexionó.

—Tal vez quería sabotear las obras de demolición. Algo sale mal, usted recibe publicidad negativa, y Midlands interviene para llevarse parte de su negocio.

—Por lo tanto, el hombre del Bentley sólo deseaba descubrir qué había sido de su cómplice.

—Exacto.

Hydt experimentó un inmenso alivio. El incidente no estaba relacionado con Gehenna. Y lo más importante, el intruso no era de la policía ni del Servicio de Seguridad. Tan sólo era un ejemplo más de la competencia desleal que hay en el negocio de la basura.

—Bien. Ya nos ocuparemos de Midlands más adelante.

Hydt y Dunne volvieron con Jessica.

—Niall y yo hemos de ocuparnos de algunas cosas. Volveré para cenar.

—Creo que iré a dar un paseo —dijo la mujer.

Hydt frunció el ceño.

—¿Con este calor? Puede que te siente mal.

No le gustaba que se alejara demasiado. No le preocupaba que revelara algo: le había ocultado todo sobre Gehenna. Y lo que ella sabía del resto de su vida más oscura era embarazoso, pero no ilegal. Lo que pasaba era que, cuando la deseaba, la deseaba ipso facto, y Hydt era un hombre cuya fe en el inevitable poder del deterioro le había enseñado que la vida es demasiado breve y precaria como para negarte nada en ningún momento.

—Eso lo decidiré yo —replicó ella, aunque con timidez.

—Claro, claro. Pero... ¿una mujer sola? —continuó Hydt—. Ya sabes cómo son los hombres.

—¿Te refieres a los árabes? No estamos en Teherán ni en Yida. Ni siquiera te desnudan con la mirada. En Dubái te respetan más que en París.

Hydt exhibió su sonrisa amable. Eso era divertido. Y cierto.

—Pero, aun así…, ¿no crees que sería mejor tomar precauciones? Aquí también existe el delito. En cualquier caso, el hotel tiene un spa maravilloso. Será perfecto para ti. Además, la piscina es en parte de plexiglás. Si miras hacia abajo, puedes ver el fondo, a doce metros de profundidad. La vista del Burj Khalifa es sensacional.

—Supongo.

Fue entonces cuando Hydt reparó en nuevas configuraciones de arrugas alrededor de sus ojos, cuando la mujer alzó la vista hacia el adorno floral.

Pensó también en el cadáver de la mujer a quien habían encontrado el día antes en el contenedor de Green Way, y cuya tumba habían marcado con discreción, según le había informado Dennison, el capataz. De pronto, Hydt experimentó aquella sutil excitación, como un resorte que se aflojara.

—Sólo deseo tu felicidad —dijo en voz baja, y le acarició la cara, cerca de las arrugas, con una de sus largas uñas. Hacía mucho tiempo que la mujer había dejado de estremecerse, aunque sus reacciones nunca le habían afectado en lo más mínimo.

De repente, Hydt se dio cuenta de que Dunne había vuelto hacia él sus ojos azules cristalinos. El hombre más joven se puso rígido, sin que apenas se notara, pero después se recuperó y desvió la vista. Hydt se sintió irritado. ¿Qué característica de él consideraba Dunne seductora? Se preguntó, como hacía a menudo, si tal vez la repugnancia de Dunne por su lujuria no procedía del hecho de que ésta fuera poco convencional, sino del desagrado que manifestaba el irlandés por cualquier tipo de sexualidad. Desde que lo conocía, y ya habían transcurrido algunos meses, el irlandés no había mirado nunca a una mujer o a un hombre con ojos lujuriosos.

Hydt bajó la mano y miró de nuevo a Jessica, las arrugas que irradiaban de sus ojos resignados. Calculó el tiempo. Volarían aquella noche, y el avión carecía de suites privadas. No podía imaginar cómo sería hacerle el amor con Dunne al lado, aunque el irlandés estuviera dormido.

Debatió consigo mismo. ¿Quedaba tiempo para subir a la habitación, tender a Jessica sobre la cama, abrir las cortinas de par en par para que el sol entrara a chorros y bañara la piel suave, iluminando la topografía de su cuerpo...

... y recorrer su piel con las uñas?

Tal como se sentía en aquel momento, absorto en ella y pensando en el espectáculo de las siete de la tarde, la cópula no duraría mucho.

—Severan —dijo Dunne, crispado—. No sabemos lo que nos ha reservado Al Fulan. Deberíamos irnos.

Dio la impresión de que Hydt meditaba sobre sus palabras, pero no las tomó en serio.

—El vuelo ha sido largo —contestó—. Tengo ganas de cambiarme de ropa. —Miró a los ojos cansados de Jessica—. Y a ti te convendría hacer una siesta, querida mía.

La dirigió con firmeza hacia el ascensor.

25

Alrededor de las cinco menos cuarto del martes por la tarde, el avión privado de Fouad Jaraz aterrizó. James Bond se desabrochó el cinturón de seguridad y recogió su equipaje. Dio las gracias a los pilotos y a la azafata, cuya mano asió con cordialidad, al tiempo que reprimía el deseo de darle un beso en la mejilla. Se encontraban ahora en Oriente Medio.

El agente de inmigración selló su pasaporte con movimientos letárgicos y le indicó con un gesto que entrara en el país. Bond pasó por el corredor de «Nada que declarar» de la aduana, con la maleta que contenía su contrabando mortal, y no tardó en salir al ardiente sol, con la sensación de haberse quitado de encima un gran peso.

Una vez más, se encontraba en su elemento, la misión de la que sólo él debía responsabilizarse. Estaba en suelo extranjero, con su carta blanca restituida.

El breve trayecto desde el aeropuerto hasta su destino en Festival City condujo a Bond a través de una parte insulsa de la ciudad. Los traslados desde y al aeropuerto eran similares en todo el mundo, y esta ruta no se diferenciaba gran cosa de la A4 al oeste de Londres, o de la carretera de peaje que iba a Dulles, en Washington, aunque estaba adornada con más arena y polvo. Y, como casi todo en el emirato, inmaculadamente limpia.

Durante el trayecto, Bond admiró la enorme ciudad, que en dirección norte miraba hacia el golfo Pérsico. A la luz rielante debido al calor del atardecer, la aguja del Burj Jalifa brillaba sobre la línea del horizonte, compleja desde el punto de vista geométrico, de Sheikh Zayed Road. En ese momento era el edificio más alto del mundo. Daba la impresión de que aquella distinción cambiaba cada mes, pero era probable que la torre retuviera dicho honor durante mucho tiempo.

Reparó en la otra característica omnipresente de la ciudad: las grúas de construcción, blancas, amarillas y naranja. Estaban por todas partes, y en activo de nuevo. Durante su último viaje al emirato había visto el mismo número de grúas, pero la mayoría no funcionaban, como juguetes desechados por un niño que hubiera perdido el interés en jugar con ellas. La reciente crisis económica se había ensañado con el emirato. Debido a su tapadera oficial, Bond tenía que estar al día en todo lo relativo al mundo de las finanzas, y le desagradaban las críticas lanzadas contra lugares como Dubái, que solían originarse en Londres o Nueva York. ¿Acaso no eran Wall Street y la City cómplices entusiastas de la debacle económica? Sí, allí se habían producido excesos, y era posible que muchos proyectos ambiciosos no llegaran a terminarse, como el archipiélago artificial en forma de mapamundi, compuesto de pequeñas islas frente a la orilla. No obstante, la fama de lujo desmesurado no era más que un pequeño aspecto de Dubái, y no tan diferente de los de Singapur, California, Mónaco y otros cientos de lugares donde trabajaban y jugaban los ricos. En cualquier caso, para Bond lo importante de Dubái no eran los negocios o las propiedades, sino sus costumbres exóticas, un lugar en el que se fundían lo viejo y lo nuevo, donde muchas culturas y religiones coexistían con respeto mutuo. Le gustaba, en particular, el inmenso y desierto paisaje de arena roja, poblado por camellos y Range Rovers, tan diferente de los horizontes de Kent de su infancia como pudiera imaginarse. Se preguntó si su misión lo conduciría a Rub Al Jali (el Lugar Vacío).

Dejaron atrás pequeños edificios marrones, blancos y amarillos de una sola planta, cuyos nombres y servicios estaban anunciados en modestas inscripciones verdes en árabe. Nada de chillones carteles, ni luces de neón, salvo por algunos anuncios de próximos acontecimientos. Los minaretes de las mezquitas se alzaban sobre residencias y negocios de escasa altura, persistentes agujas de fe a través de la neblinosa distancia. El omnipresente desierto avanzaba por todas partes, y palmeras datileras, nims y eucaliptos formaban gallardas avanzadillas que se oponían a la arena invasora e inifinita.

El taxista dejó a Bond, tal como había indicado, en un centro comercial. Le dio algunos billetes de diez dirham y bajó. Las galerías estaban abarrotadas de ciudadanos (era entre las horas Asir y Maghrib de la plegaria), así como de extranjeros, todos cargados con bolsas y comprando sin cesar. A veces, llamaban al país «Do buy»,[3] recordó.

Bond se perdió entre la muchedumbre y paseó la vista a su alrededor, como si estuviera buscando a alguien con quien se hubiera citado. De hecho, sí estaba buscando a alguien: el hombre que le había seguido desde el aeropuerto, tal vez con intenciones hostiles. Dos veces había visto al tipo de las gafas de sol y camisa o chaqueta azul en el aeropuerto, y después en un polvoriento Toyota negro detrás del taxi de Bond. Para el trayecto se había encasquetado una gorra de béisbol estadounidense, pero por el porte de la cabeza y los hombros, y la forma de las gafas, Bond sabía que se trataba del hombre que había visto en el aeropuerto. El mismo Toyota acababa de pasar de largo del centro comercial (con lentitud por ningún motivo aparente), y desaparecido detrás de un hotel cercano.

No era casualidad.

Bond había barajado la posibilidad de pedir al taxista que despistara al individuo, pero no estaba seguro de querer perder a su perseguidor. Muy a menudo, es mejor atrapar a tu perseguidor para saber qué tiene que decir.

---

3. «¡Compra!», en inglés. (*N. del T.*)

¿Quién era? ¿Había estado esperando a Bond en Dubái? ¿Acaso le había seguido desde Londres? ¿O tal vez ni siquiera sabía quién era Bond, y había decidido vigilar a un nuevo extranjero recién llegado a la ciudad?

Bond compró un periódico. Hacía mucho calor, pero desechó el aire acondicionado del interior del café que había elegido y se sentó en la terraza, para poder observar todas las entradas y salidas de la zona. De vez en cuando, paseaba la vista a su alrededor en busca del perseguidor, pero no vio nada concreto.

Mientras enviaba y recibía diversos mensajes de texto, un camarero se acercó. Bond echó un vistazo a la descolorida carta que había sobre la mesa y pidió un café turco y agua mineral con gas. Mientras el hombre se alejaba, Bond consultó su reloj. Las cinco de la tarde.

Sólo faltaban dos horas para que noventa personas murieran en aquella elegante ciudad de arena y calor.

A media manzana de distancia de las galerías comerciales, un hombre corpulento vestido con una chaqueta azul entregó varios cientos de dirhams a un guardia de tráfico y le dijo en inglés que sólo estaría un rato. Se marcharía antes de que las multitudes regresaran después de la oración del ocaso.

El guardia se alejó como si la conversación acerca del polvoriento Toyota negro, aparcado en el bordillo de manera ilegal, jamás hubiera tenido lugar.

El hombre, que respondía al nombre de Nick, encendió un cigarrillo y se colgó la mochila al hombro. Se refugió en las sombras del centro comercial donde su objetivo estaba bebiendo un expreso o un café turco, leyendo el periódico como si no tuviera la menor preocupación.

Así consideraba al hombre: un objetivo. Ni hijo de puta ni enemigo. Nick sabía que en una operación como aquella tenía que ser desapasionado, por difícil que resultara en ocasiones. No se trataba de una persona, sino del punto negro de un blanco.

Un objetivo.

Suponía que el hombre no carecía de talento, pero había sido muy descuidado al salir del aeropuerto. Nick le había seguido con suma facilidad. Eso le confirió confianza sobre lo que iba a hacer.

La cara oculta por una gorra de béisbol de visera larga y unas gafas de sol, Nick se acercó más a su objetivo, moviéndose de sombra en sombra. Al contrario que en otros lugares, su disfraz no llamaba la atención. En Dubái, todo el mundo llevaba la cabeza cubierta y gafas de sol.

Algo que sí resultaba un poco diferente era la chaqueta azul de manga larga, que muy pocos habitantes de la ciudad utilizaban, teniendo en cuenta el calor. Pero no había otra forma de ocultar la pistola ceñida al cinto.

El pendiente de oro de Nick también habría atraído miradas de curiosidad, pero esta zona de Dubai Creek, con sus galerías comerciales y el parque de atracciones, estaba llena de turistas y, mientras la gente no bebiera alcohol ni se besara en público, los nativos pasaban de los adornos poco usuales.

Dio una profunda calada al cigarrillo, después lo tiró y aplastó con el pie, cada vez más cerca del objetivo.

De pronto apareció un vendedor ambulante, y le preguntó en inglés si quería comprar alfombras.

—Muy baratas, muy baratas. ¡Muchos nudos! ¡Miles y miles de nudos!

Una mirada de Nick le cerró la boca, y se esfumó.

Nick meditó sobre su plan. Surgirían algunos problemas de logística, por supuesto. En este país, todo el mundo vigilaba a todo el mundo. Tendría que abatir a su objetivo sin que le vieran, tal vez en el aparcamiento, o mejor aún, en el sótano de las galerías comerciales, tal vez durante la hora de rezo, cuando las multitudes disminuían. Tal vez sería mejor decantarse por lo más sencillo. Nick se deslizaría por detrás de él, le hundiría la pistola en la espalda y lo «acompañaría» abajo.

Entonces, empezaría a trabajar con el cuchillo.

Ah, el objetivo (de acuerdo, tal vez debía pensar en él como en un hijo de puta) tendría muchas cosas que decir cuando la hoja empezara a deslizarse perezosamente sobre su piel.

Nick deslizó la mano debajo de la chaqueta y quitó el seguro de la pistola, mientras se iba desplazando con agilidad de sombra en sombra.

26

James Bond tenía su café y el agua delante de él, mientras leía el *National*, publicado en Abu Dabi. Lo consideraba el mejor periódico de Oriente Medio. Podías encontrar en él toda clase de artículos imaginables, desde un escándalo sobre los uniformes ineficaces de los bomberos de Bombay, hasta un resumen de media página acerca de un gangster chipriota que había robado de su tumba el cadáver del ex presidente de la isla, pasando por artículos más extensos o de fondo sobre, por poner un ejemplo, los derechos de la mujer en el mundo árabe.

Excelente cobertura sobre la Fórmula 1, por añadidura, algo importante para Bond.

Ahora, sin embargo, no estaba prestando atención al periódico, sino que lo utilizaba como un accesorio..., aunque no como si hubiera puesto una mirilla entre anuncios de los hipermercados Lulu de Dubái y las noticias locales. El diario estaba sobre la mesa y él tenía la cabeza gacha. Sin embargo, sus ojos no cesaban de escudriñar a su alrededor.

Fue en aquel momento cuando oyó el leve chirrido de un zapato de piel detrás de él, y tomó conciencia de que alguien estaba avanzando con rapidez hacia su mesa.

Bond permaneció inmóvil por completo.

Entonces, una mano grande, pálida y pecosa, agarró la silla que había al lado y la retiró.

Un hombre se dejó caer pesadamente en ella.

—Hola, James. —La voz tenía un fuerte acento texano—. Bienvenido a Dubái.

Du-ba...

Bond se volvió hacia su amigo con una sonrisa. Se estrecharon la mano con cordialidad.

Unos cuantos años mayor que Bond, Felix Leiter era alto y flaco. Su traje le colgaba sobre el cuerpo como un saco. La tez pálida y la mata de pelo rojizo le impedían casi cualquier tarea de espionaje en Oriente Medio, salvo que interpretara su propio papel: un impetuoso y listo muchacho del sur de los Estados Unidos que había ido a la ciudad a hacer negocios, sin prescindir del placer. Sus movimientos lentos y su trato fácil eran engañosos. Podía saltar como el resorte de una navaja cuando la ocasión lo exigía, cosa de la que Bond había sido testigo en persona.

Cuando el piloto del Grumman de Fouad Jaraz había informado de que no iban a llegar antes que Hydt a Dubái, fue a Felix Leiter a quien Bond telefoneó, pidiendo que le devolviera el favor de Lehman Brothers. Mientras a Bond le inquietaba utilizar sus contactos del MI6 aquí, debido a las investigaciones de Osborne-Smith, no abrigaba tales reservas en lo tocante a la CIA, que trabajaba a lo largo y ancho de todos los Emiratos Árabes Unidos. Pedir a Leiter, un agente importante del Servicio Clandestino Nacional de la Agencia, que le ayudara suponía un riesgo político. Utilizar a una agencia hermana sin permiso de las alturas podía tener graves repercusiones diplomáticas, y Bond ya lo había hecho con René Mathis. Estaba poniendo a prueba su carta blanca recién restituida.

Felix Leiter se mostró muy predispuesto a esperar el vuelo de Hydt y seguir al trío hasta su destino, que había resultado ser el hotel Intercontinetal. Estaba comunicado con las galerías comerciales en que los dos hombres estaban sentados.

Bond le había informado acerca de Hydt, el irlandés y, diez minutos antes, mediante un mensaje de texto, sobre el hombre del Toyota. Leiter había permanecido alerta en el centro comercial durante un rato para vigilar, literalmente, la espalda de Bond.

—Bien, ¿tengo un amigo por aquí cerca?

—Le vi aproximarse, unos cuarenta metros hacia el sur —dijo Leiter, sonriendo como si el contraespionaje fuera lo último en lo que pudiera pensar—. Estaba cerca de la entrada, pero el hijo de puta se ha esfumado.

—Era bueno, fuera quien fuera.

—Tienes razón. —Leiter paseó la vista a su alrededor—. No paran de comprar. —Señaló a los clientes—. ¿Tenéis centros comerciales en Inglaterra, James?

—Ya lo creo. Y también televisores. Hasta agua corriente. Confiamos en que lleguen pronto los ordenadores.

—Ja. Iré de visita dentro de un tiempo. En cuanto aprendáis a enfriar bien la cerveza.

Leiter llamó al camarero y pidió café.

—Yo diría «americano» —susurró—, pero entonces la gente podría sospechar mi nacionalidad, y mi tapadera saltaría por los aires.

Se tiró de la oreja, una señal, por lo visto, porque un árabe corpulento, vestido de nativo, apareció. Bond no tenía ni idea de dónde se había apostado. Tenía aspecto de pilotar uno de los taxis fluviales que surcaban el Creek

—Yusuf Nasad —le presentó Leiter—. El señor Smith.

Bond supuso que Nasad tampoco era el verdadero nombre del árabe. Sería un colaborador local y, como Leiter lo utilizaba, debía ser muy bueno. Felix Leiter era un instructor magistral. Era Nasad quien lo había ayudado a seguir a Hydt desde el aeropuerto, explicó el estadounidense.

Nasad se sentó.

—¿Y nuestro amigo? —preguntó Leiter.

—Desaparecido. Creo que te vio.

—Destaco demasiado —rió Leiter—. No sé por qué me envió Langley aquí. Si trabajara de agente secreto en Alabama, nadie se fijaría en mí.

—No lo vi muy bien. Pelo oscuro, camisa azul.

—Un chico duro —dijo Nasad, en lo que Bond habría descrito como inglés de la televisión estadounidense—. Atlético. Pelo muy corto. Y lleva un pendiente de oro. Sin barba. Intenté hacer una foto, pero se fue demasiado rápido.

—Además —añadió Leiter—, para tomar fotos sólo tenemos trastos. ¿Aún tenéis a aquel tío que os da juguetes? ¿Cómo se llamaba? ¿Q no sé qué? ¿Quentin? ¿Quigley?

—Q es la rama, no la persona. Q de Quartermaster.[4]

—Y llevaba una chaqueta, no una camisa —añadió Nasad—. Una especie de cazadora.

—¿Con este calor? —preguntó Bond—. De modo que iba cargado. ¿Vio qué tipo de arma era?

—No.

—¿Alguna idea de quién pueda ser?

—No es árabe, de eso estoy seguro —dijo Nasad—. Podría ser un *katsa*.

—¿Por qué demonios se interesaría por mí un agente de campo del Mossad?

—Sólo tú puedes responder a eso, muchacho —dijo Leiter.

Bond sacudió la cabeza.

—Tal vez alguien reclutado por la policía secreta de aquí.

—No, lo dudo. La Amn Al Dawla no te sigue. Se limita a invitarte a sus aposentos de cuatro estrellas en el Deira, donde cantas todo lo que quieren saber. Y quiero decir todo.

Los ojos de Nasad exploraron con rapidez el café y sus alrededores, y por lo visto no detectaron amenaza alguna. Bond había observado que no dejaba de hacerlo desde su llegada.

---

4. Intendente. (*N. del T.*)

—¿Crees que se trata de alguien al servicio de Hydt? —preguntó Leiter a Bond.

—Es posible, pero en ese caso dudo que sepa quién soy.

Bond le contó que, antes de irse de Londres, estaba preocupado por el hecho de que Hydt y el irlandés sospecharan que los seguía, sobre todo después del fracaso de Serbia. Había pedido a Rama T que adaptara los registros de su Bentley para que la matrícula estuviera a nombre de una empresa de eliminación de basura de Manchester, posiblemente vinculada con el hampa. Después, Bill Tanner había enviado a la zona de demolición a agentes que se hicieron pasar por hombres de Scotland Yard, que contaron una historia acerca de un hombre de seguridad de Midlands Disposals que había desaparecido en la zona.

—Eso despistará a Hydt y al irlandés durante unos días —dijo Bond—. Bien, ¿habéis oído algo por aquí?

El rostro risueño del estadounidense se tensó.

—Ningún ELINT o SIGINT importantes. No es que tenga demasiada fe en las escuchas.

Felix Leiter, ex *marine* a quien Bond había conocido en el servicio, era un espía de HUMINT. Prefería con diferencia el papel de instructor, trabajando con colaboradores locales como Yusuf Nasad.

—Pedí un montón de favores y hablé con todos mis principales colaboradores. Tramen lo que tramen Hydt y sus contactos de aquí, no se filtra nada. No he encontrado ninguna pista. Nadie ha metido en Dubái cargamentos misteriosos de sustancias nocivas. Nadie ha aconsejado a amigos y familiares que eviten tal mezquita ni tal centro comercial a las siete de esta tarde. No han llegado sospechosos desde el otro lado del Golfo.

—A eso se dedica el irlandés: a mantenerlo todo en secreto. No sé qué hace exactamente para Hydt, pero es muy listo, siempre obsesionado con la seguridad. Es como si fuera capaz de adivinar todo lo que vamos a hacer y encontrar una forma de contrarrestarlo.

Guardaron silencio mientras observaban el centro comercial. Ni rastro del perseguidor de la chaqueta azul. Ni rastro de Hydt ni del irlandés.

—¿Aún ejerces de plumífero? —preguntó Bond a Leiter

—Pues claro —confirmó el texano.

La tapadera de Leiter era periodista *freelance* y bloguero, especializado en música, sobre todo *blues*, R&B y ritmos afrocaribeños. Muchos agentes de inteligencia utilizan la tapadera del periodismo. Justifica sus frecuentes viajes, a menudo con destino a los puntos calientes y los lugares menos apetecibles del mundo. Leiter tenía la suerte de que las mejores tapaderas son las que se acomodan a los verdaderos intereses del agente, pues una misión puede exigir al agente que trabaje en secreto durante semanas o meses. El director de cine Alexander Korda (reclutado por el famoso maestro de espías inglés sir Claude Dansey) utilizaba expediciones para localizar exteriores como tapadera para fotografiar zonas prohibidas en los albores de la Segunda Guerra Mundial. La insulsa tapadera oficial de Bond, analista de seguridad e integridad al servicio del Grupo de Desarrollo Exterior, lo sometía a períodos de un aburrimiento atroz cuando trabajaba en una misión. En los días muy malos, ardía en deseos de que su tapadera oficial fuera la de monitor de esquí o submarinismo.

Bond se inclinó hacia delante y Leiter siguió su mirada. Vieron salir a dos hombres por la puerta principal del Intercontinental y caminar hacia un Lincoln Town Car negro.

—Es Hydt. Y el irlandés.

Leiter envió a Nasad en busca de su vehículo, y después señaló un antiguo y polvoriento Alfa Romeo en el aparcamiento cercano.

—Allí —susurró a Bond—. Mi coche. Vámonos.

27

El Lincoln en el que viajaban Severan Hydt y Niall Dunne se dirigió hacia el este a través de la niebla y el calor, en paralelo a los enormes tendidos eléctricos que conducían la corriente hasta las regiones exteriores de la ciudad-Estado. Cerca se hallaba el golfo Pérsico, su intenso azul virado casi al beis por obra del polvo que flotaba en el aire y el resplandor del sol, bajo pero implacable.

Estaban siguiendo una ruta laberíntica que atravesaba Dubái. Dejaron atrás el complejo de esquí cubierto, el asombroso hotel Burj Al-Arab, que semejaba una vela y era casi tan alto como la torre Eiffel, y el lujoso Palm Jumeirah, la aglomeración de tiendas, viviendas y hoteles que se internaba en el Golfo, en forma, tal como sugería su nombre, de una palmera autóctona. Esas zonas de belleza radiante irritaban a Hydt: lo nuevo, lo inmaculado… Se sintió mucho más cómodo cuando el vehículo entró en el antiguo barrio de Satwa, densamente poblado por miles y miles de personas de clase obrera, sobre todo inmigrantes.

Eran casi las cinco y media. Faltaba una hora y media para el acontecimiento. También faltaba, había observado Hydt con ironía, una hora y media para el crepúsculo.

Una curiosa coincidencia, reflexionó. Una buena señal. Sus antepasados (espirituales, no necesariamente genéticos) habían creído en presagios y portentos, y él también se lo permitía. Sí, era un hombre de negocios práctico y testarudo…, pero tenía su otro lado.

Pensó de nuevo en aquella noche.

Continuaron su viaje siguiendo un recorrido en zigzag. El propósito de aquel desplazamiento mareante no era el turismo. No, tomar aquel camino indirecto para llegar a un lugar que sólo distaba ocho kilómetros del Intercontinental había sido idea de Dunne, para extremar la seguridad.

—Pensé que nos seguían —informó el conductor, un mercenario con experiencia en Afganistán y Siria—, un Alfa y tal vez un Ford, pero si es así los hemos perdido, estoy seguro.

Dunne miró hacia atrás.

—Bien. Continuemos.

Dieron la vuelta a la ciudad. Al cabo de diez minutos se hallaban en el complejo industrial del Deira, la zona atestada y colorida situada en el centro de la ciudad, enclavada a lo largo del Creek y el Golfo. Era otro lugar en el que Hydt se sintió a gusto al instante. Entrar en el barrio era como retroceder en el tiempo: sus casas irregulares, mercados tradicionales y el puerto rústico que bordeaba la ría, con los muelles atestados de *dhows* y otras embarcaciones pequeñas, podrían haber sido el decorado de una película de aventuras de los años treinta. En los barcos se amontonaban pilas imposiblemente altas de mercancías sujetas con cuerdas. El conductor localizó su destino, una fábrica y almacén de buen tamaño, con oficinas anexas y un piso, cuya pintura beis se desconchaba. Un alambre de espino, algo raro en Dubái, donde el delito escaseaba, coronaba la valla metálica que rodeaba el lugar. El conductor paró ante un intercomunicador y habló en árabe. La puerta se abrió poco a poco. El Town Car entró en el aparcamiento y se detuvo.

Los dos hombres bajaron. Ahora que faltaba una hora y cuarto para la puesta de sol, el aire se estaba enfriando, aunque el suelo irradiaba el calor acumulado durante el día.

Hydt oyó una voz, transportada por el viento polvoriento.

—¡Por favor! ¡Entre, amigo mío, por favor!

El hombre que agitaba la mano iba vestido con una *dishdasha* blanca (del tipo característico del emirato) y no se tapaba la cabeza. Tendría unos cincuenta y cinco años, sabía Hydt, aunque, como muchos árabes, parecía más joven. Rostro de persona con estudios, gafas progresivas y zapatos occidentales. Llevaba el pelo largo echado hacia atrás.

Mahdi Al Fulan caminó sobre un mar de arena roja, que se amontonaba sobre el asfalto y se apelotonaba contra el bordillo, las pasarelas y los edificios. Los ojos del árabe brillaban, como si fuera un colegial a punto de enseñar un proyecto muy querido. Lo cual no se hallaba lejos de la verdad, reflexionó Hydt. Una barba negra enmarcaba su sonrisa. A Hydt le había divertido saber que, mientras que el tinte de pelo no era un producto adecuado para comercializarlo en un país donde tanto hombres como mujeres solían llevar la cabeza cubierta, el tinte de barba, en cambio, se vendía a patadas.

Se estrecharon las manos.

—Amigo mío.

Hydt no intentó saludarlo en árabe. Carecía de facilidad para los idiomas, y consideraba una debilidad esforzarse en algo para lo que no se vale.

Niall Dunne avanzó, con los hombros agitados debido a sus andares desgarbados, y también saludó al hombre, pero los ojos claros se desviaron del árabe. Por una vez, no estaban buscando amenazas. Contemplaba embelesado la recompensa que albergaba el almacén, que podía verse a través de la puerta abierta: unas cincuenta máquinas, con todas las formas que un geómetra pudiera imaginar, fabricadas en acero pintado, hierro, aluminio, fibra de carbón... y quién sabía qué más. Sobresalían tuberías, cables, paneles de control, luces, interruptores, rampas y cintas. Si los robots soñaban con cosas bonitas, sin duda estarían en esa sala.

Entraron en el almacén, en el que no había obreros. Dunne se detuvo a estudiar, e incluso acariciar, algunas máquinas.

Mahdi Al Fulan era diseñador de productos industriales, educado en el MIT. No deseaba ser el tipo de empresario de perfil alto que acaparaba portadas de las revistas profesionales (y solía acabar en un tribunal concursal), y se especializaba en el diseño de equipo industrial funcional y sistemas de control, para lo cual existía un mercado sólido. Era uno de los numerosos proveedores de Severan Hydt. Éste le había conocido en un congreso de equipos de reciclaje. Una vez se enteró de ciertos viajes que el árabe hacía al extranjero, y de los hombres peligrosos a quienes vendía sus productos, se hicieron socios. Al Fulan era un científico inteligente, un ingeniero innovador, un hombre con ideas e invenciones importantes para Gehenna.

Y con otros contactos, además.

Noventa muertos...

Al pensar en aquello, Hydt consultó sin querer su reloj. Eran casi las seis.

—Síganme, por favor, Severan, Niall.

Al Fulan había observado la mirada de Hydt. El árabe los guió a través de varias salas, silenciosas y poco iluminadas. Una vez más, Dunne aminoró el paso para examinar algunas máquinas o paneles de control. Cabeceaba en señal de aprobación o fruncía el ceño, tal vez con la intención de comprender cómo funcionaba un sistema.

Dejaron atrás las máquinas, con su olor a aceite, pintura, y el aroma único, muy similar al de la sangre, de los sistemas eléctricos de alta potencia, y entraron en las oficinas. Al final de un pasillo tenuemente iluminado, Al Fulan utilizó un teclado para abrir una puerta sin señales distintivas y entraron en una zona de trabajo, grande y atestada de miles de hojas de papel, planos y otros documentos con palabras, gráficos y diagramas, muchos de ellos completamente incomprensibles para Hydt.

La atmósfera era inquietante, por decir algo, no sólo a causa de la penumbra y el desorden, sino también por la decoración de las paredes.

Imágenes de ojos.

Todo tipo de ojos (humanos, de peces, caninos, felinos e insectos), fotos, interpretaciones tridimensionales informatizadas, y dibujos médicos del siglo XIX. Resultaba particularmente inquietante un detallado e imaginativo esquema de un ojo humano, como si un doctor Frankenstein moderno hubiera utilizado técnicas de ingeniería actuales para crear su monstruo.

Delante de uno de las docenas de monitores grandes estaba sentada una atractiva mujer, morena, que frisaría la treintena. Se levantó, caminó hacia Hydt y le estrechó la mano vigorosamente.

—Me llamo Stella Kirkpatrick. Soy la ayudante de investigación de Mahdi.

Saludó también a Dunne.

Hydt había estado varias veces en Dubái, pero no la conocía. El acento de la mujer era estadounidense. Hydt supuso que era inteligente, testaruda y un ejemplo de un fenómeno común en esta parte del mundo, que se remontaba a cientos de años atrás: el occidental enamorado de la cultura árabe.

—Stella generó casi todos los algoritmos —explicó Al Fulan.

—¿De veras? —preguntó Hydt con una sonrisa.

La mujer se ruborizó debido al afecto que sentía por su mentor, a quien lanzó una veloz mirada, implorando que le diera su aprobación, que Al Fulan le proporcionó en forma de sonrisa seductora. Hydt no participó en este intercambio.

Tal como sugería la decoración de las paredes, la especialidad de Al Fulan era la óptica. Su objetivo en la vida era inventar un ojo artificial para los ciegos que funcionara tan bien como aquellos «alabado sea Alá, que Él nos creó». Pero hasta que eso sucediera ganaría una gran cantidad de dinero diseñando maquinaria industrial. Había diseñado casi todos los sistemas de seguridad, control e inspección especializados para los clasificadores y aparatos de destrucción de documentos de Green Way.

Hacía poco, Hydt le había encargado crear otro aparato para la empresa, y había acudido hoy con Dunne para ver el prototipo.

—¿Una demostración? —preguntó el árabe.

—Por favor —contestó Hydt.

Todos volvieron al jardín de las máquinas. Al Fulan los guió hasta un complicado aparato, que pesaba varias toneladas, que descansaba en la zona de carga y descarga junto a dos grandes compactadores de residuos industriales.

El árabe oprimió varios botones y, con un rugido, la máquina empezó a calentarse. Mediría unos seis metros de largo, dos de alto y dos de ancho. En el extremo delantero, una cinta transportadora metálica conducía a una boca de un metro cuadrado. Dentro reinaba la negrura más absoluta, si bien Hydt distinguió cilindros horizontales cubiertos de púas, como en una cosechadora. En la parte de atrás, media docena de rampas comunicaban con contenedores, cada uno de los cuales albergaba una gruesa bolsa de plástico negro, abierta en lo alto para recibir todo cuanto la máquina escupiera.

Hydt la estudió con detenimiento. Green Way y él ganaban un montón de dinero destruyendo documentos con seguridad, pero el mundo estaba cambiando. En la actualidad, la mayoría de los datos se guardaban en ordenadores y memorias USB, lo cual no haría más que generalizarse en el futuro. Hydt había decidido expandir su imperio, ofreciendo un nuevo enfoque de la destrucción de aparatos de almacenamiento de datos informáticos.

Algunas empresas lo hacían, al igual que Green Way, pero el nuevo método sería diferente gracias a la invención de Al Fulan. En aquel momento, para destruir datos con eficacia había que desmontar a mano los ordenadores, borrar los datos de los discos duros con unidades de desmagnetización, y triturarlos. Eran necesarios otros pasos para separar los demás componentes del antiguo ordenador, muchos de ellos chatarra electrónica peligrosa.

Sin embargo, aquella máquina lo hacía todo de manera automática. Tirabas el ordenador obsoleto sobre la cinta transportadora y el aparato se encargaba del resto, lo despiezaba mientras los sistemas ópticos de Al Fulan identificaban los componentes y los enviaban a los contenedores correspondientes. Los comerciales de Hydt podrían asegurar a sus clientes que esta máquina se encargaría de destruir no sólo la información sensible del disco duro, sino que todos los demás componentes serían identificados y eliminados de acuerdo con la normativa de medio ambiente local.

A una señal de su jefe, Stella levantó un viejo ordenador portátil y lo depositó sobre la cinta transportadora. Desapareció en los oscuros recovecos del aparato.

Oyeron una serie de ruidos metálicos penetrantes y golpes sordos y por fin un fuerte chirrido. Al-Fulan dirigió a sus invitados hasta la parte de atrás, donde al cabo de unos cinco o seis minutos vieron que la máquina escupía diversos fragmentos de chatarra clasificados en contenedores diferentes: metal, plástico, tarjetas de circuitos y demás. En la bolsa marcada como «Almacenamiento de Datos» vieron un fino polvillo de metal y silicio, todo lo que quedaba del disco duro. La chatarra electrónica peligrosa, como las baterías y los metales pesados, se depositaba en un receptáculo señalado con etiquetas de advertencia, y los componentes inofensivos iban a parar a contenedores de reciclaje.

Al Fulan guió a Hydt y Dunne hasta un monitor, que mostraba un informe sobre el trabajo de la máquina.

La fachada gélida de Dunne se había fundido. Parecía casi excitado.

Hydt también estaba complacido, muy complacido. Se dispuso a formular una pregunta, pero entonces se fijó en el reloj de pared. Eran las seis y media. Ya no podía seguir concentrándose en la maquinaria.

28

James Bond, Felix Leiter y Yusuf Nasad se encontraban a quince metros de la fábrica, agachados detrás de un contenedor grande, observando a Hydt, el irlandés y a un árabe con la habitual vestimenta blanca, además de una atractiva mujer morena, a través de una ventana de la zona de carga y descarga.

Con Bond y Leiter en el Alfa del estadounidense, y Nasad en su Ford en la retaguardia, empezaron a seguir al Lincon Town Car desde el Intercontinental, pero ambos agentes se dieron cuenta al instante de que el conductor árabe estaba iniciando maniobras de evasión. Preocupado por si los veían, Bond utilizó una aplicación de su móvil para pintar el coche con un perfil MASINT, tomó sus coordenadas con láser, y después envió los datos al centro de seguimiento de la GCHQ. Leiter levantó el pie del acelerador y dejó que los satélites siguieran al vehículo, mientras transmitía los resultados al móvil de Bond.

—¡Joder! —exclamó Leiter al ver el móvil de Bond—. Yo quiero uno igual.

Bond había seguido el avance del Town Car en su plano y guiado a Leiter, seguidos de Nasad, en la dirección general de Hydt, que estaba demostrando ser una ruta muy enrevesada. Por fin, el Lincoln volvió hacia Deira, la parte antigua de la ciudad. Unos minutos después, Bond, Leiter y su colaborador llegaron, dejaron los coches en un callejón que separaba dos almacenes polvorientos y cortaron la valla de acero para ver mejor lo que estaban tramando Hydt y el irlandés. El conductor del Lincoln se había quedado en el aparcamiento.

Bond se colocó un auricular y dirigió la cámara del móvil hacia el cuarteto, escuchando con una aplicación que había desarrollado Sanu Hirani. El Vibra-Micro reconstruía la conversación observada a través de ventanas o puertas transparentes leyendo las vibraciones en el cristal u otras superficies lisas cercanas. Combinaba lo que detectaba por mediación del sonido con información visual de los movimientos de los labios y las mejillas, la expresión del ojo y el lenguaje corporal. En circunstancias como aquélla podía reconstruir conversaciones con un ochenta y cinco por ciento de fiabilidad.

—Están hablando de equipo para las instalaciones de Green Way —dijo Bond después de escuchar la conversación—, su empresa legal. ¡Maldita sea!

—Mira a ese hijo de puta —susurró el estadounidense—. Sabe que unas noventa personas van a morir dentro de media hora, y es como si estuviera hablando con una vendedora sobre los píxeles de una pantalla gigante de televisión.

El teléfono de Nasad zumbó. Aceptó la llamada y habló en un árabe muy rápido, algunas de cuyas palabras Bond fue capaz de descifrar. Estaba recibiendo información sobre la fábrica. Desconectó y explicó a los agentes que el lugar era propiedad de un ciudadano de Dubái, Mahdi Al Fulan. Una foto confirmó que era el hombre con quien estaban Hydt y el irlandés. No era sospechoso de mantener lazos con terroristas, nunca había estado en Afganistán y daba la impresión de ser un simple ingeniero y hombre de negocios. En fecha reciente había desarrollado un escáner óptico en una mina terrestre que era capaz de distinguir entre varios uniformes o insignias amigos y enemigos.

Bond recordó las notas que había encontrado en March: radio de la explosión...

Cuando se reanudó la conversación en el almacén, Bond ladeó la cabeza y escuchó una vez más.

—Quiero irme al... acontecimiento —estaba diciendo Hydt al irlandés—. Mahdi y yo nos iremos ahora. —Se volvió hacia el árabe con ojos espeluznantes, casi ávidos—. No está lejos, ¿verdad?

—No, podemos ir a pie.

Hydt se volvió hacia su socio irlandés.

—Mientras, tal vez Stella y tú podríais comentar algunos detalles técnicos.

El irlandés se volvió hacia la mujer, mientras Hydt y el árabe desaparecían en el interior del almacén.

Bond cerró la aplicación y miró a Leiter.

—Hydt y Al Fulan se van al lugar donde tendrá lugar el incidente. Se marchan a pie. Yo les seguiré. A ver si puedes descubrir algo más ahí dentro. La mujer y el irlandés van a quedarse. Acércate más si puedes. Te llamaré cuando descubra lo que está pasando.

—Por supuesto.

Nasad asintió.

Bond examinó su Walther y la devolvió a la funda.

—Espera, James —dijo Leiter—. Salvar a esa gente, a esas noventa personas o así, bien, podría delatarte. Si cree que lo sigues, Hydt tal vez se acobarde y desaparezca, y nunca lo encontrarías, a menos que tramara otro Incidente Veinte. Y entonces guardaría el secreto con mucha más cautela. Si le dejas que siga adelante con sus planes, no se enterará de que lo persigues.

—¿Que los sacrifique, quieres decir?

El estadounidense sostuvo la mirada de Bond.

—Es una decisión difícil. No sé si yo podría tomarla, pero hay que pensarlo.

—Ya lo he hecho. Y no, no van a morir.

Vio que los dos hombres salían a pie del recinto.

Leiter corrió acuclillado hacia el edificio y se coló a través de una pequeña ventana, para luego desaparecer en silencio al otro lado. Volvió a aparecer e hizo un gesto. Nasad se reunió con él.

Bond pasó a través de la brecha practicada en la valla y siguió a sus dos objetivos. Después de varias manzanas de callejones industriales, Hydt y Al Fulan entraron en el zoco cubierto de Deira: cientos de puestos al aire libre, así como tiendas más convencionales, donde se podía comprar oro, especias, zapatos, televisores, cedés, videos, chocolatinas Mars, recuerdos, juguetes, ropa occidental y de Oriente Medio... Cualquier cosa que pudiera imaginarse. Sólo una parte de la población allí presente parecía nacida en los Emiratos. Bond oyó retazos de conversaciones en tamil, malayo, urdu y tagalo, pero relativamente poco árabe. Había cientos de compradores. Se desarrollaban intensas negociaciones en todos los puestos y en todas las tiendas, las manos gesticulaban con frenesí, los ceños se fruncían, se intercambiaban palabras tensas.

Do buy...

Bond les seguía a una distancia discreta, buscando cualquier señal del objetivo de ambos: la gente que iba a morir dentro de veinticinco minutos.

¿Qué podía haber tramado el Trapero? ¿Un ensayo en vistas a la carnicería del viernes, que sería diez o veinte veces peor? ¿O acaso aquello no guardaba la menor relación? Tal vez Hydt estaba utilizando su fachada de hombre de negocios internacional como tapadera. ¿Serían él y el irlandés simples asesinos sofisticados?

Bond se abrió paso entre el gentío de comerciantes, compradores, turistas y estibadores que cargaban los *dhows*. Había muchísima gente, justo antes del Maghrib, la oración del ocaso. ¿Sería el mercado el lugar del ataque?

Entonces, Hydt y Al Fulan salieron del zoco y continuaron andando media manzana más. Se detuvieron y miraron un edificio moderno, de tres pisos de altura, con grandes ventanales, que dominaba el Dubái Creek. Era un edificio público, lleno de hombres, mujeres y niños. Bond se acercó más y vio un letrero en árabe e inglés. MUSEO DE LOS EMIRATOS.

De modo que aquél era el objetivo. Y muy bueno. Bond lo examinó. Al menos cien personas deambulaban sólo por la planta baja, y habría muchos más en los pisos de arriba. El edificio estaba cerca de la ría, con una estrecha calle delante, lo cual significaba que a los vehículos de urgencias les costaría mucho acercarse al escenario de la carnicería.

Al Fulan paseó la vista a su alrededor, inquieto, pero Hydt entró por la puerta principal. Desaparecieron entre la multitud.

«No voy a permitir que esta gente muera.» Bond se colocó el auricular y conectó la aplicación de escucha del móvil. Siguió a los dos hombres al interior, pagó la entrada y se acercó más a sus objetivos, al tiempo que se confundía entre un grupo de turistas occidentales.

Pensó en lo que Felix Leiter había dicho. Salvar a esta gente tal vez alertaría a Hydt de que alguien le seguía.

¿Qué haría M en estas circunstancias?

Supuso que el viejo sacrificaría a los noventa por salvar a miles. Había sido almirante en activo en la Marina Real. Los oficiales de ese rango siempre tenían que tomar decisiones difíciles.

«Maldita sea —pensó Bond—, debo hacer algo.» Vio niños campando a sus anchas, hombres y mujeres mirando y comentando los objetos, gente riendo, y gente asintiendo con interés embelesado mientras una guía turística daba explicaciones.

Hydt y Al Fulan se adentraron más en el edificio. ¿Qué estaban haciendo? ¿Habían planeado dejar un artefacto explosivo? Tal vez se trataba de lo que habían pergeñado en el sótano del hospital de March.

O tal vez el diseñador industrial Al Fulan había fabricado otra cosa para Hydt.

Bond recorrió la periferia del enorme vestíbulo de mármol, lleno de arte y antigüedades árabes. Una gigantesca araña de oro dominaba la sala. Bond apuntó el micrófono hacia los hombres. Captó docenas de retazos de conversaciones de los demás, pero nada entre Hydt y Al Fulan. Irritado consigo mismo, ajustó el micrófono con más precisión y oyó por fin la voz de Hydt.

—Hace mucho tiempo que esperaba esto. Quiero darle las gracias de nuevo por lograr que ocurriera.

—Es un placer hacer lo que pueda. Me alegro de que hagamos negocios juntos.

—Me gustaría tomar fotografías de los cadáveres —susurró Hydt, distraído.

—Sí, sí, por supuesto. Lo que quiera, Severan.

«¿Podré acercarme a los cadáveres?»

—Son casi las siete —dijo Hydt—. ¿Estamos preparados?

«¿Qué debería hacer? —pensó Bond, desesperado—. Va a morir gente.»

«El propósito de tu enemigo dictará tu respuesta...»

Observó una alarma de incendios en la pared. Podía tirar de la palanca, evacuar el edificio. Pero también vio cámaras de seguridad y guardias. Le identificarían de inmediato como el hombre que había tirado de la palanca y, aunque intentara huir, los guardias y la policía lo detendrían, y encontrarían su arma. Tal vez lo viera Hydt. Deduciría con facilidad lo que había sucedido. La misión fracasaría.

¿Había alguna respuesta mejor?

No se le ocurrió ninguna, de modo que se acercó al panel de la alarma de incendios.

Las seis y cincuenta y cinco minutos.

Hydt y Al Fulan se estaban encaminando a toda prisa hacia una puerta situada al fondo del vestíbulo. Bond llegó a la alarma. Las tres cámaras de seguridad lo enfocaban.

Y había un guardia a menos de seis metros de distancia. Se había fijado en Bond, y tal vez observado que su comportamiento no era el que cabía esperar de un turista occidental en un museo de ese tipo. El hombre inclinó la cabeza y habló en un micrófono sujeto a su hombro.

Delante de Bond, una familia se paró ante un diorama de una carrera de camellos. El niño y el padre rieron de los cómicos modelos.

Las seis y cincuenta y seis minutos.

El guardia rechoncho se volvió hacia Bond. Llevaba una pistola. Y había desabrochado el cubrearma.

Las seis y cincuenta y siete minutos.

El guardia avanzó, con la mano cerca del arma.

Aun así, con Hydt y Al Fulan a seis metros de distancia, Bond extendió la mano hacia la palanca de la alarma de incendios.

29

En aquel momento, el sistema de megafonía difundió un mensaje en árabe.

Bond se detuvo para escuchar. Lo entendió casi todo. Un momento después, la traducción inglesa se lo confirmó.

—Caballeros, quienes tengan entradas para el espectáculo de las siete hagan el favor de pasar por la puerta del Ala Norte.

Era la entrada a la cual se estaban acercando Hydt y Al Fulan, situada al fondo del vestíbulo principal. No se marchaban del museo. Si aquel era el lugar donde moriría la gente, ¿por qué no huían los dos hombres?

Bond se alejó del panel de alarma en dirección a la puerta. El guardia lo miró una vez más, y después dio media vuelta, al tiempo que abrochaba la solapa de la funda.

Hydt y su colega se pararon en la entrada de una exposición especial que albergaba el museo. Bond exhaló el aire poco a poco, y comprendió por fin. El título de la exposición era «Muerte en la arena». Un cartel en la entrada explicaba que durante el otoño anterior unos arqueólogos habían descubierto una fosa común de mil años de antigüedad, situada cerca del oasis Liwa de Abu Dabi, a unos cien kilómetros del golfo Pérsico tierra adentro. Toda una tribu árabe nómada, compuesta por noventa y dos personas, había sido atacada y asesinada. Justo después de la batalla, una tormenta de arena había enterrado los cadáveres. Cuando se descubrió la aldea el año anterior, se encontraron los restos en perfecto estado de conservación gracias a las arenas secas y calientes.

Exponían los cuerpos disecados tal como los habían encontrado, recreando la aldea. Por lo visto, en consideración hacia el público en general, los cuerpos estaban tapados con pudor. La exposición especial de esta noche, a las siete, sólo para hombres, estaba reservada a científicos, médicos y profesores. Los cadáveres no estaban cubiertos. Al parecer, Al Fulan había conseguido una entrada para Hydt.

Bond estuvo a punto de lanzar una carcajada, y le invadió una oleada de alivio. Los malentendidos, e incluso los errores flagrantes, se dan a menudo en el oficio del espionaje, cuando los agentes deben trazar planes y ejecutarlos tan sólo a partir de meros fragmentos dispersos de la información de que disponen. Con frecuencia, los resultados de tales equivocaciones son desastrosos. Bond no conseguía recordar ni un solo ejemplo en que lo contrario fuera cierto, como en aquel momento, cuando una tragedia inminente se convertía en una excursión cultural de lo más inocuo. Su primera idea fue que disfrutaría contando la historia a Philly Maidenstone.

No obstante, dejó de sentirse de tan buen humor cuando pensó en que había estado a punto de dar al traste con la misión por salvar a noventa personas que llevaban muertas casi un milenio.

Entonces, su estado de ánimo se ensombreció cuando echó un vistazo a la sala de exposiciones y vislumbró escenas del macabro panorama: cuerpos disecados, algunos de los cuales conservaban gran parte de la piel, similar al cuero. Otros eran casi esqueletos. Con las manos extendidas, tal vez suplicando piedad por última vez. Formas demacradas de madres que acunaban a sus hijos. Las cuencas de los ojos vacías, los dedos como sarmientos, y numerosas bocas retorcidas en horrendas sonrisas a causa de los estragos del tiempo y la putrefacción.

Bond contempló el rostro de Hydt, mientras el Trapero examinaba a las víctimas. Estaba fascinado. Un deseo casi sexual brillaba en sus ojos. Incluso Al Fulan parecía cohibido por el placer que exhibía su socio comercial.

Nunca había oído tanta alegría ante la perspectiva de matar...

Hyde tomaba foto tras foto, el flash repetido de su móvil bañaba los cuerpos de una luz brillante, que los dotaba de un aspecto todavía más sobrenatural y horrendo.

«Menuda pérdida de tiempo», reflexionó Bond. Todo cuanto había averiguado por mediación de su viaje era que Hydt contaba con unas cuantas máquinas nuevas para sus operaciones de reciclaje, y que le excitaban las imágenes de cadáveres. ¿Sería el Incidente Veinte, fuera lo que fuera, otra malinterpretación del mensaje interceptado? Pensó en la redacción del texto original, y llegó a la conclusión de que lo planeado para el viernes era una amenaza real.

... bajas iniciales calculadas en miles, intereses británicos gravemente afectados, transferencia de fondos tal como se acordó.

No cabía ninguna duda de que se trataba de la descripción de un ataque.

Hydt y Al Fulan se estaban internando en la sala de exposiciones y, sin el pase especial, Bond no podría seguirles. Pero Hydt se puso a hablar de nuevo. Bond levantó el teléfono.

—Espero que comprenda lo de esa novia suya. ¿Cómo se llama?

—Stella —dijo Al Fulan—. No, no nos queda otra alternativa. Cuando descubra que no voy a dejar a mi esposa, se convertirá en un peligro. Sabe demasiado. La verdad, últimamente me ha dado muchos problemas.

—Mi socio se encargará de todo —continuó Hydt—. La llevará al desierto, y conseguirá que desaparezca. Haga lo que haga, será eficaz. Es asombroso lo bien que lo planea… todo.

Por eso el irlandés se había quedado en el almacén.

Si iba a matar a Stella, aquel viaje implicaba algo más que negocios legales. Tendría que dar por sentada su relación con el Incidente Veinte. Bond salió a toda prisa del museo y llamó a Felix Leiter. Tenían que salvar a la joven y averiguar lo que sabía.

Sin embargo, el móvil de Leiter sonó cuatro veces, y después se conectó el buzón de voz. Bond probó de nuevo. ¿Por qué demonios no descolgaba el estadounidense? ¿Estaban Nasad y él intentando salvar a Stella en aquel momento, tal vez peleando con el Irlandés o el chófer, o con ambos?

Otra llamada. De nuevo el buzón de voz. Bond se puso a correr, atravesando el zoco mientras las voces evocadoras que llamaban a los fieles a la plegaria vibraban en el cielo crepuscular.

Sudoroso y jadeante llegó al almacén de Al Fulan cinco minutos después. El Town Car de Hydt había desaparecido. Bond pasó por el agujero que había practicado antes en la valla. La ventana por la que Leiter había entrado estaba ahora cerrada. Bond corrió hacia el almacén y utilizó una ganzúa para abrir una puerta lateral. Entró y desenfundó la Walther.

El lugar parecía desierto, aunque oyó un zumbido de maquinaria no muy lejos.

Ni rastro de la chica. ¿Dónde estaban Leiter y Nasad?

Unos segundos después, Bond averiguó la respuesta a esa pregunta, al menos en parte. En la habitación donde había entrado Leiter descubrió manchas de sangre en el suelo, frescas. Había señales de lucha y varias herramientas tiradas en el suelo, junto con la pistola y el teléfono de Leiter.

Bond imaginó lo ocurrido. Leiter y Nasad se habían separado, y el estadounidense se había escondido aquí. Debía de estar vigilando al irlandés y a Stella, cuando el chófer árabe lo atacó por la espalda y le golpeó con una llave inglesa o un tubo. ¿Habrían sacado a rastras a Leiter, para luego meterlo en el maletero del Town Park y llevárselo al desierto con la chica?

Con la pistola en la mano, Bond se encaminó hacia la puerta de la que salía el ruido de maquinaria.

Se quedó de piedra cuando contempló la escena.

El hombre de la chaqueta azul (el que le había seguido antes) estaba haciendo rodar la forma apenas consciente de Felix Leiter hacia una de las enormes compactadoras. El agente de la CIA estaba despatarrado sobre la cinta transportadora, con los pies por delante, aunque el artilugio no se movía, pese a que la máquina estaba en funcionamiento. En el centro, dos enormes planchas metálicas a cada lado de la cinta presionaban hacia delante, casi tocándose, y después retrocedían para recibir una nueva pila de chatarra.

Las piernas de Leiter se encontraban a sólo dos metros de ellas.

Su atacante levantó la vista, frunció el ceño y miró al intruso.

Bond apuntó al hombre.

—¡Las manos a los costados! —gritó.

El interpelado obedeció, pero de repente saltó a la derecha y oprimió un botón de la máquina, para luego huir y desaparecer de la vista de Bond.

La cinta transportadora avanzó con determinación, de forma que Leiter se deslizó hacia las gruesas planchas de acero, que se acercaban hasta quedar separadas por tan sólo quince centímetros de distancia, y después retrocedían para aceptar más desperdicios.

Bond corrió hacia la máquina y apretó el botón rojo de apagado, para luego perseguir a su atacante. Pero el motor no se detuvo de inmediato. La cinta continuó transportando a su amigo hacia las mortíferas planchas, que no cesaban de moverse atrás y adelante.

¡Maldita sea! Bond desenfundó la Walther y retrocedió. Agarró a Leiter y se esforzó por sacarlo de la maquinaria, pero la cinta transportadora estaba dotada de dientes puntiagudos para aferrar mejor a su presa, y atraparon la ropa de Leiter.

Continuó arrastrándolo hacia el compactador, con la cabeza colgando y los ojos cubiertos por un hilo de sangre.

Cuarenta y cinco centímetros, cuarenta… Treinta.

Bond saltó sobre la cinta, apoyó un pie contra el marco, enrolló la chaqueta de Leiter alrededor de sus manos y tiró con todas sus fuerzas. La velocidad disminuyó, pero el enorme motor continuó empujando hacia adelante la cinta, bajo las planchas que se movían atrás y adelante.

Leiter se hallaba a veinte centímetros, y después a quince, de las planchas que convertirían en papilla sus pies y tobillos.

Bond tiró con más fuerza, su brazo y sus músculos presa de un atroz dolor, mientras gemía a causa del esfuerzo.

Ocho centímetros...

La cinta se detuvo por fin y, con un jadeo hidráulico, las planchas también.

Bond, sin aliento, desenredó los pantalones del estadounidense de los dientes de la cinta y le depositó en el suelo. Corrió a la zona de carga y descarga, al tiempo que desenfundaba su arma, pero no vio ni rastro del hombre de azul. Después, mientras vigilaba por si aparecían otras amenazas, Bond volvió con el agente de la CIA, quien estaba recuperando la conciencia. Se sentó poco a poco con la ayuda de Bond y se orientó.

—No puedo dejarte solo ni cinco minutos, ¿eh? —dijo Bond, disimulando el horror que había sentido por el destino atroz de su amigo, mientras examinaba la herida de la cabeza y la secaba con un paño que había encontrado cerca.

Leiter contempló la máquina. Sacudió la cabeza. Después, la familiar sonrisa invadió su rostro enjuto.

—Los ingleses siempre llegáis en el momento menos oportuno. Ya lo tenía.

—¿Hospital? —preguntó Bond. Su corazón latía acelerado a causa del esfuerzo y del alivio por el desenlace.

—No. —El estadounidense examinó el paño. Estaba manchado de sangre, pero Leiter parecía más furioso que herido—. ¡Caramba, James, el plazo ha expirado! ¿Y las noventa personas?

Bond le contó lo de la exposición.

Leiter lanzó una ronca carcajada.

—¡Menuda plancha! Hermano, qué metedura de pata. Así que le ponen los cadáveres. ¿Y quería fotos de ellos? Ese hombre ha inventado un nuevo concepto del porno.

Bond recogió el teléfono y el arma de Leiter y se los devolvió.

—¿Qué pasó, Felix?

Los ojos de Leiter se apagaron.

—El conductor del Town Car entró en el almacén después de que tú te marcharas. Le vi hablar con el irlandés, mirando a la chica. Sabía que estaban tramando alguna maldad, y eso significaba que ella sabía algo. Decidí emplear la diplomacia para salvarla. Presentarnos como inspectores de seguridad o algo por el estilo. Antes de que pudiera moverme, agarraron a la chica, la inmovilizaron con cinta aislante y la arrastraron hacia la oficina. Envié a Yusuf al otro lado y me dirigí hacia ellos, pero ese hijo de puta me golpeó antes de que hubiera recorrido tres metros. El tipo del centro comercial, el que te seguía.

—Lo sé. Le vi.

—Tío, ese hijo de puta es un experto en artes marciales, te lo digo yo. Me dejó fulminado.

—¿Dijo algo?

—Gruñó un montón. Cuando me golpeó.

—¿Estaba trabajando con el irlandés o con Al Fulan?

—No lo sé. No los vi juntos.

—¿Y la chica? Tenemos que encontrarla, si es posible.

—Es probable que se dirijan al desierto. Si tenemos suerte, Yusuf los estará siguiendo. Tal vez intentó llamar cuando yo estaba inconsciente.

Con la ayuda de Bond, el agente se puso en pie. Cogió el teléfono y pulsó el botón de marcación rápida.

Oyeron cerca el gorjeo de un tono de llamada, una alegre melodía electrónica. Pero apagada.

Ambos hombres pasearon la vista a su alrededor.

Entonces, Leiter se volvió hacia Bond.

—¡Joder! —susurró el estadounidense, al tiempo que cerraba los ojos un momento. Volvieron corriendo al compactador. El sonido procedía del interior de una gran bolsa de basura llena, que la máquina había cerrado automáticamente con un cable, y después vomitado sobre la plataforma de carga y descarga para que fuera transportada en una carretilla hasta el lugar donde sería destruida.

Bond también comprendió lo que había pasado.

—Echaré un vistazo —dijo.

—No —replicó con firmeza Leiter—. Es cosa mía.

Desanudó el cable, respiró hondo y miró en el interior de la bolsa. Bond se reunió con él.

El apretado batiburrillo de piezas metálicas afiladas, cables y tuercas, tornillos y roscas, estaba entrelazado con una masa informe de carne y tela sanguinolentas, fragmentos de órganos humanos y huesos.

Los ojos vidriosos del rostro aplastado y deforme de Yusuf Nasad miraban a los dos hombres.

Sin pronunciar palabra, regresaron al Alfa y echaron un vistazo al sistema de seguimiento por satélite, el cual informó que la limusina de Hydt había vuelto al Intercontinental. Había hecho dos breves paradas en el camino, tal vez para trasladar a la chica a otro coche, que la conduciría al desierto en su último viaje, y para recoger a Hydt en el museo.

Un cuarto de hora después, Bond entró con el Alfa en el aparcamiento del hotel.

—¿Quieres una habitación? —preguntó Bond—. ¿Para curarte eso?

Señaló la cabeza de Leiter.

—No, necesito un buen trago. Me lavaré un poco. Nos encontraremos en el bar.

Aparcaron y Bond abrió el maletero. Recogió la bolsa del ordenador portátil y dejó la maleta dentro. Leiter se colgó al hombro su bolsa y encontró una gorra marcada, por así decirlo, con el logo del equipo de fútbol americano de los Longhorns de la Universidad de Texas. Se la encasquetó con cuidado sobre la herida y embutió debajo su pelo rojizo. Entraron en el hotel por la puerta lateral.

Leiter fue a lavarse, y Bond, tras comprobar que no había nadie del séquito de Hydt en el vestíbulo, salió fuera. Examinó a un grupo de conductores de limusina parados en grupo y charlando animadamente. Bond no vio al conductor de Hydt. Hizo un gesto al más menudo del grupo, y el hombre se acercó ansioso.

—¿Tienes una tarjeta? —preguntó Bond.

—Ya lo creo, señor. —Le dio una. Bond la guardó en el bolsillo—. ¿Qué le apetece, señor? ¿Un paseo por las dunas? ¡No, ya lo sé, el zoco del oro! Para su señora. Le llevará algo de Dubái y será su héroe.

—El hombre que alquiló esa limusina...

La mirada de Bond se paseó un momento sobre la limusina de Hydt.

Los ojos del conductor se apagaron. Bond no estaba preocupado. Sabía cuándo alguien estaba en venta. Probó de nuevo.

—Lo conoces, ¿verdad?

—No especialmente, señor.

—Pero los conductores siempre habláis entre vosotros. Sabéis todo lo que pasa aquí. Sobre todo en relación con un tipo tan curioso como el señor Hydt.

Deslizó al hombre quinientos dirhams.

—Sí, señor. Sí, señor. Puede que haya oído algo… Déjeme pensar. Sí, quizá.

—¿Qué pudo ser?

—Creo que él y sus amigos han ido al restaurante. Estarán un par de horas o así. Es un restaurante muy bueno. Las comidas son largas.

—¿Alguna idea de adónde irán desde aquí?

Un cabeceo. Pero sin palabras que lo acompañaran.

Otros quinientos dirhams se reunieron con los anteriores.

El hombre lanzó una carcajada suave y cínica.

—La gente es descuidada cuando está con nosotros. No somos más que gente para llevar a esos tipos de un sitio a otro. Somos camellos. Bestias de carga. Me refiero al hecho de que la gente piensa que no existimos. Por lo tanto, se creen que no oímos lo que dicen delante de nosotros, por delicado que sea. Por valioso que sea.

Bond le enseñó más dinero y luego se lo volvió a meter en el bolsillo.

El conductor paseó la vista a au alrededor un momento.

—Esta noche vuela a Ciudad del Cabo. Un avión privado, que despega dentro de tres horas. Como ya le he dicho, el restaurante de abajo es famoso por su experiencia culinaria pausada y suntuosa. —Un falso puchero—. Pero sus preguntas me revelan que usted no desea que le reserve mesa. Lo comprendo. Tal vez en su próximo viaje a Dubái…

Bond le entregó el resto del dinero. Después, sacó la tarjeta del hombre y le dio vueltas con el pulgar.

—¿Sabes mi socio? ¿Viste al tipo fornido que entró conmigo?

—¿El tipo duro?

—Sí, el tipo duro. Yo me iré pronto de Dubái, pero él se quedará. Ruega con todas tus fuerzas que tu información sobre el señor Hydt sea exacta.

La sonrisa desapareció como arena.

—Sí, sí, señor, es completamente exacta, lo juro por Alá, alabado sea.

30

Bond entró en el bar y ocupó una mesa en la terraza exterior que daba al Creek, un plácido espejo sembrado de reflejos ondulantes de luces de colores, que desmentían el horror del que había sido testigo en el taller de Al Fulan.

El camarero se acercó y preguntó qué deseaba. El bourbon era el licor favorito de Bond, pero creía que el vodka era medicinal, ya que no curativo, cuando se servía muy frío. Ordenó un martini de Stolichnaya doble, semiseco, y pidió que lo agitaran muy bien, porque no sólo enfriaba más el vodka que revuelto, sino que también lo gasificaba y mejoraba el sabor de manera considerable.

—Sólo corteza de limón.

Cuando llegó la bebida, adecuadamente opaca (prueba de que había sido agitada como era debido), bebió la mitad de inmediato y notó que el paradójico frescor ardiente subía desde la garganta a la cara. Contribuyó a aplacar la frustración causada por no haber podido salvar a la joven ni a Yusuf Nasad.

Sin embargo, no logró mitigar el recuerdo de la expresión espeluznante de Hydt cuando miró con lujuria los cuerpos petrificados.

Bebió de nuevo, mientras contemplaba ausente la televisión que había encima de la barra, en cuya pantalla Ahlam, la hermosa cantante de Bahréin, estaba moviendo las caderas en un video montado con el estilo frenético tan de moda en las televisiones árabes e indias. Su voz contagiosa y vibrante flotaba desde los altavoces.

Vació la copa, y después llamó a Bill Tanner. Le contó lo de la falsa alarma en el museo de historia y las muertes, y añadió que Hydt viajaría a Ciudad del Cabo aquella noche. ¿Podría la Rama T arreglar un vuelo para Bond? Ya no podía ir en el Grumman de su amigo, pues había regresado a Londres.

—Veré qué puedo hacer, James. Es probable que tenga que ser en un vuelo comercial. No sé si conseguiré que llegues antes que Hydt.

—Sólo necesito que alguien espere el vuelo y le siga. ¿Cuál es la situación de Seis allí?

—Estación Z tiene un agente en el Cabo. Gregory Lamb. Voy a comprobar su situación. —Bond oyó que tecleaba—. En este momento se encuentra en Eritrea. El ruido de sables en la frontera con Sudán ha empeorado. Pero, James, no queremos que Lamb intervenga si podemos evitarlo. Su historial no es del todo irreprochable. Se ha vuelto nativo, como un personaje salido de la pluma de Graham Greene. Creo que Seis quiere que pida la baja voluntaria, pero aún no se han decidido. Te encontraré a alguien del país. Yo recomendaría el SAPS, el servicio de policía, antes que Inteligencia Nacional. Han salido en las noticias últimamente, y no han quedado muy bien parados. Haré algunas llamadas y te informaré.

—Gracias, Bill. ¿Puedes pasarme con Q?

—Sí. Buena suerte.

Una voz pensativa no tardó en ponerse al teléfono.

—Rama Q. Hirani.

—Soy 007, Sanu. Estoy en Dubái. Necesito algo rápido.

Después de que Bond se explicara, Hirami pareció decepcionado por la sencillez de la misión.

—¿Dónde estás? —preguntó.

—Intercontinental, Festival City.

Bond oyó que tecleaba.

—De acuerdo. Treinta minutos. Recuerda una sola cosa: flores.

Cortaron la comunicación justo cuando Leiter llegaba, se sentaba y pedía un Jim Beam solo.

—Eso significa sin hielo, agua, ensalada de fruta, nada. Pero también significa que ha de ser doble. Tampoco me iría mal un triple.

Bond pidió otro martini.

—¿Cómo tienes la cabeza? —preguntó, después de que el camarero se alejara.

—No es nada —murmuró Leiter. No parecía malherido, y Bond sabía que su estado de ánimo taciturno se debía a la pérdida de Nasad—. ¿Has averiguado algo acerca de Hydt?

—Se marchan esta noche. Dentro de un par de horas. A Ciudad del Cabo.

—¿Qué pasa allá abajo?

—Ni idea. Es lo que debo averiguar.

Y averiguarlo antes de tres días, se recordó Bond, si quería salvar a aquellos miles de personas.

Guardaron silencio mientras el camarero traía sus bebidas. Ambos hombres examinaron la sala mientras bebían. No había ni rastro del hombre moreno del pendiente, ni de vigilantes que hicieran demasiado caso (o no el suficiente) a los hombres del rincón.

Ninguno de los agentes brindó a la memoria del colaborador que acababa de morir. Por grande que fuera la tentación, nunca lo hacían.

—¿El cuerpo de Nasad? —preguntó Bond. La idea de que un aliado fuera a parar a una tumba tan ignominiosa se le hacía insoportable.

Los labios de Leiter se tensaron.

—Si Hydt y el irlandés estuvieron implicados y yo pidiera un equipo de refuerzo, sabrían que íbamos a por ellos. No voy a poner en peligro nuestra tapadera en este momento. Yusuf ya sabía en lo que se metía.

Bond asintió. Era la forma correcta de llevar el caso, aunque eso no conseguía que resultara más fácil tomar decisiones.

Leiter aspiró el aroma del whisky y volvió a beber.

—En este negocio —dijo—, ésas son las decisiones más duras, no es cuestión de sacar la pistola y jugar a ser Butch Cassidy. Eso lo haces sin pensar.

El móvil de Bond zumbó. La Rama T le había reservado un pasaje en el vuelo nocturno de Emirates a Ciudad del Cabo. Despegaba dentro de tres horas. La elección de la compañía le satisfizo. La línea aérea había evitado convertirse en una operación mercantil más, y trataba a sus pasajeros con los servicios de calidad típicos de la edad de oro de los viajes aéreos, cincuenta o sesenta años antes. Comentó a Leiter los detalles de su partida.

—Vamos a comer algo —añadió.

El estadounidense llamó a un camarero y pidió un plato de *mezze*.

—Y después, tráiganos un mero a la parrilla. Desespinado, si es tan amable.

—Sí, señor.

Biond pidió una botella de un buen chablis *premier cru*, que llegó un momento después. Bebieron sus vasos enfriados en silencio hasta que llegó el primer plato: *kofta*, aceitunas, *hummus*, queso, berenjena, nueces y el mejor pan plano que Bond había comido en su vida. Ambos hombres se pusieron a comer. Después de que el camarero se hubiera llevado los restos, trajeron el plato principal. El sencillo pescado blanco humeaba sobre un lecho de lentejas verdes. Era muy bueno, delicado pero carnoso. Apenas había comido un poco Bond cuando su móvil zumbó de nuevo. La identificación de la persona que llamaba sólo mostró el código de un número del Gobierno británico. Pensando que tal vez Philly llamaba desde una oficina diferente, Bond contestó.

Y se arrepintió de inmediato.

31

—¡James! ¡James! ¡James! ¿Quién soy? Al habla Percy. ¡Cuánto tiempo sin hablar contigo!

El corazón de Bond dio un vuelco.

Leiter frunció el ceño, probablemente al ver la expresión de Bond.

—Percy..., sí.

—¿Estás bien? —preguntó Osborne-Smith, de la División Tres—. Ningún altercado que haya requerido algo más que una tirita, espero.

—Estoy bien.

—Me alegra saberlo. Bien, por aquí las cosas van a un ritmo acelerado. Tu jefe ha informado a todo el mundo sobre el plan Gehenna. Tal vez estés demasiado ocupado huyendo de nuestra jurisdicción como para seguir en contacto. —Dejó la frase en suspenso un—. Ajá. Sólo te estaba tomando el pelo, James. La verdad es que llamo por varios motivos, y el primero es disculparme.

—¿De veras? —preguntó Bond suspicaz.

El hombre de la División Tres habló en un tono más serio.

—Esta mañana, en Londres, admito que tenía un equipo táctico preparado para detener a Hydt en el aeropuerto, para luego traerle a tomar el té y charlar un poco. Pero resulta que tenías razón. Los Vigilantes detectaron un fragmento de texto y lo descifraron. Espera, voy a repetirte lo que dice la grabación. Aquí vamos: algo indescifrable, y después: «Severan tiene tres socios principales. […] Cualquiera de ellos puede apretar el botón si él no está disponible». Ya ves, James, detenerlo habría sido un desastre, tal como tú dijiste. Los demás habrían salido corriendo de la madriguera, y nosotros habríamos perdido cualquier posibilidad de descubrir de qué iba Gehenna e impedirlo. —Hizo una pausa para recuperar el aliento—. Estuve un poco impertinente cuando nos conocimos, y también lamento eso. Quiero colaborar contigo en esto, James ¿Disculpas aceptadas? ¿Queda todo olvidado con un pase de la varita mágica de Hermione?

En el mundo de la inteligencia, había descubierto Bond, nuestros aliados pedían perdón por sus transgresiones contra ti con tanta frecuencia como tus enemigos. Supuso que la contrición de Osborne-Smith se basaba en parte en su deseo de continuar en el juego para obtener su parte de gloria, pero a Bond no le importaba. Lo único que le interesaba era descubrir qué era el plan Gehenna e impedir miles de muertes.

—Supongo.

—Magnífico. Bien, tu jefe nos ha enviado un mensaje sobre lo que averiguaste en March, y yo lo estoy investigando. El «radio de la explosión» es evidente (un explosivo improvisado), de modo que estamos investigando cualquier información sobre explosivos extraviados. Y sabemos que una de los «términos» del trato implica cinco millones de libras. He pedido la devolución de algunos favores al Banco de Inglaterra, con el fin de que investigue la actividad SFT.

También Bond había pensado en llamar al Banco con la petición de que siguiera el rastro de transacciones comerciales sospechosas, pero en la actualidad, cinco millones de libras era una cantidad tan pequeña que, en su opinión, recibiría demasiadas respuestas que convendría investigar. De todos modos, no sería contraproducente que Osborne-Smith perseverara.

—En cuanto a la referencia de que confirmen la «trayectoria», bien, hasta que no sepamos más no podemos controlar aviones o barcos. No obstante, he puesto en estado de alerta a los chicos de aviación y puertos, para que entren en acción si es necesario.

—Bien —dijo Bond, sin añadir que había pedido a Bill Tanner lo mismo—. Acabo de descubrir que Hydt, su amiga y el irlandés se hallan camino de Ciudad del Cabo.

—¿Ciudad del Cabo? Eso sí que vale la pena exprimirlo. También he estado investigando los recovecos de Hydt, por decirlo de alguna manera.

Para Percy Osborne-Smith, aquel comentario era el equivalente de una broma entre colegas, supuso Bond.

—En Sudáfrica se encuentra una de las mayores instalaciones de Green Way. Apuesto a que Gehenna está relacionado con ello. Sabe Dios que hay muchos intereses británicos en ese país.

Bond le habló de Al Fulan y la muerte de la chica.

—Lo único que averiguamos con certeza es que Hydt se excita con fotos de cadáveres. También es muy probable que la empresa del árabe esté relacionada con Gehenna. En el pasado, ha suministrado equipo a traficantes de armas y señores de la guerra.

—¿De veras? Interesante. Lo cual me recuerda algo: echa un vistazo a la foto que estoy cargando. Ya tendrías que haberla recibido.

Bond minimizó la pantalla de llamada activa de su móvil y abrió un accesorio de seguridad. Era una foto del irlandés.

—Es él —confirmó a Osborne-Smith.

—Me lo imaginaba. Se llama Niall Dunne.

Deletreó el nombre.

—¿Cómo lo localizaste?

—Grabaciones de cámaras de seguridad en Gatwick. No consta en las bases de datos, pero ordené a mi infatigable equipo que comparara la foto con cámaras callejeras de Londres. Había primeros planos de un hombre con ese extravagante flequillo inspeccionando los túneles del edificio de Green Way cerca del Victoria Embankment. Es el último grito: traslado y recogida de basura subterránea. Mantiene las calles limpias y a los turistas felices. Algunos de nuestros chicos fingieron que eran de Obras Públicas, mostraron su foto y obtuvieron su verdadero nombre. He enviado su expediente a Cinco, al Yard y a tu director ejecutivo.

—¿Cuál es la historia de Dunne? —preguntó Bond. Delante de él, el pescado se estaba enfriando, pero ya no le interesaba.

—Es curioso. Nació en Belfast, estudió arquitectura e ingeniería, y fue el número uno de su promoción. Después se convirtió en zapador del ejército.

Los zapadores eran ingenieros de combate, los soldados que construían puentes, aeropuertos y búnkeres para las tropas, además de disponer y despejar campos de minas. Eran famosos por su capacidad de improvisación y por el talento para construir maquinaria ofensiva y defensiva, además de baluartes, con los medios que tenían a su alcance y en condiciones muy poco ideales.

El teniente coronel del ODG Bill Tanner había sido zapador, y el director ejecutivo, amante del golf y de voz suave, era uno de los hombres más inteligentes y peligrosos que Bond había conocido jamás.

—Después de abandonar el servicio —continuó Osborne-Smith—, se convirtió en inspector de obras por cuenta propia. No sabía que existía esa profesión, pero resulta que cuando construyes un edificio, un barco o un avión, el proyecto ha de ser investigado en cientos de fases. Dunne inspeccionaba la obra y decía sí o no. Por lo visto, era el mejor en su especialidad. Era capaz de descubrir defectos que los demás pasaban por alto. Pero, de repente, abandonó y se hizo consultor, según los datos de Hacienda. También es muy bueno en eso. Gana unos doscientos de los grandes al año..., y no tiene logo de empresa ni mascotas monas como las de los Juegos Olímpicos.

Bond descubrió que, desde las disculpas, el ingenio de Osborne-Smith le impacientaba menos.

—Debieron de conocerse así. Dunne inspeccionó algo para Green Way y Hydt lo contrató.

—La información que hemos recabado a Dunne yendo y viniendo de Ciudad del Cabo durante los últimos cuatro años. Tiene un piso allí y otro en Londres, los cuales hemos registrado, por cierto, sin encontrar nada interesante. El historial de sus viajes también demuestra que ha estado en la India, Indonesia, el Caribe y otros lugares problemáticos. Trabajando en nuevos puestos de avanzada para su jefe, supongo. Whitehall todavía sigue investigando en Afganistán, pero no doy un céntimo por sus teorías. Estoy seguro de que tú vas por el buen camino, James.

—Gracias, Percy. Me has sido de mucha ayuda.

—Un placer servirte.

Las palabras que Bond habría considerado condescendientes ahora le parecían sinceras.

Cortaron la comunicación y Bond contó a Felix Leiter lo que Osborne-Smith había descubierto.

—¿Así que ese espantapájaros de Dunne es ingeniero? En los Estados Unidos los llamamos frikis.

Un vendedor ambulante había entrado en el restaurante y se estaba desplazando de mesa en mesa vendiendo rosas.

Leiter siguió la dirección de la mirada de Bond.

—Escucha, James, la cena ha sido maravillosa, pero si estás pensando en rematar la velada con un ramo, va a ser que no.

Bond sonrió.

El vendedor ambulante se acercó a la mesa contigua a la de Bond y extendió una flor a la joven pareja sentada a ella.

—Por favor —dijo a la mujer—, para esta encantadora dama es gratis, con mis felicitaciones.

Se alejó.

Al cabo de un momento, James Bond levantó la servilleta y abrió el sobre que había extraído del bolsillo del hombre cuando pasó a su lado.

«Recuerda: flores...»

Examinó con discreción la falsificación de un permiso de armas de fuego sudafricano, matasellado y firmado debidamente.

—Deberíamos irnos —dijo, cuando se fijó en la hora. No quería toparse con Hydt, Dunne y la mujer cuando éstos salieran del hotel.

—Invita el Tío Sam —dijo Leiter, y pagó la cuenta. Abandonaron el bar y salieron a la calle por una puerta lateral, en dirección al aparcamiento.

Llegaron al aeropuerto al cabo de media hora.

Los dos hombres se estrecharon la mano.

—Yusuf era un gran colaborador —dijo en voz alta Leiter—, sin la menor duda. Pero además, era un amigo. Si te vuelves a cruzar en el camino del hijoputa de la chaqueta azul y lo tienes a tiro, James, no lo dudes.

Miércoles

CAMPOS DE EXTERMINIO

32

Cuando el Boeing de Emirates se deslizó con suavidad sobre la pista de Ciudad del Cabo en dirección a la puerta, James Bond se estiró y se calzó los zapatos. Se sentía como nuevo. Nada más despegar de Dubái se había administrado dos Jim Beam con un poco de agua. La medicina había obrado su magia, y había gozado de casi siete horas de sueño ininterrumpido. Estaba revisando ahora mensajes de texto de Bill Tanner.

> Contacto: Cap. Jordaan, Represión e Investigación del Crimen, Servicio de Policía SA. Jordaan se encontrará contigo @ aeropuerto. Vigilancia activa sobre Hydt.

Le seguía un segundo:

> Gregory Lamb del MI6 continúa en Eritrea. Opinión general, evítalo si es posible.

Había un último mensaje:

> Me alegra saber que Osborne-Smith y tú habéis hecho las paces. ¿Para cuándo la despedida de solteros?

Bond se vio forzado a sonreír.

El avión se detuvo ante la puerta y el sobrecargo recitó la liturgia del aterrizaje, que Bond conocía tan bien.

«Tripulación, pasen puertas a manual y verifiquen. Damas y caballeros, tengan cuidado cuando abran los compartimientos de arriba. Puede que el contenido se haya movido durante el vuelo.»

Bendito seas, hijo mío, porque el Destino ha decidido devolverte sano y salvo a la Tierra..., al menos durante un tiempo más.

Bond bajó su ordenador portátil (había facturado su maleta, que contenía el arma) y se dirigió a Inmigración, atravesando el abarrotado vestíbulo. Le pusieron un sello letárgico en el pasaporte. Entró en la aduana. Enseñó el permiso de armas a un corpulento y serio agente, con el fin de poder recoger su maleta. El aduanero le miró fijamente. Bond se puso en tensión y se preguntó si tendría problemas.

—Vale, vale —dijo el hombre, y su ancho y resplandeciente rostro se infló con el poder de la burocracia—. Ahora, dígame la verdad.

—¿La verdad? —preguntó Bond con calma.

—Sí... Cuando va de caza, ¿cómo consigue acercarse lo bastante a un kudú o una gacela para utilizar su arma?

—Ésa es la cuestión.

—Ya me lo imaginaba.

Entonces, Bond frunció el ceño.

—Pero yo nunca cazo gacelas.

—¿No? Con ellas se hace el mejor tasajo.

—Tal vez, pero disparar contra una gacela daría mala suerte a un inglés en un campo de rugby.

El agente de aduanas lanzó una carcajada estentórea, estrechó la mano de Bond y le indicó la salida con un cabeceo.

La sala de llegadas estaba atestada. Casi todo el mundo vestía a la occidental, aunque algunas personas utilizaban el atuendo africano tradicional: los hombres, *dashikis* y conjuntos de brocado, y las mujeres, caftanes *kente* y turbantes, todos de colores brillantes. También se veían vestiduras y pañuelos musulmanes, así como algunos saris.

Mientras Bond atravesaba el punto de encuentro de pasajeros, detectó diversos idiomas y muchos más dialectos. Siempre le había fascinado el chasquido de los idiomas africanos. En algunas palabras, la boca y la lengua creaban aquel exacto sonido para las consonantes. El khoisan (hablado por los aborígenes de aquella parte de África) lo utilizaba casi siempre, aunque zulúes y xhosas también lo empleaban. Bond lo había intentado, pero descubrió que era imposible imitar aquel sonido.

Como su contacto, el capitán Jordaan, no apareció de inmediato, entró en un café, se dejó caer sobre un taburete delante del mostrador y pidió un expreso doble. Lo bebió, pagó y salió, mientras miraba a una hermosa ejecutiva. Tendría unos treinta y cinco años, calculó, con exóticos pómulos prominentes. Su espeso y ondulado pelo negro albergaba algunos mechones de un gris prematuro, lo cual aumentaba su sensualidad. El traje rojo oscuro, sobre una blusa negra, era corto, y revelaba una figura llenita pero atlética.

«Creo que me va a gustar Sudáfrica», pensó, y sonrió cuando la dejó pasar delante de él, camino de la salida. Como la mayoría de mujeres hermosas en mundos transitorios como los aeropuertos, no le hizo caso.

Se quedó varios segundos en el centro de Llegadas, y después decidió que tal vez Jordaan esperaba que él le abordara. Envió un mensaje de texto a Tanner, pidiéndole una fotografía. Pero justo después de pulsar el botón de enviar, localizó al agente de policía: un pelirrojo grande y barbudo con traje marrón claro, una especie de oso, el cual miró a Bond una sola vez, casi sin reaccionar, pero dio media vuelta con bastante celeridad y se acercó a un quisco a comprar cigarrillos.

El espionaje es una cuestión de sutileza: identidades falsas que enmascaran quién eres en realidad, conversaciones insípidas sembradas de palabras en clave que transmiten datos asombrosos, objetos inocentes utilizados para ocultar otros o como armas.

La repentina decisión de Jordaan de ir a comprar cigarrillos era un mensaje. No se había acercado a Bond porque había gente hostil presente.

Miró hacia atrás y no detectó señales de amenazas. Siguió instintivamente el protocolo prescrito. Cuando un agente te da largas, sales de la zona inmediata con la máxima discreción posible y te pones en contacto con un intermediario, quien coordina una nueva cita en un lugar más seguro. Bill Tanner sería ese intermediario.

Bond empezó a encaminarse hacia la salida.

Demasiado tarde.

Cuando vio que Jordaan entraba en el lavabo de caballeros, guardando en el bolsillo unos cigarrillos que tal vez jamás consumiría, oyó una voz ominosa cerca de su oído.

—No se vuelva.

El inglés estaba impregnado de una suave capa de acento nativo. Intuyó que el hombre era alto y delgado. Por el rabillo del ojo, Bond distinguió a otro cómplice, como mínimo, más bajo pero también más corpulento. Este hombre se movió con celeridad y procedió a aligerarle del ordenador portátil y la maleta que contenía su inútil Walther.

—Salga del vestíbulo… ya —dijo el primer esbirro.

No podía hacer otra cosa que obedecer. Se volvió y tomó la dirección que había indicado el hombre, siguiendo un pasillo desierto.

Bond analizó la situación. A juzgar por el eco de los pasos, Bond sabía que el compañero del hombre alto estaba lo bastante alejado para que su primer movimiento sólo pudiera neutralizar a uno de los dos al instante. El hombre más bajo tendría que desembarazarse del ordenador portátil y la maleta de Bond, lo cual concedería a éste unos cuantos segundos para lanzarse sobre él, pero aun así tendría tiempo de desenfundar la pistola. Podría derribar a su adversario, pero no antes de que disparara unas cuantas balas.

No, reflexionó Bond, demasiados inocentes. Era mejor esperar a estar fuera.

—Salga por la puerta de su izquierda. Le he dicho que no mirara atrás.

Salieron al ardiente sol. Aquí era otoño, la temperatura fresca, el cielo de un azul asombroso. Cuando se acercaron al bordillo de una obra desierta, un Range Rover negro abollado avanzó y frenó con un chirrido.

Más personas hostiles, pero nadie salió del vehículo.

Propósito… y respuesta.

El propósito era secuestrarle. Su respuesta sería ceñirse al protocolo básico: desorientar y atacar. Se colocó el Rolex sobre los dedos a modo de puño de hierro y se volvió de repente hacia el par de matones con una sonrisa desdeñosa. Eran jóvenes y muy serios, y su piel contrastaba con el blanco brillante de sus camisas almidonadas. Llevaban traje (uno marrón, y el otro, azul marino) y corbatas oscuras estrechas. Debían de ir armados, pero el exceso de confianza les había impulsado a dejar enfundadas sus armas.

Cuando la puerta del Range Rover se abrió a su espalda, Bond se apartó para que no le pudieran atacar por detrás y analizó la situación. Decidió romper la mandíbula del primero y utilizar su cuerpo como escudo, mientras avanzaba hacia el hombre más bajo. Miró con calma a los ojos del hombre y rió.

—Creo que lo denunciaré a la oficina de turismo. Me han hablado mucho de la cordialidad de Sudáfrica. Esperaba bastante más de su hospitalidad.

Antes de que pudiera lanzarse, oyó a su espalda una dura voz femenina, procedente del vehículo.

—Y se la habríamos ofrecido de no haberse convertido en un objetivo tan evidente, tomándose un café a la vista de todo el mundo con un elemento hostil suelto por el aeropuerto.

Bond relajó el puño y se volvió. Miró al interior del vehículo y trató sin éxito de disimular su sorpresa. La hermosa mujer a la que acababa de ver momentos antes en Llegadas estaba sentada en el asiento de atrás.

—Soy la capitana Bheka Jordaan, SAPS, División de Represión e Investigación del Crimen.

—Ah.

Bond examinó su boca de labios gruesos, sin maquillaje, y sus ojos oscuros. No sonreía.

Su móvil zumbó. El mensaje le reveló que tenía un mensaje de Bill Tanner, junto con, por supuesto, una foto MMS de la mujer que tenía delante de él.

—Comandante Bond —dijo el secuestrador alto—, soy el suboficial del SAPS Kwalene Nkosi.

Extendió la mano y sus palmas se tocaron a la manera tradicional sudafricana: un apretón inicial, como en Occidente, seguido de otro apretón vertical y vuelta al original. Bond sabía que consideraban de mala educación soltarse las manos demasiado deprisa. Por lo visto, lo había hecho bien: Nkosi saludó con cordialidad, y después cabeceó en dirección al hombre más bajo, quien estaba colocando la maleta y el ordenador portátil de Bond en el asiento trasero.

—Ése es el sargento Mbalula.

El hombre corpulento asintió sin sonreír y, después de apilar las pertenencias de Bond desapareció a toda prisa, probablemente en dirección a su vehículo.

—Le ruego que perdone nuestra brusquedad, comandante —dijo Nkosi—. Pensamos que era mejor sacarlo del aeropuerto lo antes posible, en vez de perder el tiempo con explicaciones.

—No deberíamos perder más tiempo con cumplidos, sub-oficial —murmuró impaciente Bheka Jordaan.

Bond se sentó a su lado. Nkosi se acomodó en el asiento del copiloto. Un momento después, el turismo negro del sargento Mbalula, también camuflado, paró detrás de ellos.

—Vámonos —bramó Jordaan—. Deprisa.

El Range Rover se alejó del bordillo y se sumergió en el tráfico, lo cual granjeó al conductor una serie de enérgicos bocinazos y maldiciones letárgicas, y aceleró a más de noventa kilómetros por hora en una zona de cuarenta.

Bond desenganchó el móvil del cinturón. Tecleó y leyó las respuestas.

—¿Pasa algo, suboficial? —preguntó Jordaan a Nkosi.

El hombre estaba mirando por el retrovisor y contestó en lo que parecía zulú o xhosa. Bond no hablaba ninguno de ambos idiomas, pero a juzgar por el tono de la respuesta y la reacción de la mujer, nadie les seguía. Cuando salieron de los terrenos del aeropuerto y se dirigieron hacia un grupo de montañas bajas pero impresionantes, bastante lejanas, el vehículo aminoró algo la velocidad.

Jordaan extendió la mano. Bond se dispuso a estrecharla, sonriente, y después se quedó inmóvil. La mujer sostenía un teléfono móvil.

—Si no le importa —dijo en tono serio—, haga el favor de tocar la pantalla.

Para que luego le hablaran a Bond de relaciones internacionales amistosas.

Cogió el teléfono, apretó el pulgar en el centro de la pantalla y lo devolvió. Ella leyó el mensaje que apareció.

—James Bond. Grupo de Desarrollo Exterior, Ministerio de Asuntos Exteriores y de la Commonwealth. Ahora querrá confirmar mi identidad. —Extendió la mano con los dedos abiertos—. Supongo que cuenta con una aplicación capaz de tomarme las huellas.

—No es necesario.

—¿Por qué? —preguntó ella con frialdad—. ¿Porque para usted soy una mujer hermosa y no necesita investigar más? Podría ser una asesina. Podría ser una terrorista de Al Qaeda con un chaleco-bomba.

Bond decidió callar que el anterior examen de su figura no había revelado pruebas de explosivos.

—No necesito sus huellas porque —contestó—, además de la foto de usted que mi oficina acaba de enviarme, mi móvil leyó sus iris hace unos minutos y me confirmó que es usted la capitana Bheka Jordaan, de la División de Represión e Investigación del Crimen, del Servicio de Policía de Sudáfrica. Trabaja con ellos desde hace ocho años. Vive en la Leeuwen Street de Ciudad del Cabo. El año pasado recibió la Cruz de Oro al Valor. Felicidades.

También había averiguado su edad, treinta y dos años, su sueldo y que estaba divorciada.

El suboficial Nkosi se volvió en su asiento y echó un vistazo al móvil.

—Comandante Bond —dijo con una amplia sonrisa—, ese juguete es estupendo. Sin duda.

—¡Kwalene! —le reprendió Jordaan.

La sonrisa del joven desapareció. Se volvió para seguir vigilando el retrovisor.

La mujer miró con desdén el móvil de Bond.

—Iremos a la comisaría y pensaremos en cómo afrontar la situación de Severan Hydt. Trabajé con su teniente coronel Tanner cuando estaba en el MI6, de modo que accedí a ayudarle. Es un hombre inteligente y muy entregado a su trabajo. Y todo un caballero, además.

Lo cual implicaba que Bond, probablemente, no lo era. Se irritó por el hecho de que la mujer se hubiera ofendido hasta tal punto por lo que había sido una sonrisa inocente (relativamente inocente) en el vestíbulo de Llegadas. Era atractiva, y él no podía ser el primer hombre que flirteaba con ella.

—¿Hydt está en su oficina? —preguntó.

—Exacto —dijo Nkosi—. Niall Dunne y él se encuentran en Ciudad del Cabo. El sargento Mbalula y yo les seguimos desde el aeropuerto. Les acompañaba una mujer.

—¿Los tienen bajo vigilancia?

—En efecto —dijo el hombre delgado—. Nos inspiramos en Londres para la distribución de nuestras cámaras de seguridad, de modo que hay cámaras por todo el centro de la ciudad. Hydt está en su oficina, vigilado desde un emplazamiento central. Podemos seguirle a donde quiera que vaya. Nosotros tampoco carecemos de juguetes, comandante.

Bond sonrió.

—Ha hablado de un elemento hostil en el aeropuerto —dijo a Jordaan.

—Inmigración nos informó de que un hombre llegó de Abu Dabi más o menos a la misma hora que usted. Viajaba con un pasaporte británico falso. Lo descubrimos justo después de que saliera de Aduanas y desapareciera.

¿El hombre grandote al que había confundido con Jordaan? ¿O el hombre de la chaqueta azul que le seguía en el centro comercial de Dubái Creek? Los describió.

—No lo sé —replicó Jordaan—. Como ya he dicho, nuestra única información era documental. Como no nos lo esperábamos, pensé que era mejor no encontrarnos en persona en el vestíbulo de Llegadas. En cambio, envié a mis agentes. —De repente, se inclinó hacia delante—. ¿Nos sigue alguien? —preguntó a Nkosi.

—No, capitana. No nos sigue nadie.

—Parece preocupada por la vigilancia —comentó Bond.

—Sudáfrica es como Rusia. El antiguo régimen ha caído y vivimos en un mundo nuevo. Eso atrae a gente que desea ganar dinero e implicarse en política y toda clase de asuntos. A veces de manera legal, y otras no.

—Aquí tenemos un dicho —intervino Nkosi—: «Cuántas más oportunidades hay, más espían llegan». En el SAPS no lo olvidamos nunca, y solemos mirar hacia atrás con frecuencia. Le convendría hacer lo mismo, comandante Bond. Sin duda.

33

La comisaría central de policía, en Buitenkant Street, situada en el centro de Ciudad del Cabo, parecía un hotelito agradable más que un edificio gubernamental. De dos pisos de altura con paredes de ladrillo rojo y tejado de tejas rojas, dominaba la amplia y despejada avenida, sembrada de palmeras y jacarandas.

El conductor se detuvo delante para que bajaran. Jordaan y Nkosi pasearon la vista a su alrededor. Al no advertir señales de vigilancia o amenazas, el suboficial indicó con un ademán a Bond que saliera. Sacó el ordenador portátil y la maleta del asiento de atrás, y después siguió a los agentes al interior.

Cuando entraron en el edificio, Bond parpadeó sorprendido al ver una placa que rezaba «SERVAMUS ET SERVIMUS», el lema del SAPS, supuso: «Protegemos y servimos».

Lo que le sorprendió fue que las dos palabras principales en latín eran como un eco siniestro e irónico del nombre de pila de Severan Hydt.

Sin esperar al ascensor, Jordaan subió al primer piso por la escalera. Su modesto despacho estaba forrado de libros y revistas profesionales, planos actuales de Ciudad del Cabo y de la Provincia Occidental del Cabo y un mapa enmarcado de la costa occidental de Sudáfrica de ciento veinte años antes, que plasmaba la región de Natal, con el puerto de Durban y la ciudad de Ladysmith misteriosamente encerradas dentro de un círculo de tinta desteñida. Zululandia y Suazilandia figuraban al norte.

Había fotografías enmarcadas sobre el escritorio de Jordaan. Un hombre rubio y una mujer de piel oscura cogidos de la mano. Aparecían en varias más. La mujer ostentaba un vago parecido con Jordaan, y Bond supuso que eran sus padres. También destacaban las fotos de una mujer anciana con ropa tradicional africana, y otras en que aparecían niños. Bond decidió que no eran de Jordaan. No había fotos de ella con su pareja.

Estaba divorciada, recordó.

Sobre el escritorio descansaban unas cincuenta carpetas. En el mundo de la policía, como en el del espionaje, el papeleo tiene un papel más destacado que las armas de fuego y otros artilugios.

Pese a que estaban a finales de otoño en Sudáfrica, la temperatura era suave y hacía calor en el despacho. Tras un momento de debatir consigo misma, Jordaan se quitó la chaqueta y la colgó. La blusa negra era de manga corta, y Bond vio una larga franja de maquillaje a lo largo de la parte interna del antebrazo derecho. No parecía muy amante de los tatuajes, pero tal vez tapaba uno. Después, decidió que no era eso, que la crema debía cubrir una larga y ancha cicatriz.

Cruz de Oro al Valor...

Bond se sentó frente a ella al lado de Nkosi, quien se había desabrochado la chaqueta y estaba parado muy tieso.

—¿El coronel Tanner les habló de mi misión? —preguntó Bond a los dos.

—Sólo que estaba investigando a Severan Hydt por un asunto de seguridad nacional.

Bond les contó todo lo que sabían acerca del Incidente Veinte (también llamado Gehenna) y de las muertes que se producirían el viernes.

Nkosi frunció el ceño. Jordaan asimiló la información con ojos impávidos. Juntó las manos. Anillos discretos rodeaban el dedo medio de cada mano.

—Entiendo. ¿Y las pruebas son creíbles?

—Sí. ¿Le sorprende?

—Severan Hydt es un malvado improbable —replicó la mujer—. Sabemos quién es, por supuesto. Abrió Green Way International aquí hará dos años, y tiene contratos que cubren casi todos los trabajos de recogida y reciclaje de desperdicios en las principales ciudades de Sudáfrica, como Pretoria, Durban, Port Elizabeth, Joburg y, por supuesto, en todo el oeste. Ha hecho muchas cosas buenas por nuestra nación. El nuestro es un país de transición, como usted ya sabe, y nuestro pasado ha conducido a problemas con el medio ambiente. Minas de oro y diamantes, pobreza y ausencia de infraestructuras se han cobrado su peaje. La recogida de desperdicios era un grave problemas en municipios y asentamientos informales. Para compensar los desplazamientos causados por la ley de Zonas Reservadas, en la época del *apartheid* el Gobierno construyó residencias (*lokasies*, o emplazamientos, las llamaban) para que la gente viviera en ellas en lugar de en chabolas. Pero incluso allí la población era tan elevada que la recogida de desperdicios no podía llevarse a cabo con eficacia, cuando ello era posible. Las enfermedades constituían un problema. Severan Hydt ha dado la vuelta a esa situación. También dona fondos para el sida y organizaciones caritativas que intentan paliar el hambre.

Casi todas las empresas criminales serias tienen a bordo especialistas en relaciones públicas, reflexionó Bond. Ser un «malvado improbable» no te exime de ser sometido a una investigación diligente.

Por lo visto, Jordaan percibió su escepticismo.

—Sólo estoy diciendo que no encaja con el perfil de un terrorista o un archicriminal —continuó—. Pero si lo es, mi departamento está dispuesto a prestarle toda su ayuda.

—Gracias. ¿Sabe algo sobre su socio, Niall Dunne?

—Nunca había oído ese nombre hasta esta mañana. Le he investigado. Entra y sale de aquí con pasaporte británico legal, y lo lleva haciendo desde hace varios años. Nunca hemos tenido ningún problema con él. No consta en ninguna lista de vigilancia.

—¿Qué sabe de la mujer que les acompaña?

Nkosi consultó un expediente.

—Pasaporte estadounidense. Jessica Barnes. Para nosotros es una incógnita, por así decirlo. Carece de antecedentes. Ninguna actividad delictiva. Nada. Tenemos algunas fotos.

—Ésa no es ella —dijo Bond, mientras miraba las imágenes de una joven rubia hermosísima.

—Lo siento, tendría que haberle advertido. Son fotos antiguas. Las bajé de Internet. —Nkosi dio la vuelta a la foto—. Ésta es de los años setenta. Fue miss Massachussets y compitió en el concurso de miss Estados Unidos. Ahora tiene sesenta y cuatro años.

Bond advirtió el parecido, ahora que sabía la verdad.

—¿Dónde está la oficina de Green Way? —preguntó.

—Hay dos —explicó Nkosi—. Una cerca, y otra, a unos treinta kilómetros de aquí, en dirección norte, la mayor planta de recogida y reciclaje de desperdicios de Hydt.

—Tengo que entrar en ellas y descubrir qué está tramando.

—Por supuesto —dijo Bheka Jordaan. Siguió una larga pausa—. Pero está hablando de medios legales, ¿verdad?

—¿«Medios legales»?

—Puede seguirle por la calle, y puede observarle en público. Pero no puedo conseguir una orden judicial para que instale un micrófono en su casa o en su oficina. Como ya he dicho, Severan Hydt no ha hecho nada malo aquí.

Bond estuvo a punto de sonreír.

—En mi trabajo, no suelo solicitar órdenes judiciales.

—Bien, pues yo sí. Por supuesto.

—Capitana, este hombre ha intentado asesinarme dos veces, en Serbia y en Inglaterra, y ayer urdió la muerte de una joven, y probablemente un colaborador de la CIA, en Dubái.

Ella frunció el ceño, y su cara mostró compasión.

—Una lástima. Pero esos crímenes no se cometieron en suelo sudafricano. Si me presentan una orden de extradición de esas jurisdicciones, aprobada por un magistrado de aquí, la cumpliré con mucho gusto. Pero en ausencia de eso...

Levantó las manos.

—No queremos detenerlo —dijo Bond exasperado—. No queremos pruebas para enjuiciarlo. La explicación de mi presencia aquí es que quiero descubrir qué está planeando para el viernes, e impedirlo. Ésa es mi intención.

—Ningún problema, siempre que sea de manera legal. Si está pensando en entrar en su casa o en su oficina por la fuerza, eso sería allanamiento de morada, lo cual le haría acreedor de una querella criminal.

La mujer volvió los ojos, como granito negro, hacia él, y a Bond no le cupo la menor duda de que disfrutaría ciñéndole las esposas a sus muñecas.

34

—Debe morir.

Sentado en su despacho del edificio de Green Way International, situado en el centro de Ciudad del Cabo, Severan Hydt aferraba con fuerza el teléfono mientras escuchaba las gélidas palabras de Niall Dunne. No, reflexionó, eso no era cierto. Ni frío ni calor. Su comentario había sido completamente neutro.

Que, a su manera, era lo más escalofriante.

—Explícate —dijo Hydt, mientras dibujaba distraído un triángulo con las largas y amarillentas uñas sobre el escritorio.

Dunne le contó que un empleado de Green Way había averiguado algo sobre Gehenna. Era uno de los obreros legales de la planta de eliminación de residuos de Ciudad del Cabo, situada al norte de la ciudad, el cual no sabía nada de las actividades clandestinas de Hydt. Por casualidad, había entrado en una zona restringida del edificio principal, y era posible que hubiera visto algunos correos electrónicos sobre el proyecto.

—En aquel momento no pudo saber qué significaban, pero cuando el incidente salte a las primeras planas, a finales esta semana, como así será, sin duda, tal vez lo comprenda y entonces llame a la policía.

—¿Qué sugieres?

—Estoy en ello.

—Pero si lo matas, la policía hará preguntas, puesto que es un empleado.

—Me ocuparé de él donde vive, un poblado de asentamientos informales. No habrá muchos policías, tal vez ninguno. Los taxis lo investigarán, sin duda, pero no nos causarán ningún problema.

En los municipios, asentamientos informales, e incluso en los nuevos *lokasies*, las compañías de minibuses hacían algo más que proporcionar transporte. Habían adoptado el papel de juez y jurado, veían casos, y perseguían y castigaban a los delincuentes.

—De acuerdo. Pero hay que proceder con rapidez.

—Esta noche, después de que vuelva a casa.

Dunne colgó y Hydt volvió a su trabajo. Desde la llegada, había dedicado toda la mañana a los preparativos para la fabricación de las nuevas máquinas de destrucción de discos duros de Mahdi Al Fulan, y a dar instrucciones a los comerciales de Green Way para que empezaran a buscar clientes.

Pero su mente vagaba y continuaba imaginando el cadáver de la joven, Stella, ahora enterrada en una tumba bajo las incansables arenas del desierto, al sur de Dubái. Si bien su belleza en vida no le había excitado, la imagen que se materializaría en su mente al cabo de unos meses o años sí lo conseguiría. Y dentro de un milenio, sería como los cuerpos que había visto la noche anterior en el museo.

Se levantó, colgó la chaqueta de una percha y volvió al escritorio. Recibió y efectuó una serie de llamadas telefónicas, todas relativas a los negocios legales de Green Way. Ninguna fue particularmente emocionante... hasta que el jefe de ventas de Sudáfrica, que trabajaba en el piso de abajo, llamó a Hydt.

—Severan, tengo al teléfono a un afrikáner de Durban. Quiere hablar contigo sobre un proyecto de eliminación de residuos.

—Envíale un folleto y dile que estaré ocupado hasta la semana que viene.

Gehenna era lo prioritario, y a Hydt no le interesaba hablar de cuentas nuevas en aquel momento.

—No quiere contratarnos. Habla de llegar a acuerdos entre Green Way y su empresa.

—¿Una empresa conjunta? —preguntó con cinismo Hydt. Los empresarios siempre se materializaban cuando empezabas a disfrutar del éxito y recibías publicidad en tu profesión.

—Demasiada actividad en estos momentos. No me interesa. No obstante, dale las gracias.

—De acuerdo. Ah, pero se supone que debía hacer hincapié en una cosa. Algo raro. Me ha pedido que te dijera que su problema es el mismo de Isandlwana en 1870 y pico.

Hydt desvió la vista de los documentos que tenía delante. Un momento después, reparó en que asía con fuerza el teléfono.

—¿Estás seguro de que te ha dicho eso?

—Sí. «Lo mismo que en Isandlwana». No tengo ni idea de a qué se refería.

—¿Está en Durban?

—La sede central de su empresa, sí. Hoy está en la oficina de Ciudad del Cabo.

—Pregúntale si puede venir.

—¿Cuándo?

Una levísima pausa.

—Ya.

En enero de 1879, la guerra entre el Reino Unido y el reino zulú se inició con una sorprendente derrota de los británicos. En Isandlwana, una fuerza abrumadora (veinte mil zulúes contra menos de dos mil soldados ingleses y coloniales), combinada con decisiones tácticas equivocadas, dieron como resultado una derrota aplastante. Fue allí donde los zulúes rompieron el cuadrado británico, la famosa formación defensiva en la que una línea de soldados disparaba, mientras que la de detrás volvía a cargar y lanzaba contra el enemigo una andanada casi incesante de balas, en aquella ocasión con rifles de retrocarga Martiny-Henry.

Pero la táctica había fracasado: murieron mil trescientos soldados británicos y de las fuerzas aliadas.

El problema de la «eliminación de residuos» a que se había referido el afrikáner sólo podía significar una cosa. La batalla se había librado en enero, durante los ardientes días de pleno verano en la región conocida ahora como KwaZulu-Natal. Eliminar los cuerpos a toda prisa era una necesidad… y un problema logístico mayúsculo.

La eliminación de los restos era también uno de los principales problemas que plantearía Gehenna en futuros proyectos, y Hydt y Dunne habían hablado de él durante el mes anterior.

¿Por qué demonios un hombre de negocios de Durban tenía un problema similar y necesitaba la ayuda de Hydt?

Diez largos minutos después, su secretaria apareció en el umbral de la puerta.

—Un tal señor Theron está aquí, señor. De Durban.

—Bien, bien. Hazlo pasar, por favor.

La joven desapareció y regresó un momento después con un hombre de aspecto duro y nervioso, que paseó la vista alrededor del despacho de Hydt con cautela, pero con cierto aire desafiante. Iba vestido como un ejecutivo de Sudáfrica: traje y camisa elegantes, pero sin corbata. Fuera cual fuera su especialidad, debía tener éxito. Una pesada pulsera de oro rodeaba su muñeca derecha, y su reloj era un destellante Breitling. Un anillo de sello, también de oro, y pelín hortera, pensó Hydt.

—Buenos días. —El hombre estrechó la mano de Hydt. Reparó en las largas uñas amarillentas, pero no se inmutó, como había sucedido en más de una ocasión—. Gene Theron.

—Severan Hydt.

Intercambiaron tarjetas.

Eugene Theron
Presidente, EJT Services, Ltd.
Durban, Ciudad del Cabo y Kinshasa

Hydt reflexionó: una oficina en la capital del Congo, una de las ciudades más peligrosas de África. Interesante.

El hombre miró hacia la puerta, que estaba abierta. Hydt se levantó y la cerró, y después volvió a su escritorio.

—¿Es usted de Durban, señor Theron?

—Sí, y mi oficina principal está allí, pero siempre viajo mucho. ¿Y usted?

El leve acento era melódico.

—Londres, Holanda y aquí. También voy a Extremo Oriente y la India. Donde me llevan los negocios. Bien, «Theron». Es un apellido hugonote, ¿verdad?

—Sí.

—Nos olvidamos de que los afrikáners no siempre son holandeses.

Theron arqueó una ceja, como si hubiera escuchado comentarios similares desde que era niño y estuviera cansado de ellos.

El teléfono de Hydt sonó. Miró la pantalla. Era Niall Dunne.

—Perdone un momento, por favor —dijo a Theron, el cual asintió—. ¿Sí?

Hydt apretó el teléfono contra el oído.

—Theron es legal. Pasaporte sudafricano. Vive en Durban y tiene una empresa de seguridad con la sede central allí, y delegaciones aquí y en Kinshasa. Padre afrikáner, madre inglesa. Se crió sobre todo en Kenia.

»Se sospecha que ha suministrado tropas y armas a regiones en conflicto de África, Sudeste Asiático y Pakistán. No hay investigaciones en activo. Los camboyanos le detuvieron durante una investigación sobre tráfico de seres humanos y mercenarios, debido a sus actividades en Shan, en Myanmar, pero le soltaron. Nada en la Interpol. Y tiene mucho éxito, por lo que he visto.

Hydt ya lo había deducido. El Breitling del hombre debía de valer unas cinco mil libras.

—Acabo de enviarte una foto —añadió Dunne.

Hydt pensó que parecía celoso. Tal vez el mercenario tenía un proyecto que desviaría la atención de los planes de Dunne para Gehenna.

—Sus cifras de ventas son mejores de lo que imaginaba. Gracias. —Cortó—. ¿Cómo ha sabido de mí?

Aunque estaban solos, Theron bajó la voz, al tiempo que volvía sus ojos duros y avezados hacia Hydt.

—Camboya. Estuve trabajando allí. Algunas personas me hablaron de usted.

Ah. Hydt comprendió ahora, lo cual le excitó. El año anterior, en gira de negocios por el Extremo Oriente, se detuvo a visitar varios cementerios de los tristemente famosos campos de exterminio, donde los jemeres rojos habían asesinado a millones de camboyanos en la década de 1970. En el cementerio de Choeung Ek, donde casi nueve mil cadáveres habían sido enterrados en fosas comunes, Hydt había hablado con varios veteranos sobre la matanza, y tomado cientos de fotografías para su colección. Uno de los nativos habría mencionado su nombre a Theron.

—¿Ha dicho que fue allí de viaje de negocios? —preguntó Hydt, pensando en lo que Dunne había averiguado.

—Cerca —contestó Theron, esquivando el asunto.

Hydt sentía una gran curiosidad, pero como era ante todo un hombre de negocios intentó disimular su entusiasmo.

—¿Y qué tienen que ver Isandlwana y Camboya conmigo?

—Existen lugares donde se perdieron cantidades ingentes de vidas. Muchos cuerpos fueron enterrados en el campo de batalla.

Choeung Ek fue un genocidio, no una batalla, pero Hydt se abstuvo de corregirle.

—Se han convertido en zonas sagradas. Y eso es bueno, supongo, aunque… —El afrikáner hizo una pausa—. Le voy a hablar de un problema del que me he enterado, y de una solución que se me ha ocurrido. Después, dígame si ve posible la solución y si está interesado en ayudarme.

—Adelante.

—Tengo muchos contactos con gobiernos y empresas en diversas partes de África. —Theron hizo una pausa—. Darfur, el Congo, la República Centroafricana, Mozambique, Zimbabue y algunas más.

Regiones conflictivas, observó Hydt.

—Y estos grupos están preocupados por las consecuencias de, digamos, una terrible catástrofe natural, como sequía, hambruna o tormentas, o cuando se produce una enorme pérdida de vidas y hay que enterrar los cuerpos. Como en Camboya o Isandlwana.

—Esos casos comportan graves problemas sanitarios —dijo Hydt con inocencia—. Contaminación del suministro de agua, enfermedades...

—No —replicó Theron—. Me refiero a otra cosa. Superstición.

—¿Superstición?

—Digamos, por ejemplo, que debido a la falta de dinero o recursos se han abandonado los cadáveres en fosas comunes. Una vergüenza, pero sucede.

—Muy cierto.

—Bien, si un gobierno u organización benéfica desea construir algo por el bien de la gente (un hospital, una urbanización o una carretera en esa zona), se muestran reticentes. El terreno es perfecto, hay dinero para construir y obreros que desean trabajar, pero mucha gente tiene miedo de los fantasmas o espíritus, y de ir al hospital o mudarse a una de las casas. Para mí es absurdo, y para usted también, estoy seguro. Pero así es la gente. —Theron se encogió de hombros—. Es triste que la salud y la seguridad de los ciudadanos de esas zonas tengan que verse afectadas a causa de esas ideas estúpidas.

Hydt estaba fascinado. Golpeteaba con las uñas sobre el escritorio. Se obligó a parar.

—Bien, he aquí mi idea: estoy pensando en ofrecer un servicio, bueno, a esas agencias gubernamentales para eliminar los restos humanos. —Su rostro se iluminó—. Esto permitirá construir más fábricas, hospitales, carreteras, granjas y escuelas, y ayudará a los pobres y desventurados.

—Sí. Volver a enterrar los cuerpos en otro lugar.

Theron apoyó las manos sobre el escritorio. El anillo de sello de oro brilló bajo la luz del sol.

—Ésa es una posibilidad. Pero sería muy caro. Y el problema surgiría otra vez en el nuevo emplazamiento.

—Cierto, pero ¿hay otras alternativas?

—Su especialidad.

—¿Cuál?

—Tal vez... reciclar —susurró Theron.

Hydt lo comprendió con claridad meridiana. Gene Theron, mercenario, y de mucho éxito, había suministrado tropas y armas a diversos ejércitos y señores de la guerra de toda África, hombres que, en secreto, habían masacrado a cientos de miles de personas y escondido los cuerpos en fosas comunes. Ahora, estaban empezando a sentirse preocupados por si gobiernos legítimos, fuerzas de mantenimiento de la paz, la prensa o grupos pro derechos humanos descubrían los cadáveres.

Theron había ganado dinero aportando los medios de destrucción. Ahora, quería ganar dinero destruyendo las pruebas de su uso.

—Me parece una solución interesante —continuó Theron—. Pero yo no sabría cómo hacerlo. Sus... intereses en Camboya y su negocio de reciclaje me dijeron que tal vez usted también había pensado en esto. O estaría dispuesto a considerarlo. —Sus ojos fríos miraron a Hydt—. Estaba pensando en cemento o yeso. ¿O fertilizante?

¡Convertir los cadáveres en productos que no podrían ser reconocidos como restos humanos! Hydt apenas pudo contenerse. Brillantísimo. Debían de existir cientos de oportunidades como aquélla a lo largo y ancho del mundo: Somalia, la antigua Yugoslavia, Latinoamérica..., y había montones de campos de exterminio en África. Miles. Se le hinchó el pecho.

—Bien, mi idea es ésta: una sociedad al cincuenta por ciento. Yo suministro los residuos y usted los recicla.

Daba la impresión de que la idea divertía a Theron.

—Creo que quizá podamos hacer negocios juntos.

Hydt ofreció la mano al afrikáner.

35

El mayor riesgo de James Bond al asumir la tapadera extraofi-cial de Gene Theron era que tal vez Niall Dunne le había visto en Serbia o en los Fens, o bien había obtenido su descripción en Dubái, si el hombre de la chaqueta azul que le seguía trabajaba para Hydt.

En cuyo caso, cuando Bond entrara con el mayor descaro en la oficina de Green Way en Ciudad del Cabo y propusiera a Hydt una sociedad para deshacerse de los cuerpos ocultos en tumbas secretas repartidas por toda África, Dunne lo mataría en el acto, o bien le trasladaría a su propio campo de exterminio, con el fin de llevar a cabo el trabajo con más eficacia.

Pero ahora, tras haber estrechado la mano del misterio-so Severan Hydt, Bond creía que su tapadera aguantaría. De momento. Al principio, Hydt se había mostrado suspicaz, por supuesto, pero había preferido conceder a Theron el beneficio de la duda. ¿Por qué? Porque Bond le había tentado con algo irresistible: muerte y putrefacción.

Aquella mañana, en la sede central del SAPS, Bond se había puesto en contacto Philly Maidenstone y Osborne-Smith (su nuevo aliado), y habían extraído los datos de las tarjetas de cré-dito de Hydt y de Green Way. Habían averiguado que no sólo había viajado a los campos de exterminio de Camboya, sino también a Cracovia, en Polonia, donde había visitado varias ve-ces Auschwitz. Entre sus compras de aquel viaje se contaban pilas AA y una segunda memoria flash para la cámara.

Ese hombre ha inventado un nuevo concepto del porno...

Bond decidió que, al irrumpir en la vida de Hydt, le ofrecería la posibilidad de satisfacer aquella lujuria: acceso a los campos de exterminio secretos de toda África y un proyecto de reciclar restos humanos.

Durante las últimas tres horas Bond se había esforzado, bajo la tutela de Bheka Jordaan, en convertirse en un mercenario afrikáner de Durban. Gene Theron gozaría de unos antecedentes poco usuales: tenía antepasados hugonotes en lugar de holandeses, y sus padres preferían utilizar el inglés y el francés cuando era pequeño, lo cual explicaba por qué no hablaba mucho el afrikaans. Una educación inglesa en Kenia explicaría su acento. No obstante, había obligado a Bond a aprender algo de la lengua: si Leonardo DiCaprio y Matt Damon habían dominado la sutil entonación en películas recientes (y eran estadounidenses, por el amor de Dios), él también podía.

Mientras ella le enseñaba los datos que un mercenario sudafricano debía saber, el sargento Mbalula había ido al armario de pruebas y localizado un hortera reloj Breitling perteneciente a un traficante de drogas encarcelado, que reemplazó al elegante Rolex de Bond, además de una pulsera de oro para el boyante mercenario. Después, había ido a una joyería del Garden Shopping Centre, en Mill Street, donde había comprado un anillo de sello de oro y había mandado grabar las iniciales EJT.

Entretanto, el suboficial Kwalene Nkosi había trabajado febrilmente con la Rama I del ODG de Londres con el fin de recrear al ficticio Gene Theron, colgando en Internet información biográfica falsa sobre el curtido mercenario, con fotos pasadas por Photoshop y detalles de su empresa ficticia.

Una serie de conferencias sobre identidades ficticias en Fort Monckton podían resumirse en la frase introductoria del monitor: «Si no estás presente en la web, no existes».

Nkosi también había impreso tarjetas de EJT Services Ltd, y el MI6 de Pretoria solicitó la devolución de algunos favores para conseguir registrar la empresa en un tiempo récord, con los documentos antedatados. Esto no le hizo ninguna gracia a Jordaan (para ella, representaba una violación de la sagrada norma de la ley), pero como ni el SAPS ni ella estaban implicados, lo dejó pasar. La Rama I creó también una falsa investigación criminal en Camboya sobre el dudoso comportamiento de Theron en Myanmar, que mencionaba turbias actividades en otros países.

El falso afrikáner superó el primer obstáculo. El segundo, y más peligroso, estaba cerca. Hydt llamó por teléfono a Niall Dunne para presentarle a «un hombre de negocios de Durban».

—Una pregunta —dijo Hydt después de colgar, en tono indiferente—: ¿tiene fotos de los campos? ¿Y de las tumbas?

—Eso podría arreglarse.

—Bien.

Hydt sonrió como un colegial. Se pasó el dorso de la mano sobre la barba.

Bond oyó que la puerta se abría a su espalda.

—Ah, aquí está mi socio, Niall Dunne... Niall, te presento a Gene Theron. De Durban.

Había llegado el momento. Bond se levantó, dio media vuelta y se acercó al irlandés. Le miró a los ojos y le ofreció la tensa sonrisa de un hombre de negocios que se encuentra con otro por primera vez. Cuando se estrecharon las manos, Dunne le lanzó una mirada, un navajazo de los fríos ojos azules.

Sin embargo, no detectó suspicacia en su mirada. Bond estaba convencido de que no lo había reconocido.

El irlandés cerró la puerta y dirigió una mirada inquisitiva a su jefe, quien le entregó la tarjeta de EJT Services. Los hombres se sentaron.

—El señor Theron trae una propuesta —dijo entusiasmado Hydt, que resumió el plan.

Bond se dio cuenta de que Dunne también estaba intrigado.

—Sí —dijo—. Podría estar bien. Hay que pensar en cierta logística, por supuesto.

—El señor Theron conseguirá que veamos algunas fotos de los emplazamientos —continuó Hydt—. Para que nos hagamos una idea mejor de lo que implicaría.

Dunne le dirigió una mirada de preocupación. El irlandés no era suspicaz, pero parecía confuso al respecto.

—Hemos de estar en la planta a las cinco y media —recordó a Hydt—. En cuanto a la reunión, su oficina está a la vuelta de la esquina. —Había memorizado la dirección de un solo vistazo, observó Bond—. ¿Por qué no va a buscar esas fotografías?

—Bien... Supongo que podría —dijo Bond, sorprendido.

Dunne lo miró fijamente.

—Estupendo.

Cuando abrió la puerta para que Bond saliera, su chaqueta se abrió y reveló la Beretta que llevaba al cinto, tal vez la utilizada para asesinar a los hombres en Serbia.

¿Era un mensaje? ¿Una advertencia?

Bond fingió no verla. Se despidió de los dos hombres con un cabeceo.

—Volveré dentro de media hora.

Pero sólo habían transcurrido cinco minutos desde la partida de Gene Theron, cuando Dunne dijo:

—Vámonos.

—¿Adónde?

Hydt frunció el ceño.

—A la oficina de Theron. Ahora.

Hydt notó que el irlandés tenía una de aquellas expresiones en la cara, retadora, malhumorada.

Aquellos celos extravagantes de nuevo. ¿En qué estaría pensando Dunne?

—¿Por qué?, ¿no confías en él?

—No es mala idea —dijo con indiferencia Dunne—. Hemos estado hablando de deshacernos de cadáveres, pero para lo del viernes da igual. Se me antoja demasiado casual que aparezca así, como caído del cielo. Me pone nervioso.

Como si el frío zapador pudiera albergar tales sentimientos.

Hydt se serenó. Necesitaba tener al lado a alguien que fuera realista, y era verdad que la propuesta de Theron le había seducido mucho.

—Tienes razón, por supuesto.

Recogieron sus chaquetas y salieron del despacho. Dunne le guió hasta la dirección impresa en la tarjeta del hombre.

El irlandés tenía razón, pero Severan Hydt rezó para que Theron fuera legal. Los cadáveres, y las hectáreas de huesos. Ardía en deseos de verlos, respirar el aire que los rodeaba. Y también quería las fotos.

Llegaron al edificio de oficinas donde se hallaba la sucursal de Theron en Ciudad del Cabo. Era típico del distrito comercial de la ciudad, metal y piedra funcionales. Este edificio en concreto parecía medio desierto. Cosa curiosa, no había nadie de guardia en el vestíbulo. Los hombres subieron en ascensor hasta la cuarta planta y buscaron la puerta del despacho, el número 403.

—No hay ningún nombre de la empresa —observó Hydt—. Sólo el número. Qué raro.

—Aquí hay algo que no cuadra —dijo Dunne. Aguzó el oído—. No oigo nada.

—A ver si está abierta.

Dunne movió el pomo.

—Cerrada con llave.

Hydt estaba de lo más decepcionado, y se preguntó si habría revelado algo incriminatorio a Theron. No lo creía.

—Deberíamos llamar a algunos de nuestros agentes de seguridad. Cuando Theron vuelva, si lo hace, nos lo llevaremos al sótano. Y descubriré qué está tramando.

Estaban a punto de marcharse cuando Hydt, desesperado por creer que Theron era legal, dijo:

—Llama, a ver si hay alguien dentro.

Dunne vaciló, pero después se abrió la chaqueta y reveló la culata de la Beretta. Los grandes nudillos del hombre llamaron a la puerta de madera.

Nada.

Se volvieron hacia el ascensor.

En aquel preciso momento, la puerta se abrió.

Gene Theron parpadeó sorprendido.

—Hydt… Dunne. ¿Qué hacen aquí?

36

El afrikáner vaciló un momento, y después indicó con un gesto brusco a los dos hombres que entraran. Obedecieron. Fuera no había letrero, pero sí una modesta placa en la pared: EJT Services, Durban, Ciudad del Cabo, Kinshasa.

La oficina era pequeña y sólo había tres empleados, cuyos escritorios estaban cubiertos de expedientes y documentación, el sostén principal de tales guaridas empresariales en todo el mundo, ya sean nobles u oscuros sus productos o servicios.

—Pensamos en ahorrarle la molestia —dijo Dunne.

—¿De veras? —replicó Theron.

Hydt sabía que el mercenario entendía aquella visita sorpresa como una falta de confianza en él. Por otra parte, Theron se dedicaba a una profesión en la que la confianza era tan peligrosa como los explosivos inestables, de modo que su disgusto era mínimo. Al fin y al cabo, Theron habría hecho lo mismo, investigar las credenciales de Hydt con los camboyanos y demás, antes de abordarle con su propuesta. Así funcionaban los negocios.

Paredes y ventanas rayadas ofrecían una vista deprimente de un patio, lo cual recordó a Hydt que hasta las actividades ilegales de Theron no eran necesariamente tan lucrativas como las películas y los medios plasmaban. El despacho más grande, situado en la parte de atrás, era el de Theron, pero incluso ése era modesto.

Un empleado, un africano alto, estaba examinando un catálogo en línea de armas automáticas. Algunas iban engalanadas con estrellas, que indicaban un diez por ciento de descuento. Otro empleado estaba tecleando ante un ordenador, utilizando tan sólo ambos dedos índice. Ambos hombres vestían camisas blancas y corbatas estrechas.

Una secretaria estaba sentada a un escritorio delante del despacho de Theron. Hydt vio que era atractiva, pero también joven, y por lo tanto carecía de interés para él.

Theron la miró.

—Mi secretaria estaba imprimiendo algunos de los archivos de los que habíamos hablado.

Un momento después, imágenes de fosas comunes empezaron a salir de la impresora en color.

Sí, son buenas, pensó Hydt mientras las miraba. Muy buenas, en realidad. Las primeras imágenes habían sido tomadas poco después de las matanzas. Hombres, mujeres y niños habían sido ametrallados o asesinados a golpes de machete. Algunos habían sufrido amputaciones (las manos, o incluso los brazos por encima del codo), una técnica popular utilizada por los señores de la guerra y dictadores de África para castigar y controlar al pueblo. Había unos cuarenta en la fosa. El marco era subsahariano, pero resultaba imposible decir exactamente dónde. Sierra Leona, Liberia, Costa de Marfil y la República Centroafricana. Existían muchas posibilidades en aquel continente torturado.

Siguieron más fotografías, que plasmaba diferentes fases de putrefacción. Hydt se demoró en éstas.

—¿ERS? —preguntó Dunne, mientras las examinaba con mirada cínica.

Fue el empleado alto y delgado quien contestó.

—El señor Theron no trabaja con el Ejército de Resistencia del Señor.

El grupo rebelde, que operaba en Uganda, la República Centroafricana y en ciertas partes de Congo y Sudán, abrigaba una filosofía, por decir algo, de extremismo religioso y místico, una especie de milicia cristiana muy violenta. Había cometido atrocidades indecibles y era conocido, entre otras cosas, por emplear a niños soldados.

—Hay donde elegir —observó Theron.

Su sentido de la moralidad divirtió a Hydt.

Otra media docena de fotografías salió de la impresora. Las últimas mostraban un gran campo del que sobresalían huesos y cuerpos mutilados con la piel seca.

Hydt enseñó las fotos a Dunne.

—¿Qué opinas? —Se volvió hacia Theron—. Niall es ingeniero.

El irlandés las examinó unos minutos.

—Las tumbas no parecen muy profundas. Será fácil sacar los cuerpos. El truco consiste en encubrir el hecho de que estaban allí. En función del tiempo que lleven enterrados, se producirán diferencias cuantificables en la temperatura del suelo. Eso perdura durante muchos meses. Se detecta con el equipo adecuado.

—¿Meses? —preguntó Theron con el ceño fruncido—. No tenía ni idea. —Miró a Dunne—. Es bueno —dijo a Hydt.

—Yo le llamo el hombre que piensa en todo.

—Sería conveniente plantar vegetación que crezca con rapidez. Y hay algunos pulverizadores que eliminan los residuos de ADN. Hay que pensar en muchas más cosas, pero nada parece imposible —dijo Dunne.

Una vez comentados los aspectos técnicos, Hydt se concentró de nuevo en las imágenes.

—¿Puedo quedármelas?

—Por supuesto. ¿Quiere también copias digitales? Serán más nítidas.

Theron las guardó en un USB y se lo entregó a Hydt, quien consultó su reloj.

—Me gustaría seguir hablando de esto. ¿Estará libre más tarde?

—Es posible.

Pero Dunne frunció el ceño.

—Esta tarde tienes la reunión, y por la noche está la fiesta para recaudar fondos.

Hydt puso mala cara.

—Una de las organizaciones benéficas a las que dono fondos celebra una fiesta. Debo estar presente, pero... si está libre..., ¿por qué no nos encontramos allí?

—¿Tengo que dar dinero? —preguntó Theron.

Hydt no supo si estaba bromeando.

—No es necesario. Tendrá que escuchar algunos discursos y beber vino.

—De acuerdo. ¿Dónde es?

Hydt miró a Dunne.

—En el Lodge Club. A las siete de la tarde.

—Debería ponerse chaqueta —añadió Hydt—, pero no es necesario que lleve corbata.

—Hasta entonces.

Theron les estrechó la mano.

Salieron de su oficina a la calle.

—Es legal —dijo Hydt, casi para sí.

Iban en dirección a la oficina de Green Way, cuando Dunne recibió una llamada telefónica. Colgó al cabo de unos minutos.

. —Era acerca de Stephan Dlamini —explicó.

—¿Quién?

—El empleado del departamento de mantenimiento que tenemos que eliminar. El que tal vez vio los correos electrónicos sobre el viernes.

—Ah. De acuerdo.

—Nuestra gente descubrió su chabola en Primrose Gardens, al este de la ciudad.

—¿Cómo vas a organizarlo?

—Al parecer, su hija adolescente se quejó de un traficante de drogas de los alrededores. Amenazó con matarla. Lo montaremos de manera que parezca que es el responsable de la muerte de Dlamini. Ya ha puesto bombas incendiarias en otras ocasiones.

—Así que Dlamini tiene familia.

—Mujer y cuatro hijos —explicó Dunne—. También tendremos que matarlos. Podría haber contado a su mujer lo que vio. Y si vive en una chabola, la familia sólo tendrá una o dos habitaciones, de modo que cualquiera pudo enterarse. Utilizaremos granadas antes de las bombas incendiarias. Creo que la hora de cenar será lo más apropiado. Todos estarán juntos en una habitación. —Dunne echó una mirada al hombre alto—. Morirán deprisa.

—No me preocupa que sufran —replicó Hydt.

—A mí tampoco. Sólo quería decir que será una forma sencilla de matarlos con celeridad. Práctica, ya sabes.

Después de que los hombres se marcharan, el suboficial Kwalene Nkosi se levantó del escritorio donde había estado examinando listas de precios de armas automáticas y cabeceó en dirección a la pantalla.

—Es asombroso lo que se puede comprar en línea, ¿verdad, comandante Bond?

—Supongo.

—Si compramos nueve ametralladoras, nos regalan la décima —bromeó al sargento Mbalula, el que tecleaba sin cesar con dos dedos.

—Gracias por intervenir con lo del ERS, suboficial —dijo Bond.

No había reconocido la abreviatura del Ejército de Resistencia del Señor, un grupo con el que cualquier mercenario de

África estaría familiarizado. La operación habría podido concluir en un desastre.

La «secretaria» de Bond, Bheka Jordaan, miró por la ventana.

—Se van. No veo gente de seguridad.

—Creo que los hemos engañado —dijo el sargento Mbalula.

Daba la impresión de que el truco había tenido éxito. Bond estaba convencido de que uno de los hombres (el astuto Dunne, lo más probable) querría ver su delegación de Ciudad del Cabo. Creía que un sólido decorado sería fundamental para seducir a Hydt y conducirle a creer que era un mediador afrikáner que debía desprenderse de muchos cuerpos.

Mientras Bond telefoneaba a Hydt para conseguir entrar en Green Way, Jordaan había descubierto una pequeña oficina gubernamental alquilada por el Ministerio de Cultura, pero que se hallaba en desuso. Nkosi había impreso algunas tarjetas con la dirección, y antes de que Bond se reuniera con Hydt y Dunne, los agentes del SAPS se habían desplazado al edificio.

—Usted será mi socia —había dicho Bond a Jordaan con una sonrisa—. Será una buena tapadera para mí tener una socia inteligente… y atractiva.

Ella se había encrespado.

—Para resultar creíble, una oficina necesita una secretaria, y debe ser una mujer.

—Como quiera.

—No quiero —repuso ella, tensa—, pero así tendrá que ser.

Bond había imaginado que los hombres se presentarían de improviso, pero no que Hydt querría ver fotos de los campos de exterminio, aunque lo sospechaba. En cuanto Hydt entró en la oficina, había llamado a Jordaan para decirle que buscara fotos de fosas comunes en África, en los archivos de ejércitos y cuerpos de policía. Por desgracia, había sido de lo más fácil, y ya había bajado una docena cuando Bond regresó de la oficina de Hydt.

—¿Puede quedarse alguien aquí durante uno o dos días? —preguntó Bond—. Por si Dunne vuelve.

—Puedo desprenderme de un agente —contestó la mujer—. Sargento Mbalula, usted se quedará de momento.

—Sí, capitana.

—Informaré a un patrullero de la situación para que le sustituya. —Se volvió hacia Bond—. ¿Cree que Dunne volverá?

—No, pero es posible. Hydt es el jefe, pero se distrae con frecuencia. Dunne está más concentrado y es más suspicaz. En mi opinión, eso lo convierte en alguien más peligroso.

—Comandante. —Nkosi abrió un gastado maletín—. Esto se lo ha enviado el cuartel general.

Sacó un grueso sobre. Bond lo abrió. Dentro encontró diez mil rands en billetes de banco usados, un pasaporte falso de Sudáfrica, tarjetas de crédito y una tarjeta monedero, todo a nombre de Eugene J. Theron. La Rama I había obrado su magia una vez más.

También había una nota:

Reserva para estancia abierta en hotel Table Mountain, habitación con vistas al mar.

Bond se lo guardó todo en los bolsillos.

—¿Cómo es el Lodge Club, donde tengo que reunirme con Hydt esta noche?

—Demasiado caro para mí —respondió Nkosi.

—Es un restaurante y sala de fiestas —explicó Jordaan—. No he ido nunca. Antes era un club de caza privado. Sólo para hombres blancos. Después de las elecciones de 1994, cuando el Congreso Nacional Africano, el CNA, llegó al poder, los propietarios prefirieron disolver el club y vender el edificio antes que abrirlo a todo el mundo. A la junta no le preocupaba admitir hombres negros o de color, pero no quería mujeres. Estoy segura de que no existe ese tipo de clubes en su país, ¿verdad, James?

Bond no admitió que, en realidad, sí existía ese tipo de establecimientos en el Reino Unido.

—En mi club favorito de Londres verá lo que es la auténtica democracia en funcionamiento. Cualquiera es libre para hacerse socio… y perder dinero en las mesas de juego. Como me pasa a mí. Con cierta frecuencia, debería añadir.

Nkosi rió.

—Si alguna vez visita Londres, sería un placer enseñárselo —dijo Bond a Jordaan.

De nuevo, la oficial pareció considerar sus palabras un flirteo descarado, porque hizo caso omiso del comentario.

—Lo llevaré en coche al hotel. —El agente de policía alto estaba muy serio—. Creo que dejaré el SAPS si me puede conseguir empleo en Inglaterra, comandante.

Para trabajar en el ODG o en el MI6, había que ser ciudadano británico e hijo de un ciudadano, como mínimo, o de alguien que tuviera lazos importantes con Inglaterra. También se exigía residir en el país.

—Después de mi gran trabajo de espía —el brazo de Nkosi barrió la habitación—, ahora sé que soy un actor morrocotudo. Iré a Londres y trabajaré en el West End. Es ahí donde están los teatros famosos, ¿verdad?

—Pues, sí.

Aunque hacía años que Bond no iba a ninguno de manera voluntaria.

—Estoy seguro de que triunfaré —dijo el joven—. Siento debilidad por Shakespeare. David Mamet también es muy bueno. Sin duda.

Bond supuso que, trabajando para una jefa como Bheka Jordaan, Nkosi no disponía de muchas posibilidades de ejercitar su sentido del humor.

37

El hotel estaba cerca de Table Bay, en la elegante zona de Green Point de Ciudad del Cabo. Era un edificio antiguo de seis pisos, en el estilo clásico del Cabo, y no podía disimular sus raíces coloniales, aunque tampoco se esforzaba. Se detectaban en el meticuloso diseño del jardín, atendido por cierto número de diligentes trabajadores, en el delicado pero firme recordatorio grabado en placas referente al código indumentario en el comedor, en los uniformes blancos del recatado y omnipresente personal, y en los muebles de la terraza que daba a la bahía.

Otra pista fue la pregunta de si el señor Theron desearía tener a su servicio un mayordomo personal durante su estancia. Declinó la oferta cortésmente.

El hotel Table Mountain (que aparecía en todas partes como «TM», desde el suelo de mármol a las servilletas grabadas en relieve) era el tipo de lugar donde se alojaría un hombre de negocios afrikáner acaudalado de Durban, tanto si era un comercial de informática legal como si se trataba de un mercenario que deseaba deshacerse de diez mil cadáveres.

Después de registrarse, Bond se encaminó hacia el ascensor, pero algo llamó su atención. Entró en la tienda de regalos para comprar una crema de afeitar que no necesitaba. Después, volvió a Recepción para servirse zumo de fruta de un gran depósito de cristal rodeado de un arreglo floral compuesto de jacarandas púrpura y rosas blancas y rojas.

No estaba seguro, pero tal vez alguien le estaba vigilando. Cuando se volvió de repente para ponerse zumo, una sombra desapareció con igual celeridad.

Cuantas más oportunidades hay, más espías llegan...

Bond esperó un momento, pero la aparición no se repitió.

La vida de un agente siembra semillas de paranoia y, en ocasiones, un transeúnte es sólo un transeúnte, una mirada de curiosidad no significa más que una mente curiosa. Además, no puedes protegerte de todos los riesgos del oficio. Si alguien desea matarte con todas sus fuerzas, conseguirá materializar su deseo. Bond se deshizo mentalmente de su seguidor y subió en ascensor al primer piso, donde se accedía a las habitaciones mediante una terraza abierta que dominaba el vestíbulo. Entró, cerró con llave la puerta y pasó la cadena.

Tiró la maleta sobre una de las camas, se acercó a la ventana y cerró las cortinas. Guardó todo lo que le identificaba como James Bond en un sobre grande de fibra de carbono, con un cerrojo electrónico en la solapa, y lo cerró. Inclinó con el hombro una cómoda y empujó el sobre debajo. Podrían encontrarlo y robarlo, por supuesto, pero cualquier intento de abrirlo sin la huella de su pulgar en la cerradura enviaría un mensaje cifrado a la Rama C del ODG, y Bill Tanner enviaría un texto de «Hundimiento» para avisarle de que su tapadera corría peligro.

Llamó al servicio de habitaciones y pidió un bocadillo vegetal con pollo y beicon, además de una cerveza negra Gilroy. Después, se duchó. Cuando acabó de ponerse unos pantalones grises y un polo negro, la comida estaba en la puerta. Se pasó un peine por su pelo mojado, atisbó por la mirilla y dejó entrar al camarero.

Depositaron la bandeja sobre una mesita auxiliar, la factura firmada por E. J. Theron, con la letra de Bond. Era algo que nunca se debía falsificar, por impenetrable que fuera la tapadera. El camarero se embolsó la propina con manifiesta gratitud. Cuando Bond volvió a la puerta para acompañar al joven y volver a poner la cadena, examinó automáticamente la terraza y el vestíbulo de abajo.

Forzó la vista, y después cerró la puerta a toda prisa.

¡Madlita sea!

Miró con pesar el bocadillo, y con más pesar todavía la cerveza, se calzó y abrió la maleta. Enroscó el silenciador Gemtech en el cañón de la Walther y, aunque lo había hecho hacía poco en la sede central del SAPS, echó hacia atrás unos centímetros la corredera de la pistola para verificar que había una bala en la recámara.

Ocultó la pistola entre los pliegues del *Cape Times* de aquel día, y a continuación la dejó sobre la bandeja, entre el emparedado y la cerveza. La levantó con una mano y salió de la habitación a buen paso, con la bandeja ocultando su cara. No llevaba uniforme de camarero, pero se movió con celeridad, la cabeza gacha, y cualquiera le habría confundido con un miembro del personal que iba con prisas.

Al final del pasillo, atravesó las puertas cortafuegos de la escalera, bajó la bandeja y cogió el periódico con su contenido letal. Después, bajó un tramo de escaleras con sigilo hasta la planta baja.

Atisbó a través de la mirilla de la puerta batiente, divisó a su objetivo, sentado en una butaca a la sombra de un rincón del vestíbulo, casi invisible. De espaldas a Bond, paseaba la vista entre el vestíbulo y el balcón del primer paso. Por lo visto, no había presenciado su fuga.

Bond calculó las distancias y los ángulos, el emplazamiento y el número de invitados, el personal y los guardias de seguridad. Esperó a que pasara un botones con un carrito cargado de maletas, un camarero provisto de una bandeja con una cafetera plateada para otro huésped sentado al final del vestíbulo, y un grupo de japoneses que salieron por la puerta en masse, llamando la atención de su objetivo.

Bond pensó: ahora.

Se alejó de la escalera y caminó a toda prisa hacia el respaldo de una butaca por encima del cual acababa de ver la cabeza de su objetivo. Dio la vuelta y se dejó caer en la butaca de delante, sonriendo como si se hubiera encontrado con un viejo amigo. Apretó el dedo contra el gatillo de la Walther, que el cabo Menzies había afinado para que se disparara a la menor presión.

La cara rubicunda y pecosa alzó la vista. Los ojos del hombre se abrieron de par en par a causa de la sorpresa, al darse cuenta de que le habían engañado. También porque reconoció al hombre. La mirada dijo que no, no era ninguna casualidad. Había estado vigilando a Bond.

Era el hombre a quien Bond había visto en el aeropuerto aquella mañana, al que había confundido al principio con la capitana Jordaan.

—¡Qué alegría verte aquí! —dijo risueño Bond, para aplacar las sospechas de cualquiera que fuera testigo del encuentro. Levantó el periódico para que la boca del silenciador apuntara al abultado pecho.

Pero, aunque le resultara curioso, la mirada de sorpresa de los ojos verdes lechosos, no fue sustituida por una de miedo, sino de diversión.

—Ah, señor... Theron, ¿no es así? ¿No se llama así en este momento?

El acento era de Manchester. Alzó las manos regordetas con las palmas hacia fuera.

Bond ladeó la cabeza.

—Estas balas son casi subsónicas. Con este silenciador, estará muerto mucho antes de que yo me haya ido y alguien se dé cuenta.

—Oh, pero usted no querrá matarme. Eso sería horrible.

Bond había escuchado muchos monólogos en momentos similares, cuando apuntaba a un enemigo. Por lo general, las frases ingeniosas servían para comprar tiempo o para distraer, cuando el objetivo se preparaba para un contraataque desesperado. Bond sabía cómo hacer caso omiso de lo que el hombre decía, y vigilaba sus manos y su lenguaje corporal.

De todos modos, no fue capaz de desechar las siguientes frases pronunciadas por los labios gordezuelos.

—Al fin y al cabo, ¿qué diría M si se enterara de que ha tiroteado a uno de los agentes estelares de la Corona? Y en un marco tan incomparable.

38

Se llamaba Gregory Lamb, confirmado por la aplicación de escáner de iris y huellas dactilares; era el hombre del MI6 en Ciudad del Cabo. El agente que Bill Tanner le había aconsejado evitar.

Estaban en la habitación de Bond, sin cerveza ni emparedado. Consternado, comprobó que, cuando Lamb y él volvieron al primer piso, la bandeja de su comida había sido confiscada de la escalera por algún eficiente empleado del hotel.

—Podría haber conseguido que le matara —masculló Bond.

—No corrí ningún peligro real. Su organización no concede el doble cero a idiotas de gatillo fácil… Bien, amigo mío, no nos encrespemos. Algunos sabemos lo que hace en realidad su Desarrollo Exterior.

—¿Cómo supo que yo estaba en la ciudad?

—Lo deduje, ¿hum? Me enteré de algunos tejemanejes y me puse en contacto con unos amigos de Lambeth.

Una de las desventajas de solicitar los servicios de Seis o DI era que más gente de la deseable se enteraba de tus actividades.

—¿Por qué no se puso en contacto conmigo por mediación de canales seguros? —preguntó Bond con brusquedad.

—Iba a hacerlo, pero justo cuando llegué aquí vi a alguien que le pisaba los talones.

Bond fue todo oídos.

—¿Varón, delgado, y con chaqueta azul? ¿Con pendiente de oro?

—Bien, no vi el pendiente, ¿hum? Mi vista ya no es lo que era. Pero, en general, ha acertado. Remoloneó un rato, y después desapareció como el mantel cuando sale el sol. Ya sabe a qué me refiero: la niebla sobre Table Mountain.

Bond no estaba de humor para charlas sobre viajes. Maldita sea, el hombre que había matado a Yusuf Nasad y casi se había llevado por delante a Felix Leiter había averiguado dónde estaba. Debía de ser el hombre del que Jordaan le había hablado, el que había entrado en el país aquella mañana procedente de Abu Dabi, con un pasaporte británico falso.

¿Quién demonios era?

—¿Consiguió una foto? —preguntó.

—No. El hombre fue veloz como el rayo.

—¿Se fijó en algo que llevara?, ¿el tipo de móvil, posibles armas o un vehículo?

—Nada. Desaparecido. Como un rayo.

Un encogimiento de los anchos hombros, que Bond imaginó pecosos y rubicundos como su cara.

—Usted estaba en el aeropuerto cuando aterricé. ¿Por qué se alejó?

—Vi a la capitana Jordaan. Por algún motivo, nunca le he caído bien. Tal vez crea que soy el gran cazador blanco colonial que ha venido a saquear su país. Me dejó como un trapo hace unos meses, ¿hum?

—Mi director ejecutivo dijo que usted estaba en Eritrea.

—En efecto, allí y en la frontera con Sudán; toda la semana pasada. Parece que están decididos a ir a la guerra, de manera que me las arreglé para que mis tapaderas sobrevivieran al tiroteo. Una vez solucionado eso, me enteré de la operación del ODG. —Sus ojos se apagaron—. Es sorprendente que nadie me hablara de ello.

—La idea era que usted estaba implicado en una operación bastante seria. Delicada —dijo Bond.

—Ah. —Dio la impresión de que Lamb se lo creía—. Bien, en cualquier caso, pensé que sería mejor venir corriendo para ayudarle. Verá usted, El Cabo es engañoso. Parece limpio como una patena y plagado de turistas, pero hay mucho más que eso. Detesto echarme flores, amigo mío, pero necesita a alguien como yo para hurgar bajo la superficie, para decirle lo que está pasando en realidad. Tengo contactos. ¿Conoce a otro agente de Seis que se las haya arreglado para conseguir dinero de un fondo de desarrollo del gobierno local para financiar sus tapaderas? El año pasado, la Corona obtuvo pingües beneficios gracias a mí.

—Todo fue a parar a las arcas de Hacienda, no?

Lamb se encogió de hombros.

—Tengo que desempeñar un papel, ¿verdad? Ante el mundo, soy un hombre de negocios con éxito. Si no estás a la altura de tu tapadera, bueno, se introduce un poco de arena en los engranajes, y cuando menos te lo esperas alguien sale gritando: «¡Soy espía!» Escuche, ¿le importa que entremos a saco en su minibar?

Bond lo invitó con un ademán.

—Adelante.

Lamb se sirvió una botellita de Bombay Sapphire y después otra.

—¿No hay hielo? Qué pena. Bien, da igual.

Añadió un poco de tónica.

—¿Cuál es su tapadera?

—Sobre todo, tramito contratos de flete. Una idea brillante, si se me permite decirlo. Me concede la oportunidad de codearme con los malos en los muelles. También toco prospecciones de oro y aluminio, además de otros sectores como construcción de carreteras e infraestructuras.

—¿Y aún le queda tiempo para espiar?

—¡Muy bueno, amigo mío!

Por el motivo que fuera, Lamb empezó a contar la historia de su vida a Bond. Era ciudadano británico, como su madre, y su padre era sudafricano. Había llegado al país con sus padres y decidido que le gustaba más que vivir en Manchester. Después de prepararse en Fort Monckton, había solicitado el regreso. Sólo había trabajado para Estación Z, la única organización para la que le había gustado trabajar. Pasaba casi todo el tiempo en la Provincia Occidental del Cabo, pero viajaba con frecuencia por toda África, en función de las operaciones del Centro de Control de la Red.

Cuando se dio cuenta de que Bond no le escuchaba, dio un trago.

—¿En qué está trabajando exactamente? —preguntó—. ¿Algo acerca de ese tal Severan Hydt? Es un nombre que da que pensar. Incidente Veinte. Me encanta. Suena como algo salido de DI 55, ya sabe, los personajes que investigan ovnis sobre las Midlands.

—Yo trabajé para Inteligencia de Defensa —replicó Bond exasperado—. La División 55 se dedicaba a investigar misiles o aviones que violaban el espacio aéreo británico, no ovnis.

—Ah, sí, sí, estoy seguro… Claro que nunca lo reconocerían en público, ¿verdad?

Bond estuvo a punto de echarlo a patadas. De todos modos, valía la pena sonsacarle.

—Entonces, ha oído hablar del Incidente Veinte. ¿Tiene alguna idea de cómo podría estar relacionado con Sudáfrica?

—Recibí mensajes —admitió Lamb—, pero no presté demasiada atención, porque el mensaje interceptado decía que el ataque iba a producirse en suelo británico.

Bond le recordó la frase exacta, la cual no revelaba el lugar, sino que se limitaba a decir que los intereses británicos se verían «gravemente afectados».

—Podría ser en cualquier parte. No lo había pensado.

«O no lo leíste con detenimiento.»

—Y ahora, el ciclón ha aterrizado sobre mi terreno. Qué curiosos son los caprichos del destino, ¿hum?

La aplicación del móvil de Bond que había verificado la identidad de Lamb también había dado fe de su autorización de acceso a informaciones reservadas, mayor de la que Bond había supuesto. Ahora se sentía más o menos cómodo hablando del plan Gehenna, Hydt y Dunne.

—¿Se le ha ocurrido que exista alguna relación con este país? —preguntó de nuevo—. Miles de personas en peligro, intereses británicos amenazados, el plan urdido en la oficina de Hydt...

—La verdad es que no sé qué clase de ataque sería el idóneo —respondió pensativo Lamb, con la vista clavada en el vaso—. Tenemos muchos expatriados y turistas ingleses, y un montón de intereses comerciales con ramificaciones en Londres. Pero ¿matar a tanta gente de una sola tacada? Suena a tensiones sociales. Y no se me ocurre que eso pueda suceder en Sudáfrica. Tenemos problemas, no lo voy a negar, la gente de Zimbabue que solicita asilo político, descontento sindical, corrupción, sida..., pero todavía somos el país más estable del continente.

Por una vez, el hombre había proporcionado cierta información a Bond, por nimia que fuera. Esto reforzó la idea de que, aunque las decisiones se tomaran en Sudáfrica, las muertes del viernes podían producirse en cualquier otro lugar.

El hombre había terminado casi toda su ginebra.

—¿Usted no bebe? —Como Bond no contestó, añadió—: Echamos de menos los viejos tiempos, ¿verdad, amigo mío?

Bond no sabía cuáles eran los viejos tiempos, y decidió que sería improbable por su parte echarlos de menos, fueran cuales fueran. También decidió que le desagradaba sobremanera la expresión «amigo mío».

—Dijo que no se había llevado bien con Bheka Jordaan.

Lamb gruñó.

—¿Qué sabe de ella?

—Es muy buena en su trabajo, eso lo admito. Era la agente que condujo aquella investigación de la NIA, la Agencia de Inteligencia Nacional Sudafricana, sobre la vigilancia ilegal a que fueron sometidos unos políticos de aquí. —Lamb emitió una carcajada carente de humor—. Eso no sucede nunca en nuestro país, ¿verdad?

Bond recordó que Bill Tanner había preferido utilizar un contacto del SAPS antes que de Inteligencia Nacional.

—Le dieron el trabajo con la esperanza de que metería la pata —continuó Lamb—. Pero la capitana Jordaan no era de esa pasta. Oh, no, de ninguna manera. —Un brillo perverso asomó a sus ojos—. Empezó a hacer progresos en el caso, y los peces gordos se pusieron nerviosos. Su jefe del SAPS le dijo que perdiera las pruebas contra los agentes de la NIA.

—¿Y ella lo detuvo?

—¡A su propio jefe! —Lamb lanzó una carcajada estentórea y vació los últimos restos de su bebida—. Se llevó grandes elogios.

¿La Cruz de Oro al Valor?

—¿Fue maltratada durante la investigación?

—¿Maltratada?

Bond mencionó la cicatriz del brazo.

—En cierto modo. Después, fue ascendida. Fue algo lógico por motivos políticos. Ya sabe cómo son las cosas. Bien, algunos miembros del SAPS que quedaron relegados no se lo tomaron muy bien. Recibió amenazas: las mujeres no deberían aceptar trabajos para hombres, ese tipo de cosas. Alguien arrojó un cóctel Molotov bajo su coche patrulla. Ella había entrado en la comisaría, pero había un prisionero en el asiento de atrás, borracho y durmiendo la mona. Ninguno de los atacantes lo vio. Ella salió corriendo y lo salvó, pero resultó herida. Nunca descubrieron quién lo hizo. Los atacantes iban enmascarados. Pero todo el mundo sabe que era gente que trabajaba con ella. Es posible que aún sigan en activo.

—Dios.

Bond comprendió ahora la actitud de Jordaan hacia él. Tal vez había pensado que su mirada coqueta en el aeropuerto significaba que él tampoco se tomaba en serio el que una mujer fuera oficial de policía.

Explicó a Lamb su siguiente paso: reunirse con Hydt aquella noche.

—Ah, el Lodge Club. Muy bien. Era muy exclusivo, pero ahora dejan entrar a todo el mundo… Oiga, he visto su mirada. No me refería a lo que usted cree. Sólo es que tengo una pobre opinión del populacho. Hago más negocios con negros y gente de color que con blancos… ¡Otra vez me ha mirado así!

—¿ «De color»? —dijo en tono amargo Bond.

—Significaba «mestizos», y aquí es perfectamente aceptable. Nadie se ofendería.

Por la experiencia de Bond, sin embargo, sabía que la gente que utilizaba términos como ése no era la que se ofendía. Pero no pensaba discutir de política con Gregory Lamb. Bond consultó el Breitling.

—Gracias por su colaboración —dijo sin mucho entusiasmo—. Tengo trabajo que hacer antes de reunirme con Hydt.

Jordaan le había enviado material sobre los afrikáneres, la cultura sudafricana y las regiones conflictivas donde Gene Theron habría podido intervenir.

Lamb se levantó con movimientos torpes.

—Bien, estoy dispuesto a ayudarle en lo que sea. Estoy a su servicio. Para lo que necesite.

Parecía lamentablemente sincero.

—Gracias.

Bond experimentó la necesidad absurda de darle un billete de veinte rands.

Antes de marcharse, Lamb volvió al minibar y lo aligeró de dos botellines de vodka.

—No le importa, ¿verdad? M tiene un presupuesto generoso. Todo el mundo lo sabe.

Bond le vio salir.

«Ya era hora», pensó, cuando la puerta se cerró. En comparación con aquel sujeto, Percy Osborne-Smith era un encanto.

39

Bond se sentó ante el enorme escritorio de la suite, arrancó el ordenador, se conectó mediante su iris y la huella dactilar, y repasó la información que Bheka Jordaan había bajado. La estaba examinando, cuando llegó un correo electrónico encriptado.

James:
Sólo para tus ojos.
He confirmado que Cartucho de Acero fue una medida activa de gran alcance tomada por el KGB / SVR para asesinar a agentes clandestinos del MI6 y la CIA, además de colaboradores locales, con el objetivo de que no se supiera el alcance de la infiltración en Rusia, en un
intento de promover la distensión durante la caída
de la Unión Soviética y mejorar las relaciones con
Occidente.
Los últimos asesinatos de Cartucho de Acero ocurrieron a finales de los ochenta y principios de los noventa.
Hasta el momento sólo he encontrado un incidente:
la víctima fue un contratista privado que trabajaba para el MI6. Excelente tapadera. No hay más detalles, salvo que el agente de medidas activas logró que la muerte pareciera accidental. A veces dejaban auténticos
cartuchos de acero en los lugares de los hechos, como

advertencias a otros agentes de que cerraran la boca.
Estoy continuando la investigación.
Tus otros ojos,
Philly.

Bond se reclinó en la silla y clavó la vista en el techo. «Bien, ¿qué hago con esto?», se preguntó.

Leyó de nuevo el mensaje, y después envió un breve correo electrónico de agradecimiento a Philly. Se meció hacia atrás y en el espejo del otro lado de la habitación vislumbró sus ojos, duros y fijos como los de un depredador.

Reflexionó: el agente de medidas activas del KGB asesinó al contratista del MI6 a finales de la década de 1980 o principios de la de 1990.

El padre de James Bond había muerto durante ese período.

Había ocurrido en diciembre, poco después de que cumpliera once años. Andrew y Monique Bond habían dejado al pequeño James con su tía Charmian en Pett Bottom, en Kent, con la promesa de que regresarían a tiempo para celebrar la Navidad. Habían volado a Suiza y alquilado un coche para ir al Mont Blanc, con el propósito de pasar cinco días esquiando y escalando hielo y roca.

Sin embargo, la promesa de sus padres no se cumplió. Dos días después habían muerto, después de caer desde una de las hermosísimas paredes de las Aiguilles Rouges, cerca de Chamonix.

Hermosos precipicios, sí, impresionantes… pero no demasiado peligrosos, al menos por donde ellos habían subido. Ya de adulto, Bond había investigado las circunstancias del accidente. Había averiguado que la pendiente por la que habían caído no exigía técnicas de alpinismo avanzadas. De hecho, nunca se habían producido accidentes, y mucho menos mortales. Pero, por supuesto, las montañas son veleidosas, y Bond había aceptado sin rechistar la historia que el gendarme había contado a su tía que sus padres habían caído porque una cuerda se había roto al tiempo que una enorme roca cedía.

«*Mademoiselle, je suis désolé de vous dire...*»

Cuando era pequeño, a Bond le encantaba viajar con sus padres a los países extranjeros donde la empresa de Andrew Bond le enviaba. Le gustaba vivir en suites de hoteles. Le gustaban las cocinas locales, tan diferentes de las que servían los pubs y restaurantes de Inglaterra y Escocia. Las culturas exóticas le habían cautivado: la vestimenta, la música, y el idioma.

También le gustaba estar con su padre. Su madre dejaba a James al cuidado de canguros y amigos cuando le asignaban un trabajo de fotoperiodismo *freelance*, pero su padre le llevaba en ocasiones a reuniones de trabajo en restaurantes o vestíbulos de hoteles. El niño se quedaba cerca, con un volumen de Tolkien o una novela negra estadounidense, mientras su padre hablaba con hombres muy serios llamados Sam, Micah o Juan.

A James le gustaba que contara con él. ¿A qué niño no le gusta acompañar a su padre? No obstante, siempre había sentido curiosidad por el hecho de que, a veces, Andrew insistía en que le acompañara, mientras que en otras se oponía con firmeza a su presencia.

Bond ya no había pensado más en eso..., hasta las sesiones de entrenamiento de Fort Monckton.

Fue allí, en las clases sobre operaciones clandestinas, cuando aquel monitor había dicho algo que captó su atención. El hombre rechoncho con gafas del Departamento de Formación del MI6 había dicho al grupo:

—En situaciones clandestinas no es aconsejable que un agente o un colaborador estén casados o tengan hijos. En ese caso es mejor que la familia viva alejada de la vida profesional del agente. Sin embargo, hay un caso en que es recomendable llevar una vida «típica». Estos agentes trabajarán con una tapadera sólida y se encargarán de las misiones más importantes, en que la información obtenida es vital. En estos casos, es importante exhibir una vida familiar para aplacar las sospechas del enemigo de que son agentes. Su tapadera oficial suele ser la de trabajar para una empresa u organización interesante para agentes enemigos: infraestructuras, información, armamento, transportes aeroespaciales o Gobierno. Se los destinará a diferentes lugares cada pocos años, y se llevarán a sus familias con ellos.

El padre de James Bond había trabajado para una importante empresa de armamento inglesa. Lo habían destinado a diversas capitales internacionales. Su esposa e hijo lo acompañaron siempre.

—Y en determinadas circunstancias —había continuado el monitor—, en las misiones de mayor importancia, una transferencia de información o un encuentro cara a cara, al agente le resulta útil que lo acompañe su hijo. Nada afirma más la inocencia que ir acompañado de un niño. Al ver esto, el enemigo creerá casi siempre que eres lo que aparentas. Ningún padre pondría en peligro a su hijo. —Contempló a los agentes sentados ante él en el aula, cuyos rostros registraban diversas reacciones ante aquel mensaje desapasionado—. En ocasiones, combatir el mal exige una suspensión de los valores aceptados.

Bond había pensado: ¿su padre, un espía? Eso era imposible. Absurdo.

De todos modos, después de abandonar Ford Monckton, dedicó cierto tiempo a investigar el pasado de su padre, pero no encontró pruebas de una vida clandestina. La única prueba consistía en una serie de pagos efectuados a su tía a nombre de ella y de James, que excedían el saldo de la póliza de seguro de sus padres. Fueron anuales hasta que James cumplió dieciocho años, y la empresa debía de estar relacionada con la que empleaba a Andrew, si bien jamás logró descubrir en qué ciudad se encontraba la sede central, ni cuál había sido la naturaleza de los pagos.

Al final se convenció de que se trataba de una idea demencial, y se olvidó de todo.

Hasta el mensaje ruso acerca de Cartucho de Acero.

Porque habían pasado por alto un aspecto de la muerte de sus padres.

En el informe del accidente que los gendarmes habían redactado, se hablaba de que habían encontrado, cerca del cadáver de su padre, un cartucho de acero de un rifle de 7,62 milímetros.

El joven James lo había recibido entre los efectos de sus padres y, como Andrew había sido un ejecutivo de una empresa de armamento, supuso que la bala era una muestra empleada para enseñar a los posibles clientes.

El lunes, dos días antes, después de leer el informe ruso, Bond había entrado en los archivos en línea de la empresa de su padre. Averiguó que no fabricaba municiones. Tampoco había vendido armas que dispararan balas de 7,62 milímetros.

Esa bala ocupaba un lugar destacado en la repisa de la chimenea de su piso de Londres.

¿Algún cazador la habría dejado caer accidentalmente? ¿O tal vez la habían dejado a propósito, a modo de advertencia?

La referencia del KGB a la operación Cartucho de Acero había fortalecido en Bond el deseo de averiguar si su padre había sido agente secreto. Era preciso. No necesitaba reconciliarse con la posibilidad de que su padre le hubiera mentido. Todos los padres engañan a sus hijos. En la mayoría de casos, no obstante, porque les convenía o por pereza o desidia. Si su padre le había mentido, era por culpa de la ley de Secretos Oficiales a la que estaba sujeto.

Tampoco necesitaba saber la verdad para poder revisitar la pérdida y el dolor de su juventud de una manera más auténtica, como diría uno de esos psiquiatras que salen en la tele. Menuda chorrada.

No, quería saber la verdad por una razón mucho más sencilla, que le sentaba a medida como un traje de Savile Row: era posible que la persona que había matado a sus padres siguiera viva, disfrutando del sol, sentada a la mesa de un buen restaurante, o incluso conspirando para segar más vidas. Si ése era el caso, Bond sabía que haría lo posible por depararle el mismo destino de sus padres, con absoluta eficacia y de acuerdo con sus instrucciones oficiales: por todos los medios necesarios.

40

A las cinco de la tarde de aquel miércoles, el móvil de Bond emitió el tono de llamada reservado para mensajes urgentes. Salió corriendo del cuarto de baño, donde acababa de ducharse, y leyó el correo electrónico encriptado. Era de la GCHQ, e informaba de que el intento de Bond de plantar un micrófono oculto en los dominios de Severan Hydt había culminado con éxito. Sin que la capitana Bheka Jordaan lo supiera, el USB que Bond había dado a Hydt, con las fotos digitales de los campos de exterminio de África, contenía también un pequeño micrófono y transmisor. El alcance compensaba la escasez de resolución auditiva y vida de la batería. Un satélite recogía la señal, la amplificaba y la enviaba a una de las enormes antenas de recepción situadas en Menwith Hill, en la hermosa campiña de Yorkshire.

El aparato había transmitido fragmentos de una conversación que acababan de sostener Hydt y Dunne, después de abandonar la oficina ficticia de EJT Services en el centro de Ciudad del Cabo. Habían descifrado por fin las palabras, un analista había leído el resultado, lo había considerado de suma importancia y lo había enviado a Bond.

Éste leyó la información en bruto y el producto analizado. Daba la impresión de que Dunne planeaba asesinar a uno de los empleados de Hydt, Stephan Dlamini, y también a su familia, porque el empleado había visto algo que no debería en una zona secreta de Green Way, tal vez información relacionada con Gehenna. El objetivo de Bond estaba muy claro: salvarle a toda costa.

Propósito… Respuesta.

El hombre vivía en las afueras de Ciudad del Cabo. Fingirían que la muerte había sido obra de una banda. Utilizarían granadas y bombas incendiarias. Y el ataque se llevaría a cabo a la hora de la cena.

Después de eso, sin embargo, la batería se agotó y el aparato dejó de transmitir.

A la hora de cenar. De un momento a otro.

Bond no había logrado rescatar a la mujer de Dubái. No iba a permitir que esta familia muriera. Necesitaba averiguar lo que Dlamini sabía.

Pero no podía ponerse en contacto con Bheka Jordaan y contarle lo que había descubierto mediante vigilancia ilegal. Descolgó el teléfono y llamó al conserje.

—¿Sí, señor?

—Quiero hacerle una pregunta —dijo Bond con indiferencia—. Hoy he tenido un problema con el coche, y un ciudadano me echó una mano. No llevaba mucho dinero encima y quería recompensarlo por la molestia. ¿Cómo podría averiguar su dirección? Tengo su nombre y la ciudad donde vive, pero nada más.

—¿De qué ciudad es?

—Primrose Gardens.

Se hizo el silencio.

—Eso es un asentamiento urbano.

Una barriada de chabolas, recordó Bond, gracias al material informativo que Bheka Jordaan le había facilitado. Las chozas casi nunca tenían dirección postal.

—Bien, podría ir allí, preguntar si alguien lo conoce…

Otra pausa.

—Bien, señor, eso podría ser peligroso.

—No me preocupa demasiado.

—Creo que tampoco sería práctico.

—¿Por qué?

—Primrose Gardens tiene una población de unos cincuenta mil habitantes.

A las cinco y media, mientras descendía el ocaso otoñal, Niall Dunne vio que Severan Hydt abandonaba la oficina de Green Way en Ciudad del Cabo y avanzaba con cierta elegancia hacia su limusina.

Hydt no era patizambo, no andaba encorvado, sus brazos no oscilaban de un lado a otro («¡Eh, fijaos en ese gilipollas! ¡Niall es una puta jirafa!»).

Hydt iba camino de casa, donde se cambiaría, y después acompañaría a Jessica a la fiesta del Lodge Club.

Dunne estaba parado en el vestíbulo de Green Way, mirando por la ventana. Sus ojos siguieron a Hydt cuando desapareció en la calle, acompañado por uno de los guardias de Green Way.

Cuando lo vio alejarse, camino de su casa y de su compañera, Dunne sintió una punzada.

«No seas ridículo —se dijo—. Concéntrate en el trabajo. El infierno se va a desencadenar el viernes, y será culpa tuya si un sólo diente o engranaje funciona mal. Concéntrate.»

Lo hizo.

Dunne salió de Green Way, recogió su coche y salió de Ciudad del Cabo en dirección a Primrose Gardens. Se encontraría con un hombre de seguridad de la empresa y procedería con el plan, que ahora repasó en su mente: el momento fijado, el método, el número de granadas, la bomba incendiaria, la huida...

«Éste es Niall. Es brillante. Es mi diseñador...»

Pero otros pensamientos se interpusieron y sus hombros encorvados se hundieron todavía más cuando imaginó a su jefe en la gala de aquella noche. La punzada se reprodujo.

Dunne suponía que la gente debía preguntarse por qué estaba solo, porque no tenía pareja. Supondrían que la respuesta residía en que era incapaz de sentir nada. En que era una máquina. No comprendían que, según el concepto de la mecánica clásica, había máquinas sencillas (como tornillos, palancas y poleas) y máquinas complejas como los motores, que por definición traducían la energía en movimiento.

Bien, razonó con lógica, las calorías se transformaban en energía, que movía el cuerpo humano. De modo que, sí, era una máquina. Pero también todos los seres de la tierra. Eso no impedía la capacidad de amar.

No, la explicación de su soledad era que el objeto de su deseo no le deseaba a él.

Qué vergonzosamente mundano, ¡y qué vulgar!

Y muy injusto, por supuesto. Dios, era injusto. Ningún delineante diseñaría una máquina en que las dos partes necesarias para crear un movimiento armónico no funcionaran a la perfección, cada una necesitada de la otra y, a su vez, satisfaciendo la necesidad recíproca. Pero ésa era la situación exacta en que se encontraba. Su jefe y él eran partes mal emparejadas.

Además, pensó con amargura, las leyes de la atracción eran mucho más peligrosas que las leyes de la mecánica. Las relaciones eran complicadas, peligrosas y plagadas de cosas inútiles, y si bien podías mantener los motores en funcionamiento durante cientos de miles de horas, el amor entre los seres humanos chisporroteaba y se detenía con frecuencia después de prender.

Te traicionaba con mucha más frecuencia que una maquinaria.

«Una mierda —se dijo con la versión de la ira según Niall Dunne—. Olvídate de todo esto. Esta noche tienes un trabajo que hacer.» Repasó de nuevo el plano, y luego otra vez.

Cuando el tráfico disminuyó, salió por el este de la ciudad en dirección al asentamiento urbano, por carreteras oscuras, arenosas y húmedas como un muelle fluvial.

Se detuvo en el aparcamiento de un centro comercial y apagó el motor. Un momento después, una furgoneta abollada paró detrás de él. Dunne bajó del coche y subió al otro vehículo. Saludó con un cabeceo al hombre de seguridad, que era muy grande e iba vestido con uniforme militar de faena. Sin decir palabra, se pusieron en marcha al instante y, al cabo de diez minutos, estaban atravesando las calles sin letreros de Primrose Gardens. Dunne subió a la parte posterior de la furgoneta, carente de ventanas. Allí destacaba, con el pelo rojo y la estatura. Sobre todo, era blanco, y se destacaría muchísimo en un asentamiento urbano sudafricano después de oscurecer. Era posible que el traficante de drogas que amenazaba a la hija de Dlamini fuera blanco o tuviera blancos a su servicio, pero Dunne decidió que era mejor quedarse escondido, al menos hasta que llegara el momento de lanzar granadas y bombas incendiarias a través de las ventanas de la choza.

Siguieron los interminables senderos que hacían las veces de calles en el municipio de chabolas, dejando atrás montones de niños que corrían, perros esqueléticos y hombres sentados a la puerta de su chabola.

—No hace falta GPS —dijo el gigantesco hombre de seguridad, sus primeras palabras. No sonreía, y Dunne no supo si estaba haciendo una broma. El hombre había dedicado dos horas aquella tarde a localizar la choza de Dlamini—. Allí está.

Aparcaron al otro lado de la calle. La vivienda era diminuta, un solo piso, como todas las chozas de Primrose Gardens, y las paredes estaban hechas de paneles desiguales de madera contrachapada y metal ondulado, pintadas de rojo, azul y amarillo chillones, como desafiando a la miseria. Un hilo de tender colgaba en el patio a un lado, adornado con colada de una familia que debía oscilar entre los cinco o seis años y la edad adulta.

Un lugar ideal para matar. La choza se encontraba frente a una parcela vacía, de modo que no habría testigos. Tampoco importaba: la camioneta carecía de matrícula, y vehículos blancos de aquel tipo abundaban en la Provincia Occidental del Cabo tanto como las gaviotas en Green Way.

Estuvieron sentados en silencio diez minutos, justo al borde de atraer la atención.

—Allí está —dijo entonces el hombre de seguridad.

Stephan Dlamini estaba caminando por la calle polvorienta. Era un hombre alto de pelo grisáceo con una chaqueta descolorida, camiseta naranja y pantalones vaqueros marrones. A su lado iba uno de sus hijos. El chico, que tendría unos once años, cargaba con una pelota de fútbol manchada de barro y llevaba un jersey deportivo de los Springboks, sin chaqueta, pese al frío otoñal.

Dlamini y el muchacho se detuvieron fuera para dar unas patadas al balón. Después, entraron en casa. Dunne hizo una señal con la cabeza en dirección al hombre de seguridad. Se pusieron pasamontañas. Dunne inspeccionó la cabaña. Era más grande que la mayoría, pero la granada y la bomba bastarían para no quedar nada en pie. Las cortinas estaban echadas sobre las ventanas, y la tela barata brillaba debido a la luz de dentro. Por algún motivo, Dunne se descubrió pensando de nuevo en su jefe, en la fiesta de aquella noche. Apartó la imagen de sí.

Se concedió cinco minutos más, para asegurarse de que Dlamini hubiera utilizado el retrete, si es que había en la choza, y la familia se hubiera sentado a cenar.

—Vamos —dijo Dunne.

El guardia de seguridad asintió. Bajaron de la furgoneta, cada uno provisto de una poderosa granada, llenas de mortífera metralla de cobre. La calle estaba desierta.

Una familia de siete miembros, reflexionó Dunne.

—Ahora —susurró.

Quitaron el seguro de las granadas y las lanzaron por ambas ventanas. En los cinco segundos de silencio que siguieron, Dunne agarró la bomba incendiaria (una lata de petróleo con un pequeño detonador) y la preparó. Cuando las potentes explosiones sacudieron el suelo y volaron los cristales restantes, arrojó la bomba incendiaria por la ventana y los dos hombres saltaron a la furgoneta. El hombre de seguridad puso en marcha el motor y se alejaron.

Exactamente cinco segundos más tarde, brotaron llamas de las ventanas y una llamarada de fuego espectacular, producido por la tubería del horno de la cocina, se elevó a seis metros de altura, lo cual recordó a Dunne los fuegos artificiales que tanto le gustaban de niño en Belfast.

41

—*Hayi! Hayi!*

El aullido de la mujer hendió la noche cuando contempló su cabaña en llamas, su hogar, mientras las lágrimas resbalaban sobre su rostro.

Ella y sus cinco hijos se encontraban congregados detrás del infierno. La puerta de atrás estaba abierta, lo cual permitía vislumbrar las llamas voraces que destruían todas las posesiones de la familia. Se debatió para entrar a rescatar lo que pudiera, pero su marido, Stephan Dlamini, la agarró con fuerza. Ella habló en un idioma que James Bond pensó que debía de ser xhosa.

Una gran multitud se había reunido, habían improvisado un cuerpo de bomberos. Se pasaban cubos de agua en un inútil intento de extinguir las llamas.

—Tenemos que irnos —dijo Bond al hombre alto parado a su lado junto a una furgoneta del SAPS camuflada.

—Sin duda —contestó Kwalene Nkosi.

Bond se refería a que debían sacar a la familia del asentamiento urbano antes de que Dunne se diera cuenta de que seguían con vida.

Sin embargo, Nkosi sentía una preocupación diferente. El suboficial estaba observando la multitud, cada vez más numerosa, que miraba al hombre blanco. La mirada colectiva no era cordial.

—Exhiba su placa —dijo Bond.

Los ojos de Nkosi se abrieron de par en par.

—No, no, comandante, no es una buena idea. Vámonos. Ya.

Condujeron a Stephan Dlamini al interior de la camioneta. Bond entró en la parte de atrás con ellos y Nkosi se sentó al volante, puso en marcha el motor y se alejaron en la noche.

Dejaron atrás a la confusa y encolerizada multitud, y a las llamas tumultuosas..., pero sin una sola herida.

Había sido una auténtica carrera hasta la línea de meta para salvar a la familia.

Después de averiguar que Dunne se proponía matar a Dlamini, y que vivía prácticamente en el anonimato de un enorme asentamiento urbano, Bond se había esforzado por localizarle. La GCHQ y el MI6 no encontraron un móvil a su nombre ni documentos personales en el censo o en los sindicatos de Sudáfrica. Se había arriesgado y llamado a Kwalene Nkosi.

—Voy a decirle algo, suboficial, y espero que pueda confiar en que no se lo diga a nadie.

Siguió una pausa.

—Adelante —dijo con cautela el joven.

Bond había expuesto el problema, incluido el hecho de que la vigilancia había sido ilegal.

—Su mensaje se ha desconfigurado, comandante. Me he perdido esa última parte.

Bond había reído.

—Pero hemos de averiguar dónde vive ese tal Stephan Dlamini. Ya.

Nkosi suspiró.

—Va a ser difícil. Primrose Gardens es enorme. Pero tengo una idea.

Por lo visto, las empresas de minitaxis sabían más sobre municipios de chabolas y *lokasies* que el gobierno local. El suboficial empezó a llamarlas. Bond y él se habían reunido, y después corrido en coche a Primrose Gardens, mientras Nkosi continuaba con el móvil la búsqueda de la choza de la familia. Cerca de las seis de la tarde, estaban atravesando el asentamiento urbano cuando un taxista les había informado de que sabía dónde vivía Dlamini. Había explicado a Bond y Nkosi cómo llegar.

Cuando se acercaron, vieron otra camioneta delante, con un rostro blanco asomado.

—Dunne —dijo Nkosi.

Bond y él se desviaron y aparcaron detrás de la choza. Entraron por la puerta de atrás y la familia fue presa del pánico, pero Nkosi les explicó en su idioma que habían ido a salvarles. Tenían que marchar de inmediato. Stephan Dlamini no estaba en casa, pero llegaría de un momento a otro.

Unos minutos después, Dlamini entró por la puerta en compañía de su hijo pequeño, y Bond, consciente de que el ataque era inminente, no tuvo otro remedio que desenfundar su pistola y obligarlos a salir por la puerta de atrás. Nkosi acababa de explicar el propósito de Bond y el peligro, cuando las granadas estallaron, seguidas de la bomba incendiaria.

Ahora corrían por la N1 en dirección oeste. Dlamini aferró la mano de Bond y la estrechó. Después, se inclinó hacia el asiento del copiloto de delante y le abrazó. Aparecieron lágrimas en sus ojos. Su esposa estaba acurrucada detrás con los niños y estudiaba a Bond con suspicacia, mientras el agente les explicaba quién estaba detrás del ataque.

—¿El señor Hydt? —preguntó al fin Dlamini, abatido, después de escuchar el relato—. Pero ¿cómo es posible? Es el mejor patrón. Nos trata bien. Muy bien. No lo entiendo.

Bond le explicó que, al parecer, Dlamini había descubierto algo acerca de las actividades ilegales en que Hydt y Dunne estaban mezclados.

Los ojos del hombre relampaguearon.

—Sé de qué está hablando.

Su cabeza se meció atrás y adelante. Contó a Bond que era empleado de mantenimiento en la planta de Green Way situada al norte de la ciudad. Aquella mañana, había encontrado abierta la puerta de la oficina de Investigación y Desarrollo de la empresa para permitir la entrada de unos envíos. Los dos empleados que había dentro estaban al fondo de la sala. Dlamini había visto un contenedor de basura rebosante. Otra persona se encargaba de tirar la basura, pero aún así decidió vaciarlo.

—Sólo intentaba colaborar. Eso es todo. —Sacudió la cabeza—. Entro y empiezo a vaciar el contenedor, cuando uno de los empleados me ve y empieza a chillarme. ¿Qué vi? ¿Qué estaba mirando? Yo dije, nada. Me ordenó salir.

—¿Vio algo que pudiera preocuparles?

—No creo. En el ordenador que había detrás del contenedor había un mensaje, un correo electrónico, me parece, en inglés. Vi escrito «Serbia». Pero no le presté más atención.

—¿Algo más?

—No, señor.

Serbia...

Por lo tanto, algunos secretos de Gehenna se escondían detrás de la puerta de Investigación y Desarrollo.

—Tenemos que ocultar a la familia —dijo Bond a Nkosi—. Si les damos dinero, ¿hay algún hotel donde puedan quedarse hasta el fin de semana?

—Les encontraré habitaciones.

Bond les dio mil quinientos rands. El hombre parpadeó cuando vio la suma. Nkosi explicó a Dlamini que tendrían que estar escondidos unos días.

—Dígale que llame a sus otros familiares y a los amigos íntimos. Debería decirles que la familia y él están bien, pero que durante unos cuantos días deben fingir que han muerto. ¿Puede publicar en los medios algún artículo sobre su fallecimiento?

—Creo que sí. —El suboficial titubeó—. Pero el caso es queme pregunto si...

Enmudeció.

—Lo mantendremos en secreto. La capitana Jordaan no necesita saberlo.

—Será lo mejor, sin duda.

Cuando la gloriosa vista de Ciudad del Cabo apareció ante ellos, Bond consultó su reloj. Tenía que dirigirse hacia el segundo acontecimiento de la noche, que le exigiría utilizar una serie muy diferente de habilidades de su oficio que no fueran esquivar granadas o bombas incendiarias, aunque sospechaba que la tarea no sería menos difícil.

42

El Lodge Club no impresionó a Bond.

Tal vez en sus buenos tiempos, cuando era un enclave de cazadores ataviados con pantalones de montar y chaquetas embellecidas con soportes que alojaban municiones para sus grandes rifles, habría sido más elegante, pero la atmósfera actual era la de un salón de recepciones que acogiera banquetes de boda simultáneos. Bond ni siquiera estaba seguro de que la cabeza de búfalo que le miraba fijamente desde cerca de la puerta principal fuera de verdad o hubiera sido fabricada en China.

Dijo a una de las atractivas jóvenes de la puerta que se llamaba Gene Theron. Era rubia y voluptuosa, y llevaba un vestido carmesí muy ceñido con un vertiginoso escote. Las demás azafatas eran de ascendencia zulú o xhosa, pero de igual tipo y atavío. Bond comprendió que el responsable de la organización que celebraba la fiesta para recaudar fondos sabía cómo atraer al grueso de los donantes, que debían ser mayoritariamente hombres, fuera cual fuera su raza.

—Invitado del señor Hydt —añadió.

—Ah, sí —dijo la mujer de pelo dorado, y le dejó entrar en la sala apenas iluminada donde deambulaban unas cincuenta personas. Se ofrecían vino, champán y refrescos, y Bond se decidió por el espumoso.

Bond había seguido la sugerencia de Hydt en lo tocante a la indumentaria, y el mercenario de Durban iba vestido con pantalón gris claro, chaqueta deportiva negra y camisa azul claro, sin corbata.

Bond paseó la vista a su alrededor, sujetando la copa de champagne. El grupo que organizaba la fiesta era la Organización Internacional Anti Hambre, radicada en Ciudad del Cabo. Fotos apoyadas sobre caballetes plasmaban a trabajadores entregando grandes sacos a felices destinatarios, sobre todo mujeres, aviones Hercules en pleno proceso de descarga y barcos atiborrados de sacos de arroz o trigo. Pero no había fotos de niños demacrados y hambrientos. Una solución de buen gusto para todos los implicados. La intención era que los donantes se sintieran un poco preocupados, pero no demasiado. Bond supuso que en el mundo del altruismo se debía proceder con tanta cautela como con la política de Whitehall.

Los altavoces del techo aportaban una adecuada banda sonora a la fiesta, con las armonías de Ladysmith Black Mambazo y las inspiradas canciones de Verity, la cantante de Ciudad del Cabo.

El acto consistía en una subasta silenciosa. Las mesas estaban llenas de toda clase de objetos donados por partidarios del grupo: una pelota de fútbol firmada por los jugadores de los Bafana Bafana, la selección nacional de fútbol sudafricana, un crucero de avistamiento de ballenas, una escapada de fin de semana en Stellenbosch, una escultura zulú, unos pendientes de diamantes y muchas cosas más. Los invitados daban vueltas a la sala y escribían sus pujas para cada objeto en una hoja de papel. El que hubiera ofrecido la puja más alta cuando terminara la subasta ganaría el artículo. Severan Hydt había donado una cena para cuatro personas por valor de ocho mil rand (unas setecientas libras, calculó Bond) en un restaurante de primera clase.

El vino fluía con generosidad y los camareros circulaban con bandejas de plata repletas de vistosos y elaborados canapés.

Diez minutos después de que Bond llegara, apareció Severan Hydt con su acompañante femenina del brazo. No vio a Niall Dunne por ninguna parte. Saludó con un cabeceo a Hydt, que iba vestido con un traje azul marino de corte impecable, probablemente de confección estadounidense, si interpretaba bien los hombros inclinados. La mujer (cuyo nombre, recordó, era Jessica Barnes) lucía un vestido negro sencillo, pero iba muy enjoyada, con cantidad de diamantes y platino. Sus medias eran de un blanco inmaculado. No exhibía ni una pizca de color, ni siquiera un toque de carmín. Se reafirmó en su primera impresión: estaba demacrada, pese a su figura y rostro atractivos. Su austeridad la envejecía de manera considerable, lo cual la dotaba de un aspecto espectral. Bond sintió curiosidad: todas las demás mujeres de la edad de Jessica habían dedicado varias horas a arreglarse.

—Ah, Theron —tronó Hydt, y avanzó hacia él, separándose de Jessica, quien le siguió. Cuando Bond le estrechó la mano, la mujer le miró con una sonrisa evasiva. Se volvió hacia ella. Las labores de espionaje exigen un esfuerzo constante, con frecuencia agotador. Tienes que mantener una expresión de leve curiosidad cuando conoces a una persona con la que estás familiarizado sólo mediante la vigilancia. Se habían perdido vidas debido a un simple desliz: «Ah, me alegro de volver a verlo», cuando nunca os habíais visto cara a cara.

Bond dirigió una mirada neutra a Hydt cuando se la presentó.

—Ésta es Jessica. —Se volvió hacia ella—. Gene Theron. Estamos haciendo negocios juntos.

La mujer asintió y, aunque sostuvo firmemente su mirada, tomó su mano de manera vacilante. Era una señal de inseguridad, concluyó Bond. Otra indicación era el bolso, que llevaba colgado del hombro y apretado entre el brazo y la caja torácica.

Hablaron un rato de cosas sin importancia. Bond recitó fragmentos de las lecciones de Jordaan sobre el país, con cuidado de ser exacto, pues suponía que Jessica repetiría su conversación a Hydt. Dijo en voz baja que el Gobierno sudafricano debería dedicarse a asuntos más importantes que bautizar Pretoria como Tshwane. Se alegraba de que la situación sindical se hubiera calmado. Sí, le gustaba vivir en la costa este. Las playas cercanas a su casa de Durban eran particularmente agradables, sobre todo ahora que habían colocado las redes antitiburones, aunque él nunca había tenido problemas con los escualos, que de vez en cuando despedazaban a alguien. Hablaron de la flora y la fauna. Jessica había visitado hacía poco la famosa reserva de caza Kruger, y había visto a dos elefantes adolescentes arrancar árboles y matorrales. Le había recordado las bandas de Sommerville, en Massachussets, al norte de Boston, adolescentes que destrozaban parques públicos. Oh, sí, había pensado que su acento era estadounidense.

—¿Ha estado alguna vez en mi país, señor Theron?

—Llámeme Gene, por favor —dijo Bond, mientras repasaba mentalmente la biografía escrita por Bheka Jordaan y Rama I—. No, pero espero hacerlo algún día.

Bond miró a Hydt. Su lenguaje corporal había cambiado. Estaba emitiendo señales de impaciencia. Una mirada a Jessica sugirió que deseaba estar a solas con Theron. Bond pensó en los malos tratos que Bheka Jordaan había padecido a manos de sus compañeros de trabajo. Esto era diferente sólo hasta cierto punto. Un momento después, la mujer se excusó para ir a «empolvarse la nariz», una expresión que Bond hacía años que no oía. Pensó en lo irónica que resultaba utilizar aquella expresión, teniendo en cuenta que probablemente no lo haría.

—He seguido pensando en su propuesta, y me gustaría seguir adelante —dijo Hydt cuando estuvieron solos.

—Bien. —Una atractiva y joven afrikáner les volvió a llenar las copas—. Dankie —dijo Bond, y se recordó que no debía exagerar su interpretación.

Hydt y él se retiraron a un rincón de la sala. De paso, el hombre de mayor edad fue repartiendo saludos y apretones de manos. Cuando estuvieron solos, bajo la cabeza de una gacela o antílope colgada en la pared, Hydt ametralló a Bond con preguntas sobre el número de tumbas, las hectáreas de terreno, los países donde se hallaban, y si las autoridades estaban cerca de descubrir los campos de exterminio. Mientras Bond improvisaba las respuestas, se quedó bastante impresionado por la minuciosidad del hombre. Daba la impresión de que había estado toda la tarde meditando sobre el proyecto. Tuvo el cuidado de recordar lo que decía a Hydt, y tomó nota mental de apuntarlo más tarde, para ser coherente en el futuro.

—Bien —dijo Bond al cabo de un cuarto de hora—, hay algunas cosas que me gustaría saber. En primer lugar, me gustaría ver sus instalaciones de aquí.

—Creo que sería pertinente.

—¿Qué le parece mañana? —preguntó Bond, al ver que no sugería fechas.

—Tal vez sea difícil, si tenemos en cuenta mi gran proyecto del viernes.

Bond asintió.

—Algunos de mis clientes están ansiosos por empezar. Usted es mi primera opción, pero si se producen aplazamientos tendré que...

—No, no. Por favor. Mañana me va bien.

Bond empezó a sondear un poco más, pero justo en aquel momento las luces disminuyeron de intensidad y una mujer subió a la plataforma elevada, cerca de donde estaban Hydt y Bond.

—Buenas noches —dijo, con voz grave de acento sudafricano—. Bienvenidos todos. Gracias por venir a nuestra fiesta.

Era la directora ejecutiva de la organización, y su nombre divirtió a Bond: Felicity Willing.

No era, en opinión de Bond, hermosa como una chica de portada, al estilo de Philly Maidenstone. Sin embargo, su rostro era intenso, impresionante. Maquillado con pericia, proyectaba una cualidad felina. Sus ojos eran de un verde profundo, como las hojas de finales de verano cuando las baña el sol, y llevaba el pelo rubio oscuro echado hacia atrás y recogido sobre la cabeza, lo cual acentuaba los ángulos de su nariz y barbilla. Llevaba un vestido de fiesta azul marino ajustado, escotado delante y más todavía en la espalda. Sus zapatos plateados tenían tirillas finas y tacones precarios. Perlas de un rosa tenue brillaban en su garganta, y exhibía un anillo, también con una perla, en el dedo índice derecho. Llevaba las uñas cortas y sin pintar.

Antes de hablar la directora examinó al público con una mirada penetrante, casi retadora.

—Debo hacerles una advertencia… —dijo. La tensión aumentó—. En la universidad me llamaban Felicity Willful,[5] un nombre apropiado, como verán después, cuando les salude personalmente. Les aconsejo, por su propio bien, que tengan preparados sus talonarios.

Una sonrisa reemplazó a la expresión implacable.

---

5. Testaruda. (*N. del T.*)

Cuando las carcajadas se apagaron, Felicity empezó a hablar de los problemas del hambre.

—África tiene que importar el veinticinco por ciento de lo que come... Mientras la población va en aumento, las cosechas se mantienen igual que en 1980... En lugares como la República Centroafricana, cerca de un tercio de los hogares no tienen la comida asegurada... En África, la carencia de yodo es la causa número uno de lesiones cerebrales, la carencia de vitamina A es la primera causa de la ceguera... Casi trescientos millones de personas no tienen comida suficiente en África... Una cifra equivalente a la población de los Estados Unidos...

África, por supuesto, no estaba sola en la necesidad de ayuda alimenticia, continuó, y su organización estaba atacando la plaga en todos los frentes. Gracias a la generosidad de los donantes, incluidos muchos de los presentes, en fechas recientes el grupo había pasado de ser una organización benéfica exclusivamente sudafricana a saltar al plano internacional, tras abrir delegaciones en Yakarta, Puerto Príncipe y Bombay, además de otras sedes en ciernes.

Pronto, añadió, el mayor cargamento de maíz, sorgo, leche en polvo y otros alimentos básicos se entregaría en Ciudad del Cabo y se distribuiría por todo el continente.

Felicity agradeció los aplausos. Después, su sonrisa se desvaneció y miró de nuevo a la multitud con ojos penetrantes, para luego hablar en voz baja, casi amenazadora, sobre la necesidad de que los países más pobres se independizaran de las «agrópolis» occidentales. Clamó contra la política imperante de los Estados Unidos y Europa para acabar con el hambre: megagranjas de propiedad extranjera se introducían por la fuerza en naciones tercermundistas y explotaban a los agricultores locales, la gente que mejor sabía cómo aprovechar la tierra. Esas empresas utilizaban África y otras naciones como

laboratorios para experimentar con métodos y productos in-
éditos, como fertilizantes sintéticos y semillas de ingeniería
genética.

—La inmensa mayoría de las grandes agroindustrias internacionales sólo están interesadas en los beneficios económicos,
pero aliviar el sufrimiento de la gente no es precisamente su
prioridad. Y esto es inaceptable, así de sencillo.

Por fin, después de haber lanzado su andanada, Felicity
sonrió y nombró a los donantes, Hydt entre ellos. Respondió a
los aplausos con un saludo. Sonrió también, pero sus palabras
susurradas contaron a Bond una historia diferente.

—Si desea adulación, done dinero. Cuanto más desesperados estén, más lo querrán.

Estaba claro que habría preferido abstenerse de acudir a la
fiesta.

Felicity bajó de la plataforma para moverse entre los invitados, mientras éstos continuaban pujando en silencio.

—No sé si tiene planes —dijo Bond—, pero estaba pensando que podríamos ir a cenar. Invito yo.

—Lo siento, Theron, pero he de reunirme con un socio que
acaba de llegar a la ciudad y debo tratar con él asuntos importantes sobre el proyecto del que le he hablado.

Gehenna… Bond deseaba conocer a aquel hombre.

—Sería un placer invitar también a su socio.

—Me temo que esta noche no será posible —dijo Hydt con
aire ausente, al tiempo que sacaba el iPhone y consultaba los
mensajes o las llamadas perdidas. Alzó la vista y vio a Jessica
parada delante de la mesa sobre la que descansaban los objetos
de la subasta. Cuando le miró, Hydt le indicó con un gesto impaciente que se acercara.

Bond intentó pensar en otra forma de improvisar una invitación, pero decidió dejarlo correr antes de despertar las sospechas de Hydt. La seducción en el espionaje es como la seducción

en el amor: funciona mejor si consigues que el objeto de tu deseo acuda a ti. Nada estropea más deprisa tus esfuerzos que una persecución desesperada.

—Mañana, pues —dijo Bond, fingiendo estar distraído, al tiempo que echaba un vistazo a su teléfono.

—Sí, estupendo. —Hydt alzó la vista—. ¡Felicity!

Con una sonrisa, la directora ejecutiva de la organización benéfica se desprendió de un hombre gordo y calvo, vestido con un polvoriento esmoquin. Había retenido su mano mucho más tiempo de lo que la cortesía dictaba. Se reunió con Hydt, Jessica y Bond.

—Severan, Jessica.

Se rozaron las mejillas.

—Un socio, Gene Theron. Es de Durban, y ha venido a pasar unos días a la ciudad.

Felicity asió la mano de Bond. Éste formuló las preguntas de rigor acerca de su organización y los cargamentos de alimentos que llegarían pronto, con la esperanza de que Hydt cambiara de opinión sobre la cena.

Pero el hombre volvió a consultar su iPhone.

—Creo que tenemos que irnos —dijo.

—Severan —dijo Felicity—, creo que mis comentarios no han transmitido bien toda nuestra gratitud. Nos has presentado a donantes realmente importantes. No sé cómo darte las gracias.

Bond tomó nota de aquello. De modo que ella sabía los nombres de algunos socios de Hydt. Se preguntó cuál sería la mejor forma de explotar aquel contacto.

—Es un placer para mí ayudaros —dijo Hydt—. Siempre he tenido suerte. Quiero compartir esa buena fortuna. —Se volvió hacia Bond—. Hasta mañana, Theron. A eso del mediodía, si le va bien. Póngase ropa y zapatos cómodos. —Se acarició la barba rizada con un dedo índice cuya uña curva captó un reflejo de luz amarillenta—. La visita será agotadora.

Después de que Hydt y Jessica se marcharan, Bond se volvió hacia Felicity Willing.

—Esas estadísticas son preocupantes. Tal vez estaría interesado en colaborar.

Al estar cerca de ella, percibió su perfume, un aroma almizclado.

—¿Tal vez?

Bond asintió.

Felicity conservó la sonrisa en su rostro, pero no llegó hasta sus ojos.

—Mire, señor Theron, por cada donante que extiende un cheque para colaborar en nuestra causa, hay dos más que dicen estar «interesados», pero yo nunca veo ni un rand. La verdad es que prefiero que me digan a la cara que no quieren dar nada. Después, yo puedo seguir con lo mío. Perdone si soy demasiado directa o un poco brusca, pero aquí estamos librando una guerra.

—Y usted no concede cuartel.

—No —replicó la joven, y esta vez su sonrisa fue sincera.

Felicity Willful...

—En tal caso, contribuiré con algo —dijo Bond, mientras se preguntaba qué diría Rama A cuando descubriera en Londres una donación a sus expensas —. No estoy seguro de poder estar a la altura de la generosidad de Severan.

—Un rand que se dona es un rand que nos acerca más a la solución del problema.

Bond hizo una pausa sensata.

—Se me acaba de ocurrir una excelente idea: Severan y Jessica no estaban disponibles para ir a cenar, y estoy solo en la ciudad. ¿Le importaría reunirse conmigo después de la subasta?

Felicity reflexionó.

—No veo por qué no. Parece razonablemente en forma.

Dio media vuelta, como una leona dispuesta a lanzarse sobre un rebaño de gacelas.

43

Al concluir la fiesta, que recaudó el equivalente a treinta mil libras (incluida una modesta donación de Bond a cargo de la tarjeta de crédito de Gene Theron), Bond y Felicity Willing se encaminaron hacia el aparcamiento situado detrás del Lodge Club.

Se acercaron a una amplia camioneta, junto a la cual había docenas de cajas de cartón grandes. La joven se subió el dobladillo del vestido, se agachó como un estibador del muelle y pasó una pesada caja a través de la puerta lateral abierta del vehículo.

De pronto, Bond comprendió la referencia a su estado físico.

—Permítame —dijo.

—Lo haremos entre ambos.

Empezaron a trasladar las cajas, que olían a comida.

—Sobras —comentó Bond.

—¿No le parece bastante irónico que se sirvieran canapés exquisitos en una campaña dirigida a recoger dinero para los hambrientos? —preguntó Felicity.

—Pues sí.

—Si hubiera ofrecido galletas de lata y queso procesado, lo habrían devorado todo. Pero con cosas más refinadas (tuve que extorsionar a unos cuantos restaurantes de tres estrellas para que las donaran), no osaron pasarse. Quería que sobrara mucho.

—¿Adónde vamos a entregar las sobras?

—Hay un banco de alimentos no lejos de aquí. Es una de las entidades con las que trabaja mi organización.

Cuando acabaron de cargar, subieron a la furgoneta. Felicity se puso al volante y se quitó los zapatos para conducir descalza. Después, se alejaron en la noche, traqueteando sobre el asfalto sembrado de baches, mientras la mujer atormentaba el embrague y la caja de cambios.

Al cabo de un cuarto de hora llegaron al Centro del Banco de Alimentos Interconfesional de Ciudad del Cabo. Felicity se puso los zapatos, abrió la puerta lateral y descargaron juntos las gambas rebozadas, pasteles de cangrejo y pollos a la jamaicana, que los empleados llevaron dentro.

Cuando la furgoneta quedó vacía, Felicity indicó con un ademán a un hombre grande con pantalones caqui y camiseta que se acercara. Parecía inmune al frío de mayo. Vaciló, y después se reunió con ellos, al tiempo que miraba a Bond con curiosidad.

—¿Sí, señorita Willing? Gracias, señorita Willing. Esta noche ha habido un montón de comida buena para todos. ¿Ha echado un vistazo al centro de acogida? Está abarrotado.

Ella hizo caso omiso de sus preguntas, que a Bond le sonó a cháchara hueca.

—Joso, la semana pasada desapareció un cargamento. Cincuenta kilos. ¿Quién se la llevó?

—No oí nada...

—No te he preguntado si oíste algo. Te he preguntado quién se lo llevó.

El rostro del hombre era una máscara, pero de repente se vino abajo.

—¿Por qué me lo pregunta a mí, señorita Willing? Yo no hice nada.

—Joso, ¿sabes a cuánta gente se puede alimentar con cincuenta kilos de arroz?

—Yo...

—Dímelo, ¿a cuánta gente?

El hombre era mucho más alto que ella, pero Felicity no se arredró. Bond se preguntó si se había referido a esto cuando comentó su buena forma física. Quería que alguien la apoyara. Pero sus ojos revelaban que, para ella, Bond no estaba presente. Era una cuestión entre Felicity y un transgresor que había robado comida a aquellos a quienes ella había jurado proteger, y ella sola era muy capaz de encargarse de él. Sus ojos le recordaron a los de él cuando se enfrentaba a un enemigo.

—¿A cuánta gente? —repitió.

El hombre, acongojado, cambió al zulú o al xhosa.

—No —corrigió ella—. Más todavía.

—Fue un accidente. Me olvidé de cerrar la puerta. Era tarde. Estaba trabajando...

—No fue un accidente. Alguien te vio abrir la puerta antes de irte. ¿Quién tiene el arroz?

—No, tiene que creerme.

—¿Quién? —insistió ella con frialdad.

El hombre se vino abajo.

—Un hombre de los Flats. De una banda. Oh, por favor, señorita Willing, si se lo dice al SAPS, ese hombre descubrirá que fui yo. Sabrá que yo se lo conté. Vendrá a por mí y mi familia.

La mandíbula de Felicity se tensó, y Bond no pudo sacudirse de encima la impresión que había experimentado antes, la de un felino a punto de atacar.

—No acudiré a la policía —dijo sin la menor compasión—. Esta vez no. Pero se lo contaré al director. Y él decidirá si te quedas o no.

—Es mi único trabajo —protestó el hombre—. Tengo una familia. Mi único trabajo.

—Que pusiste en peligro alegremente. Bien, ve a decírselo al reverendo y a Van Groot. Pero si te permiten continuar y tiene lugar otro robo, acudiré a la policía.

—No volverá a pasar, señorita Willing.

El hombre dio media vuelta y desapareció en el interior.

Bond se quedó impresionado por la forma fría y eficaz que Felicity había empleado para solucionar el incidente. También observó que eso aumentaba todavía más su atractivo.

Ella se fijó en la expresión de Bond y su rostro se suavizó.

—En esta guerra que estoy librando, a veces no sabes muy bien quién es el enemigo. Podría ser uno de los tuyos.

«Eso lo sé muy bien», pensó Bond.

Volvieron a la camioneta. Felicity se agachó para quitarse los zapatos de nuevo.

—Yo conduciré —se apresuró a decir Bond—. No hace falta que se los quite.

Ella rió. Subieron y se pusieron en marcha.

—¿Cena? —preguntó ella.

Bond casi se sentía culpable, después de haberla escuchado perorar sobre el hambre.

—Si todavía le apetece.

—Oh, por supuesto.

—¿La habrían matado si usted hubiera acudido a la policía? —preguntó Bond mientras conducía.

—No. El SAPS se habría reído de la idea de investigar el robo de cincuenta kilos de arroz. Pero los Cape Flats son peligrosos, eso es verdad, y si alguien pensara que Joso los había traicionado, lo más probable sería que acabara muerto. Esperemos que haya aprendido la lección. —Su voz volvió a adoptar un tono frío—. La indulgencia puede ganarte aliados. También puede ser una cobra.

Felicity le guió hasta Green Point. Como el restaurante que había sugerido estaba cerca del hotel Table Mountain,

Bond dejó la furgoneta allí y fueron caminando. Bond observó varias veces que Felicity miraba hacia atrás, con el rostro alerta y los hombros tensos. La calle estaba desierta. ¿Cuál era la amenaza que presentía Felicity?

Se relajó en cuanto llegaron al vestíbulo del restaurante, que estaba adornado con tapices, y los apliques eran de madera oscura y latón. Los ventanales daban al mar, sobre el que bailaban luces. Cientos de velas color crema aportaban la mayor parte de la iluminación del interior. Cuando los acompañaron a la mesa, Bond reparó en que el ajustado vestido brillaba bajo la luz y parecía cambiar de color a cada paso que daba, de azul marino a cerúleo pasando por azul celeste. Su piel destellaba.

El camarero la saludó por el nombre, y después sonrió a Bond. Ella pidió un Cosmopolitan, y Bond, a quien le apetecía un combinado, pidió la bebida que había tomado con Philly Maidenstone.

—Whisky Royal Crown, doble, con hielo. Media medida de triple seco, dos gotas de angostura. Un rizo de limón.

—No conocía eso —dijo Felicity cuando el camarero se alejó.

—Lo he inventado yo.

—¿Lo ha bautizado?

Bond sonrió para sí, y recordó que el camarero del Antoine's de Londres también le había preguntado lo mismo.

—Todavía no. —Le vino una inspiración a partir de la conversación con M de unos días antes—. Aunque creo que ya lo sé. La llamaré carta blanca. En su honor.

—¿Por qué? —preguntó la mujer, con el ceño fruncido.

—Porque si anima a sus donantes a beber los suficientes, le otorgarán libertad absoluta para aceptar su dinero.

Ella se rió y le apretó el brazo, y después levantó la carta.

Ahora que estaba sentado cerca de ella, Bond comprobó que se había aplicado el maquillaje con mucha destreza, acentuando los ojos felinos y la fuerza de sus pómulos y mandíbula. Se le ocurrió una idea: la belleza de Philly Maidenstone era tal vez más clásica, pero se trataba de una belleza pasiva; la de Felicity era mucho más agresiva y contundente.

Se censuró por la comparación, cogió la carta y empezó a estudiarla. Descubrió que el restaurante, Celsius, era famoso por su horno especial, que alcanzaba los 950 grados centígrados.

—Pida por los dos —dijo Felicity—. Cualquier cosa de entrante, pero mi segundo tiene que ser un filete. No hay nada como la carne asada de Celsius. Dios mío, Gene, no serás vegetariano, ¿verdad?

—No lo creo.

Cuando llegó el camarero, Bond pidió sardinas a la brasa, y a continuación un entrecôte para los dos. Preguntó al camarero si podrían asarlo con el hueso, lo que en los Estados Unidos llamaban el «corte vaquero».

El camarero comentó que la carne se servía con salsas exóticas como el chimichurri argentino, el café indonesio, a la pimienta de Madagascar, al madeira o con anticuchos peruanos, fuese eso lo que fuese. Bond las rechazó todas. Creía que los filetes tenían sabor suficiente, y sólo había que consumirlos con sal y pimienta.

Felicity asintió para informar que estaba de acuerdo.

Después, Bond eligió una botella de vino tinto sudafricano, un cabernet Rustenberg Peter Barlow de 2005.

Llegó el vino y era tan bueno como cabía esperar. Entrechocaron las copas de nuevo y bebieron.

El camarero les llevó el primer plato y comieron. Bond, a quien Gregory Lamb había dejado sin comer, estaba hambriento.

—¿A qué te dedicas, Gene? Severan no lo dijo.

—Trabajo en seguridad.

—Ah.

Se impuso una leve frialdad. Felicity era sin duda una mujer de negocios avezada, y reconoció el eufemismo. Supondría que, probablemente, estaría implicado en muchos conflictos de África. Como había dicho durante su discurso, la guerra era una de las principales causas de la hambruna.

—Tengo empresas que instalan sistemas de seguridad y proporcionan guardias.

Ella dio la impresión de que creía, al menos en parte, en sus palabras.

—Nací en Sudáfrica y vivo aquí desde hace cuatro o cinco años. La he visto cambiar. El crimen no representa un problema tan grande como antes, pero todavía se necesita personal de seguridad. En la organización contamos con algunos. Es preciso. Dedicarnos a la caridad no nos exime de peligros. Me gusta regalar comida. No voy a permitir que me la roben.

Para evitar que le hiciera más preguntas sobre él, Bond se interesó por su vida.

Felicity se había criado en el monte, en la Provincia Occidental del Cabo, hija única de padres ingleses. Su padre era ejecutivo de una compañía minera. La familia había regresado a Londres cuando ella tenía trece años. Confesó que se sentía como una marginada en el internado:

—Tal vez habría encajado mejor si no hubiera hablado de cómo se destripan las gacelas después de cazarlas..., sobre todo en el comedor.

Después, fue a la London Business School y pasó un tiempo en un importante banco de inversiones de la City, donde le había ido «bien». Su modestia despectiva sugería que le había ido extremadamente bien.

Pero el trabajo no la había satisfecho.

—Era demasiado fácil para mí, Gene. No existían retos. Necesitaba una montaña más empinada. Así que, hace cuatro o cinco años decidí rehacer mi vida. Me tomé un mes de vacaciones y pasé cierto tiempo aquí. Vi lo generalizada que estaba el hambre. Y decidí hacer algo al respecto. Todo el mundo me decía que no me tomara la molestia. Era imposible cambiar las cosas. Y lo que me dijeron fue como agitar un trapo rojo delante de un toro.

—Felicity «Testaruda».

Ella sonrió.

—Así es. Y aquí estoy, intimidando a donantes para que nos den dinero y luchando contra las megagranjas europeas y estadounidenses.

—«Agrópolis.» Un término muy inteligente.

—Lo acuñé yo. Están destruyendo el continente —soltó—. No voy a permitir que se salgan con la suya.

La conversación se interrumpió cuando el camarero apareció con la carne chisporroteando sobre una bandeja de hierro. Estaba churruscada por fuera y suculenta por dentro. Comieron en silencio durante un rato. En un momento dado, Bond cortó un pedazo de carne crujiente, pero tomó un sorbo de vino antes de llevárselo a la boca. Cuando devolvió la atención a su plato, descubrió que el trozo había desaparecido y Felicity estaba masticando con aire travieso.

—Lo siento. Tengo la costumbre de hacer lo que me apetece.

Bond rió.

—Muy lista, robar en las mismas narices de un experto en seguridad.

Llamó con un ademán al sumiller, y apareció una segunda botella de cabernet. Bond encaminó la conversación hacia Severan Hydt.

Le decepcionó averiguar que ella no parecía saber nada que pudiera resultarle útil sobre aquel hombre. Mencionó los nombres de varios de sus socios, que habían donado dinero para el grupo, y los aprendió de memoria. Felicity no conocía a Niall

Dunne, pero sabía que Hydt contaba con un ayudante brillante, un mago de la tecnología.

—Acabo de darme cuenta —dijo ella, al tiempo que enarcaba una ceja—. Es a ti a quien emplea.

—¿Perdón?

—Para la seguridad de la planta de Green Way que hay al norte de la ciudad. Yo nunca he ido, pero uno de mis ayudantes fue a recoger una donación que hizo. Toda clase de detectores de metales y escáneres. No puedes entrar en ese lugar ni con un clip, no te digo ya con un teléfono móvil. En la puerta lo controlan todo. Como en esas antiguas películas del Oeste: dejas las pistolas antes de entrar en el bar.

—No, no trabajo para él. Hydt dio ese contrato a otra empresa. Yo me encargo de otros trabajos.

La información dejó preocupado a Bond: albergaba la intención de entrar en el edificio de Green Way con mucho más que un clip y un teléfono móvil, pese al desdén de Bheka Jordaan por la vigilancia ilegal. Tendría que meditar sobre las implicaciones.

La comida fue menguando y terminaron el vino. Eran los últimos clientes del restaurante. Bond pidió la cuenta y pagó.

—Mi segunda donación —comentó.

Volvieron a la entrada, donde ella recogió su chaqueta de cachemira negra y se la puso sobre los hombros. Salieron a la acera y los tacones de aguja de sus zapatos repiquetearon sobre el hormigón. Volvió a inspeccionar las calles. Después, se relajó, le tomó del brazo y lo apretó con fuerza. Bond era muy consciente de su perfume y la presión de su pecho contra el brazo.

Se acercaron al hotel de Bond. Éste buscó la llave en el bolsillo. Felicity caminó más despacio. El cielo estaba despejado y tachonado de estrellas.

—Una noche muy agradable —dijo Felicity—. Gracias por ayudarme a entregar las sobras. Estás más en forma de lo que pensaba.

—¿Otra copa de vino? —se descubrió preguntando Bond.

Los ojos verdes se clavaron en los de él.

—¿A ti te apetece una?

—Sí —respondió con firmeza Bond.

Al cabo de diez minutos estaban en su habitación del hotel Table Mountain, sentados en el sofá, que habían acercado a la ventana. Sostenían en la mano copas de pinotage Stellenbosch y contemplaban las luces parpadeantes del muelle, amarillas y blancas, como insectos benévolos que revolotearan impacientes.

Felicity se volvió hacia él, tal vez para decir algo, o no, y él se inclinó hacia delante y le dio un beso suave en los labios. Después, retrocedió un poco para ver su reacción, echó la cabeza hacia delante y volvió a besarla, con más intensidad, y luego se perdió en el contacto, el sabor, el calor. Sintió el aliento de la mujer en la mejilla, y los brazos de Felicity lo rodearon, mientras se apoderaba de su boca con la de ella. Después, ella lo besó en el cuello y mordisqueó la base donde se encontraba con el firme hombro. Su lengua se deslizó a lo largo de una cicatriz que describía un arco sobre el antebrazo.

Los dedos de Bond se hundieron en su pelo y la acercó más. Estaba extraviado en el acre aroma almizclado de su perfume.

Un momento similar tiene lugar en el esquí: cuando te detienes en lo alto de una hermosa pero peligrosa cuesta abajo. Puedes lanzarte o no. Siempre tienes la posibilidad de soltarte las correas y bajar a pie la montaña. Pero, de hecho, Bond nunca se enfrentaba a este dilema: cuando se hallaba en el borde, era imposible no ceder a la seducción de la gravedad y la velocidad. La única elección verdadera que queda es controlar la aceleración del descenso.

Como en ese momento.

Bond le quitó el vestido, y la tela azul insustancial cayó despacio al suelo. Entonces, Felicity tiró de él hasta que los dos quedaron tendidos en el sofá, ella debajo de él. Empezó a mordisquearle el labio inferior. Él abarcó su nuca de nuevo y le acercó la cara, mientras apoyaba las manos sobre los riñones y la masajeaba con fuerza. Felicity se estremeció, inhaló aire, y él comprendió que, por lo que fuera, le gustaba que la tocara allí. También sabía que ella deseaba sentir sus manos por debajo de la cintura. Así se comunican los amantes, y él recordaría ese lugar, los delicados huesos de la columna vertebral.

Por su parte, Bond se sentía subyugado por todo su cuerpo, por todos sus aspectos: los labios voraces, los muslos fuertes e inmaculados, los pechos encerrados en tirante de seda negra, el cuello y la garganta delicados, de los cuales surgía un gemido susurrado, el espeso pelo que enmarcaba su rostro, el suave vello de otros lugares.

Se besaron una y otra vez, y después ella se separó y clavó en los ojos enfervorizados de él los suyos, cuyos párpados, espolvoreados de una tenue luminiscencia verde, se entornaron. Rendición mutua, victoria mutua.

Bond la levantó con facilidad. Sus labios se encontraron de nuevo apenas un momento, y después se la llevó a la cama.

Jueves

CALLE DE LA DESAPARICIÓN

44

Despertó sobresaltado de una pesadilla que no pudo recordar. Curiosamente, lo primero en lo que pensó Bond fue en Philly Maidenstone. Experimentaba la absurda sensación de haberle sido infiel, aunque su contacto más íntimo había consistido en rozarse la mejilla, apenas medio segundo.

Dio la vuelta. El otro lado de la cama estaba vacío. Miró el reloj de su teléfono móvil. Eran las siete y media. Percibió el perfume de Felicity en las sábanas y las almohadas.

La noche anterior había empezado como un ejercicio de averiguar algo sobre su enemigo y el propósito de éste, pero se había convertido en algo más. Había sentido una fuerte empatía con Felicity Willing, una mujer dura que había conquistado la City, y estaba ahora dedicando sus recursos a una batalla más noble. Llegó a la conclusión de que, a su manera, ambos eran caballeros andantes.

Y deseaba verla de nuevo.

Pero lo primero era lo primero. Saltó de la cama y se puso un albornoz. Vaciló un momento, y luego se dijo que había que hacerlo.

Se acercó a su ordenador portátil, que estaba en la sala de estar de la suite. Rama Q había modificado el aparato para incorporar una cámara que se activaba con el movimiento y funcionaba con poca luz. Bond conectó la máquina y miró la grabación. La cámara apuntaba a la puerta principal y la silla, donde Bond había tirado su chaqueta y los pantalones, que contenían el billetero, el pasaporte y los móviles. Alrededor de las cinco y media de la mañana, según el registro, Felicity, vestida, había pasado junto a su ropa, sin demostrar el menor interés por el teléfono, sus bolsillos o el ordenador portátil. Hizo una pausa y miró hacia la cama. ¿Sonriente? Creyó que sí, pero no estaba seguro. Dejó algo sobre la mesa contigua a la puerta y se fue.

Bond se levantó y caminó hacia la mesa. La tarjeta de la mujer descansaba junto a la lámpara. Había escrito un número de móvil debajo del de la organización. Guardó la tarjeta en el billetero.

Se cepilló los dientes, se duchó y afeitó, y después se puso unos pantalones vaqueros y una camisa Lacoste negra holgada, elegida para ocultar la Walther. Rió para sí, se puso la pulsera y el reloj horteras y deslizó en su dedo el anillo con el grabado EJT.

Echó un vistazo a sus mensajes de texto y correos electrónicos, y descubrió uno de Percy Osborne-Smith. El hombre continuaba fiel a sus costumbres reformadas, y le proporcionaba un sucinto resumen de cómo iba la investigación en Inglaterra, aunque pocos progresos se habían efectuado. Concluía:

Nuestros amigos de Whitehall están obsesionados con Afganistán. Ya te digo, tanto mejor para nosotros, James. Ardo en deseos de compartir una George Cross contigo, cuando veamos a Hydt esposado.

Mientras desayunaba en la habitación, Bond reflexionó sobre su inminente desplazamiento a la planta de Green Way, pensó en todo lo que había visto y oído anoche, sobre todo lo tocatnte a la férrea seguridad. Cuando terminó, llamó a Rama Q y pidió que le pusieran con Sanu Hirani. Oyó voces infantiles a lo lejos, y supuso que habían pasado la llamada al móvil del director de la rama y se encontraba en casa. Hirani tenía seis hijos. Todos jugaban al cricket, y su hija mayor era una bateadora excepcional.

Bond le habló de lo que necesitaba en materia de armas y comunicaciones. Hirani tenía algunas ideas, pero no estaba seguro de encontrar una solución con rapidez.

—¿Para cuándo lo necesitas, James?

—De aquí a dos horas.

Oyó que el hombre exhalaba el aire, pensativo, a diez mil quinientos kilómetros de distancia.

—Necesitaré un enlace en Ciudad del Cabo. Alguien que conozca la zona y tenga acceso a información privilegiada. ¿Sabes de alguien que reúna los requisitos?

—Sí, creo que sí.

A las diez y media, Bond, con cazadora gris, se encaminó hacia la dirección general de policía, donde le acompañaron hasta la oficina de la División de Represión e Investigación del Crimen.

—Buenos días, comandante —dijo sonriente Kwalene Nkosi.

—Suboficial.

Bond saludó con un cabeceo. Sus ojos se encontraron con una mirada de complicidad.

—¿Ha visto las noticias de la mañana? —preguntó Nkosi, al tiempo que daba unos golpecitos sobre el *Cape Times*—. Una trágica historia. Anoche mataron a una familia con una bomba incendiaria en el asentamiento urbano de Primrose Gardens.

Frunció el ceño de manera exagerada.

—Eso es terrible —dijo Bond, y reflexionó que, pese a sus ambiciones de acabar en el West End, Nkosi no era un buen actor.

—Sin duda.

Echó un vistazo al despacho de Bheka Jordaan, y ella le indicó por señas que entrara.

—Buenos días —dijo Bond, y reparó en unas zapatillas de deporte gastadas que había un rincón de la oficina. Ayer no se había fijado en ellas—. ¿Suele ir a correr?

—A veces. En mi trabajo, es importante estar en forma.

Cuando estaba en Londres, Bond dedicaba al menos una hora cada día a hacer ejercicio y correr, utilizando el gimnasio del ODG y corriendo por los senderos de Regent's Park.

—A mí también me gusta. Tal vez si el tiempo lo permite podría enseñarme algunos senderos para correr. Seguro que hay algunos encantadores en la ciudad.

—Estoy segura de que el hotel le proporcionará un plano —replicó ella en tono desdeñoso—. Su reunión en el Lodge Club ¿se saldó con éxito?

Bond le resumió lo sucedido en la fiesta.

—¿Y después? —preguntó Jordaan—. ¿La señorita Willing le resultó… útil?

Bond arqueó una ceja.

—Pensaba que no creía en la vigilancia ilegal.

—Procurar que la gente goce de seguridad en las vías públicas y en las calles no es ilegal. El suboficial Nkosi le habló de las cámaras de seguridad instaladas en el centro de la ciudad.

—Bien, en respuesta a su pregunta, sí, me fue de ayuda. Me facilitó cierta información sobre la seguridad exagerada de Green Way. Menos mal que lo hizo —dijo, tenso—. Por lo visto, nadie lo sabía. En caso contrario, mi desplazamiento de hoy habría podido terminar en un desastre.

—Qué suerte, en efecto —dijo Jordaan.

Bond le dio los nombres de los tres donantes que Felicity había mencionado, los hombres a los que Hydt la había presentado.

Jordaan sabía que dos de ellos eran hombres de negocios legales. Nkosi investigó al tercero y descubrió que carecía de antecedentes policiales. En cualquier caso, los tres vivían fuera de la ciudad. Bond supuso que ninguno de ellos le sería útil.

Bond miró a la policía.

—¿No le cae bien Felicity Willing?

—¿Cree que estoy celosa?

Su rostro proclamaba: justo lo que creería un hombre.

Nkosi dio media vuelta. Bond miró en su dirección, pero no prestó ayuda a Inglaterra en aquella disputa internacional.

—Nada más lejos de mi mente. Pero sus ojos me dicen que no le cae bien. ¿Por qué?

—No la conozco en persona. Lo más probable es que sea una mujer encantadora. Simplemente no me gusta lo que representa.

—¿Y qué representa?

—Una extranjera que viene aquí para darnos palmaditas en la cabeza y repartir limosnas. El imperialismo del siglo XXI. La gente explotaba África para conseguir esclavos y diamantes. Ahora la explotan por su capacidad de purgar la culpabilidad de los occidentales ricos.

—A mí me parece que no se puede progresar cuando reina el hambre —replicó Bond—. Da igual de dónde proceda la comida, ¿verdad?

—La caridad hace mella. Hay que luchar para salir de la opresión y la privación con tus propios medios. Podemos hacerlo solos. Tal vez más despacio, pero lo acabaremos consiguiendo.

—No les causa ningún problema que Inglaterra o los Estados Unidos impongan embargos de armas a los señores de la guerra. El hambre es tan peligrosa como lanzacohetes o minas terrestres. ¿Por qué no podemos ayudar a terminar también con eso?

—Es diferente. Eso es obvio.

—Yo no lo veo así —repuso Bond con frialdad—. Además, Felicity podría respaldarla más de lo que usted sospecha. Se ha granjeado enemigos entre las grandes multinacionales de Europa, los Estados Unidos y Asia. Cree que se están entrometiendo en los asuntos de África y que deberían dejar en paz a la gente de aquí. —Recordó su nerviosismo durante el breve paseo hasta el restaurante de anoche—. Creo que, al decir eso, se ha puesto en peligro. Por si le interesa saberlo.

Pero estaba claro que a Jordaan no le interesaba. Era una mujer de lo más irritante.

Bond contempló su enorme reloj Breitling.

—Debería irme a Green Way cuanto antes. Necesito un coche. ¿Alguien puede alquilar uno a nombre de Theron?

Nkosi asintió con entusiasmo.

—Sin duda. ¿Le gusta conducir, comandante?

—Sí. ¿Cómo lo sabe?

—Ayer, camino del aeropuerto, miró con cierto interés un Maserati, una moto Guzzi y un Mustang estadounidense con el volante a la izquierda.

—Muy observador, suboficial.

—Lo intento. Aquel Ford era estupendo. Algún día tendré un Jaguar. Es mi objetivo.

Una voz potente saludó desde el pasillo.

—¡Hola, hola!

A Bond no le sorprendió que perteneciera a Gregory Lamb. El agente del MI6 irrumpió en el despacho y saludó con la mano a todo el mundo. Era evidente que Bheka Jordaan pasaba de él, tal como Lamb había admitido ayer, aunque daba la impresión de que Nkosi y él se llevaban bien. Conversaron un momento sobre un partido de fútbol reciente.

El hombretón rubicundo lanzó una mirada cautelosa a Jordaan y se volvió hacia Bond.

—He venido a por usted, amigo mío. Recibí un mensaje de Vauxhall Cross para echarle una mano.

Lamb era el enlace del que Bond había hablado de mala gana a Hirani un rato antes. No se le había ocurrido ninguna otra persona con tan poca antelación, y al menos el hombre había sido sometido a investigación.

—Me puse en acción, y hasta me he saltado el desayuno, amigo mío, debo decírselo. Hablé con un tipo de Rama Q de su oficina. ¿Siempre está tan contento a esas horas de la mañana?

—Pues sí —reconoció Bond.

—Estuve hablando un rato con él y le he comentado que tengo algunos problemas de navegación con mis fletamentos. Los piratas interfieren los mensajes. ¿Qué fue de los parches en el ojo y las patas de palo? Bien, este tal Hirani dice que existen aparatos capaces de interferir a los que interfieren. Sin embargo, no me ha enviado ninguno. ¿Puedo tener alguna esperanza de que pueda interceder por mí?

—Usted ya sabe que nuestra organización no existe oficialmente, Lamb.

—Todos jugamos en el mismo equipo —rezongó Lamb—. Voy a recibir un enorme cargamento dentro de uno o dos días. Gigantesco.

Contribuir a la lucrativa carrera que constituía la tapadera de Lamb era lo último que Bond deseaba en aquel momento.

—¿Y su misión de hoy? —preguntó en tono severo.

—Ah, sí. —Lamb tendió a Bond una cartera negra que cargaba como si contuviera las joyas de la corona—. Debo decir con toda modestia que la mañana ha sido un éxito rotundo.

Absolutamente brillante. He corrido como un loco de aquí para allá. He tenido que repartir propinas a diestro y siniestro. Me reembolsará los gastos, ¿verdad?

—Estoy seguro de que podremos solucionarlo. —Bond abrió la cartera y contempló el contenido. Examinó un objeto con detenimiento. Era un pequeño tubo de plástico con la etiqueta: «A-li-vio. Para problemas de congestión causados por el asma».

Hirani era un genio.

—Un inhalador. ¿Tiene problemas pulmonares? —preguntó Nkosi—. Mi hermano también. Trabaja en una mina de oro.

—La verdad es que no.

Bond lo guardó en el bolsillo, junto con los demás objetos que Lamb le había entregado.

Nkosi descolgó un teléfono que sonaba.

—Tengo un bonito coche para usted, comandante —dijo cuando colgó—. Un Subaru. Tracción en las cuatro ruedas.

Un Subaru, pensó Bond, escéptico. Un monovolumen de zona residencial.

—Muchas gracias, suboficial —respondió no obstante, debido a la sonrisa radiante de Nkosi—. Ardo en deseos de conducirlo.

—Consume poca gasolina —dijo entusiasmado Nkosi.

—Estoy seguro de eso.

Bond se encaminó hacia la puerta.

Gregory Lamb le detuvo.

—Bond —dijo en voz baja—, a veces no estoy seguro de que los poderes fácticos de Londres me tomen en serio. Ayer exageré un poco, acerca del Cabo, me refiero. La verdad es que lo peor que sucede por aquí es que un señor de la guerra venga del Congo a tomar las aguas. O que un tipo de Hamas haga escala en el aeropuerto. Sólo quiero darle las gracias por incluirme, amigo mío. Yo...

—Lamb —le interrumpió Bond—, demos por sentado que soy su amigo. Así no tendrá que repetirlo. ¿Qué le parece?

—Me parece razonable, am… Muy razonable.

Una sonrisa se esparció sobre el rostro obeso.

Bond salió de allí pensando: «Próxima parada, el infierno».

45

A James Bond le hizo gracia la pequeña broma de Kwalene Nkosi.

Sí, el coche que había conseguido para que el agente lo utilizara era un pequeño vehículo japonés. Sin embargo, no se trataba de un aburrido monovolumen, sino de un Subaru Impreza WRX azul metálico, el modelo STI, con un motor turbo de 305 caballos, seis marchas y un alerón alto. El garboso cochecito estaría mucho más en su ambiente en circuitos de carreras que en un aparcamiento de supermercado, y, cuando se acomodó en el asiento del conductor, Bond no pudo refrenarse. Dejó dos marcas de goma cuando subió a toda velocidad por Buitenkant Street, en dirección a la autovía.

Durante la siguiente media hora se dirigió hacia el norte de Ciudad del Cabo, guiado por el GPS, y por fin salió de la N7 y siguió hacia el este por una carretera cada vez más desierta, dejó atrás una cantera insondable y se internó en un sucio paisaje de colinas bajas, verdes algunas, otras marrón, teñidas de otoño. Esporádicos bosquecillos rompían la monotonía del paisaje

El cielo de mayo estaba encapotado y el aire era húmedo, pero se levantaba polvo de la carretera, agitado por los camiones de Green Way que transportaban desperdicios en la dirección que seguía Bond. Además de los típicos camiones, había otros mucho más grandes, pintados con el nombre de Green Way y el inconfundible logo de la hoja (o daga) verde. En ambos costados, unos letreros indicaban que procedían de delegaciones de la empresa repartidas por toda Sudáfrica. A Bond le sorprendió ver un camión de la delegación de Pretoria, la capital administrativa del país, situada a muchos kilómetros de distancia. ¿Por qué gastaría Hydt dinero para llevar basura a Ciudad del Cabo, cuando podía abrir un depósito de reciclaje dondequiera que lo necesitara?

Bond cambió de marcha y adelantó a una hilera de camiones a toda velocidad. Estaba disfrutando muchísimo con aquel brioso vehículo. Tendría que contárselo a Philly Maidenstone.

Una enorme señal de carretera, en blanco y negro muy contrastados, desfiló en dirección contraria.

Gevaar!
¡PELIGRO!

Privaat Eiendom
PROPIEDAD PRIVADA

Después de salir de la N7, llevaba recorridos varios kilómetros cuando la carretera se dividió, y los camiones se desviaron a la derecha. Bond tomó el ramal izquierdo, donde había un letrero con una flecha:

Hoofkantoor
OFICINA PRINCIPAL

Atravesó un espeso bosque (los árboles eran altos, pero los habían plantado hacía poco), llegó a una elevación y pasó como una exhalación, sin hacer caso del límite de cuarenta kilómetros por hora, y pisó los frenos cuando vio a lo lejos Green Way International. La repentina parada no fue debida a un obstáculo o a una curva cerrada, sino a la visión desconcertante que recibió.

La inmensa extensión de las instalaciones abarcaba todo el horizonte y desaparecía entre una niebla humeante y polvorienta a lo lejos. Los fuegos anaranjados de algún sistema de cremación se veían a unos dos kilómetros de distancia.

El infierno, en efecto.

Delante de él, al otro lado de un aparcamiento abarrotado, estaba el edificio principal. También era siniestro, a su manera. Aunque no muy grande, el edificio era austero e imponente. El búnker de hormigón sin pintar, de un piso de alto, contaba con muy pocas ventanas, pequeñas y cerradas, al parecer. Todo el recinto estaba rodeado por dos vallas metálicas de tres metros de altura, ambas coronadas por alambre de espino que centelleaba a la tenue luz. Las barreras estaban separadas por una distancia de nueve metros, lo cual recordó a Bond un perímetro similar: la zona que rodeaba la prisión norcoreana de la que había rescatado a un agente del MI6 el año anterior.

Bond frunció el ceño al ver las vallas. Uno de sus planes se había ido al traste. Gracias a Felicity sabía que había detectores de metales y escáneres, y muy probablemente una imponente valla de seguridad. Pero había pensado en una sola barrera. Había pensado en entrar de macuto parte del equipo que le había proporcionado Hirani (un aparato de comunicaciones y un arma, en miniatura e impermeables) a través de la valla y ocultarlo entre los arbustos del otro lado para recuperarlo una vez hubiera entrado. Pero no podría hacerlo con dos vallas y una gran distancia entre ambas.

Cuando avanzó de nuevo, vio que la entrada estaba protegida por un grueso portón de acero, sobre el cual había un letrero:

REDUCE, REUTILIZA, RECICLA

El lema de Green Way estremeció a Bond. No las palabras, sino la configuración: una media luna de letras metálicas negras. Le recordó el letrero colocado sobre la entrada del campo de concentración nazi de Auschwitz, la garantía espantosamente irónica de que el trabajo liberaría a los prisioneros: «ARBEIT MACHT FREI».

Bond aparcó. Bajó, sin desprenderse de la Walther ni del móvil, con el fin de comprobar hasta qué punto era eficaz la seguridad. También llevaba en el bolsillo el inhalador contra el asma que le había facilitado Hirani. Había escondido debajo del asiento delantero los demás artilugios que Lamb le había dado un rato antes: el arma y el aparato de comunicaciones.

Se acercó a la primera caseta de la valla exterior. Un hombretón uniformado le saludó con un cabeceo breve. Bond dijo su nombre. El hombre hizo una llamada, y un momento después otro individuo, también corpulento y serio, vestido con un traje oscuro se acercó.

—Señor Theron, acompáñeme, por favor —dijo.

Bond le siguió a través de la tierra de nadie que separaba ambas vallas. Entraron en un cuarto donde estaban sentados tres guardias, mirando un partido de fútbol. Se levantaron de inmediato.

El guarda de seguridad se volvió hacia Bond.

—Bien, señor Theron, aquí tenemos normas muy estrictas. El señor Hydt y sus socios llevan a cabo casi todo el trabajo de investigación y desarrollo para sus empresas en estas instalaciones. Debemos proteger nuestros secretos a toda costa. No permitimos la entrada de móviles ni de radios. Cámaras y buscas, tampoco. Tendrá que entregarlos.

Bond estaba mirando un tablero grande, con compartimientos para guardar las llaves, como los que hay en la recepción de los hoteles desfasados. Había cientos, y casi todos ellos contenían teléfonos. El guardia se dio cuenta.

—La normativa se aplica también a nuestros empleados.

Bond recordó que René Mathis le había contado lo mismo sobre las instalaciones de Hydt en Londres, que ningún SIGINT entraba o salía de la empresa.

—Bien, supongo que cuentan con líneas terrestres. Tendré que mirar mis mensajes.

—Hay algunas, pero todas van a parar a la centralita del departamento de seguridad. Un guardia podría hacer la llamada por usted, pero carecería de privacidad. Casi todos los visitantes esperan hasta que salen. Lo mismo se aplica a correos electrónicos y el acceso a Internet. Si desea llevar encima algo metálico, tendrá que pasar por los rayos X.

—Debería decirle que voy armado.

—Sí. —Como mucha gente que visitaba Green Way—. Por supuesto...

—¿También tendré que entregar mi arma?

—Exacto.

Bond dio gracias en silencio a Felicity Willing por informarle sobre la seguridad de Hydt. De lo contrario, le habrían pillado con alguna de las habituales cámaras de video o vigilancia de Rama Q ocultas en un bolígrafo o un bolsillo de la chaqueta, lo cual habría hecho saltar por los aires su credibilidad..., y tal vez desencadenado una pelea a puñetazo limpio.

En su papel de rudo mercenario, frunció el ceño ante aquella molestia, pero entregó la pistola y el teléfono, programado para revelar tan sólo información sobre su identidad ficticia de Gene Theron, si alguien lo descodificaba. Después, se desprendió del cinturón y el reloj, y los dejó con sus llaves en una bandeja que sería sometida a rayos X.

Pasó el detector a toda prisa y se reunió con sus posesiones..., después de que el guardia comprobara que el reloj, las llaves y el cinturón no albergaban cámaras, armas ni aparatos de grabación.

—Bien, señor por aquí —dijo el hombre de seguridad. Bond se sentó donde le indicaron.

El inhalador estaba en su bolsillo. Si le hubieran cacheado, incautado y desmontado el aparato, habrían descubierto que se trataba de una cámara sensible sin ninguna pieza metálica. Uno de los contactos de Hirani en Ciudad del Cabo había logrado localizar o montar el artilugio aquella mañana. El obturador era de fibra de carbono, al igual que los resortes que lo ponían en funcionamiento.

El medio que almacenaba imágenes era muy interesante, insólito en la actualidad: microfilm anticuado, como el que utilizaban los espías durante la guerra fría. La cámara tenía una lente de foco fijo, y Bond podía hacer una foto apretando la base, para luego girarla con el fin de avanzar la película. Podía tomar treinta fotos. En la era digital, el pasado sembrado de telarañas también tenía sus ventajas.

Buscó el letrero de Investigación y Desarrollo, que contenía cierta información sobre Gehenna, según lo que había dicho Stephan Dlamini, pero no lo vio.

Bond estuvo sentado cinco minutos, hasta que Severan Hydt apareció, silueteado pero inconfundible: la elevada estatura, la gigantesca cabeza enmarcada por el pelo rizado y la barba, el traje a medida. Se detuvo en el umbral.

—Theron.

Sus ojos negros se clavaron en los de Bond.

Se estrecharon la mano, y Bond procuró hacer caso omiso de la grotesca sensación experimentada cuando las largas uñas de Hydt se deslizaron sobre la palma y la muñeca de su mano.

—Acompáñeme —dijo Hydt, y lo condujo al interior del edificio principal, mucho menos austero de lo que la fachada insinuaba. El lugar estaba bastante bien terminado, con buenos muebles, obras de arte y antigüedades caras, así como espacios de trabajo cómodos para el personal. Parecía la típica empresa de tamaño mediano. El vestíbulo delantero estaba amueblado con las butacas y el sofá preceptivos, una mesa con revistas profesionales y un periódico de Ciudad del Cabo. En las paredes colgaban fotos de bosques, campos de cereales ondulados, ríos y mares.

Y por todas partes, el espeluznante logo: la hoja que parecía un cuchillo.

Mientras recorrían los pasillos, Bond seguía buscando con la mirada el departamento de Investigación y Desarrollo. Por fin, hacia la parte posterior del edificio, vio un letrero que lo señalaba y memorizó el emplazamiento.

Pero Hydt fue en dirección contraria.

—Venga. Vamos a hacer la gira de los cincuenta rands.

En la parte posterior del edificio, entregaron a Bond un casco verde oscuro. Hydt también se encasquetó uno. Se encaminaron hacia una puerta, donde a Bond le sorprendió ver un segundo puesto de seguridad. Allí se examinaba a los trabajadores que entraban en el edificio, procedentes del vertedero. Hydt y él salieron a un patio que dominaba hileras de edificios bajos. Los camiones y las carretillas elevadoras entraban y salían de ellos, como abejas de una colmena. Se veían por todas partes trabajadores con cascos y uniformes.

Los cobertizos, erigidos en pulcras filas como barracones, recordaron a Bond de nuevo una prisión o un campo de exterminio.

«ARBEIT MACHT FREI...»

—Por aquí —dijo Hydt en voz muy alta.

Atravesó a grandes zancadas un paisaje abarrotado de maquinaria de construcción, contenedores, bidones de aceite, palés que contenían balas de papel y cartón. Un ruido sordo vibraba en el aire, y daba la impresión de que la tierra temblaba, como si enormes hornos o máquinas subterráneas estuvieran en funcionamiento, contrapunto a los chillidos agudos de las gaviotas que se lanzaban en picado para recoger restos, siguiendo a los camiones que entraban por una puerta situada a medio kilómetro hacia el este.

—Le impartiré una breve lección sobre el negocio —dijo Hydt.

Bond asintió.

—Se lo ruego.

—Hay cuatro maneras de deshacerse de los desperdicios. Tirarlos en algún lugar alejado, ahora en vertederos o basureros sobre todo, pero los mares todavía gozan de popularidad. ¿Sabía que el Pacífico contiene cuatro veces más plástico que zooplancton? El mayor vertedero del mundo es la llamada Sopa de Plástico del Pacífico, que circula entre Japón y Norteamérica. Mide el doble del tamaño de Texas, como mínimo, y podría ser tan grande como todos los Estados Unidos. Nadie lo sabe con certeza. Pero una cosa es segura: está aumentando de tamaño.

»La segunda manera es quemar los desechos, lo cual es muy caro y puede producir cenizas peligrosas. La tercera es reciclar, la especialidad de Green Way. Por fin, tenemos la minimización, lo cual significa procurar que se creen y vendan los menos materiales desechables posibles. ¿Conoce las botellas de agua de plástico?

—Por supuesto.

—Ahora son mucho más delgadas que antes.

Bond aceptó su palabra.

—Se llama «aligeramiento». Mucho más fácil de compactar. Por lo general, los productos no plantean ningún problema a la hora de eliminarlos. Es el embalaje el responsable de casi todo el volumen. La eliminación se llevaba a cabo sin problemas hasta que pasamos a ser una sociedad consumidora de bienes y empezamos a producir en masa mercancías. ¿Cómo llevar los productos a las manos de la gente? Embalándolos en porespán, metiéndolos en una caja de cartón, y después, por el amor de Dios, introduciéndolos en una bolsa de plástico para llevártelos a casa. Ah, y si es un regalo, hay que envolverlo con papel de colores y una cinta. Navidad es un huracán absoluto de desperdicios.

Hydt continuó, mientras contemplaba su imperio.

—Casi todas las plantas de eliminación de basuras abarcan entre veinte y treinta hectáreas. La nuestra es de cuarenta. Tengo otras tres en Sudáfrica y docenas de estaciones de transferencia, donde los camiones que ve en las calles llevan todos los desechos a ser compactados y enviados a centros de tratamiento. Yo fui el primero en instalar estaciones de transferencia en municipios de chabolas sudafricanos. Al cabo de seis meses, la campiña estaba entre un sesenta y un setenta por ciento más limpia. Antes llamaban a las bolsas de plástico la «flor nacional de Sudáfrica». Ya no. Yo me he encargado de eso.

—Vi camiones que transportaban basura desde Pretoria y Port Elizabeth hasta aquí. ¿Por qué desde tan lejos?

—Material especializado —replicó Hydt en tono despectivo.

¿Serían sustancias altamente peligrosas?, se preguntó Bond.

—Hay que emplear el vocabulario correcto, Theron —continuó su anfitrión—. Nosotros llamamos a los desechos húmedos «desperdicios», sobras de comida, por ejemplo. «Basura» significa materiales secos, como cartón, polvo y latas. Aquello que los camiones de basura recogen delante de casas y oficinas se denomina «residuos sólidos municipales». También reciben el nombre de «desechos» o «residuos». «C» y «D» son escombros de construcción y demolición. Los residuos institucionales, comerciales e industriales son «ICI». El término más global es «basura», pero yo prefiero «desechos».

Señaló hacia el este.

—Todo lo que no es reciclable va a parar allí, a la parte que funciona del basurero, donde se entierra en capas de forro de plástico para impedir que bacterias y contaminación se filtren en el suelo. Es fácil saber dónde está con sólo mirar las aves.

Bond siguió su mirada hacia las gaviotas.

—Al basurero lo llamamos «la calle de la Desaparición».

Hydt guió a Bond hasta la puerta de un largo edificio. Al contrario que los otros cobertizos de trabajo, aquél tenía unas puertas impresionantes, que estaban cerradas a cal y canto. Bond miró a través de las ventanas. Los trabajadores estaban desmontando ordenadores, discos duros, televisores, radios, buscas, teléfonos móviles e impresoras. Había contenedores rebosantes de baterías, bombillas, discos duros, circuitos impresos, cables y chips. El personal llevaba más ropa protectora que los demás empleados: mascarillas de protección, pesados guantes y gafas o máscaras que tapaban toda la cara.

—Nuestro departamento de chatarra electrónica. A esta zona la llamamos «la calle del Silicio». La chatarra electrónica representa más del diez por ciento de las sustancias mortíferas de la tierra. Metales pesados, litio de las baterías... Piense en los ordenadores y los móviles. Tienen una esperanza de vida de dos o tres años, como máximo, de modo que la gente se limita a tirarlos. ¿Ha leído alguna vez el cuadernillo de advertencia que suele acompañar a los ordenadores portátiles o los móviles, «Deshágase de él como es debido»?

—Pues no.

—Claro que no. Nadie lo hace. Pero, en comparación, los ordenadores y los teléfonos constituyen los residuos más mortíferos de la tierra. En China se limitan a quemarlos o enterrarlos. Están matando a su población al hacer eso. Voy a inaugurar unas nuevas instalaciones para solucionar ese problema: separar los componentes de los ordenadores procedentes de las empresas de mis clientes, para luego deshacerme de ellos como es debido. —Sonrió—. Dentro de unos años, serán las instalaciones más lucrativas.

Bond recordó el artilugio cuyo funcionamiento había demostrado Al Fulan en sus instalaciones, cerca del compactador que había acabado con la vida de Yusuf Nasad.

Hydt señaló con una larga uña amarillenta.

—Y en la parte posterior de este edificio se encuentra el departamento de Recuperación de Materiales Peligrosos. Uno de los servicios que nos reporta más beneficios. Nos ocupamos de todo, desde pintura a aceite de motor, pasando por arsénico y polonio.

—¿Polonio? —Bond emitió una fría carcajada. Era el material radiactivo utilizado para asesinar al espía ruso Alexander Litvinenko, expatriado en Londres, hacía unos años. Una de las sustancias más tóxicas de la tierra—. ¿Lo tiran sin más? Eso debe de ser ilegal.

—Ah, pero la eliminación de residuos gira en torno a eso, Theron. La gente tira una máquina antiestática de aspecto inocente que contiene polonio. Pero nadie lo sabe.

Guió a Bond hasta un aparcamiento donde esperaban varios camiones, de unos seis metros de largo. Llevaban en el costado el nombre y el logo de la empresa, junto con las palabras Servicios de Destrucción de Documentos con Seguridad.

Hydt siguió la mirada de Bond.

—Otra de nuestras especialidades: alquilamos trituradoras a empresas y oficinas gubernamentales, pero las organizaciones más pequeñas prefieren también contratarnos a nosotros para ello. ¿Sabe que cuando los estudiantes iraníes ocuparon la embajada estadounidense en los años setenta fueron capaces de recomponer documentos secretos de la CIA que habían sido cortados en trocitos? Descubrieron las identidades de casi todos los agentes secretos destacados en el país. Unas tejedoras nativas se encargaron del trabajo.

Todos los miembros de la comunidad del espionaje conocían aquel hecho, pero Bond fingió sorpresa.

—En Green Way procedemos a destruir documentos tipo industrial de nivel seis. Básicamente, nuestras máquinas convierten el papel en polvo. Hasta las instalaciones gubernamentales más secretas nos contratan.

A continuación, guió a Bond hasta el edificio más grande de la planta. Era un edificio de tres pisos de altura y doscientos metros de largo. Una ristra continua de camiones entraba por una puerta y salía por otra.

—La instalación de reciclaje principal. A esta zona la llamamos «la calle de la Resurrección».

Entraron. Un interminable chorro de papel, cartón, botellas de plástico, porespán, chatarra, madera y muchos más artículos alimentaba tres enormes aparatos.

—Los clasificadores —gritó Hydt. El ruido era ensordecedor. Al otro extremo, los materiales separados eran cargados en camiones para ser enviados a otros lugares: latas, cristal, plástico, papel y otros materiales.

—El del reciclaje es un negocio curioso —chilló Hydt—. Tan sólo unos pocos productos, metales y cristal sobre todo, pueden reciclarse de manera indefinida. Todo lo demás se descompone al cabo de un tiempo, y hay que enterrarlo o trasladarlo a un vertedero. El aluminio es el único reciclable aprovechable. La mayoría de productos son mucho más baratos, limpios y fáciles de fabricar a partir de materias primas que de recicladas. Los camiones son necesarios para transportar materiales de reciclaje, y el proceso de reciclaje en sí, aumentan la contaminación de combustible fósil. Y la remanufacturación a partir de material reciclado utiliza más energía que la producción inicial, y todo eso agota los recursos.

Rió y concluyó su explicación:

—Pero reciclar es políticamente correcto..., de modo que la gente acude a mí.

Bond siguió a su guía al exterior y vio que Niall Dunne se acercaba sobre sus largas piernas, con andares desgarbados y patizambo. El flequillo de pelo rubio colgaba sobre sus ojos azules, tan inmóviles como guijarros. Bond aparcó el recuerdo del cruel trato infligido por Dunne a los hombres de Serbia y el asesinato del ayudante de Al Fulan en Dubái, sonrió con cordialidad y le estrechó la mano.

—Theron. —Dunne cabeceó, con expresión muy poco amistosa. Miró a Hydt—. Deberíamos irnos.

Parecía impaciente.

Hydt indicó a Bond que entrara en un Range Rover cercano y lo invitó a sentarse en el asiento del copiloto. Bond se percató de la impaciencia de ambos hombres, como si hubieran trazado algún plan que estuviera a punto de llevarse a la práctica. Su sexto sentido le dijo que tal vez algo había salido mal. ¿Habrían descubierto su identidad? ¿Se había delatado?

Cuando los otros dos hombres subieron, el serio Dunne se puso al volante. Bond reflexionó que no había mejor lugar para deshacerse clandestinamente de un cadáver.

Calle de la Desaparición...

46

El Range Rover traqueteaba en dirección este por una ancha carretera de tierra, adelantando a camiones rechonchos de enormes ruedas acanaladas, cargadas con balas, contenedores o desperdicios. Pasó junto a una amplia sima de unos veinticinco metros de profundidad.

Bond miró hacia abajo. Los camiones estaban dejando caer su carga, y las excavadoras se dedicaban a compactarlas contra la cara del basurero. El fondo del pozo estaba forrado de gruesas planchas oscuras. Hydt había estado en lo cierto respecto a las gaviotas: estaban por todas partes, miles de ellas; el aparatoso número, los graznidos, el frenesí, todo era inquietante, y Bond sintió que un escalofrío recorría su espina dorsal.

Durante el trayecto, Hydt señaló las llamas que Bond había visto antes. Aquí, mucho más cerca, eran gigantescas esferas de fuego. Notaba su calor.

—El basurero produce metano —explicó Hydt—. Excavamos y lo extraemos para alimentar los generadores, aunque por lo general hay demasiado gas y tenemos que quemar cierta cantidad. Si no lo hiciéramos, todo el basurero podría volar por los aires. Eso sucedió en América no hace mucho tiempo. Hubo cientos de heridos.

Al cabo de un cuarto de hora atravesaron un espeso bosque y un portal. Bond lanzó una carcajada involuntaria. El páramo de contenedores de basura había desaparecido. Se hallaban rodeados de un paisaje de asombrosa belleza: árboles, flores, formaciones rocosas, senderos, estanques, bosque. El jardín se extendía durante varios kilómetros.

—Lo llamamos «los Campos Elíseos». El paraíso..., después de una temporada en el infierno. No obstante, también es un vertedero. Bajo nuestros pies hay casi treinta metros de desperdicios. Hemos conquistado el terreno. Dentro de un año o así lo abriremos al público. Mi regalo para los sudafricanos. La putrefacción resucitada en belleza.

Bond no era aficionado a la botánica (su reacción habitual a la Exposición Floral de Chelsea era de irritación, a causa de los problemas de tráfico que provocaba en los alrededores de su casa), pero tuvo que admitir que los jardines eran impresionantes. De pronto clavó la vista en algunas raíces de árbol.

Hydt se fijó.

—¿Le parecen un poco extrañas?

Eran tubos metálicos, pintados para parecer raíces.

—Esos tubos transportan el metano generado bajo tierra para ser quemado o proporcionar energía a las plantas.

Supuso que el detalle había sido idea del ingeniero estrella de Hydt.

Se internaron en un bosquecillo y aparcaron. Una grulla azul, el ave nacional de Sudáfrica, se alzaba majestuosa en un estanque cercano, en equilibrio perfecto sobre una pata.

—Vamos, Theron. Hablemos de negocios.

«¿Por qué aquí?», se preguntó Bond, mientras seguía a Hydt por un sendero, junto al cual pequeños letreros identificaban las plantas. Se preguntó una vez más si el hombre tenía planes para él, y miró en busca de posibles armas y vías de escape, sin éxito.

Hydt se detuvo y miró hacia atrás. Bond también..., y sintió una punzada de alarma. Dunne se acercaba, armado con un rifle.

Bond mantuvo la calma de puertas afuera. («Llevarás tu tapadera hasta la tumba», decían los conferenciantes de Fort Monckton a sus estudiantes.)

—¿Ha disparado con armas largas?

Dunne exhibió el rifle de caza, con su culata de plástico o fibra de carbono negra, el cajón de mecanismos y el armazón de acero cromado.

—Sí. —Bond había sido capitán del equipo de tiro de Fettes, y había ganado concursos tanto de calibre pequeño como grande. Había ganado la Medalla de la Reina por Excelencia en el Disparo cuando estaba en la Real Reserva Naval, la única medalla de tiro que puede ganarse con uniforme. Miró el arma que sostenía Dunne—. Un Winchester 270.

—Magnífica arma, ¿no cree?

—Sí. Prefiero ese calibre al 30-06. Permite una trayectoria más horizontal.

—¿Es usted cazador, Theron? —preguntó Hydt.

—Nunca he tenido muchas oportunidades.

Hydt rió.

—Yo tampoco cazo..., salvo una especie. —La sonrisa se desvaneció—. Niall y yo hemos estado hablando de usted.

—¿De veras? —preguntó Bond en tono displicente.

—Hemos decidido que podría significar una valiosa aportación a otros proyectos en los que estamos trabajando. Pero necesitamos una demostración de fe.

—¿Dinero?

Bond estaba desorientado. Creía comprender cuál era el propósito de su enemigo, y necesitaba una respuesta. Rápida.

—No —dijo Hydt. Inclinó la enorme cabeza hacia Bond—. No me refiero a eso.

Dunne avanzó con el Winchester apoyado sobre la cadera, la boca apuntada al cielo.

—Muy bien. Traedlo.

Dos empleados con uniformes de seguridad sacaron a un hombre esquelético con camiseta y pantalones de color caqui muy gastados de detrás de un grupo de jacarandas. El rostro del hombre era una máscara de terror.

Hydt le miró con desprecio.

—Este hombre entró ilegalmente en nuestra propiedad —explicó a Bond—, con la intención de robar teléfonos móviles de las instalaciones de chatarra electrónica. Cuando intentaron detenerlo, sacó una pistola y disparó contra un guardia. Falló y le redujeron. He investigado sus antecedentes, y es un presidiario fugado. Condenado por violación y asesinato. Podría entregarlo a las autoridades, pero su aparición me ha concedido, y también a usted, una oportunidad.

—¿De qué está hablando?

—Tiene la posibilidad de abatir a su primera presa de caza mayor. Si dispara a este hombre...

—¡No! —gritó el cautivo.

—Si lo mata, es la única paga y señal que necesito. Seguiremos adelante con su proyecto y lo contrataré para que me ayude con otros. Si decide no matarlo, cosa que comprendería perfectamente, Niall lo acompañará hasta la puerta principal y cada uno seguirá su camino. Por tentadora que resulte su oferta de limpiar los campos de exterminio, tendré que rechazarla.

—¿Disparar a un hombre a sangre fría?

—Usted decide —dijo Dunne—. No le dispare. Márchese.

El acento parecía más pronunciado.

Pero ¡menuda oportunidad de entrar en el sanctasanctórum de Severan Hydt! Bond podría averiguarlo todo sobre Gehenna. Una vida a cambio de miles.

¿Y cuántas más morirían si, como parecía probable, el acontecimiento del viernes era el primero de otros proyectos similares?

Contempló el rostro moreno del criminal, los ojos abiertos de par en par, las manos que temblaban a los costados.

Bond miró a Dunne. Avanzó y cogió el rifle.

—¡No, por favor! —gritó el hombre.

Los guardias le pusieron de rodillas de un empujón y se apartaron. El hombre miró a Bond, quien se dio cuenta por primera vez de que, en los pelotones de fusilamiento, la venda no era un gesto compasivo para con el condenado, sino para los verdugos, para que no tuvieran que mirar a los ojos al prisionero.

—¡No, señor, por favor!

—Hay una bala en la recámara —dijo Dunne—. El seguro está puesto.

¿Habrían puesto una bala de fogueo para ponerlo a prueba? ¿O acaso Dunne no había cargado el rifle? Estaba claro que el ladrón no llevaba ningún chaleco a prueba de balas debajo de la delgada camiseta. Bond levantó el arma, que no tenía mira telescópica, sólo convencional. Miró al ladrón, que se hallaba a doce metros de distancia, y apuntó. El hombre levantó las manos para taparse la cara.

—¡No! ¡Por favor!

—¿Quiere acercarse más? —preguntó Hydt.

—No, pero no quiero que sufra —replicó Bond sin inmutarse—. Desde esta distancia, ¿el rifle dispara alto o bajo?

—No sabría decirle —contestó Dunne.

Bond apuntó hacia la derecha, a una hoja que se encontraba a la misma distancia que el cautivo. Apretó el gatillo. Se oyó un chasquido penetrante y un agujero apareció en el centro de la hoja, justo en el punto al que había apuntado. Bond expulsó el cartucho e introdujo otra bala en la recámara. Aun así, vaciló.

—¿Qué va a ser, Theron? —susurró Hydt.

Bond alzó el arma y apuntó a la víctima una vez más.

Siguió un momento de pausa. Apretó el gatillo. Otro fuerte chasquido, y un punto rojo floreció en el centro de la camiseta del hombre, quien se desplomó sobre el polvo.

47

—Bien —dijo Bond, mientras abría el cerrojo del rifle y tiraba el arma a Dunne—. ¿Están satisfechos?

El irlandés atrapó sin dificultad el arma con sus grandes manos. Permaneció tan impasible como siempre. No dijo nada.

Sin embargo, Hydt parecía complacido.

—Bien —dijo—. Vamos al despacho a tomar una copa para celebrar nuestra sociedad... y para permitirme que le pida disculpas.

—Por obligarme a matar a un hombre.

—No, por obligarle a creer que estaba matando a un hombre.

—¿Cómo?

—¡William!

El hombre a quien Bond había disparado se puso en pie de un salto con una amplia sonrisa en la cara.

Bond giró en redondo hacia Hydt.

—Yo...

—Balas de cera —explicó Dunne—. La policía las usa para los entrenamientos, y los cineastas en las escenas de acción.

—¿Era una maldita prueba...?

—... que nuestro amigo Niall ingenió. Era buena, y usted la ha superado.

—¿Se ha creído que soy un colegial? Váyase al infierno.

Bond se volvió y caminó a grandes zancadas hacia la puerta del jardín.

—Espere, espere. —Hydt le siguió con el ceño fruncido—. Somos hombres de negocios. Era algo necesario. Teníamos que estar seguros.

Bond escupió una obscenidad y continuó andando por el sendero, mientras abría y cerraba los puños.

—Puede marcharse —dijo Hydt en tono perentorio—, pero le comunico, Theron, que no sólo se está alejando de mí, sino de un millón de dólares, que serán suyos mañana si se queda. Y habrá muchos más.

Bond se detuvo. Dio media vuelta.

—Volvamos al despacho y hablemos. Seamos profesionales.

Bond miró al hombre al que había disparado, quien continuaba sonriendo muy alegre.

—¿Un millón? —preguntó a Hydt.

Hydt asintió.

—Serán suyos mañana.

Bond permaneció inmóvil un momento, mirando al otro lado de los jardines, que en verdad eran magníficos. Después, volvió hacia Hydt y lanzó una fría mirada a Dunne, quien estaba descargando el rifle y limpiándolo con sumo cuidado, mientras acariciaba las piezas metálicas.

Bond procuró conservar una expresión indignada en la cara, interpretando el papel de parte ofendida.

Porque todo era una ficción, ya que había imaginado que se trataba de balas de cera. Nadie que haya disparado un arma con una carga normal de pólvora y una bala de plomo se deja engañar por una bala de cera, que provoca mucho menos retroceso que un proyectil real. (Dar una bala de fogueo a un soldado de un pelotón de fusilamiento es absurdo: sabe que su bala no es real en cuanto dispara.) Unos momentos antes le habían dado la pista a Bond cuando el «ladrón» se tapó los ojos. La gente que está a punto de morir fusilada no se cubre nada con las manos.

Por lo tanto, había reflexionado Bond, tenía miedo de quedarse ciego, no de morir. Lo cual sugería que la bala era o bien de fogueo o bien de cera.

Había disparado al follaje para calibrar el retroceso, y enseguida descubrió que las balas no eran letales.

Supuso que el hombre se ganaría una paga extra por sus esfuerzos. Daba la impresión de que Hydt cuidaba a sus empleados, con independencia de lo que pudiera decirse de él. Eso se había confirmado. Hydt sacó unos cuantos rands y se los dio al hombre, que se acercó a Bond y le estrechó vigorosamente la mano.

—¡Hola, señor! Usted buen disparo. Me alcanzó en un punto bendito. ¡Mire, justo aquí! —Se dio unos golpecitos en el pecho—. Un hombre me disparó más abajo, ya sabe dónde. Era un hijo de puta. Oh, me dolió muchos días. Y mi señora se queja mucho.

De nuevo en el Range Rover, los tres hombres volvieron en silencio a la planta, y los hermosos jardines dieron paso a la espantosa calle de la Desaparición, a la cacofonía de las gaviotas y los gases.

Gehenna...

Dunne aparcó delante del edificio principal y se despidió de Bond con un cabeceo.

—Iré a buscar a nuestros socios al aeropuerto —dijo a Hydt—. Llegarán a eso de las siete. Los acomodaré, y después volveré.

De modo que Dunne y Hydt iban a trabajar hasta bien avanzada la noche. ¿Eso sería positivo o negativo para un futuro reconocimiento de Green Way? Una cosa estaba clara: Bond tenía que entrar en Investigación y Desarrollo ya.

Dunne se alejó, mientras Bond y Hydt continuaban hacia el edificio.

—¿Me va llevar de gira? —preguntó Bond a Hydt—. Hace más calor..., y no hay tantas gaviotas.

Hydt rió.

—No hay mucho que ver. Iremos a mi despacho.

Sin embargo, no ahorró a su nuevo socio los trámites en el puesto de seguridad de la puerta trasera, aunque los guardias pasaron por alto el inhalador una vez más. Cuando entraron en el pasillo principal, Bond vio de nuevo el letrero de Investigación y Desarrollo. Bajó la voz.

—Bien, no me iría mal una gira por los lavabos.

—Por allí —señaló Hydt, y después sacó el móvil para hacer una llamada. Bond se alejó a toda prisa por el pasillo. Entró en el desierto lavabo de caballeros, agarró un montón de toallas de papel y las tiró en un retrete. Cuando tiró de la cadena, el papel atascó el desagüe. Se acercó a la puerta y miró hacia el lugar donde Hydt estaba esperando. El hombre tenía la cabeza gacha, pues estaba concentrado en su llamada. Bond comprobó que no había cámaras de seguridad, de modo que se alejó de Hydt, mientras pensaba en la historia que iba a contar.

«Ah, un cubículo estaba ocupado y el otro embozado, así que fui a buscar otro. No quise molestarlo, porque estaba hablando por teléfono».

Negación plausible...

Bond recordó dónde había visto el letrero cuando había entrado. Corrió por un pasillo desierto.

INVESTIGACIÓN Y DESARROLLO. PROHIBIDO EL PASO

Un teclado numérico accionaba la puerta metálica de seguridad, en combinación con un lector de tarjeta llave. Bond sacó el inhalador y tomó varias fotos, incluidos primeros planos del teclado.

«Vamos —animó a un desprevenido cómplice del interior—, alguien ha de estar pensando en visitar el lavabo, o en ir a buscar café a la cantina».

Pero nadie lo ayudó. La puerta continuó cerrada y Bond decidió que debía volver con Hydt. Giró sobre sus talones y recorrió el pasillo a toda prisa. Gracias a Dios, Hydt seguía hablando por el móvil. Alzó la vista cuando Bond ya había dejado atrás la puerta de los lavabos. Para él, Bond acababa de salir.

Desconectó.

—Venga por aquí, Theron.

Guió a Bond por un pasillo hasta llegar a una estancia grande que hacía las veces de despacho y vivienda. Un enorme escritorio estaba encarado hacia un ventanal que daba al imperio de Hydt. Había un dormitorio a un lado. Bond observó que la cama estaba deshecha. Hydt le alejó de ella y cerró la puerta. Indicó con un gesto a Bond un sofá y una mesita auxiliar de un rincón.

—¿Quiere beber algo?

—Whisky. Escocés. De malta.

—¿Auchentoshan?

Bond conocía la destilería, a las afueras de Glasgow.

—Bien. Una gota de agua.

Hydt sirvió una generosa cantidad en un vaso, añadió el agua y se lo dio. Él se sirvió una copa de Constantia de Sudáfrica. Bond conocía el vino dulce como la miel, una reciente versión recuperada de la bebida favorita de Napoleón. El depuesto emperador guardaba cientos de litros que le habían enviado en barco a Santa Elena, donde pasó exiliado sus últimos años. Lo había tomado en su lecho de muerte.

La tétrica habitación estaba llena de antigüedades. Mary Goodnight siempre le informaba entusiasmada de las gangas que encontraba en el mercado de Portobello Road, en Londres, pero ninguno de los objetos que albergaba el despacho de Hydt parecía muy valioso. Estaban rayados, abollados, torcidos. Fotografías, cuadros y bajorrelieves antiguos colgaban de las paredes. Losas descoloridas albergaban imágenes de dioses griegos y romanos, aunque Bond ignoraba cuáles eran.

Hydt se sentó y entrechocaron sus vasos. Hydt dirigió una mirada de afecto a las paredes.

—Casi todo procede de edificios que mis empresas han demolido. Para mí son como reliquias de santos. Que también me interesan, por cierto. Poseo varias, aunque es un hecho que ignoran los de Roma. —Acarició la copa de vino—. Todo lo que sea antiguo o desechado me complace. No sabría decirle por qué. Tampoco es que me interese saberlo. Yo creo, Theron, que casi todo el mundo desperdicia demasiado tiempo preguntándose por qué es como es. Hay que aceptar la propia naturaleza y satisfacerla. Me encantan la decadencia, el deterioro..., las cosas que los demás rechazan. —Hizo una pausa—. ¿Le gustaría saber cómo empecé en este negocio? Es una historia informativa.

—Sí, por favor.

—En mi juventud padecí ciertas dificultades. Y quién no, por supuesto. Pero me vi obligado a empezar a trabajar desde muy joven. Fue en una empresa de recogida de basuras. Yo fui basurero en Londres. Un día, mis compañeros y yo estábamos tomando té, a la hora del descanso, cuando el conductor señaló un piso que había en la misma calle. Dijo: «Ahí vive uno de los tipos de Clerkenwell».

Clerkenwell era tal vez el sindicato del crimen más grande y con más éxito de la historia de Inglaterra. Ya lo habían desmantelado, pero durante veinte años sus miembros habían impuesto su brutal ley en los alrededores de Islington. Eran los responsables oficiales de veinticinco asesinatos.

—Yo estaba intrigado —continuó Hydt con ojos centelleantes—. Después de la pausa, continuamos nuestras rondas, pero sin que los demás se enteraran escondí la basura de aquel piso cercano. Volví por la noche y recogí la bolsa, me la llevé a casa y la examiné. Repetí la maniobra durante semanas seguidas. Examinaba cada carta, cada lata, cada factura, y cada envoltorio de condones. Casi todo era inútil. Pero descubrí algo interesante. Una nota con una dirección de East London. «Aquí», era todo cuanto decía. Pero me hice una idea de su significado. En aquellos tiempos, me sacaba un sobresueldo como detector de metales. ¿Sabe lo que son? Esos tipos que pasean por las playas de Brighton o Eastbourne en busca de monedas y anillos caídos en la arena, después de que los turistas se hayan marchado. Yo tenía un buen detector de metales, de modo que el fin de semana siguiente fui a la propiedad mencionada en la nota. Tal como imaginaba, estaba desocupado. —Hydt estaba muy animado, se lo estaba pasando en grande—. Tardé diez minutos en encontrar la pistola. Compré un kit de huellas dactilares y, aunque no era un experto, me pareció que las huellas de la pistola y de la nota coincidían. No sabía muy bien para qué habían utilizado la pistola, pero...

—Pero ¿para qué enterrarla, si no la habían utilizado para asesinar a nadie?

—Exacto. Fui a ver al hombre de Clerkenwell. Le dije que mi abogado guardaba la pistola y la nota. No existía tal abogado, por supuesto, pero me eché un buen farol. Le dije que, si no llamaba antes de una hora, enviaría todo a Scotland Yard. ¿Me arriesgué? Por supuesto. Pero de una forma calculada. El hombre palideció y me preguntó de inmediato qué quería. Mencioné una cifra. Pagó en metálico. Me dispuse a fundar una pequeña empresa de recogida de basuras. A la larga, se convirtió en Green Way.

—Eso concede todo un nuevo significado a la palabra «reciclar», ¿verdad?

—En efecto. —El comentario pareció divertir a Hydt. Bebió el vino y miró los terrenos, las esferas de llamas que brillaban en la distancia—. ¿Sabe que hay tres fenómenos obra del hombre que pueden verse desde el espacio exterior? La Gran Muralla china, las Pirámides... y el antiguo vertedero de Fresh Kills, en Nueva Jersey.

Bond no lo sabía.

—Para mí, la eliminación de residuos es algo más que un negocio —dijo Hydt—. Es una ventana a nuestra sociedad... y a nuestras almas. —Se inclinó hacia delante—. En la vida, podemos adquirir algo sin querer, ya sea mediante un regalo, un descuido, una herencia, el destino, un error, la codicia, la pereza..., pero cuando desechamos algo, casi siempre es intencionado.

Tomó un pequeño sorbo de vino.

—Theron, ¿sabe qué es la entropía?

—No.

—La entropía es la verdad esencial de la naturaleza —explicó Hydt, mientras hacía entrechocar sus largas uñas amarillentas—. Es la tendencia hacia la descomposición y el desorden, en la física, en la sociedad, en el arte, en los seres vivos..., en todo. Es el camino a la anarquía. —Sonrió—. Eso suena pesimista, pero no lo es. Es lo más maravilloso del mundo. Nunca puede equivocarse si es fiel a la verdad. Y eso es verdad.

Sus ojos se posaron en un bajorrelieve.

—Me cambié el nombre, ¿lo sabía?

—No —dijo Bond, y pensó: «Maarten Holt».

—Me lo cambié porque mi apellido era el de mi padre, y fue él quien eligió mi nombre de pila. No deseaba tener la menor relación con esa persona. —Una sonrisa fría—. Elegí «Hydt» porque era un eco del lado oscuro del protagonista de *El extraño caso del doctor Jekyll y mister Hyde*, que había leído en el colegio y me había gustado mucho. Creo que todos tenemos un lado público y un lado oscuro. Ese libro me lo confirmó.

—¿Y «Severan»? Es poco común.

—No pensaría eso si hubiera vivido en Roma en los siglos II y III después de Cristo.

—¿No?

—Estudié historia y arqueología en la universidad. Si habla de la antigua Roma, Theron, ¿en qué piensa casi todo el mundo? En la dinastía Julio-Claudia de los emperadores. Augusto, Tiberio, Calígula, Claudio y Nerón. Piensan en eso, al menos, si han leído *Yo, Claudio* o han visto a Derek Jacobi en la brillante serie de la BBC. Pero la dinastía duró un tiempo breve, poco más de un siglo. Sí, sí, *mare nostrum*, la guardia pretoriana, películas protagonizadas por Russell Crowe... Todo muy decadente y dramático. «¡Dios mío, Calígula, con tu propia hermana!» Pero para mí, la verdad de Roma se reveló mucho después, en una dinastía familiar diferente, los emperadores severianos, una dinastía fundada por Septimio Severo muchos años después del suicidio de Nerón. Presidieron la decadencia del Imperio romano. Su reinado culminó en lo que los historiadores llamaron el período de la Anarquía.

—Entropía —dijo Bond.

—Exacto —sonrió Hydt—. He visto una estatua de Septimio Severo y me parezco un poco a él, de modo que adopté su apellido. —Miró a Bond—. ¿Está nervioso, Theron? No se preocupe. No ha firmado un contrato con Ahab. No estoy loco.

Bond rió.

—No he pensado que lo estuviera. La verdad, estaba pensando en el millón de dólares del que habló.

—Por supuesto. —Estudió a Bond con detenimiento—. Mañana cristalizará el primero de los proyectos en los que estoy comprometido. Mis principales socios estarán presentes. Usted también vendrá. Después comprenderá cuáles son nuestros planes.

—Por un millón, ¿qué quiere que haga? —Frunció el ceño—. ¿Matar a alguien con balas de verdad?

Hydt se mesó la barba de nuevo. Parecía un auténtico emperador romano.

—Mañana no tendrá que hacer nada. El proyecto está terminado. Sólo veremos los resultados. Y lo celebraremos, espero. Su millón será lo que cobra por firmar el contrato. Después estará muy ocupado.

Bond forzó una sonrisa.

—Es un placer que me haya incluido.

En aquel momento, sonó el móvil de Hydt. Miró la pantalla, se levantó y dio media vuelta. Bond supuso que habrían surgido algunas dificultades. Hydt no se enfadó, pero su tirantez indicaba que no estaba contento. Desconectó.

—Lo siento. Un problema en París. Inspectores. Sindicatos. Es un problema de Green Way. Nada que ver con el proyecto de mañana.

Bond no quería despertar las sospechas de aquel hombre, de modo que cambió de tema.

—De acuerdo. ¿A qué hora debo estar aquí?

—A las diez de la mañana.

Al recordar el mensaje interceptado que la GCHQ había descodificado, además de las pistas que había descubierto en March acerca de la fecha en que el ataque tendría lugar, Bond comprendió que le quedaban unas doce horas para descubrir qué era Gehenna y abortarlo.

Una figura apareció en el umbral. Era Jessica Barnes. Llevaba lo que parecía su indumentaria habitual: falda negra y recatada camisa blanca. A Bond nunca le habían gustado las mujeres que abusaban del maquillaje, pero se preguntó de nuevo por qué no se aplicaba un mínimo.

—Jessica, te presento a Gene Theron —dijo Hydt con aire ausente. Había olvidado que se habían conocido la noche anterior.

La mujer no se acordaba de él.

Bond le estrechó la mano. Ella lo saludó con un tímido y seco movimiento de cabeza.

—Las pruebas de los anuncios no han llegado —dijo a Hydt—. No estarán aquí hasta mañana.

—Las podrás revisar, ¿verdad?

—Sí, pero no tengo nada más que hacer. Estaba pensando en que me gustaría volver a Ciudad del Cabo.

—Ha surgido algo. Me quedaré unas horas. Si puedes esperar...

Sus ojos se desviaron hacia la habitación tras la cual Bond había visto la cama.

Ella vaciló.

—De acuerdo —dijo.

Un suspiro.

—Yo vuelvo a la ciudad —dijo Bond—. Puedo acompañarla en el coche, si quiere.

—¿De veras? ¿No es demasiada molestia?

Su pregunta, sin embargo, no iba dirigida a Bond, sino a Hydt.

El hombre estaba examinando su móvil. Alzó la vista.

—Muy amable por su parte, Theron. Hasta mañana.

Se estrecharon la mano.

—*Totsiens*.

Bond se despidió en afrikáner, cortesía de la Escuela de Idiomas Bheka Jordaan.

—¿A qué hora llegarás a casa, Severan? —preguntó Jessica a Hydt.

—Cuando llegue —replicó el hombre distraído, al tiempo que tecleaba un número en el teléfono.

Cinco minutos después, Jessica y Bond se encontraban ante el puesto de seguridad principal, donde tuvo que pasar de nuevo por el detector de metales. Pero antes de que pudiera recuperar la pistola y el móvil, un guardia se le acercó.

—¿Qué es eso, señor? —preguntó—. Veo algo en su bolsillo.

El inhalador. ¿Cómo demonios había detectado el pequeño bulto en la cazadora?

—No es nada.

—Quiero verlo, por favor.

—No he robado nada de ningún depósito de chatarra, si está pensando en eso.

—Nuestras normas son muy claras, señor —dijo el hombre con paciencia—. Si no lo veo, tendré que llamar al señor Dunne o al señor Hydt.

Sigue tu tapadera hasta la tumba...

Con mano firme, Bond sacó el tubo de plástico negro y se lo enseñó.

—Es un medicamento.

—¿De veras?

El hombre cogió el adminículo y lo examinó con detenimiento. La lente de la cámara estaba escondida, pero Bond pensó que cualquiera podría verla. El guardia estaba a punto de devolvérselo, pero cambió de opinión. Levantó el tapón articulado, dejó al descubierto el émbolo y apoyó el pulgar encima.

Bond echó un vistazo a su Walther, que descansaba en una de las casillas. Se encontraba a tres metros de distancia, y dos guardias armados se interponían.

El guardia oprimió el émbolo... y liberó una fina neblina de alcohol desnaturalizado en el aire, cerca de su cara.

Sanu Hirani, por supuesto, había inventado el juguete con premeditación. El mecanismo del atomizador era real, aunque el producto químico que contenía no lo fuera. La cámara estaba ubicada en la parte inferior de la base. El olor a alcohol era intenso. El guardia arrugó la nariz y sus ojos estaban anegados en lágrimas cuando devolvió el artilugio.

—Gracias, señor. Espero que no necesite tomar con frecuencia este medicamento. Parece muy desagradable.

Bond guardó en el bolsillo el inhalador sin contestar, y recogió su arma y el teléfono.

Se encaminó hacia la puerta principal, que se abrió a la tierra de nadie que separaba las dos vallas. Casi había llegado, cuando un claxon de alarma resonó y las luces empezaron a destellar.

48

Bond estuvo a punto de girar en redondo, adoptar una postura de combate y derribar los objetivos prioritarios.

Pero el instinto le dijo que se abstuviera.

Menos mal. Los guardias ni siquiera lo estaban mirando. Habían vuelto a contemplar la tele.

Bond miró hacia atrás. La alarma se había disparado porque Jessica, eximida de someterse a medidas de seguridad, había atravesado un detector de metales con el bolso y las joyas. Un guardia accionó un interruptor para desactivar la alarma.

Cuando los latidos de su corazón recuperaron el ritmo normal, Bond y Jessica salieron, atravesaron el siguiente puesto de seguridad y entraron en el aparcamiento. El suave viento agitaba las hojas marrones de los árboles. Bond abrió la puerta del copiloto para que la mujer subiera, se puso al volante y puso en marcha el motor del Subaru. Siguieron la carretera polvorienta hasta la N7, entre los camiones omnipresentes de Green Way.

Bond guardó silencio un rato, pero después se puso a trabajar con sutileza haciendo preguntas inocentes, para conseguir que hablara con él. ¿Le gustaba viajar? ¿Cuáles eran sus restaurantes favoritos de la ciudad? ¿En qué consistía su trabajo en Green Way?

—Siento curiosidad —preguntó después—. ¿Cómo se conocieron ustedes dos?

—¿De veras quiere saberlo?

—Dígame.

—Yo fui una reina de la belleza cuando era joven.

—¿De veras? Nunca había conocido a ninguna.

Bond sonrió.

—No me fue nada mal. Participé en el desfile de miss Estados Unidos en una ocasión, pero lo que de verdad… —Enrojeció—. No, es una tontería.

—Continúe, por favor.

—Bien. Una vez participé en un concurso en el Waldorf-Astoria. Eso fue antes del desfile, y éramos muchas chicas en el vestíbulo. Jackie Kennedy me vio y se acercó para decirme lo guapa que era. —Un orgullo que Bond jamás había visto en su rostro animó sus facciones—. Fue uno de los momentos estelares de mi vida. Ella era mi ídolo cuando yo era pequeña. —La sonrisa se suavizó—. No creo que esto le resulte muy interesante, ¿verdad?

—Yo he sido quien ha preguntado.

—Bien. En el mundo de los concursos tienes un tiempo limitado. Tras abandonar el circuito, hice algunos anuncios y teletiendas. Pero eso también se acabó. Pocos años después, mi madre falleció (estábamos muy unidas), y pasé una época muy mala. Trabajé de camarera en un restaurante de Nueva York. Severan estaba haciendo negocios cerca, y acudía al hotel para reunirse con los clientes. Hablábamos. Era un hombre fascinante. Le encanta la historia, y ha viajado por todas partes. Hablábamos de mil cosas diferentes.

»Nos entendíamos muy bien. Era muy… alentador. En los concursos de belleza, solía decir en broma que la vida ni siquiera es superficial: no pasa del maquillaje. Es lo único que la gente ve. Maquillaje y ropa. Severan leyó en mi interior, supongo. Nos entendíamos muy bien. Me pidió el número de teléfono y no dejó de llamarme. Bien, yo no era estúpida. Tenía cincuenta y siete años, y estaba sin familia, y casi sin dinero. Y tenía a un hombre apuesto…, un hombre vital.

Bond se preguntó si eso significaba lo que él sospechaba.

El GPS indicó a Bond que dejara la autopista. Condujo con precaución por una carretera congestionada. Había minibuses por todas partes. Coches de remolque esperaban en los cruces, al parecer con la intención de ser los primeros en llegar al lugar del accidente. La gente vendía bebidas en la cuneta, negocios improvisados que tenían lugar en la parte posterior de camiones y furgonetas. Varios hacían su agosto vendiendo baterías y reparando alternadores. ¿Por qué esa enfermedad se cebaba en vehículos sudafricanos en particular?

Ahora que habían roto el hielo, Bond preguntó sobre la reunión del día siguiente, pero ella dijo que no sabía nada, y él la creyó. Aunque resultara frustrante para Bond, daba la impresión de que Hydt la mantenía en la inopia acerca de Gehenna y las demás actividades ilegales en las que Dunne, la empresa o él estuvieran implicados.

Se encontraban a cinco minutos de su destino, según el GPS, cuando Bond dijo:

—Debo ser sincero. Es extraño.

—¿Qué?

—El que le guste rodearse de todo eso.

—¿Todo qué? —preguntó Jessica, con los ojos clavados en él.

—Descomposición, destrucción.

—Bueno..., es un negocio cualquiera.

—No me refiero a su trabajo en Green Way. Eso lo comprendo. Estoy hablando de su interés personal en lo antiguo, lo utilizado..., lo desechado.

Jessica no dijo nada durante un momento. Señaló una amplia residencia privada de madera, rodeada por una imponente valla de piedra.

—Ésa es la casa. Es...

Su voz se estranguló y empezó a llorar.

Bond paró junto al bordillo.

—¿Qué ocurre, Jessica?

—Yo...

Su respiración era agitada.

—¿Se encuentra bien?

Movió la palanca del asiento para ajustarlo hacia atrás, con el fin de poder mirarla.

—No es nada, nada. Esto es muy embarazoso.

Bond cogió su bolso y buscó dentro un pañuelo de papel. Encontró uno y se lo dio.

—Gracias. —La mujer intentó hablar, pero después se rindió a los sollozos. Cuando se calmó, ladeó el retrovisor para mirarse—. No me deja llevar maquillaje. Al menos, no se me ha corrido el rímel y no parezco un payaso.

—No le deja... ¿Qué quiere decir?

La confesión murió en sus labios.

—Nada —susurró Jessica.

—¿He dicho algo que no debía? Siento haberla molestado. Lo dije por decir algo.

—No, por favor, no se trata de nada que haya hecho usted, Gene.

—Dígame qué pasa.

Clavó los ojos en los de ella.

Ella debatió consigo misma un momento.

—No he sido sincera con usted. Mi interpretación ha sido buena, pero todo es mera fachada. No hay nada que nos una. Nunca lo ha habido. Me quiere... —Levantó una mano—. Creo que no querrá escuchar esto.

Bond le tocó el brazo.

—Por favor. Soy responsable en parte. He metido la pata. Me siento fatal. Hable conmigo.

—Sí, le gusta lo viejo..., lo usado, lo desechado. Yo.

—Dios mío, no. No era mi intención...

—Ya lo sé, pero por eso me desea Severan, porque formo parte de la espiral descendente. Soy su laboratorio de pruebas en lo relativo a deterioro, envejecimiento y decadencia.

»Eso es lo único que significo para él. Apenas me habla. Casi no tengo ni idea de lo que pasa por su mente, y él no alberga el menor interés por descubrir quién soy. Me da tarjetas de crédito, me lleva a lugares bonitos, y me mantiene. A cambio... Bien, me ve envejecer. Le sorprendo mirándome, una nueva arruga aquí, una mancha de edad allí. Por eso no puedo llevar maquillaje. Deja las luces encendidas cuando... Ya sabe a qué me refiero. ¿Sabe la humillación que eso representa para mí? Él también lo sabe. Porque la humillación es otra forma de decadencia.

Lanzó una carcajada amarga y se secó los ojos con el pañuelo.

—¿Sabe cuál es la ironía, Gene? ¿La maldita ironía? Cuando era joven, vivía para los concursos de belleza. A nadie le importaba cómo era yo por dentro, ni a los jueces, ni a mis compañeras de concurso..., ni siquiera a mi madre. Ahora soy vieja, y a Severan tampoco le importa cómo soy por dentro. Hay momentos en que detesto estar con él. Pero ¿qué puedo hacer? Soy impotente.

Bond aplicó un poco más de presión a su brazo.

—Eso no es cierto. Usted no es impotente. Ser mayor aporta energía. Significa experiencia, criterio, discernimiento, ser consciente de los recursos propios. La juventud significa cometer errores y ser impulsivo. Créame, lo sé muy bien.

—Pero sin él, ¿qué podría hacer? ¿Adónde iría?

—A cualquier parte. Podría hacer lo que le diera la gana. Es inteligente, de eso no cabe duda. Habrá ahorrado dinero.

—Un poco, pero no es una cuestión de dinero, sino de encontrar a alguien a mi edad.

—¿Por qué necesita a alguien?

—Ha hablado como un joven.

—Y usted como una persona que está convencida de lo que le han dicho, en lugar de pensar por sí misma.

Ella le dedicó una tenue sonrisa.

—*Touché*, Gene. —Le palmeó la mano—. Ha sido usted muy amable, y me parece increíble haber congeniado tanto con un completo desconocido. Debo entrar, por favor. Llamará para controlarme.

Señaló la casa.

Bond siguió adelante y paró ante la puerta, bajo la mirada vigilante de un guardia de seguridad, lo cual frustró su otro plan: entrar en la casa y descubrir sus secretos. Jessica asió su mano entre las de ella, y después bajó.

—¿La veré mañana? —preguntó Bond—. ¿En la planta?

Una leve sonrisa.

—Sí, allí estaré. Mi correa es muy corta.

Dio media vuelta y atravesó a toda prisa el portón abierto.

Bond puso la primera y se alejó. Jessica Barnes se esfumó al instante de sus pensamientos. Su atención se centró en su siguiente destino y lo que le esperaba en él.

¿Amiga o enemiga?

En la profesión que había escogido, James Bond había aprendido que ambas categorías no se excluían mutuamente.

49

Durante toda la mañana y tarde del jueves se había hablado de amenazas.

Amenazas de los norcoreanos, de los talibanes, de Al Qaeda, los chechenos, la Jihad Islámica, el este de Malasia, Sudán e Indonesia. Se había producido una breve discusión acerca de los iraníes. Pese a la retórica surrealista procedente del palacio presidencial, nadie se los tomaba demasiado en serio. M casi sentía pena por el pobre régimen de Teherán. En otros tiempos, Persia había sido un gran imperio.

Amenazas...

Pero el ataque real, pensó con ironía, estaba teniendo lugar en aquel preciso momento, durante un descanso de la conferencia de seguridad. M cortó su conversación con Moneypenny y se sentó muy tieso en la gastada sala dorada de un edificio de Richmond Terrace, entre Whitehall y el Victoria Embankment. Era uno de aquellos edificios anodinos de edad indeterminada en los que se llevaba a cabo el trabajo de gobernar el país.

El ataque inminente implicaba a dos ministros que ocupaban un asiento en el Comité Conjunto de Inteligencia. Sus cabezas asomaron por la puerta, una junta a otra, rostros provistos de gafas que inspeccionaron la sala hasta que localizaron a su objetivo. En cuanto una imagen de los Dos Ronnies de la tele[6] se formó en su mente, M fue incapaz de expulsarla.

---

6. Personajes de una serie cómica de la BBC1 interpretada por Ronnie Barker y Ronnie Corbett. (*N. del T.*)

Cuando avanzaron, no obstante, no advirtió nada cómico en su expresión.

—Miles —le saludó el de mayor edad. «Sir Andrew» precedía a su nombre, y aquellas dos palabras estaban en perfecta armonía con su rostro distinguido y la cabellera plateada.

El otro, Bixton, ladeó la cabeza, cuya carnosa cúpula reflejó la luz de la polvorienta araña. Respiraba con dificultad. De hecho, lo mismo podía decirse del otro.

No les invitó a sentarse, pero lo hicieron de todos modos, en el sofá eduardiano que había al otro lado de la bandeja del té. Ardía en deseos de sacar un puro del maletín y mordisquearlo, pero decidió reprimirse.

—Iremos directamente al grano —dijo sir Andrew.

—Sabemos que has de volver a la conferencia de seguridad —añadió Bixton.

—Acabamos de estar con el secretario de Asuntos Exteriores. En este momento se encuentra en la Cámara.

Eso explicaba su respiración agitada. No habían podido venir en coche desde la Cámara de los Comunes, puesto que Whitehall, desde Horse Guards Avenue hasta más allá de King Charles Street estaba aislado, como un submarino a punto de sumergirse, con el fin de que la conferencia de seguridad pudiera desarrollarse en paz y tranquilidad.

—¿Incidente Veinte? —preguntó M.

—Exacto —contestó Bixton—. Estamos intentando localizar también al director general de Seis, pero esta maldita conferencia...

Acababa de sumarse a Inteligencia Conjunta, y por lo visto cayó en la cuenta de repente de que tal vez no debía hablar tan mal de quienes le pagaban.

—... es un maldito engorro —gruñó M, y terminó la frase por él. No le causaba ningún problema vapulear a algo o alguien cuando lo merecía.

Sir Andrew intervino.

—Inteligencia de Defensa y la GCHQ informan de una avalancha de SIGINT en Afganistán desde hace unas seis horas.

—El consenso general es que está relacionado con Incidente Veinte.

—¿Algo relacionado con Hydt, Noah, o miles de muertos? —preguntó M—. ¿Niall Dunne? ¿Bases del ejército en March? ¿Artilugios explosivos improvisados? ¿Ingenieros en Dubái? ¿Instalaciones de basura y reciclaje en Ciudad del Cabo?

Me leía todos los mensajes que aterrizaban sobre su escritorio o llegaban a su teléfono móvil.

—No lo sabemos —contestó Bixton—. El Donut aún no ha descifrado los códigos. —La sede central de la GCHQ en Cheltenham tenía forma de círculo grueso—. Los paquetes de encriptado acaban de llegar. Lo cual tiene bloqueado a todo el mundo.

—SIGINT es cíclico por allí —masculló M en tono despectivo. En el MI6 había ascendido a un cargo muy alto, y se había ganado la fama de poseer una habilidad sin paralelo a la hora de extraer información y, lo más importante, pulirla hasta convertirla en algo útil.

—Cierto —admitió sir Andrew—. Demasiado casual que todas esas llamadas y correos electrónicos hayan surgido ahora, el día anterior a Incidente Veinte, ¿no cree?

No necesariamente.

—Y nadie ha descubierto nada que vincule a Hydt con la amenaza —continuó.

«Nadie» se traducía por «007».

M consultó su reloj, que había pertenecido a su hijo, soldado del Real Regimiento de Fusileros. La conferencia de seguridad se reanudaría al cabo de media hora. Estaba agotado, y al día siguiente, viernes, la sesión sería todavía más larga, y culminaría en una pesada cena, a la que seguiría un discurso del ministro del Interior.

Sir Andrew reparó en la nada sutil mirada al manoseado reloj.

—Para abreviar, Miles, el JIC es de la opinión de que este tal Severan Hydt de Sudáfrica es una maniobra de distracción. Tal vez esté implicado, pero no es una pieza clave en Incidente Veinte. La gente de Cinco y Seis cree que los auténticos actores están en Afganistán, donde tendrá lugar el ataque: se trata de militares, cooperantes y contratistas.

Eso era lo que decían, por supuesto, con independencia de lo que pensaran. La aventura de Kabul había costado miles de millones de libras y demasiadas vidas. Cuanta más maldad encontraran para justificar la incursión, mejor. M lo había sabido desde el principio de la operación Incidente Veinte.

—En cuanto a Bond...

—Es bueno, lo sabemos —interrumpió Bixton, echando un vistazo a las galletas de chocolate que M no había pedido con el té, pero que de todos modos habían llegado.

Sir Andrew frunció el ceño.

—Es que no ha descubierto gran cosa —continuó Bixton—. A menos que existan detalles que no hayan circulado todavía.

M no dijo nada, sino que se limitó a mirar a ambos hombres con frialdad.

—Bond es una estrella, por supuesto —dijo sir Andrew—. Creemos que sería positivo para todos que lo enviáramos a Kabul cuanto antes. Esta noche, si fuera posible. Enviarlo a una zona caliente, junto con un par de docenas de chicos de Seis de primera fila. También meteremos a la CIA. No nos importa compartir la gloria.

Y la culpabilidad, pensó M, si se equivocaban.

—Es lógico —añadió Bixton—. Bond estuvo destinado en Afganistán.

—Se supone que Incidente Veinte ocurrirá mañana —dijo M—. Tardará toda la noche en llegar a Kabul. ¿Cómo puede impedir que suceda algo?

—Creemos que… —Sir Andrew guardó silencio, al darse cuenta, supuso M, de que había repetido su irritante latiguillo verbal—. No estamos seguros de poder impedirlo.

Se hizo un desagradable silencio, como una ola contaminada con residuos hospitalarios.

—Nuestro planteamiento es que su hombre y los demás reúnan un equipo de autopsias. Para averiguar cuál fue la causa. Decidir la respuesta más adecuada. Hasta podría encabezar el grupo.

M sabía lo que estaba sucediendo, por supuesto: los dos Ronnies estaban ofreciendo al ODG una forma de salvar la cara. La organización podía ser una estrella en el noventa y cinco por ciento de las ocasiones, pero si se equivocaba una sola vez, con el resultado de grandes pérdidas, uno podría aparecer en el despacho un lunes por la mañana y descubrir que le han desmantelado la organización o, peor aún, la han convertido en una agencia de investigación.

Y el Grupo de Desarrollo Exterior pisaba terreno resbaladizo, para empezar, por albergar en su seno a la Sección 00, a la que mucha gente se oponía. Cometer un traspiés con Incidente Veinte sería un tropiezo muy serio. Al enviar a Bond a Afganistán deprisa y corriendo, el ODG tendría al menos un peón en juego, aunque llegara un poco tarde.

—Tomo nota de su recomendación, caballeros —dijo M tirante—. Permítanme hacer algunas llamadas telefónicas.

Bixton sonrió. Pero sir Andrew no había terminado todavía. Su insistencia era uno de los motivos de que M estuviera convencido de que las futuras audiencias con él se celebrarían en el 10 de Downing Street.

—¿Bond gozará de toda la ayuda necesaria?

La amenaza implícita en la pregunta era que si 007 se quedaba en Sudáfrica, desafiando las órdenes de M, sir Andrew dejaría de proteger a Bond, M y el ODG.

La ironía de conceder carta blanca a un agente como 007 consistía en que debía ejercerla únicamente cuando lo considerara necesario, lo cual significaba que no siempre contaría con toda la ayuda pertinente. M pensó que no se puede tener todo.

—Como ya he dicho, efectuaré algunas llamadas.

—Bien. Será mejor que nos vayamos.

Cuando salieron, M se levantó y atravesó las puertas cristaleras para salir al balcón, donde reparó en un agente de la Policía Metropolitana Especializada en Protección, armado con una ametralladora. Después de un examen y un cabeceo al recién llegado al turno, el hombre volvió a mirar la calle, nueve metros más abajo.

—¿Todo tranquilo? —preguntó M.

—Sí, señor.

M caminó hasta el extremo del balcón y encendió un puro, al que dio una profunda calada. Reinaba un silencio espectral en las calles. Las barricadas no eran tan sólo las vallas metálicas tubulares que se veían delante del Parlamento, sino que también se trataba de bloques de cemento, de metro veinte de altura, lo bastante sólidas para detener un coche lanzado a toda velocidad. Las aceras estaban patrulladas por guardias armados, y M se fijó en varios tiradores que se apostaban en los tejados de los edificios cercanos. Miró con aire ausente el Victoria Enbankment, siguiendo Richmond Terrace.

Sacó el móvil y llamó a Moneypenny.

Sonó una sola vez antes de que ella contestara.

—¿Sí, señor?

—Necesito hablar con el director ejecutivo.

—Ha bajado a la cantina. Le paso la llamada.

Mientras esperaba, M forzó la vista y lanzó una carcajada ronca. En el cruce, cerca de la barricada, había un camión grande y unos cuantos hombres que movían cubos de basura de un lado a otro. Eran empleados de la empresa de Severan Hydt, Green Way International. Se dio cuenta de que los había estado observando desde hacía unos minutos sin verlos en realidad. Eran invisibles.

—Al habla Tanner, señor.

Los basureros desaparecieron de los pensamientos de M. Se quitó el puro de entre los dientes.

—Bill, tengo que hablar contigo acerca de 007 —dijo.

50

Guiado por el GPS, Bond atravesaba el centro de la Ciudad del Cabo, dejando atrás empresas y residencias. Se encontró en una zona de pequeñas casas pintadas de alegres colores, azul, rosa, rojo y amarillo, encajada bajo Signal Hill. Las calles estrechas estaban casi todas adoquinadas. Le recordaron los pueblos del Caribe, con la diferencia de que minuciosos dibujos árabes adornaban muchas casas. Pasó ante una silenciosa mezquita.

Eran las seis y media de aquella fría noche de jueves, y se dirigía a casa de Bheka Jordaan.

Amiga o enemiga...

Se internó con el coche por las calles sembradas de baches y aparcó cerca. Ella le recibió en la puerta y le saludó con un cabeceo, sin sonreír. Se había quitado la ropa de trabajo y llevaba unos pantalones vaqueros y un jersey rojo oscuro ceñido. Su lustroso pelo negro colgaba suelto, y Bond se quedó cautivado por el intenso perfume a lilas del champú que la mujer había empleado hacía poco.

—Una región muy interesante —dijo—. Agradable.

—Se llama Bo-Kaap. Antes era muy pobre, y la mayoría eran musulmanes, inmigrantes de Malasia. Me mudé con..., bien, con alguien, hace años. Ahora, se está convirtiendo en un lugar muy chic. Antes sólo había bicicletas aparcadas en las calles. Ahora hay Toyotas, pero pronto serán Mercedes. Eso no me gusta. Prefiero lo de antes. Pero es mi hogar. Además, mis hermanas y yo nos turnamos para alojar a *Ugogo*, y viven cerca, así que nos va bien.

—¿*Ugogo*?

—Significa «abuela». La madre de nuestra madre. Mis padres viven en Pietermaritzburg, en KwaZulu-Natal, al este de aquí.

Bond recordó el plano antiguo de su despacho.

—Así que cuidamos de Ugogo. Es la costumbre zulú.

No le invitó a entrar, de modo que, en el porche, le contó su visita a Green Way.

—Necesito que revelen esta película. —Le entregó el inhalador—. Es de 8 milímetros, y el ISO es 1.200. ¿Puede arreglarlo?

—¿Yo? ¿Y por qué no su socio del MI6? —preguntó la mujer en tono mordaz.

Bond no sintió la necesidad de defender a Gregory Lamb.

—Confío en él, pero arrasó mi minibar por un valor de doscientos rands. Me gustaría que se ocupara de ello alguien que tuviera la cabeza despejada. Revelar la película puede resultar difícil.

—Yo me ocuparé.

—Bien, unos socios de Hydt llegan esta noche. Mañana por la mañana se celebrará una reunión en la planta de Green Way. —Pensó en lo que había dicho Dunne—. Llegan a eso de las siete. ¿Puede averiguar sus nombres?

—¿Sabe cuáles son las líneas aéreas?

—No, pero Dunne los va a buscar.

—Bien, pondremos a alguien de vigilancia. Kwalene es bueno en eso. Hace muchas bromas, pero es muy bueno.

Desde luego. Y también discreto, reflexionó Bond.

Una voz de mujer llamó desde dentro.

Jordaan miró hacia atrás.

—*Ize balukelile.*

Intercambiaron más palabras en zulú.

El rostro de Jordaan siguió impenetrable.

—¿Quiere entrar? Para que Ugogo compruebe que no pertenece a ninguna banda. Ya le he dicho que no es nadie, pero está preocupada.

—¿Nadie?

Bond la siguió al interior del pequeño piso, que estaba amueblado con gusto. Grabados, colgantes y fotos adornaban las paredes.

La mujer anciana que había hablado a Jordaan estaba sentada a una mesa de comedor larga con dos cubiertos. Casi habían terminado de cenar. Era muy frágil. Bond la reconoció gracias a las numerosas fotos que Jordaan tenía en su despacho. Llevaba un vestido holgado naranja y marrón, y zapatillas. Su pelo gris era corto. Empezó a levantarse.

—No, por favor —dijo Bond.

No obstante, se puso en pie y, encorvada, avanzó arrastrando los pies para estrechar la mano de Bond con firmeza.

—Ustes es el inglés del que hablaba Bheka. A mí no me parece tan malo.

Jordaan la fulminó con la mirada.

La anciana se presentó.

—Soy Mbale.

—James.

—Voy a descansar. Bheka, dale de comer. Está demasiado delgado.

—Se lo agradezco pero debo irme.

—Tiene hambre. He visto cómo miraba el *bobotie*. Sabe todavía mejor de lo que aparenta.

Bond sonrió. Había mirado la olla que descansaba sobre los fogones.

—Mi nieta es una cocinera excelente. Le gustará. Tomará cerveza zulú. ¿Ha probado alguna?

—He probado la Birkenhead y la Gilroy's.

—No, la cerveza zulú es mejor. —Mbali miró a su nieta—. Dale una cerveza y sírvele un plato de *bobotie*. Y salsa sambal. —Miró con aire crítico a Bond—. ¿Le gustan las especias?

—Sí.

—Estupendo.

—Ugogo —dijo Bheka exasperada—, ha dicho que tiene que marcharse.

—Lo ha dicho por ti. Dale algo de beber y comer. ¡Mira lo delgado que está!

—La verdad, Ugogo...

—Mi abuela es así. Genio y figura.

La mujer cogió una jarra de cerámica de cerveza y entró en un dormitorio. La puerta se cerró.

—¿Se encuentra bien? —preguntó Bond.

—Cáncer.

—Lo siento.

—Progresa mejor de lo que cabía esperar. Tiene noventa y siete años.

Bond se quedó sorprendido.

—No aparenta más de setenta y pico.

Como temerosa del silencio que pudiera dar pie a una conversación, Jordaan puso un CD. Una voz grave de mujer, con fondo de ritmos hip-hop, surgió de los altavoces. Bond vio la cubierta del CD: Thandiswa Mazwai.

—Por favor, siéntese —dijo Jordaan, y señaló la mesa.

—No, estoy bien.

—¿Qué quiere decir?

—No hace falta que me dé de comer.

—Si Ugogo se entera de que no le he ofrecido ni cerveza ni *bobotie* —replicó Jordaan—, se enfadará.

Sacó una olla de arcilla con tapa de ratán y vertió un líquido rosáceo y espumoso en un vaso.

—¿Esto es cerveza zulú?

—Sí.

—¿Casera?

—La cerveza zulú siempre es casera. Se prepara durante tres días, y se bebe mientras aún fermenta.

Bond bebió. Era amarga pero dulce, y no parecía contener mucho alcohol.

A continuación, Jordaan le sirvió un plato de *bobotie*, al que añadió una cucharada de salsa rojiza. Recordaba un poco al pastel de carne con patatas, con huevo en lugar de patata, pero estaba mejor que cualquier pastel que Bond hubiera tomado en Inglaterra. La salsa tenía un sabor excelente, y estaba muy especiada.

—¿No me acompaña?

Bond señaló una silla vacía. Jordaan estaba de pie, apoyada contra el fregadero, con las manos cruzadas sobre sus voluptuosos pechos.

—Ya he terminado de cenar —dijo en tono tenso. Se quedó donde estaba.

Amiga o enemiga...

Bond terminó de comer.

—Debo decir que tiene mucho talento. Una policía inteligente que también prepara una cerveza maravillosa y *bobotie* —indicó la olla con un movimiento de cabeza—. Creo que lo he pronunciado bien.

No recibió ninguna respuesta. ¿Tenía ella que considerar insultantes todos sus comentarios?

Reprimió su irritación y se descubrió contemplando las numerosas fotografías de la familia que adornaban las paredes y la repisa de la chimenea.

—Su abuela habrá sido testigo de muchos acontecimientos históricos.

—Ugogo es Sudáfrica —respondió Bheka, al tiempo que lanzaba una mirada afectuosa hacia la puerta cerrada de la habitación—. Su tío resultó herido en la batalla de Kambula, luchando contra los ingleses, pocos meses después de la batalla de la que le hablé, Isandlwana. Ella nació pocos años después de que se formara la Unión Sudafricana, a partir de las provincias del Cabo y Natal. La trasladaron a raíz de la ley de Zonas Reservadas de la década de 1950. Y resultó herida durante las protestas de 1958.

—¿Qué pasó?

—La masacre de Sharpeville. Se encontraba entre los que protestaban contra los dompas. Bajo la férula del apartheid, la gente se clasificaba legalmente en blancos, negros, colorados o indios.

Bond recordó los comentarios de Gregory Lamb.

—Los negros tenían que llevar un pase firmado por sus patrones, los cuales les permitía entrar en zona blanca. Era humillante y horrible. Hubo una manifestación pacífica, pero la policía cargó sin piedad y disparó sobre los manifestantes. Murieron casi setenta personas. Ugogo resultó herida. En la pierna. Por eso cojea.

Jordaan vaciló y, al final, se sirvió un poco de cerveza, y después bebió.

—Ugogo dijo a mis padres cómo debían llamarme, y ellos lo hicieron. Por lo general, se hace lo que Ugogo dice.

—«Bheka» —dijo Bond.

—En zulú significa «la que cuida de la gente».

Una protectora. Por lo tanto, estaba destinada a ser policía.

A Bond le estaba gustando mucho la música.

—Ugogo representa a la vieja Sudáfrica. Yo soy la nueva. Una mezcla de zulú y afrikáner. Nos llaman el país del arco iris, sí, pero fíjese en el arco iris y verá colores diferentes, separados entre sí. Tenemos que convertirnos en lo que soy yo, una fusión. Pasará mucho tiempo antes de que eso suceda. Pero sin duda sucederá. —Miró con frialdad a Bond—. Entonces seremos capaces de despreciar a la gente por lo que es en realidad, no por el color de su piel.

Bond le devolvió la mirada.

—Gracias por la cena y la cerveza. Tengo que irme.

Ella le acompañó hasta la puerta. Bond salió.

Fue entonces cuando James Bond vislumbró al hombre que le había perseguido desde Dubái. El mismo hombre de la chaqueta azul y el pendiente de oro, el hombre que había asesinado a Yusuf Nasad en Dubái y había estado a punto de matar a Felix Leiter.

Estaba parado al otro lado de la calle, a las sombras de un edificio cubierto de volutas y mosaicos árabes.

—¿Qué pasa? —preguntó Jordaan.

—Un hostil.

El hombre tenía un móvil, pero no estaba llamando. Estaba tomando una foto de Bond con Jordaan: la prueba de que Bond estaba colaborando con la policía.

—Coja su arma y quédese en casa con su abuela —dijo Bond.

Cruzó a toda prisa la calle, mientras el hombre huía por una estrecha callejuela que conducía a Signal Hill, a la pálida luz del crepúsculo.

51

El hombre le llevaba una ventaja de diez metros, pero Bond empezó a acortar distancias mientras ambos corrían por el callejón. Gatos airados y perros sarnosos huyeron, un niño con facciones redondas malasias se interpuso en el camino de Bond y una mano paterna lo tiró hacia atrás.

Estaba a unos cinco metros del hombre al que perseguía, cuando su instinto le advirtió: Bond cayó en la cuenta de que el hombre tal vez le había tendido una trampa para poder escapar sin problemas. Bajó la vista. ¡Sí! El perseguidor había tendido un cable a lo largo del callejón, a unos treinta centímetros del suelo, casi invisible en la oscuridad. El hombre sabía dónde estaba (un fragmento de loza indicaba el lugar), y había saltado por encima. Bond no pudo detenerse a tiempo, pero se preparó para la caída.

Lanzó el hombro hacia delante, y cuando su aceleración elevó sus piernas, dio media voltereta en el aire. Aterrizó sobre el suelo con fuerza y se quedó aturdido un momento, mientras se maldecía por permitir que el hombre escapara.

Salvo que no había escapado.

No había colocado el cable para frustrar su persecución, sino para que Bond resultara más vulnerable.

El hombre saltó sobre él al cabo de un instante, proyectando un hedor a cerveza, humo rancio de tabaco y carne sucia. Extrajo de la funda la Walther de Bond. Bond saltó hacia arriba, enlazó el brazo derecho del hombre y le retorció la muñeca hasta que la Walther cayó al suelo. El atacante dio una patada a la pistola, que quedó lejos del alcance de Bond. Éste, jadeante, continuó aferrando el brazo derecho del hombre y propinó violentos golpes a la hoja que sujetaba con la otra mano.

Miró hacia atrás, por si Bheka Jordaan había hecho caso omiso de su consejo y salido tras él, provista de su arma reglamentaria. El callejón desierto le miró.

Su atacante retrocedió para golpearle con la frente, pero cuando Bond se giró para esquivarlo, el hombre rodó sobre el suelo, dando una voltereta hacia atrás como un gimnasta. Una finta brillante. Bond se acordó de las palabras de Felix Leiter.

«Tío, ese hijo de puta es un experto en artes marciales...»

Bond se puso en pie de cara al hombre, que había adoptado una postura de combate, el cuchillo en la mano, la hoja sobresaliendo hacia abajo, con el filo aguzado encarado al enemigo. La mano izquierda, abierta y con la palma hacia abajo, flotaba distraída, dispuesta a agarrar la ropa de Bond y tirar de ella para matarlo a puñaladas.

Bond describió un círculo de puntillas.

Desde sus tiempos en Fettes (Edimburgo), había practicado diversos tipos de combate cuerpo a cuerpo, pero el ODG enseñaba a sus agentes un estilo peculiar de lucha sin armas, tomado prestado de un antiguo (o no tan antiguo) enemigo, los rusos. La Spetsnaz, la rama de fuerzas especiales de la inteligencia militar de la GRU, había puesto al día una antigua arte marcial de los cosacos, el systema.

Los practicantes del systema muy pocas veces utilizaban los puños. Palmas abiertas, codos y rodillas eran las armas principales. No obstante, el objetivo consiste en golpear lo menos posible. Es preferible cansar al enemigo, para luego atraparlo con una llave en el hombro, muñeca, brazo o tobillo. Los mejores luchadores de systema nunca entran en contacto con su oponente..., hasta el momento final, cuando el agotado atacante se encuentra casi indefenso. Entonces, el vencedor le tira al suelo y hunde la rodilla en su pecho o garganta. Si así lo prefiere, asesta un golpe debilitador o fatal.

Bond adoptó instintivamente la coreografía del systema y esquivó el ataque del hombre.

Elude, elude, elude… Utiliza su energía contra él.

Bond salió bien librado, pero en dos ocasiones la navaja pasó a escasos centímetros de su cara.

El hombre se lanzó con celeridad, haciendo girar sus enormes manos, con el fin de poner a prueba a Bond, quien se echó a un lado, al tiempo que analizaba los puntos fuertes de su contrincante (era muy musculoso y avezado en el combate cuerpo a cuerpo, y estaba preparado psicológicamente para matar) y los puntos débiles (daba la impresión de que el tabaco y la bebida estaban cobrando su tributo).

La defensa de Bond estaba frustrando al hombre. Asió el cuchillo para apuñalar y empezó a cargar contra su enemigo, casi desesperado. Exhibía una sonrisa diabólica, y sudaba pese al frío de la atmósfera.

Bond presentó un objetivo vulnerable, la parte inferior de la espalda, y avanzó hacia su Walther, pero era una finta. Antes incluso de que el hombre atacara, Bond retrocedió, desvió la hoja del cuchillo con el antebrazo y asestó un golpe con la palma abierta sobre la oreja izquierda del hombre. Ahuecó la mano en el momento de establecer contacto y notó la presión que dañaría, si no lo reventaba, el tímpano de su atacante. El hombre lanzó un aullido de dolor, enfurecido, y atacó sin tomar precauciones. Bond levantó con facilidad el brazo que asía el cuchillo, agarró la muñeca con ambas manos, una llave sólida, y la dobló hacia atrás hasta que el cuchillo cayó al suelo. Evaluó la fuerza y la loca determinación de su atacante. Tomó una decisión: le retorció la muñeca hasta partirla.

El hombre gritó y cayó de rodillas, y después se sentó, desencajado. Su cabeza cayó a un lado y Bond alejó el cuchillo de una patada. Cacheó al hombre con cuidado y sacó una pequeña pistola automática del bolsillo, junto con un rollo de cinta adhesiva. «¿Una pistola? ¿Y por qué no me ha disparado, y punto?», se preguntó Bond.

Guardó la pistola en su bolsillo y recogió su Walther. Se apoderó del teléfono del hombre. ¿A quién habría enviado la foto de él y Bheka Jordaan? Si sólo había sido a Dunne, ¿podría Bond localizar y neutralizar al irlandés antes de que informara a Hydt?

Examinó las llamadas y textos de mensaje. Gracias a Dios, no había enviado nada. Sólo había estado grabando en vídeo a Bond.

¿Cuál era su objetivo?

Entonces, obtuvo su respuesta.

—*Yebie se!* —escupió su atacante.

La obscenidad balcánica lo explicaba todo.

Bond examinó los papeles del hombre y confirmó su pertenencia a la JSO, el grupo paramilitar serbio. Se llamaba Nicholas Rathko.

Se puso a gemir, acunando el brazo.

—¡Usted dejó morir a mi hermano! ¡Lo abandonó! Era su compañero de misión. Nunca debes abandonar a tu compañero.

El hermano de Rathko era el agente de la BIA más joven que había acompañado a Bond aquella noche, cerca de Novi Sad.

Bond sabía ahora que el hombre le había localizado en Dubái. Para conseguir la colaboración de la BIA en Serbia, el ODG y Seis habían revelado a los responsables de la seguridad de Belgrado el nombre verdadero y la misión de Bond. Después de que su hermano muriera, Rathko y sus camaradas de la JSO habrían montado una operación a gran escala para encontrar a Bond, utilizando contactos de la OTAN y Seis. Habían averiguado que Bond iba camino de Dubái. Por supuesto, se dio cuenta Bond, había sido Rathko, no Osborne-Smith, quien había llevado a cabo aquellas sutiles investigaciones sobre los planes de Bond en el MI6, a principios de semana. Entre los papeles de Rathko encontró una autorización para volar en un avión militar desde Belgrado a Dubái. Lo cual explicaba porque había llegado antes que Bond al emirato. Un mercenario local, revelaban los documentos, había puesto a disposición del agente de la JSO un coche imposible de rastrear, el Toyota negro.

¿Y el propósito?

No debía ser la detención y el envío a un centro clandestino. Lo más probable era que Rathko hubiera planeado grabar en video a Bond mientras confesaba o pedía disculpas..., o quizá su muerte y tortura.

—¿Te llaman Nicholas o Nick? —preguntó Bond, acuclillado.

—*Yebie se* —fue la única respuesta.

—Escúchame: siento que tu hermano perdiera la vida. Pero no servía para estar en la BIA. Era descuidado y no obedecía las órdenes. Él tuvo la culpa de que perdiéramos a nuestro objetivo.

—Era joven.

—Eso no es excusa. No sería excusa para mí, y no lo fue para ti cuando estuviste con los Tigres de Arkan.

—Sólo era un crío.

Brillaron lágrimas en los ojos del hombre, ya fuera por el dolor de la muñeca rota o por la pena que sentía por su hermano muerto. Bond no supo decirlo.

Bond miró hacia el final del callejón y vio que Bheka Jordaan y algunos agentes del SAPS corrían hacia él. Se agachó, recogió el cuchillo del hombre y cortó el cable.

Se acuclilló al lado del serbio.

—Te llevaremos a un médico.

—¡Alto! —oyó que gritaba una voz.

Miró a Bheka Jordaan.

—No pasa nada. Tengo sus armas.

Pero entonces se dio cuenta de que le estaba apuntando con su pistola. Frunció el ceño y se levantó.

—¡Déjele en paz! —gritó la mujer.

Dos agentes del SAPS se interpusieron entre Bond y Rathko. Uno vaciló, y después le quitó con cautela el cuchillo de la mano.

—Es un agente de la inteligencia serbia. Intentaba matarme. Es el que asesinó al colaborador de la CIA en Dubái el otro día.

—Eso no significa que lo tenga que degollar.

La mujer entornó sus ojos oscuros a causa de la ira.

—¿De qué está hablando?

—Está en mi país. ¡Obedecerá la ley!

Los demás agentes le estaban mirando, observó Bond, algunos con clara irritación. Miró a Jordaan y se alejó, indicándole que le siguiera.

Jordaan obedeció.

—Usted ha ganado —dijo cuando no pudieron oírles—. Estaba en el suelo, no significaba ninguna amenaza. ¿Por qué iba a matarle?

—No lo iba a hacer.

—No le creo. Me dijo que me quedara en casa con la abuela. No quiso que llamara a mis agentes porque no quería testigos mientras le torturaba y asesinaba.

—Supuse que pediría refuerzos. No quería que abandonara a su abuela por si el hombre tenía cómplices.

Pero Jordaan no le estaba escuchando.

—Viene aquí —rugió—, a nuestro país con esa licencia 00. ¡Oh, sí. Sé todo lo que hace usted!

Por fin, Bond comprendió el origen de la rabia que sentía contra él. No tenía nada que ver con sus intentos de flirteo, ni con el hecho de que representara al macho prepotente. Despreciaba su desvergonzada indiferencia por la ley, las misiones de Nivel 1 en representación del ODG.

Avanzó un paso y murmuró por lo bajo, sin apenas poder controlar su furia:

—En algunos casos, cuando no ha existido otra forma de proteger a mi país, sí, me he cobrado vidas. Y sólo si me lo han ordenado. No lo hago porque me apetezca. No me gusta. Lo hago para salvar a gente que merece ser salvada. Puede llamarlo pecado, pero es un pecado necesario.

—No había necesidad de matarlo —replicó la mujer.

—No iba a hacerlo.

—El cuchillo… Vi...

—Dejó una trampa. Un cable para que tropezara. —Lo señaló—. Lo corté para que nadie cayera. En cuanto a él —movió la cabeza en dirección al serbio—, le estaba diciendo que vamos a llevarle a un médico. No suelo llevar al hospital a alguien si estoy a punto de matarle. —Se volvió y dejó atrás a los dos policías que le bloqueaban el camino. Sus ojos los desafiaron a intentar detenerlo—. Necesito que revelen esa película cuanto antes —dijo sin mirar atrás—. Y la identidad de todas las personas que acompañarán a Hydt mañana.

Se alejó por el callejón.

No tardó en subir al Subaru, dejó atrás las casas pintadas de colores de Bo-Kaap, conduciendo a mayor velocidad de lo prudente a través de las sinuosas y pintorescas calles.

52

Un restaurante de cocina local le atrajo, y James Bond, todavía irritado por su encontronazo con Bheka Jordaan, decidió que necesitaba un buen trago.

Le había gustado el guiso de Jordaan, pero la ración era bastante pequeña, como administrada con la intención de que la cena terminara enseguida y se marchara. Bond pidió y comió un plato de *sosaties* (pinchos de carne a la brasa) con arroz amarillo y espinacas *marog* (tras declinar con educación la oferta de probar la especialidad de la casa, gusanos *mopane*). Después, acompañó la cena con un par de martinis vodka y regresó al hotel Table Mountain.

Bond se duchó, secó y vistió. Alguien llamó a la puerta. Un botones le entregó un sobre grande. No iba a permitir que la idea de Jordaan de que era un asesino múltiple despiadado se interpusiera en su trabajo. Encontró dentro imágenes en blanco y negro de las fotos que había tomado con el inhalador. Algunas estaban borrosas, y otras habían errado su objetivo, pero había logrado una serie clara de lo que más le interesaba: la puerta de Investigación y Desarrollo de Green Way, además de los mecanismos de alarma y cierre. Jordaan también había sido lo bastante profesional para aportar un USB de las fotos escaneadas, y su ira se aplacó. Las cargó en el ordenador portátil, las encriptó y envió a Sanu Hirani, junto con una serie de instrucciones.

Medio minuto después, recibió un mensaje:

No dormimos nunca.

Sonrió y envió un mensaje de agradecimiento.

Unos minutos después, recibió una llamada de Bill Tanner desde Londres.

—Estaba a punto de llamarte —dijo Bond.

—James...

Tanner parecía serio, Había surgido un problema.

—Adelante.

—Aquí se ha armado un buen lío morrocotudo. Whitehall está convencido de que el Incidente Veinte no está relacionado con Sudáfrica.

—¿Qué?

—Creen que es una maniobra de distracción de Hydt. Las matanzas de Incidente Veinte tendrán lugar en Afganistán, cooperantes o contratistas, creen. El Comité de Inteligencia votó que te enviáramos a Kabul, ya que, la verdad, no has descubierto nada muy concreto ahí.

El corazón de Bond se le había acelerado.

—Bill, estoy convencido de que la clave...

—Espera —interrumpió Tanner—. Sólo te estoy diciendo lo que querían hacer. Pero M no dio su brazo a torcer e insistió en que te quedaras. Se armó un alboroto. Todos fuimos a ver al secretario de Asuntos Exteriores y defendimos el caso. Dicen que intervino el primer ministro, aunque no te lo puedo confirmar. En cualquier caso, M ganó. Te quedarás ahí. Tal vez te interese saber que un testigo salió en tu defensa..., en tu apoyo.

—¿Quién?

—Tu nuevo amigo Percy.

—¿Osborne-Smith?

Bond estuvo a punto de lanzar una carcajada.

—Dijo que, si tenías una pista, debían dejarte seguirla.

—¿De veras? Le invitaré a una pinta cuando todo esto haya acabado. A ti también.

—Bien, las cosas no van tan bien como parece —dijo en tono lúgubre Tanner—. El viejo se jugó la reputación del ODG por ti. Y también la tuya. Si resulta que Hydt es una maniobra de distracción, habrá repercusiones. Graves.

¿El futuro del ODG dependía de su éxito?

Política, reflexionó Bond con cinismo.

—Estoy seguro de que Hydt está detrás de eso —dijo.

—Y M está de acuerdo con ese planteamiento

Tanner le preguntó cuáles serían sus siguientes pasos.

—Iré a la planta de Hydt mañana por la mañana. En función de lo que descubra, tendré que actuar con rapidez, y las comunicaciones podrían significar un problema. Si no he averiguado nada a última hora de la tarde, ordenaré a Bheka Jordaan que lleve a cabo una redada en la planta, interrogue a Hydt y Dunne, y descubra cuáles son los planes para mañana por la noche.

—De acuerdo, James. Mantenme informado. Se lo diré a M. Estará reunido todo el día en esa conferencia de seguridad.

—Buenas noches, Bill. Y dale las gracias.

Después de colgar, se sirvió una generosa cantidad de Royal Crown en un vaso de cristal, añadió dos cubitos y apagó las luces. Abrió las cortinas de par en par, se sentó en el sofá y contempló las luces como copos de nieve del puerto. Un enorme crucero de bandera inglesa se estaba acercando al muelle.

Su teléfono gorjó y miró la pantalla.

—Philly.

Tomó otro sorbo del fragante whisky.

—¿Estás cenando?

—Aquí es la hora del *après-cocktail*.

—Eres mi alma gemela. —Cuando dijo esto, los ojos de Bond se posaron en la cama que anoche había compartido con Felicity Willing—. No sabía si querías que te siguiera poniendo al día sobre la operación Cartucho de Acero...

Se inclinó hacia delante.

—Sí, por favor. ¿Qué has descubierto?

—Algo interesante, me parece. Por lo visto, el objetivo de la operación no era matar a cualquier agente o contratista. Los rusos estaban asesinando a sus topos en el MI6 y la CIA.

Bond sintió que algo estallaba en su interior. Dejó el vaso sobre la mesita.

—Tras la caída de la Unión Soviética, el Kremlin quería reforzar sus lazos con Occidente. Habría sido una torpeza política permitir que sus agentes dobles fueran descubiertos. Así que agentes del KGB en activo asesinaron a los mejores topos del MI6 y CIA, de modo que parecieran muertes accidentales, pero dejaban un cartucho de acero en el lugar de los hechos como advertencia a los demás de que cerraran la boca. Es lo único que sé en este momento.

«Dios mío», pensó Bond. Su padre... ¿Su padre había sido un doble... o un traidor?

—¿Sigues ahí?

—Sí, un poco distraído por lo que está pasando aquí. Pero has hecho un buen trabajo, Philly. Estaré incomunicado casi todo el día de mañana, pero envíame un mensaje de texto o un correo electrónico con lo que averigües.

—Lo haré. Cuídate, James. Me tienes preocupada.

Desconectaron.

Bond levantó el frío vaso de cristal, húmedo debido a la condensación, y lo apretó contra la frente. Repasó mentalmente el pasado de su familia, con la intención de descubrir pistas sobre Andrew Bond que arrojaran alguna luz sobre aquella teoría consternante. Bond había querido mucho a su padre, quien coleccionaba sellos y fotografías de coches. Era propietario de varios vehículos, pero le proporcionaba más placer limpiarlos y repararlos que conducirlos. Cuando fue mayor, Bond había preguntado a su tía qué opinaba de su padre, y la mujer reflexionó un momento.

—Era un buen hombre, por supuesto —dijo—. Responsable y cumplidor. Una roca. Pero callado. Andrew nunca destacaba.

Cualidades de los mejores agentes secretos.

¿Habría podido ser un topo de los soviéticos?

Otro pensamiento discordante: la doblez de su padre, si la historia era cierta, había provocado la muerte de su esposa, la madre de Bond.

Así pues, lo que había provocado la orfandad de Bond no habían sido sólo los rusos, sino también la traición de su padre.

Se sobresaltó cuando su teléfono zumbó con la llegada de otro mensaje de texto.

De noche y preparando envíos de comida. Acabo de salir de la oficina. ¿Te interesa tener compañía? Felicity

James Bond vaciló un momento. Después, tecleó:

Sí.

Diez minutos después, una vez escondida la Walther bajo la cama, cubierta por una toalla, oyó una suave llamada a la puerta. Abrió y dejó entrar a Felicity Willing. Cualquier duda que hubiera podido albergar acerca de si reanudarían lo interrumpido ayer se disipó cuando ella lo rodeó entre los brazos y lo besó con pasión. Aspiró su perfume, que surgía de detrás de su oído, y paladeó su sabor a menta.

—Estoy hecha un desastre —rió ella. Llevaba una camisa de algodón azul, metida dentro de unos pantalones vaqueros de diseño, arrugados y polvorientos.

—No quiero ni saberlo —replicó él, y volvió a besarla.

—Estás a oscuras, Gene —dijo la mujer, y por primera vez en toda la misión se quedó desconcertado al recordar su tapadera de afrikáner.

—Me gusta la vista.

Se separaron, y a la tenue luz del pasillo, Bond examinó su cara y pensó que era tan sensual como anoche, pero no cabía duda de que estaba muy cansada. Supuso que la logística de clasificar el cargamento de comida más grande que había llegado jamás a África era abrumadora, por decir algo

—Toma.

Sacó del bolso una botella de vino, cosecha Three Cape Ladies, un coupage de Muldersvlei, en El Cabo. Bond conocía su reputación. Descorchó y sirvió. Se sentaron en el sofá y bebieron.

—Maravilloso —dijo Bond.

Ella se quitó las botas. Bond rodeó su espalda con el brazo y se esforzó por apartar a su padre de sus pensamientos.

Felicity apoyó la cabeza contra él. En el horizonte se veían incluso más barcos que la noche anterior.

—Míralos —dijo la joven—. La gente cree que hay más maldad que bondad, pero eso no es del todo cierto. Hay mucha bondad en el mundo. No siempre puedes contar con ella, nunca es algo seguro, pero al menos...

—Al menos alguien... —interrumpió Bond—... está dispuesto a colaborar.

Ella rió.

—Casi consigues que derrame el vino, Gene. Podría haberme estropeado la camisa.

—Tengo una solución.

—¿Dejar de beber vino? —Felicity hizo un mohín burlón—. Pero es muy bueno.

—Otra solución, todavía mejor.

La besó y empezó a desabrochar poco a poco los botones de la blusa.

Una hora después estaban tendidos en la cama, de costado, Bond detrás de Felicity, con el brazo alrededor de ella y la mano rodeando su pecho. Los dedos de ambos entrelazados.

Sin embargo, al contrario que la noche anterior, después del amor Bond estaba despierto por completo.

Toda clase de ideas pasaban por su cabeza. ¿Hasta qué punto el futuro del ODG dependía de él? ¿Qué secretos ocultaba el departamento de Investigación y Desarrollo de Green Way? ¿Cuál era el objetivo de Hydt con Gehenna, y cómo podía Bond encontrar una contramedida adecuada?

Propósito… Respuesta.

¿Cuál era la verdad sobre su padre?

—Estás pensando en algo serio —dijo Felicity amodorrada.

—¿Por qué lo dices?

—Las mujeres sabemos esas cosas.

—Estoy pensando en lo guapa que eres.

Ella acercó su mano a la cara y le mordió un dedo con delicadeza.

—La primera mentira que me dices.

—Es mi trabajo.

—En ese caso, te perdono. A mí me pasa lo mismo. Coordinar la ayuda en los muelles, pagar los honorarios de los pilotos, supervisar el alquiler de barcos y camiones, los sindicatos… —Su voz adoptó un tono tenso que él ya había oído antes—. Y encima, tu especialidad. Ya han intentado dos veces entrar por la fuerza en el muelle. Sin que todavía hubieran descargado la comida. —Un momento de silencio—. ¿Gene?

Gene sabía que se acercaba algo importante. Se puso en estado de alerta. La intimidad de los cuerpos conlleva una intimidad de mente y espíritu, y no deberías buscar la primera si no deseas hacerte cargo de la segunda.

—¿Sí?

—Tengo la sensación de que tu trabajo implica algo más de lo que me has dicho. No, no digas nada. No sé qué sientes tú, pero si seguimos viéndonos, si...

Enmudeció.

—Continúa —susurró él.

—Si resulta que volvemos a vernos, ¿crees que podrías cambiar un poco? O sea, si vas a lugares oscuros, ¿podrías prometerme que no irás a los... peores? —Bond notó la tensión que se apoderaba de la joven—. Oh, no sé lo que estoy diciendo. No me hagas caso, Gene.

Aunque estaba hablando a una combinación de experto en seguridad y mercenario de Durban, en cierto modo también le estaba hablando a él, James Bond, un agente de la Sección 00.

Y, por esas ironías de la vida, él tomó su reconocimiento de que podría soportar cierta oscuridad de Theron como una indicación de que tal vez pudiera aceptar a Bond tal como era.

—Creo que es muy posible —susurró.

Ella le besó la mano.

—No digas nada más. Eso es lo único que deseaba oír. No sé qué planes tienes para este fin de semana...

«Ni yo», pensó Bond con amargura.

—... pero mañana por la noche terminaremos los envíos de comida. Conozco una hostería en Franschhoek... ¿Has estado en esa zona?

—No.

—Es el lugar más hermoso de la Provincia Occidental del Cabo. Una zona vinícola. El restaurante tiene una estrella Michelin y la terraza más romántica del mundo, dominando las colinas. ¿Puedes venir conmigo el sábado?

—Me encantaría —dijo, y le besó el pelo.

—¿Lo dices en serio?

La aguerrida amazona que parecía sentirse en su elemento combatiendo contra las agrópolis del mundo, parecía ahora vulnerable e insegura.

—Sí.

Ella se durmió al cabo de cinco minutos.

Sin embargo, Bond continuó despierto, contemplando las luces del puerto. Sus pensamientos ya no se centraban en la posible traición de su padre, ni en su promesa a Felicity Willing de pensar en cambiar su naturaleza más oscura, ni en el tiempo que tal vez pasarían juntos aquel fin de semana. No, James Bond estaba concentrado en una única cosa: los rostros borrosos de aquellos cuyas vidas, en algún lugar del mundo, y pese a lo que creyera Whitehall, sólo él podía salvar.

Viernes

RUMBO A GEHENNA

53

A las ocho y cuarenta minutos de la mañana, Bond entró en el aparcamiento del SAPS de Ciudad del Cabo en su polvoriento Subaru, manchado de barro. Apagó el motor, bajó y accedió al edificio, donde encontró a Bheka Jordaan, Gregory Lamb y Kwalene Nkosi en el despacho de la mujer.

Bond les saludo con un cabeceo. Lamb respondió con una mirada misteriosa, Nkosi con una radiante sonrisa.

—Con relación a los socios recién llegados de Hydt —dijo Jordaan—, los hemos identificado.

Giró su ordenador portátil y cliqueó sobre una presentación en PowerPoint. Las primeras fotos plasmaban a un hombre grande de rostro redondo color ébano. Exhibía una chillona camisa dorada y plateada, gafas de sol de diseño y voluminosos pantalones marrones.

—Charles Mathebula. Es un diamante negro de Joburg.

—La nueva clase pudiente de Sudáfrica —explicó Lamb—. Algunos se hicieron ricos de la noche a la mañana de maneras poco transparentes, ya me entiende.

—Y algunos se hicieron ricos trabajando hasta matarse —añadió Jordaan en tono gélido—. Mathebula es propietario de negocios legales en apariencia: mercaderías y transportes. Caminó en la cuerda floja con algunas entregas de armas hace unos años, cierto, pero no se encontraron pruebas de que hubiera cometido algún delito. —Pulsó una tecla y apareció otra foto—. Bien, éste es David Huang. —Era delgado y sonreía a la cámara—. Su hija colgó la foto en su página de Facebook. Una chica estúpida..., aunque útil para nosotros.

—¿Un mafioso conocido?

—Un presunto mafioso —rectificó Nkosi—. Singapur. Blanqueo de dinero, sobre todo. Posible tráfico de seres humanos.

Apareció otro rostro. Jordaan dio unos golpecitos en la pantalla del ordenador.

—El alemán: Hans Eberhard. Llegó el miércoles. Intereses mineros, en especial diamantes. Grado industrial, pero también algo de joyas. —Un apuesto hombre rubio estaba plasmado abandonando el aeropuerto. Vestía un traje liviano de corte excelente y camisa sin corbata—. Es sospechoso de diversos crímenes, pero técnicamente está limpio.

Bond estudió las fotos de los hombres.

Eberhard.

Huang.

Mathebula.

Memorizó los nombres.

—Sin embargo, no entiendo para qué necesita socios Hydt —dijo Jordaan con el ceño fruncido—. Tiene dinero suficiente para financiar Gehenna solo, diría yo.

Bond ya había pensado en esto.

—Por dos motivos, muy probablemente: Gehenna tiene que ser caro. Quiere dinero llegado de otras fuentes por si alguna vez le someten a una auditoría, en cuyo caso tendría que dar explicaciones sobre los enormes agujeros que mostrarían sus libros de contabilidad. Pero lo más importante es que carece de antecedentes. Sea lo que sea Gehenna, necesitará los contactos que esos tres le puedan facilitar.

—Sí —admitió Jordaan—. Parece lógico.

Bond miró a Lamb.

—Sanu Hirani, de Rama Q, me envió un mensaje de texto esta mañana. Dijo que usted tenía algo para mí.

—Ah, sí… Lo siento.

El agente de Seis le entregó un sobre.

Bond escudriñó el interior y lo guardó en un bolsillo.

—Me voy a la planta. En cuanto esté dentro, intentaré descubrir qué es Incidente Veinte, quién corre peligro y dónde. Les informaré en cuanto me sea posible. Pero necesitamos un Plan B. —Si no habían sabido nada de él a las cuatro de la tarde, Jordaan debía ordenar a agentes tácticos que llevaran a cabo una redada en la planta, detuvieran a Hydt, Dunne y a sus socios, y se apoderaran del contenido del Departamento de Investigación y Desarrollo—. Eso nos concederá, o al menos les concederá a ustedes, si yo estoy fuera de juego, cinco o seis horas para interrogarlos y descubrir qué es Incidente Veinte.

—¿Una redada? —Jordaan frunció el ceño—. No puedo hacer eso.

—¿Por qué?

—Ya se lo dije. A menos que cuente con pruebas razonables de que se está cometiendo algún delito en Green Way, o con una orden judicial, no puedo hacer nada.

—No estamos hablando de defender sus derechos en vistas a un juicio justo. Se trata de salvar a miles de personas, y tal vez a muchos sudafricanos.

—No puedo hacer nada sin una orden judicial, y no existen pruebas que presentar en un juzgado para conseguirla. No existen justificaciones para actuar.

—Si no doy señales de vida antes de las cuatro, puede dar por seguro que me han asesinado.

—Es evidente que no deseo que eso suceda, comandante, pero su ausencia no tendría por qué significar eso.

—Ya le he contado que piensa abrir las fosas comunes y convertirlas en materiales de construcción. ¿Qué más quiere?

—Pruebas de que se está cometiendo algún delito en la planta.

Jordaan cuadró la mandíbula y sus ojos adquirieron la negrura del granito. Estaba claro que no iba a ceder.

—En tal caso, confiemos en que pueda encontrar la respuesta. Por el bien de varios miles de inocentes.

Saludó con un cabeceo a Nkosi y Lamb, ignorando a Jordaan, y salió del despacho. Bajó hasta su coche, se sentó al volante y encendió el motor.

—¡Espere, James! —Se volvió y vio que Bheka Jordaan caminaba hacia él—. Espere, por favor.

Bond pensó en salir a toda velocidad, pero bajó la ventanilla.

—Ayer… —La mujer se inclinó hacia él—. ¿Se acuerda del serbio que usted atrapó?

—Sí.

—Hablé con él. Me repitió lo que usted había dicho, que iba a llevarle a un hospital.

Bond asintió.

—Lo había dado por sentado —añadió la mujer policía tras una breve pausa—. A veces me pasa. Juzgo por anticipado. Intento no hacerlo, pero me cuesta. Quería disculparme.

—Disculpas aceptadas.

—Pero debe comprender lo que implica llevar a cabo una redada en Green Way. En los tiempos del apartheid, la antigua policía, el SAP y su Departamento de Investigación Criminal, cometió horribles atrocidades. Ahora todo el mundo vigila a la policía nueva, para asegurarse de que no hacemos lo mismo. Una redada ilegal, detenciones e interrogatorios arbitrarios… Era el comportamiento del antiguo régimen. Nosotros no podemos hacer lo mismo. Estamos obligados a ser mejores que la gente de antes. —Su cara reflejaba una gran determinación—. Lucharé codo con codo con usted si me lo permite la ley, pero si no tengo una causa, ni una orden judicial, no podré hacer nada. Lo siento.

Gran parte de la preparación de los agentes de la Sección 00 del Grupo era psicológica, y parte de esa rigurosa instrucción consistía en inculcarles la creencia de que eran diferentes, de que tenían permiso, cuando no la obligación, para actuar al margen de la ley. Una orden de Nivel 1, que autorizaba el asesinato, tenía que ser para James Bond un aspecto más de su trabajo, como tomar fotos de instalaciones secretas o diseminar información falsa en la prensa.

Tal como M lo había expresado, Bond tenía que gozar de carta blanca para llevar a cabo su misión.

Protegemos el reino… por todos los medios necesarios.

Eso formaba parte de la urdimbre de Bond (en realidad, no podía hacer su trabajo sin ese requisito), y tenía que recordarse sin cesar que Bheka Jordaan y los demás agentes de la ley de todo el mundo estaban en lo cierto al cien por cien cuando respetaban las normas. El bicho raro era él.

—Lo comprendo, capitana —dijo, no sin cierta amabilidad—. Pase lo que pase, trabajar con usted ha sido una magnífica experiencia.

La capitana Jordaan respondió con una sonrisa, leve y fugaz, pero sincera, en opinión de Bond, era la primera vez que tal expresión animaba aquel hermoso rostro en su presencia.

54

Bond entró en el aparcamiento situado delante de la fortaleza de Green Way International y frenó.

Había varias limusinas alineadas delante de la puerta.

REDUCE, REUTILIZA, RECICLA

Había gente paseando de un lado a otro. Bond reconoció al ejecutivo alemán, Hans Eberhard, con traje beis y zapatos blancos. Estaba hablando con Niall Dunne, tan inmóvil como un pez luchador japonés. La brisa revolvía su flequillo rubio. Eberhard estaba terminando un cigarrillo. Tal vez Hydt prohibía fumar dentro de la planta, lo cual se le antojó algo irónico: el aire del exterior estaba contaminado de niebla y vapores procedentes de la central eléctrica y el metano que quemaba.

Bond saludó con la mano a Dunne, quien le devolvió el saludo con un indiferente cabeceo y continuó hablando con el alemán. Entonces, Dunne desenganchó el teléfono del cinturón y leyó un mensaje de texto o un correo electrónico. Susurró algo a Eberhard, y después se alejó para hacer una llamada. Fingiendo que utilizaba su móvil, Bond cargó la aplicación de escucha y lo alzó hasta su oído, al tiempo que bajaba la ventanilla del copiloto de su coche y apuntaba el aparato en dirección al irlandés. Fijó su mirada al frente y movió los labios como si hablara, para que Dunne no sospechara que había un micrófono apuntado hacia él.

Bond sólo pudo oír lo que decía el irlandés.

—... fuera con Hans. Quería fumar... Lo sé.

Debía de estar hablando con Hydt.

—Todo va como estaba previsto —continuó Dunne—. Acabo de recibir un correo electrónico. El camión ha salido de March en dirección a York. Debería llegar de un momento a otro. El aparato ya está armado.

Se refería a Incidente Veinte. El ataque tendría lugar en York.

—El objetivo está confirmado. La detonación sigue programada para las diez y media, hora local.

Bond, consternado, tomó nota de la hora del ataque. Habían dado por sentado que sería a las diez y media de la noche, pero cada vez que Dunne se había referido a la hora había utilizado la escala de veinticuatro horas. De haber sido a las diez y media de la noche, habría dicho «a las veintidós treinta».

Dunne miró en dirección al coche de Bond.

—Theron ha llegado —dijo—. De acuerdo, pues.

Desconectó y llamó a Eberhard para avisarle de que la reunión no tardaría en empezar. Después, se volvió hacia Bond. Parecía impaciente.

Bond marcó un número. Por favor, susurró en silencio. Contesta.

—Osborne-Smith.

Gracias a Dios.

—Escucha con atención, Percy. Soy James. Me queda un minuto. Tengo la clave de Incidente Veinte. Tendrás que proceder con rapidez. Moviliza un equipo. SOCA, Cinco y policía local. La bomba está en York.

—¿En York?

—La gente de Hydt lleva la bomba en un camión que va desde March a York. Van a detonarla esta mañana. No sé dónde la colocarán. Tal vez en un acontecimiento deportivo. Había una referencia a un «curso», de modo que mira en los hipódromos, o en un lugar donde se concentre mucha gente. Examina todas las cámaras de seguridad de March y alrededores, y consigue los datos de todas las matrículas de camiones que puedas. Después, compáralas con cada una de las matrículas de todos los camiones que lleguen a York a partir de ya. Debes...

—Espera un momento, Bond —repuso con frialdad Osborne-Smith—. Esto no tiene nada que ver con March ni con Yorkshire.

Bond reparó en que había utilizado su apellido, y en el tono imperioso de la voz de Osborne-Smith.

—¿De qué estas hablando?

Dunne lo llamó con un gesto. Bond asintió, mientras se esforzaba por exhibir una sonrisa cordial.

—¿Sabías que las empresas de Hydt recogen materiales peligrosos?

—Sí, sí, pero...

—¿Recuerdas que te dije que había estado horadando túneles para desarrollar un nuevo sistema de recogida de basura en el subsuelo de Londres, incluidos los alrededores de Whitehall?

Osborne-Smith hablaba como un abogado ante un testigo.

Bond estaba sudando

—Pero no va de eso.

Dunne estaba cada vez más impaciente, con los ojos clavados en Bond.

—Permíteme que disienta —dijo remilgado Osborne-Smith—. Uno de los túneles no se encuentra lejos de la reunión de hoy en Richmond Terrace. Tu jefe, el mío, autoridades de la CIA, Seis, el Comité Conjunto de Inteligencia... Un verdadero Quién es Quién del mundo de la seguridad. Hydt iba a liberar algo desagradable, de lo cual se había apoderado mediante la operación encaminada a recuperar sustancias peligrosas. Matar a todo el mundo. Su gente había estado entrando y sacando contenedores de los túneles y edificios cercanos a Whitehall durante los últimos días. A nadie se le ocurrió investigarlos.

—Percy —dijo Bond, tenso—, eso no es lo que está pasando. No va a utilizar gente de Green Way para llevar a cabo el ataque. Es demasiado evidente. Se implicaría.

—En ese caso, ¿cómo explicas nuestro pequeño hallazgo de los túneles? Radiación.

—¿Cuánta?

Una pausa.

—Unos cuatro milirems —contestó Osborne-Smith con su tono malhumorado.

—Eso no es nada, Percy. —Todos los agentes de Rama O estaban versados en estadísticas sobre exposición a sustancias nucleares—. Todos los seres humanos de la tierra reciben cada año sesenta milirems de rayos cósmicos. Suma una o dos radiografías, y subes a doscientos. Una bomba sucia va a dejar más rastros que cuatro.

—Bien, acerca de York —dijo risueño Osborne-Smith, sin hacerle caso—, lo has entendido mal. Debe de tratarse del pub Duke of York, o de un teatro de Londres. Podría ser una zona de almacenamiento. Lo investigaremos. Por si acaso, suspendí la conferencia de seguridad y envié a todo el mundo a lugares seguros. Bond, he estado pensando en lo que pone cachondo a Hydt desde que vi que vivía en Canning Town y me hablaste de su obsesión por los cadáveres de hace mil años. Se complace en la putrefacción, en las ciudades derruidas.

Dunne estaba caminando poco a poco hacia el Subaru.

—Lo sé, Percy, pero...

—¿Qué mejor manera de promover la decadencia social que acabar de una vez con el aparato de seguridad de medio Occidente?

—De acuerdo, maldita sea. Haz lo que quieras en Londres, pero que la SOCA o algunos equipos de Cinco vayan a York.

—No contamos con tanto personal. No podemos desprendernos ni de un alma. Tal vez esta tarde, pero de momento, me temo que no. De todos modos, no pasará nada hasta esta noche.

Bond le explicó que la hora de la operación se había adelantado.

Una risita.

—Tu irlandés prefiere el horario de veinticuatro horas, ¿eh? Eso es un poco obsesivo. No, nos ceñiremos a mi plan.

Por eso Osborne-Smith había apoyado la decisión de M de mantener a Bond en Sudáfrica. No había creído que Bond contara con pistas sólidas. Sólo había querido arrebatarle la primicia a Bond. Éste desconectó y empezó a llamar a Bill Tanner.

Pero Dunne había llegado ya ante la puerta del coche de Bond y la abrió.

—Vamos, Theron. Está haciendo esperar a su nuevo jefe. Ya conoce la rutina. Deje el teléfono y el arma en el coche.

—Pensé que los iba a dejar en manos de su sonriente conserje.

Si se producía una pelea, confiaba en poder recuperar su arma y comunicarse con el mundo exterior.

—Hoy no —replicó Dunne.

Bond no discutió. Obedeció y guardó el teléfono y la Walther en la guantera, se reunió con Dunne y cerró la puerta del coche con el llavero.

Mientras padecía de nuevo los rituales del puesto de seguridad, Bond echó un vistazo a un reloj de pared. Eran casi las ocho de la mañana en York. Le quedaban poco más de dos horas y media para descubrir dónde habían colocado la bomba.

55

El vestíbulo de Green Way estaba desierto. Bond supuso que Hydt (o Dunne, lo más probable) había concedido fiesta al personal, con el fin de que la reunión y el viaje inaugural del plan Gehenna procedieran sin ninguna interrupción.

Severan Hydt se dirigió hacia Bond y le saludó con cordialidad. Estaba de buen humor, incluso exaltado. Sus ojos oscuros brillaban.

—¡Theron!

Bond le estrechó la mano.

—Quiero que presente a mis socios el proyecto de los campos de exterminio. Será su dinero el que lo financiará. No hace falta que sea algo muy formal. Limítese a indicar en un plano dónde están las tumbas más importantes, cuántos cuerpos contiene más o menos cada una, cuánto tiempo llevan enterrados y cuánto cree que sus clientes estarán dispuestos a pagar. Ah, por cierto, uno o dos de mis socios trabajan en algo similar a su profesión. Puede que se conozcan.

Bond pensó alarmado que tal vez aquellos hombres se estarían preguntando justo lo contrario: por qué no habían oído hablar del despiadado mercenario de Durban Gene Theron, quien había sembrado el suelo africano de tantos cadáveres.

Mientras atravesaban el edificio de Green Way, Bond preguntó dónde podía trabajar, con la esperanza de que Hydt le condujera a Investigación y Desarrollo, ahora que ya era un socio de confianza.

—Le hemos reservado un despacho

Pero el hombre pasó de largo de Investigación y Desarrollo y lo guió hasta una espaciosa habitación sin ventanas. Dentro había unas cuantas sillas, una mesa de trabajo y un escritorio. Le habían proporcionado material de oficina, como libretas y bolígrafos, docenas de detallados planos de África y un intercomunicador, pero no teléfono. En las paredes, unos tableros de corcho mostraban copias de las fotos de cuerpos descompuestos que Bond había facilitado. Se preguntó dónde estarían los originales.

¿En el dormitorio de Hydt?

—¿Le sirve? —preguntó el Ropavejero.

—Bien. Un ordenador me sería útil.

—Podría arreglarlo..., para el tratamiento de textos e impresión. Sin acceso a Internet, por supuesto.

—¿No?

—Nos preocupan los piratas y la seguridad. De momento, no se moleste en escribir nada muy formal. Con unas notas manuscritas bastará.

Bond mantuvo una fachada serena, mientras echaba un vistazo al reloj. En ese momento eran las ocho y veinte en York. Faltaban dos horas.

—Será mejor que me ponga manos a la obra.

—Estaremos en la sala de conferencias principal, siguiendo el pasillo. Vaya hasta el final y gire a la izquierda. Número 900. Reúnase con nosotros cuando le vaya bien, siempre que sea antes de las once y media. Veremos por la televisión algo que le parecerá interesante, creo.

Diez y media, hora de York.

Después de que Hydt se marchara, Bond se inclinó sobre el plano y dibujó círculos alrededor de algunas zonas que había elegido al azar como escenarios de batallas, cuando Hydt y él se había reunido en el Lodge Club. Anotó algunas cifras (el número de cadáveres), y después cogió los planos, una libreta y algunos bolígrafos. Salió al pasillo, que estaba vacío. Bond regresó hacia Investigación y Desarrollo.

El oficio de espía dicta que el mejor enfoque es decantarse por lo más sencillo, incluso en una operación a ciegas como esta.

Por lo tanto, Bond llamó con los nudillos a la puerta.

«El señor Hydt me ha pedido que venga a buscarle unos papeles… Siento molestarlo, sólo será un momento...», diría.

Estaba preparado para abalanzarse sobre la persona que abriera la puerta y aplicarle una llave en la muñeca o el brazo para reducirla. Preparado también para un guardia armado. De hecho, esperaba que lo hubiera, con el fin de apoderarse de su arma.

Pero no hubo respuesta. También habrían concedido el día libre a los empleados.

Bond adoptó el plan B, que era algo menos sencillo. Anoche había enviado a Sanu Hirani las fotos digitales que había tomado de la puerta de seguridad de Investigación y Desarrollo. El jefe de Rama Q había informado de que la cerradura era prácticamente inexpugnable. Tardaría horas en piratearla. Su equipo y él intentarían encontrar una solución.

Poco después, informaron a Bond de que Hirani había enviado a Gregory Lamb a tomar prestada otra herramienta del oficio. La entregaría aquella mañana, junto con instrucciones por escrito de cómo abrir la puerta. Eso era lo que el agente del MI6 había entregado a Bond en el despacho de Bheka Jordaan.

Bond miró hacia atrás de nuevo, y después puso manos a la obra. Sacó del bolsillo interior de la chaqueta lo que Lamb le había facilitado: un sedal que aguantaba noventa kilos, de nailon, que el detector de metales de Green Way no captaría. Bond pasó un extremo a través del pequeño hueco de encima de la puerta y continuó hasta que llegó al suelo de la otra parte. Cortó, en forma de J, un trozo de la cubierta de cartón de la libreta, un gancho rudimentario. Lo pasó por el hueco del suelo hasta que consiguió atrapar el sedal y acercarlo.

Ejecutó un nudo de cirujano triple para unir los extremos. Ahora tenía un lazo que rodeaba la puerta de arriba abajo. Utilizó un bolígrafo para convertirlo en un enorme torniquete y empezó a tensarlo.

El nailon se fue tensando poco a poco..., ejerciendo presión sobre la barra de salida del otro lado de la puerta. Por fin, tal como Hirani había dicho que sucedería «probablemente», la puerta se abrió con un chasquido, como si un empleado hubiera empujado la puerta desde dentro para abrirla. En caso de que se produjera un incendio, no podía haber en el interior un teclado de abertura.

Bond entró en la habitación a oscuras, desanudó el torniquete y guardó en el bolsillo las pruebas de su intrusión. Cerró la puerta hasta que encajó, encendió las luces y paseó la vista alrededor del laboratorio, en busca de teléfonos, radios o armas. No encontró ninguna. Había docenas de ordenadores, tanto modelos de mesa como portátiles, pero los tres que encendió estaban protegidos por contraseña. No perdió el tiempo con los demás.

Observó desalentado que los escritorios y las mesas de trabajo estaban cubiertos de miles de documentos y carpetas, y ninguna llevaba la etiqueta «Gehenna».

Investigó entre montones de planos, diagramas técnicos, hojas de especificaciones, y dibujos esquemáticos. Algunos estaban relacionados con armas y sistemas de seguridad, otros con vehículos. Ninguno contestaba a la pregunta vital de quién corría peligro en York y dónde estaba la bomba.

Entonces, por fin, encontró una carpeta con la inscripción «Serbia» y la abrió para examinar el contenido.

Bond se quedó de piedra, sin dar apenas crédito a lo que veían sus ojos.

Delante de él había fotografías de las mesas del depósito de cadáveres perteneciente al antiguo hospital militar de March. Sobre una descansaba un arma que, en teoría, no existía. El artilugio explosivo había sido bautizado extraoficialmente como «Cúter». El MI6 y la CIA sospechaban que el Gobierno serbio estaba desarrollando el arma, pero informadores locales no habían descubierto pruebas de que la hubieran fabricado. El Cúter era un arma antipersonal de hipervelocidad que utilizaba explosivos normales desarrollados con combustible sólido de cohete, capaz de disparar centenares de pequeñas hojas de titanio a casi cinco mil kilómetros por hora.

El Cúter era tan devastador que, aunque se rumoreaba que sólo se encontraba en fase de desarrollo, las Naciones Unidas y las organizaciones de derechos humanos ya lo habían condenado. Serbia se empecinaba en negar que lo estuvieran fabricando, y nadie, ni siquiera los traficantes de armas que gozaban de los mejores contactos, habían visto un invento semejante.

¿Cómo demonios lo había conseguido Hydt?

Bond continuó examinando las carpetas, y encontró detallados diagramas y planos, junto con instrucciones acerca de la fabricación de las hojas que constituían la metralla del arma, y sobre la programación del sistema de armamento, todo escrito en serbio, con traducción al inglés. Eso lo explicaba todo: Hydt había fabricado una. De alguna manera se había apoderado de estos planos y había ordenado a sus ingenieros que construyeran uno de aquellos malditos trastos. Los fragmentos de titanio que Bond había encontrado en la base militar de los Fens eran restos de las hojas mortíferas.

Y el tren de Serbia... Aquello explicaba el misterio de los peligrosos productos químicos. No tenía nada que ver con la misión de Dunne allí. Era probable que ni siquiera estuviera enterado. El propósito del viaje a Novi Sad había sido robar el titanio del tren para utilizarlo en la fabricación del artilugio: había dos vagones de chatarra detrás de la locomotora, que eran su verdadero objetivo. La mochila de Dunne no contenía armas ni bombas para abrir los bidones de productos químicos del vagón tres. La bolsa estaba vacía cuando llegó Dunne. La había llenado con los fragmentos de titanio, que después había llevado a March para fabricar el Cúter.

El irlandés había provocado el descarrilamiento de manera que pareciera un accidente, y nadie se diera cuenta de que habían robado el metal.

Pero ¿cómo se habían apoderado Dunne y Hydt de los planos? Los serbios habrían hecho todo lo posible por conservar en secreto los planos y las especificaciones.

Bond encontró la respuesta un momento después en una nota del ingeniero de Dubái, Mahdi Al Fulan, que se remontaba a un año antes.

Severan:
He trabajado en tu solicitud de saber si es posible fabricar un sistema que reconstruya documentos secretos triturados. Me temo que, con las trituradoras modernas, la respuesta sea negativa. Pero te propongo lo siguiente: puedo crear un sistema de ojo electrónico que haga las veces de aparato de seguridad, capaz de impedir que alguien resulte dañado cuando intente buscar en el interior de una trituradora de documentos. De hecho, también funcionaría como escáner óptico de alta velocidad. Cuando los documentos se introducen en el sistema, el escáner lee toda la información de los documentos antes de ser destruidos. Los datos pueden almacenarse en un disco duro de 3 o 4

terabytes oculto en la trituradora, para luego descargarse en un móvil o una conexión vía satélite segura, o incluso recuperarse físicamente cuando tus empleados sustituyan las hojas o limpien los aparatos.

Recomiendo que ofrezcas a tus clientes unas trituradoras tan eficaces que conviertan en polvo sus documentos, con el fin de inspirarles la confianza suficiente como para contratarte y destruir los materiales más sensibles.

Además, tengo un plan para un aparato similar, que extraería datos de discos duros antes de destruirlos. Creo que es posible crear una máquina que despiece ordenadores de mesa o portátiles, identifique el disco duro por medios ópticos y lo envíe a una unidad especial donde los discos duros se conectarían temporalmente a un procesador de la máquina destructora. Copiarían la información clasificada antes de borrar y triturar los discos duros.

Recordó su recorrido por Green Way y el entusiasmo de Hydt por los aparatos de destrucción de ordenadores automatizados.

Dentro de unos años serán las instalaciones más lucrativas.

Bond continuó leyendo. Los escáneres de trituradoras de documentos ya se estaban utilizando en todas las ciudades donde Green Way tenía delegaciones, incluidos una instalación militar serbia de alto secreto y un contratista de armas en las afueras de Belgrado.

Otros informes proporcionaban detalles sobre planes para apoderarse de documentos menos secretos, aunque igualmente valiosos, utilizando equipos especiales de recogedores de desperdicios de Green Way que se encargaran de la basura de individuos concretos, la transportaran a lugares especiales y clasificaran su información personal y sensible.

Bon reparó en el valor de esto: encontró copias de recibos de tarjetas de crédito, algunas de ellas intactas, y otras reconstruidas a partir de trituradoras de documentos. Una factura, por ejemplo, era de un hotel de las afueras de Pretoria. El titular de la tarjeta recibía el título de «Muy Honorable». Las notas adjuntas advertían de que la relación extraconyugal del hombre se haría pública si no accedía a una lista de exigencias de un opositor político. Por lo tanto, se trataría de los «materiales especiales» que Bond había visto cómo transportaban hasta allí los camiones de Green Way.

También había interminables páginas de lo que parecían números telefónicos, junto con muchas otras cifras, seudónimos, contraseñas y extractos de correos electrónicos y mensajes de texto. Chatarra electrónica. Los empelados de la calle del Silicio investigaban teléfonos y ordenadores, extraían números de serie electrónicos de móviles, contraseñas, información bancaria, mensajes de texto, grabaciones de mensajes instantáneos y quién sabía cuántas cosas más.

Pero en ese momento la pregunta más urgente era, por supuesto: dónde iban a detonar el Cúter.

Volvió a repasar las notas detenidamente. Ninguna información le aportaba pistas sobre dónde colocarían la bomba de York, que explotaría al cabo de poco más de una hora. Se inclinó hacia delante sobre una mesa de trabajo y fijó la vista en el diagrama del aparato, mientras las venas de sus sienes palpitaban.

«Piensa», se dijo, furioso.

«Piensa...»

Durante algunos minutos no se le ocurrió nada. Después, tuvo una idea. ¿Qué estaba haciendo Severan Hydt? Reunir información a partir de sobras y fragmentos.

«Haz lo mismo —se dijo Bond—. Ordena las piezas del rompecabezas.»

Y de qué sobras disponía?

- El objetivo estaba en York.

- Un mensaje contenía las palabras «término» y «5 millones de libras».

- Hydt quería provocar un acto de destrucción masiva para desviar la atención del verdadero delito que pretendía cometer, como en el descarrilamiento que se había producido en Serbia.

- El Cúter estaba escondido cerca de March, y acababa de salir hacia York.

- Le habían pagado por el ataque, así que no actuaba al servicio de una ideología.

- Podría haber utilizado cualquier artilugio explosivo, pero se había tomado grandes molestias para fabricar un Cúter de diseño militar serbio, un arma que no está disponible en el mercado de armamento general.

- Morirían miles de personas.

- La explosión debía tener un radio de unos treinta metros, como mínimo.

- El Cúter sería detonado a una hora concreta: las diez y media de la mañana.

- El ataque estaba relacionado con un «curso», una carretera u otra ruta.

Pero por más que reordenaba estos fragmentos, Bond sólo veía restos dispersos.

«Bien, insiste», se enfureció. Se concentró de nuevo en cada fragmento. Lo levantó en la imaginación y lo colocó en otro sitio.

Una posibilidad estaba clara: si Hydt y Dunne habían recreado un Cúter, los equipos forenses que se encargarían del análisis posterior al estallido descubrirían los diseños militares y creerían que el Gobierno o el ejército serbios se encontraban detrás del atentado, puesto que los aparatos todavía no estaban disponibles en el mercado negro. Hydt lo había hecho para desviar la atención de los verdaderos culpables: él y quienquiera que le hubiese pagado millones de libras por perpetrar el ataque. Sería una maniobra de distracción..., como el descarrilamiento del tren.

Eso significaba que existían dos objetivos: el aparente tendría alguna relación con Serbia y, para el público en general y la policía, sería el propósito del ataque. Pero la víctima real sería alguien que quedase atrapado en la explosión, un teórico testigo inocente. Nadie sabría que era la persona a quien Hydt y su cliente deseaban eliminar..., y su muerte sería perjudicial para los intereses británicos ¿Quién? ¿Un funcionario del Gobierno en York? ¿Un científico? Y, maldita sea, ¿dónde tendría lugar el ataque?

Bond jugó de nuevo con las briznas de información.

Nada...

Pero entonces, en su mente oyó un sonoro chasquido. «Término» había acabado al lado de «curso».

¿Y si la primera palabra no se refería a una cláusula del contrato, sino a un período del año académico? ¿Y si «curso» era sólo eso, unos estudios concretos?

Parecía lógico. Una gran institución, miles de estudiantes. Pero ¿dónde?

A Bond sólo se le ocurrió una institución donde fuera a celebrarse una carrera, una conferencia, una concentración, una exposición o algo relacionado con Serbia, a las diez y media de aquella mañana. Lo cual sugería una universidad.

¿Se sostenía su teoría?

No quedaba tiempo para especulaciones. Echó un vistazo al reloj digital de la pared, que había avanzado otro minuto.

En York eran las nueve horas y cuarenta minutos.

56

Bond recorrió un pasillo, cargado con los planos de los campos de exterminio.

Un guardia con una enorme cabeza apepinada le miró con suspicacia. El hombre iba desarmado, observó Bond decepcionado. Tampoco llevaba radio. Preguntó al guardia dónde estaba la sala de conferencias de Hydt. El hombre le indicó cómo llegar.

Bond empezó a alejarse, pero se volvió cuando recordó algo.

—Ah, tengo que hablar con la señorita Barnes acerca de la comida. ¿Sabe dónde está?

El guardia vaciló, y después señaló otro pasillo.

—Su despacho está allí. Las puertas dobles de la izquierda. Numero 108. Llame antes de entrar.

Bond se desvió en la dirección indicada. Llegó al cabo de unos minutos y miró hacia atrás. No había nadie en el pasillo. Llamó con los nudillos a la puerta.

—Jessica, soy Gene. Tengo que hablar con usted.

Siguió una pausa. Ella había dicho que estaría en el edificio, pero tal vez se había sentido demasiado cansada como para ir.

Por favor...

Después, el chasquido de una cerradura. La puerta se abrió y él entró. Jessica Barnes, sola, parpadeó sorprendida.

—Gene. ¿Qué ocurre?

Bond cerró la puerta y sus ojos se posaron sobre el teléfono móvil, que descansaba sobre el escritorio.

Ella presintió al instante lo que estaba sucediendo. Se acercó al escritorio con los ojos abiertos de par en par, agarró el móvil y se alejó de él.

—Usted… —sacudió la cabeza—. Es policía. Lo persigue. Tendría que haberlo adivinado.

—Escúcheme.

—Ahora lo comprendo. Ayer, en el coche… Estaba, ¿cómo dicen los ingleses?, ¿dándome palique? Para aprovecharse de mí.

—Dentro de cuarenta y cinco minutos, Severan va a matar a miles de personas.

—Eso es imposible.

—Es verdad. Hay miles de personas en peligro. Va a volar por los aires una universidad de Inglaterra.

—¡No le creo! Él nunca haría eso.

Pero no sonaba convencida. Habría visto demasiadas fotos de Hydt como para poder negar la obsesión de su pareja con la muerte y la putrefacción.

—Está vendiendo secretos, chantajeando y asesinando a gente gracias a lo que reconstruye con su basura. —Avanzó un paso y extendió la mano hacia el teléfono—. Por favor.

Ella continuó retrocediendo y sacudió la cabeza. Al otro lado de la ventana abierta se veía un charco, resultado de una tormenta reciente. La mujer extendió la mano y sostuvo el móvil encima del charco.

—¡Alto!

Bond obedeció.

—El tiempo se está acabando. Ayúdeme, por favor.

Transcurrieron segundos interminables. Por fin, los estrechos hombros de la mujer se derrumbaron.

—Tiene un lado oscuro —dijo—. Yo pensaba que sólo estaba relacionado con fotos de… Bueno, con fotos terribles. Su amor enfermizo por la decadencia. Pero siempre sospeché que había más. Algo peor. En el fondo de su corazón, no desea ser un mero testigo de la destrucción. Quiere causarla.

Se alejó de la ventana y le entregó el teléfono.

Bond lo cogió.

—Gracias.

En aquel preciso momento, la puerta se abrió. Apareció el guardia que había orientado a Bond.

—¿Qué pasa aquí? Los visitantes no pueden entrar teléfonos.

—Tengo una emergencia en casa —replicó Bond—. Se ha puesto enfermo un familiar. Quería saber cómo se encontraba. Pedí prestado el móvil a la señorita Barnes, y ella fue tan amable de acceder.

—Exacto —confirmó ella.

—De todos modos se lo voy a confiscar.

—Yo creo que no —repuso Bond con firmeza.

Siguió una angustiosa pausa. El hombre se lanzó hacia Bond, quien tiró el teléfono sobre el escritorio y adoptó una postura defensiva de systema. Empezó la lucha.

El hombre pesaba veinte o veinticinco kilos más que Bond y tenía talento..., mucho talento. Había estudiado kick-boxing y aikido. Bond podía responder a sus movimientos, pero le costaba mucho esfuerzo, y maniobrar resultaba difícil porque el despacho, aunque grande, estaba lleno de muebles. En un momento dado, el fornido guardia dio un salto atrás y se estrelló contra Jessica, quien chilló y cayó al suelo. Se quedó aturdida.

Durante un minuto más o menos lucharon con ferocidad, pero Bond se dio cuenta de que no le bastaría con los movimientos evasivos de systema. Su contrincante era fuerte y no daba señales de cansancio.

Con los ojos concentrados y feroces, el hombre calculó ángulos y distancias, y después lanzó una patada, al menos en apariencia. El movimiento era una finta. Bond ya lo había

429

anticipado, y cuando el enorme hombre se volvió, Bond le asestó un potente codazo en un riñón, un golpe que no sólo le causaría un daño atroz, sino que le causaría lesiones permanentes en ese órgano.

Bond reparó demasiado tarde de que el guardia le había engañado de nuevo. Había encajado un golpe aposta para lanzarse de costado hacia la mesa donde estaba el teléfono. Asió el Nokia, lo partió por la mitad y tiró los fragmentos por la ventana. Uno de ellos resbaló sobre la superficie del agua antes de hundirse.

No obstante, cuando el hombre se enderezó, Bond se precipitó sobre él. Abandonó systema y adoptó una postura clásica de boxeador. Lanzó el puño derecho contra el plexo solar de su enemigo, quien se dobló en dos, y después le golpeó detrás de la oreja con la mano derecha, un golpe perfecto. El guardia se estremeció y cayó inconsciente. No estaría mucho rato sin sentido, pese al violento mamporro, de manera que Bond lo inmovilizó con el cable de una lámpara y le amordazó con servilletas de la bandeja del desayuno.

Se volvió hacia Jessica, que se estaba levantando.

—¿Se encuentra bien? —preguntó.

—Sí —susurró la mujer sin aliento. Corrió hacia la ventana—. Ha roto el teléfono. ¿Qué vamos a hacer? No tengo otro. Sólo Severan y Niall tienen. Y la centralita está cerrada hoy porque los empleados tienen el día libre.

—Dese la vuelta —dijo Bond—. Voy a atarla. Con fuerza. Tenemos que convencerlos de que no intentó ayudarme.

Ella se llevó las manos a la espalda y él se las ató.

—Lo siento. Lo he intentado.

—Ssssh —susurró Bond—. Lo sé. Si entra alguien, dígale que no sabe adónde fui. Finja que está asustada.

—No tendré que fingir. Gene...

Bond la miró.

—Mi madre y yo rezábamos antes de los concursos de belleza en los que participaba. Gané montones. Debíamos de rezar muy bien. Rezaré por usted ahora.

57

Bond corría por el tenebroso corredor, pasando ante fotografías de la tierra conquistada que los trabajadores de Hydt habían convertido en los Campos Elíseos, los hermosos jardines que cubrían los vertederos de Green Way hacia el este.

Eran las diez menos cinco en York. La detonación tendría lugar al cabo de treinta y cinco minutos.

Tenía que salir de la planta de inmediato. Estaba seguro de que habría alguna especie de arsenal, cerca del puesto de seguridad principal. Se dirigía hacia allá, con paso decidido, la cabeza gacha, y cargado con los planos y la libreta. Se encontraba a cincuenta metros de la entrada. Había tres hombres en el puesto de seguridad principal. ¿Estaría vigilada también la puerta de atrás? Probablemente. Aunque no había empleados en la oficina comercial, Bond había visto trabajadores en los terrenos. Tres guardias la habían custodiado ayer. ¿Cuántos miembros más de seguridad estarían presentes? Los visitantes de Hydt ¿habrían entregado también su arma, o les habrían dicho que la dejaran en el coche? Tal vez...

—¡Señor!

La voz le sobresaltó. Dos corpulentos guardias aparecieron y le cerraron el paso. Sus rostros no revelaban la menor emoción. Bond se preguntó si habrían descubierto a Jessica y al hombre al que había reducido. Por lo visto, no.

—Señor Theron, el señor Hydt le está buscando. Nos envía para acompañarlo a la sala de conferencias.

El más bajo le miró con unos ojos duros como el caparazón de un escarabajo negro.

No tuvo más remedio que acompañarlos. Llegaron a la sala de conferencias unos minutos después. El guardia más corpulento llamó a la puerta. Dunne la abrió, examinó a Bond con expresión neutra e indicó con un gesto a los hombres que entraran. Los tres socios de Hydt estaban sentados alrededor de una mesa. El enorme guardia de seguridad que había acompañado a Bond a la planta el día anterior estaba de pie cerca de la puerta, con los brazos cruzados.

—¡Theron! —lo llamó Hydt, con en entusiasmo de que había hecho gala antes—. ¿Cómo le ha ido?

—Muy bien, pero no he terminado todavía. Yo diría que necesito otros quince o veinte minutos.

Desvió la vista hacia la puerta.

Pero Hydt estaba como un niño con zapatos nuevos.

—Sí, sí, pero antes permítame que le presente a las personas con las que va a trabajar. Les he hablado de usted y están ansiosas por conocerle. Ya tengo unos diez inversores, pero éstos son los tres principales.

Una vez efectuadas las presentaciones, Bond se preguntó si alguno de ellos sospecharía algo por no haber oído hablar del señor Theron, pero los asuntos del día tenían absortos a Mathebula, Eberhard y Huang y, en contraste con el comentario de Hydt, no le hicieron el menor caso, aparte de saludarlo con un cabeceo.

Eran las diez y cinco en York.

Bond intentó marcharse, pero Hydt se lo impidió.

—No, quédese.

Señaló con un cabeceo la televisión, que Dunne había conectado en la Sky News de Londres. Bajó el volumen.

—Querrá ver esto, nuestro primer proyecto. Voy a explicarle qué está pasando.

Hydt se sentó y explicó a Bond lo que éste ya sabía, que Gehenna giraba en torno a la reconstrucción o escaneo de material clasificado, con vistas a la venta, la extorsión y el chantaje.

Bond arqueó una ceja, y fingió que estaba impresionado. Volvió a mirar la salida. Decidió que no podría precipitarse hacia la puerta. El enorme hombre de seguridad del traje negro se encontraba a unos centímetros de ella.

—Como ve, Theron, no fui del todo sincero el otro día cuando le expliqué el sistema de destrucción de documentos de Green Way. Pero eso fue antes de nuestra pequeña prueba con el Winchester. Le pido disculpas.

Bond se encogió de hombros y calculó distancias, mientras analizaba las fuerzas del enemigo. Su dictamen fue negativo.

Hydt se mesó la barba con sus largas uñas amarillentas.

—Estoy seguro de que siente curiosidad por lo que está sucediendo hoy. Inicié Gehenna con el simple propósito de robar y vender información secreta. Pero después comprendí que existía una forma más lucrativa… y para mí, más satisfactoria, de utilizar los secretos resucitados. Podían utilizarse como armas. Para matar, para destruir.

»Hace unos meses me reuní con el presidente de una compañía farmacéutica a la que estaba vendiendo secretos reconstruidos, Rand K Pharmaceuticals, de Raleigh, en Carolina del Norte. La idea le encantaba, pero quería hacerme otra proposición, algo más radical. Me habló de un brillante investigador, un profesor de York, quien estaba desarrollando un nuevo fármaco para el cáncer. En lo tocante al mercado, la empresa de mi cliente se arruinaría. Estaba dispuesto a pagar una millonada con tal de que el investigador muriera y su oficina quedara destruida. Fue entonces cuando Gehenna floreció en verdad.

Hydt había confirmado otras deducciones de Bond, acerca de utilizar un prototipo de bomba serbia que habían fabricado a partir de planos y anteproyectos reconstruidos, que la gente de la delegación de Hydt en Belgrado había logrado rescatar. Así fingirían que el verdadero objetivo era otro profesor de la misma universidad de York, un hombre que había testificado ante el Tribunal Internacional de La Haya por hechos ocurridos en la antigua Yugoslavia. Estaba impartiendo un curso de historia de los Balcanes en el aula contigua a la del investigador del cáncer. Todo el mundo pensaría que el eslavo era el objetivo.

Bond miró la hora en el televisor. Eran las diez y cuarto en Inglaterra.

Tenía que huir ya.

—Brillante, absolutamente brillante —dijo—, pero déjeme ir a buscar mis notas para hablarles de mi idea.

—Quédese y contemple las festividades. —Un cabeceo en dirección al televisor. Dunne subió el volumen—. En principio, íbamos a detonar el artefacto a las diez y media hora de Inglaterra, pero como nos han confirmado que ambas clases ya han empezado, podemos hacerlo ahora. Además —confesó Hydt—, estoy bastante ansioso por ver si nuestro artilugio funciona.

Antes de que Bond pudiera reaccionar, Hydt marcó un número de teléfono. Miró la pantalla.

—Bien, la señal se ha enviado. Vamos a ver.

En silencio, todo el mundo miró hacia el televisor. Estaban proyectando un programa grabado sobre la familia real. Pocos minutos después, la pantalla se puso en blanco, y después destelló un logo rojo y negro.

NOTICIA DE ÚLTIMA HORA

La pantalla mostró a una mujer sudasiática vestida con elegancia, sentada a una mesa en una sala de redacción. Su voz tembló cuando leyó la noticia.

—Interrumpimos este programa para informarles de que se ha producido una explosión en York. Al parecer, se trata de un coche bomba... Las autoridades afirman que un coche bomba ha estallado y destruido gran parte del edificio de la universidad... Acabamos de enterarnos... Sí, el edificio se encuentra en los terrenos de la Universidad de Yorkshire-Bradford... Nos han informado de que se estaban impartiendo clases en el momento de la explosión, y de que las aulas más cercanas a la bomba estaban llenas... Nadie ha reivindicado todavía la autoría...

Bond expulsó aire entre los dientes apretados mientras miraba la pantalla, pero un brillo de triunfo alumbró en los ojos de Severan Hydt. Todo el mundo en la sala se puso a aplaudir a rabiar, como si su delantero preferido acabara de marcar un gol en la Copa del Mundo.

58

Cinco minutos después, un equipo de noticias locales llegó y tomó fotos de la tragedia. El vídeo mostró un edificio semidestruido, humo, cristales y cascotes que cubrían el suelo, trabajadores de rescate que corrían, docenas de coches patrulla y camiones de bomberos que se acercaban. El letrero anunciaba: «Gigantesca explosión en la Universidad de York».

Hoy en día estamos inmunizados contra las terribles imágenes que muestra la televisión. Las escenas que consternan a un testigo ocular quedan mitigadas cuando se observan en dos dimensiones en el medio que nos lleva a casa Doctor Who y los anuncios de Ford Mondeo y modas.

Pero aquella imagen de la tragedia (un edificio universitario en ruinas, envuelto en humo y polvo, gente que vaga confusa e impotente) era sobrecogedora. Era imposible que cualquiera que estuviese en las aulas más cercanas a la bomba hubiera sobrevivido.

Bond sólo podía mirar la pantalla.

También Hydt, por supuesto, pero él estaba embelesado. Sus tres socios charlaban a voz en grito, como cabía esperar de gente que había ganado millones de libras en una milésima de segundo.

La presentadora informó de que la bomba iba cargada de fragmentos metálicos, como hojas de afeitar, que habían salido disparados a miles de kilómetros por hora. El explosivo había destruido casi todas las aulas y los despachos de los profesores de la planta baja y los primeros pisos.

La presentadora informó de que un periódico de Hungría acababa de encontrar una carta, que habían dejado en la zona de recepción, firmada por un grupo de oficiales serbios que reivindicaban la autoría de los hechos. La universidad, afirmaba la nota, «daba cobijo y apoyo» a un profesor a quien describían como un «traidor a la raza y al pueblo serbios».

—Eso también es obra nuestra —dijo Hydt—. Recuperamos el membrete del ejército serbio de un cubo de basura. Con él está impresa la declaración.

Miró a Dunne, y Bond comprendió que el irlandés había incorporado este adorno a la copia original.

Este hombre piensa en todo...

—Tenemos que planear una comida de celebración —continuó Hydt.

Bond miró de nuevo la pantalla y se encaminó directo hacia la puerta.

En aquel preciso momento, la presentadora ladeó la cabeza.

—Se han producido novedades en York. —Parecía confusa. Tocaba el auricular mientras escuchaba—. El jefe de policía de Yorkshire, Phil Pelham, está a punto de hacer unas declaraciones. Conectaremos con él en directo.

La cámara enfocó a un hombre preocupado de edad madura con uniforme de policía, pero sin gorra ni chaqueta, parado delante de un camión de bomberos. Había una docena de micrófonos apuntados hacia él. Carraspeó.

—Aproximadamente a las diez y media de esta mañana, un artefacto explosivo detonó en los terrenos de la Universidad de Yorkshire-Bradford. Aunque los daños han sido enormes, al parecer no se han producido víctimas mortales, tan sólo media docena de heridos de escasa consideración.

Los tres socios enmudecieron. Una emoción inusitada destelló en los ojos azules de Niall Dunne.

Hydt frunció el ceño y contuvo el aliento.

—Unos diez minutos antes de la explosión, se informó a las autoridades de que alguien había colocado una bomba en una universidad de York o en sus alrededores. Ciertos datos adicionales sugerían que la de Yorkshire-Bradford podía ser el objetivo, pero como medida cautelar se desalojaron todas las instituciones educativas de la ciudad, siguiendo los planes llevados a la práctica por las autoridades después de los ataques del 7-J en Londres.

»Las heridas, y debo hacer hincapié de nuevo en que éstas son de escasa consideración, fueron sufridas en su mayor parte por el profesorado, que se había quedado después de la evacuación de los estudiantes para supervisar que no quedara nadie. Además, un profesor, un investigador médico que estaba dando clase en el aula más próxima a la bomba, resultó herido leve mientras recuperaba expedientes de su despacho justo antes de la explosión.

»Sabemos que un grupo serbio ha reivindicado el ataque, y puedo asegurarles que la policía de Yorkshire, la Policía Metropolitana de Londres y los investigadores del Servicio de Seguridad están concediendo a este ataque la máxima prioridad...

Hydt apagó la pantalla apretando un botón.

—¿Uno de los nuestros de allí? —preguntó Huang—. ¡Cambió de opinión y les advirtió!

—¡Dijo que podíamos confiar en todo el mundo! —observó con frialdad el alemán, fulminando con la mirada a Hydt.

La sociedad se estaba resquebrajando.

Los ojos de Hydt se posaron en Dunne, de cuyo rostro había desaparecido aquel asomo de emoción. El irlandés estaba concentrado, como un ingeniero que analizara con calma un fallo técnico. Mientras los socios discutían acaloradamente entre ellos, Bond avanzó hacia la puerta.

Se encontraba a mitad de camino de la libertad, cuando la puerta se abrió de par en par. Un guardia de seguridad le miró fijamente y le señaló con un dedo.

—Él. Ése es.

—¿Qué? —preguntó Hydt.

—Encontramos a Chenzira y a la señorita Barnes maniatados en el despacho de ella. Él estaba inconsciente, pero cuando recobró el conocimiento vio que el hombre metía la mano en el bolso de la señorita Barnes y sacaba algo. Una pequeña radio, pensó. A continuación, el hombre la utilizó para hablar con alguien.

Hydt frunció el ceño, intentando comprender lo que pasaba. No obstante, la expresión de Dunne revelaba que casi había estado esperando una traición por parte de Gene Theron. A una mirada del ingeniero, el gigantesco hombre de seguridad del traje negro desenfundó la pistola y la apuntó al pecho de Bond.

59

Así pues, el guardia del despacho de Jessica había despertado antes de lo que Bond había previsto... y había presenciado lo sucedido después de que la atara. Había recuperado de su bolso los demás aparatos que Gregory Lamb le había facilitado, junto con el inhalador, el día anterior por la mañana.

El motivo de que Bond hubiera formulado unas preguntas tan poco delicadas a Jessica cuando estaban aparcados delante de su casa consistía en disgustarla, distraerla y conseguir que llorara, con el fin de coger su bolso para sacar un pañuelo... y deslizar en un bolsillo lateral los objetos que Sanu Hirani le había proporcionado por mediación de Lamb. Entre ellos se encontraba un teléfono vía satélite en miniatura, del tamaño de un bolígrafo grueso. Como la valla doble que rodeaba Green Way imposibilitaba esconder el instrumento en la hierba o los arbustos diseminados en el interior del perímetro, y como Bond sabía que Jessica iba a volver hoy, había decidido introducirlo en su bolso, a sabiendas de que atravesaría el detector de metales sin problemas.

—Démelo —ordenó Hydt.

Bond introdujo la mano en el bolsillo y lo sacó. Hydt lo examinó, lo tiró al suelo y lo pisoteó.

—¿Quién es usted? ¿Para quién trabaja?

Bond sacudió la cabeza.

Hydt, que había perdido la serenidad, contempló los rostros airados de sus socios, quienes estaban preguntando enfurecidos qué medidas se habían tomado para ocultar su identidad. Querían sus teléfonos móviles. Mathebula exigió su pistola.

Dunne estudió a Bond como lo haría con un motor averiado. Habló en voz baja, como para sí.

—Usted tuvo que ser el de Serbia. Y el de la base del ejército en March. —Frunció el ceño bajo el flequillo rubio—. ¿Cómo escapó? ¿Cómo? —No parecía que deseara recibir una respuesta. Sólo estaba hablando para sí—. Y Midlands Disposal no estuvo implicada. Fue su tapadera allí. Después, los campos de exterminio aquí...

Su voz enmudeció. Una expresión cercana a la admiración apareció en su rostro, cuando decidió que tal vez Bond también era ingeniero por derecho propio, un hombre que también trazaba planos ingeniosos.

—Tiene contactos en Inglaterra —dijo a Hydt—. Es la única explicación de que hayan evacuado la universidad a tiempo. Debe de trabajar para alguna agencia de seguridad inglesa. Pero también debe de tener algún cómplice aquí. Londres tendrá que llamar a Pretoria, y tenemos suficiente gente en el bolsillo para ganar tiempo. Saca a los restantes trabajadores de la planta —dijo a uno de los guardias—. Que se queden sólo los de seguridad. Dispara la alarma de escape tóxico. Dirige a todo el mundo al aparcamiento. Eso provocará un buen atasco si el SAPS o la NIA deciden hacernos una visita.

El guardia se acercó a un intercomunicador y dio las instrucciones. Sonó una alarma, y los altavoces escupieron un anuncio en diversos idiomas.

—¿Y él? —preguntó Hydt, señalando a Bond.

—Ah —dijo Dunne, como si fuera evidente. Miró al hombre de seguridad—. Mátalo y tira el cuerpo a un horno.

El gigantesco hombre se mostró igualmente displicente cuando avanzó, apuntando cuidadosamente con la Glock.

—¡No, por favor! ¡Por favor! —gritó Bond, y levantó una mano implorante.

Un gesto natural, dadas las circunstancias.

Así pues, el guardia se quedó sorprendido por la navaja negra que apuntaba hacia su cara. Era el último objeto del paquete de Hirani, escondido en el bolso de Jessica.

Bond no había podido calcular la distancia para arrojar el cuchillo, arte en el que no era muy ducho, pero lo arrojó más que nada como maniobra de distracción. No obstante, el hombre de seguridad apartó de un manotazo el cuchillo, y el filo le produjo un corte profundo. Antes de que pudiera recuperarse, o de que alguien fuera capaz de reaccionar, Bond avanzó, le retorció la muñeca y se apoderó de su arma, que disparó contra la gruesa pierna, en primer lugar para comprobar que estaba preparada para disparar, y en segundo para neutralizarle. Mientras Dunne y el otro guardia armado sacaban sus pistolas y empezaban a disparar, Bond salió corriendo por la puerta.

El pasillo estaba desierto. Cerró la puerta, corrió veinte metros y se refugió, por esas ironías de la vida, detrás de un contenedor de reciclaje verde.

La puerta de la sala de conferencias se abrió con cautela. El segundo guardia armado salió y exploró el pasillo con ojos entornados. Bond no vio motivos para matar al joven, de modo que le disparó cerca del codo. Cayó al suelo con un grito.

Bond sabía que pedirían refuerzos, de modo que se levantó y continuó la huida. Mientras corría, sacó el cargador y echó un vistazo. Quedaban diez balas. Nueve milímetros, grano 110 y encamisadas. Proyectiles ligeros, y con esa envoltura de cobre debían tener menos poder de parada que los de punta hueca, pero disparaban con precisión y rapidez.

Volvió a meter el cargador.

Diez balas.

Cuenta siempre...

Pero antes de que llegara más lejos, oyó un potente chasquido cerca de su cabeza y, casi al instante, el tronar de un rifle desde un pasillo lateral. Vio que se acercaban dos hombres con el uniforme caqui de seguridad, armados con rifles de asalto Bushmaster. Bond disparó dos veces, pero erró, aunque se dotó de suficiente cobertura para abrir de una patada la puerta del despacho que tenía detrás y entrar en el angosto espacio. No había nadie dentro. Una descarga de las balas del calibre 223 hicieron pedazos la jamba, la pared y la puerta.

Quedaban ocho balas.

Los dos guardias parecían conocer bien su oficio. Ex militares, pensó. Ensordecido por los disparos, no oía las voces, pero a juzgar por las sombras del pasillo tuvo la impresión de que más hombres se habían sumado a aquellos dos, tal vez Dunne entre ellos. También intuyó que estaban a punto de acometer una entrada dinámica. Bond no tendría nada que hacer contra una formación semejante.

Las sombras se acercaron.

Sólo le cabía realizar un movimiento, y éste no iba a ser ni muy sutil ni muy inteligente. Bond lanzó una silla contra la ventana y saltó tras ella, aterrizando en el suelo, dos metros más abajo. No se rompió ni torció nada, y entró corriendo en la planta de Green Way, que los trabajadores ya habían abandonado.

Se volvió de nuevo hacia sus perseguidores, y se tiró al suelo, protegido por la cuchilla desmontada de una excavadora tirada cerca de la calle de la Resurrección. Apuntó a la ventana y una puerta cercana.

Quedaban ocho balas, ocho balas, ocho...

Aplicó cierta presión sobre el gatillo sensible, a la espera, a la espera. Controló su respiración lo máximo posible.

Pero los guardias no iban a caer en su trampa. La puerta destrozada continuaba vacía. Eso significaba que estaban saliendo por otras vías de escape. Su intención era rodearle, por supuesto. Cosa que hicieron ahora, y con gran eficacia. En el extremo sur del edificio, Dunne y dos guardias de Green Way corrieron a protegerse detrás de unos camiones.

Bond miró hacia el otro lado guiado por su instinto y vio a los dos guardias que le habían disparado en el pasillo. Avanzaban desde el norte. Se protegieron también, detrás de una excavadora amarilla y verde.

La cuchilla de la niveladora sólo le protegía del ataque por la parte oeste, y los hostiles no llegaban de aquella dirección, sino del norte y del sur. Bond rodó sobre sí mismo justo cuando uno de los hombres empezaba a disparar desde el norte. El Bushmaster era un arma corta, pero aterradoramente precisa. Las balas se hundieron en el suelo y rebotaron con estrépito contra la niveladora. Bond recibió una lluvia de fragmentos de plomo y cobre.

Con Bond acorralado por los dos del norte, el otro grupo, con Dunne al frente, se acercó más desde el sur. Bond levantó unos centímetros la cabeza en busca de un objetivo, pero antes de que pudiera apuntar a alguno de sus atacantes, éstos avanzaron y se refugiaron entre las numerosas pilas de basura, bidones de petróleo y maquinaria. Bond volvió a mirar, pero no los vio.

De pronto, la tierra estalló a su alrededor cuando ambos grupos le atraparon en su fuego cruzado, con las balas cada vez más cerca de donde estaba aplastado contra el suelo. Los hombres del norte desaparecieron tras una loma, tal vez con la intención de coronarla, pues desde lo alto gozarían de un punto privilegiado para disparar sobre él.

Bond tenía que abandonar su posición de inmediato. Se volvió y gateó a la mayor celeridad posible entre las hierbas y los abrojos, internándose entre las plantas, cada vez más vulnerable. La loma estaba detrás de él y a la izquierda, y sabía que los dos tiradores no tardarían en llegar a la cima.

Intentó calcular a qué distancia se encontraban. ¿A cinco metros de la cima? ¿A tres? ¿A dos? Bond se los imaginó ascendiendo poco a poco el montículo, y apuntándole después.

«Ahora», se dijo.

Pero esperó cinco angustiosos segundos más, sólo para estar seguro. Se le antojaron horas. Después, rodó sobre su espalda y levantó la pistola por encima de los pies.

Un guardia estaba parado en lo alto, un objetivo perfecto, con su compañero acuclillado al lado.

Bond apretó el gatillo una vez, apuntó a la derecha y disparó de nuevo.

El hombre erguido se agarró el pecho y cayó rodando hasta la base de la colina. El Bushmaster le siguió. El otro guardia se había escondido, ileso.

Quedaban seis balas. Seis.

Y cuatro adversarios.

Mientras Dunne y los demás sembraban de balas el lugar donde se encontraba, Bond rodó entre bidones de aceite en una parcela de hierba alta, al tiempo que estudiaba la zona circundante. La única posibilidad que tenía de escapar era por la entrada principal, que se hallaba a unos treinta metros de distancia. El paso de peatones estaba abierto. Pero lo separaba de él una gran extensión de terreno desprotegido. Dunne y sus guardias gozarían de una buena posición de disparo, al igual que el guardia que seguía en lo alto de la colina situada hacia el norte.

Estalló una descarga cerrada. Bond apretó la cara contra el suelo polvoriento, hasta que se produjo una pausa. Inspeccionó la escena y la posición de los tiradores, se levantó a toda prisa y corrió hacia un árbol anémico, a cuyo pie había una protección decente: bidones de aceite y armazones de motores y transmisiones. Corrió a toda la velocidad de sus piernas, pero a mitad de camino se detuvo de repente y giró en redondo. Uno de los guardias que iba con Dunne supuso que iba a continuar corriendo y disparó con su rifle delante de Bond, para que las balas le alcanzaran unos metros más adelante. No se le había ocurrido que Bond estaba corriendo para obligar a un objetivo a desprotegerse. La doble descarga de balas de 9 milímetros de Bond abatió al guardia. Mientras los demás se agachaban, continuó corriendo y llegó al árbol, para luego esconderse tras un pequeño montículo de basura. A quince metros de la puerta. Una serie de disparos desde la posición de Dunne le obligaron a rodar hasta una parcela de vegetación baja.

Cuatro balas.

Tres hostiles.

Podía llegar a la puerta en diez segundos, pero eso significaría quedar al descubierto por completo.

No le quedaban muchas opciones. Pronto le acorralarían. Pero después, cuando miró al enemigo, vio movimiento a través de un hueco en dos pilas altas de cascotes. En el suelo, apenas visibles entre la hierba, había tres cabezas muy juntas. El guardia superviviente del norte se había sumado a Dunne y al otro guardia. No se dieron cuenta de que Bond los había descubierto, y daba la impresión de que susurraban ansiosos, como si estuvieran planificando su estrategia.

Los tres hombres se hallaban a tiro.

No era un disparo imposible, aunque Bond estaba en desventaja debido a las balas ligeras y a un arma con la que no estaba familiarizado.

De todos modos, no podía desaprovechar la oportunidad. Tenía que actuar ya. En cualquier momento, se darían cuenta de que eran vulnerables y se pondrían a cubierto.

Tendido boca abajo, Bond apuntó la voluminosa pistola. En la competición de tiro nunca eres consciente de que aprietas el gatillo. La precisión depende de controlar la respiración y mantener el brazo y el cuerpo inmóviles por completo, con la mira del arma posada en el blanco. El dedo se curva sobre el gatillo poco a poco, hasta que el arma dispara, al parecer por voluntad propia. Los tiradores de más talento siempre se quedan sorprendidos cuando su arma dispara.

En estas circunstancias, el segundo y el tercer disparo deben ser más rápidos, por supuesto. Pero el primero iba dirigido a Dunne, y Bond procuraría no fallar.

Y no lo hizo.

Un fuerte estampido, seguido de dos más en rapidísima sucesión.

En el tiro, como en el golf, sabes, en el mismo instante en que pierdes el control del proyectil, si has apuntado bien o has apuntado mal. Y esos veloces y relucientes proyectiles se estrellan donde habías apuntado, tal como Bond sabía.

Salvo que, comprendió desalentado, la precisión no fuera lo importante. Había dado en el blanco, pero no eran sus enemigos, sino un reluciente pedazo de cromo que uno de los hombres (el irlandés, sin duda) habría encontrado en un contenedor cercano y dispuesto en ángulo para reflejar sus imágenes y atraer el fuego de Bond. El metal reflectante cayó al suelo.

Maldita sea...

El hombre que pensaba en todo...

Los hombres se dividieron al instante, tal como Dunne había ordenado, y adoptaron posiciones, puesto que Bond había revelado la suya.

Dos corrieron a la derecha de Bond, con el fin de proteger la puerta, y Dunne fue hacia la izquierda.

Quedaba una bala. Una sola bala.

No sabían que apenas le quedaban municiones, aunque no tardarían en descubrirlo.

Bond estaba atrapado, y su única protección consistía en una pila de cartones y libros. Estaban formando un círculo a su alrededor, Dunne en una dirección, y los otros dos guardias en otra. Pronto quedaría atrapado en su fuego cruzado, sin protección eficaz.

Decidió que su única posibilidad residía en darles motivos para no matarlo. Les diría que tenía información que los ayudaría a huir, o les ofrecería una enorme cantidad de dinero. Cualquier cosa con tal de entretenerlos.

—¡Voy a salir! —gritó Bond, que se levantó, tiró el arma y alzó las manos.

Los dos guardias que se encontraban a su derecha se asomaron. Al ver que estaba desarmado, se acercaron acuclillados con cautela.

—¡No se mueva! —gritó uno—. Mantenga las manos en alto.

Le apuntaban con las bocas de sus armas.

—¿Qué demonios estáis haciendo? —dijo una voz cercana—. No necesitamos ningún maldito prisionero. Matadlo.

Por supuesto, el acento era irlandés.

60

Los guardias intercambiaron una mirada y, por lo visto, decidieron compartir la gloria de asesinar al hombre que había frustrado Gehenna y acabado con varios de sus compañeros.

Ambos alzaron sus armas negras hasta los hombros.

Pero justo cuando Bond estaba a punto de arrojarse al suelo con la vana esperanza de esquivar las balas, oyó un estruendo a su espalda. Una furgoneta blanca había atravesado la puerta, enviando por los aires tela metálica y alambre de espino. El vehículo frenó y las puertas se abrieron poco a poco. Un hombre alto trajeado, con chaleco antibalas debajo de la chaqueta, saltó al suelo y empezó a disparar contra los dos guardias.

Era Kwalene Nkosi, nervioso y tenso, pero sin retroceder ni un milímetro.

Los guardias devolvieron el fuego, aunque su único objetivo era cubrir su retirada hacia al este, hasta entrar en las instalaciones de Green Way. Desaparecieron entre la maleza. Bond vio a Dunne, quien estaba examinando la situación con calma. Se volvió y corrió en la misma dirección que los guardias.

Bond recogió el arma que había estado utilizando y corrió hacia el vehículo de la policía. Bheka Jordaan bajó y se paró al lado de Nkosi, quien miraba en busca de más objetivos. Gregory Lamb se asomó y bajó con cautela. Portaba un enorme Colt del 45 de 1911.

—Al final, decidió sumarse a la fiesta —dijo Bond a la mujer.

—Pensé que no iría mal que me acercara con otros agentes. Mientras esperábamos cerca de la carretera, escuchamos varios disparos y sospeché que podía tratarse de cazadores furtivos, lo cual es un delito. Motivo suficiente para entrar sin ninguna orden judicial en el recinto.

No daba la impresión de que estuviera hablando en broma. Bond se preguntó si habría preparado la frase en vistas a sus superiores. En tal caso, tendría que mejorar su interpretación para ser creíble.

—He traído conmigo un pequeño equipo —dijo Jordaan—. El sargento Mbalula y otros agentes están acordonando el edificio principal.

—Hydt está dentro, o lo estaba —explicó Bond—. Sus tres socios, también. Yo diría que, a estas alturas, van armados. Habrá más guardias.

Explicó dónde se hallaban los adversarios y describió por encima la distribución del edificio, así como el emplazamiento del despacho de Jessica. Añadió que la mujer le había ayudado y que no significaba ninguna amenaza.

A una señal de la capitana, Nkosi se dirigió hacia el edificio agachado.

Jordaan suspiró.

—Nos costó conseguir refuerzos. Alguien de Pretoria protege a Hydt. Pero llamé a un amigo de Recces, nuestra brigada de fuerzas especiales. Un equipo viene de camino. No les interesa demasiado la política, sólo buscan una excusa para entrar en acción. Pero pasarán veinte o treinta minutos antes de que lleguen.

De pronto, Gregory Lamb se puso tenso. Se agachó y caminó hacia un bosquecillo.

—Los rodearé.

¿Rodearles? ¿Rodear a quién?

—¡Espere! —gritó Bond—. Allí no hay nadie. ¡Vaya con Kwalene! Detengan a Hydt.

Pero fue como si el hombretón no le hubiera oído, porque corrió sobre el suelo como un búfalo del Cabo anciano y desapareció entre la maleza. ¿Qué demonios estaba haciendo?

Justo en aquel momento, algunos disparos sembraron el suelo cerca de ellos. Bond y Jordaan se tiraron al suelo. Bond se olvidó de Lamb y buscó un blanco.

A varios cientos de metros de distancia, Dunne y los dos hombres que le acompañaban se reagruparon y detuvieron un momento la huida para disparar contra sus perseguidores. Varias balas rozaron la furgoneta, pero sin causar daños ni heridas. Los tres hombres desaparecieron detrás de pilas de basura, al borde de la calle de la Desaparición, y la población de gaviotas disminuyó cuando las aves huyeron del tiroteo.

Bond saltó al asiento del conductor de la furgoneta. Observó complacido que en la parte de atrás había varios contenedores grandes de municiones. Puso en marcha el motor. Jordaan corrió al asiento del copiloto.

—Le acompaño —dijo.

—Será mejor que lo haga solo.

De pronto, recordó el verso de Kipling que Philly Maidenstone había recitado, y decidió que no era un mal grito de batalla:

«Ya sea descendiendo a Gehenna o subiendo al Trono / quien viaja solo viaja más rápido...»

Pero Jordaan se sentó a su lado y cerró la puerta de golpe.

—Le dije que lucharía a su lado si la legalidad nos lo permitía. Ahora es el momento. ¡Vamos! Se van a escapar.

Bond vaciló sólo un momento, puso la primera y corrieron por las carreteras de tierra que atravesaban el enorme complejo, dejando atrás la calle del Silicio, la calle de la Resurrección y las centrales eléctricas.

Y basura, por supuesto, millones de toneladas: papel, bolsas de plástico, trozos de metal apagado y brillante, fragmentos de cerámica y restos de comida, sobre los cuales se estaba reagrupando el siniestro dosel de frenéticas gaviotas.

Era difícil conducir sorteando maquinaria pesada, contenedores y balas de desperdicios, pero al menos la ruta sinuosa no permitía que Dunne y sus secuaces gozaran de un blanco fácil. Los tres hombres se volvían y disparaban de vez en cuando, pero estaban concentrados sobre todo en escapar.

Jordaan llamó por radio e informó de su paradero y de a quiénes perseguían. El equipo de fuerzas especiales no llegaría hasta dentro de media hora, como mínimo, oyó Bond que contestaba la operadora.

Justo cuando Dunne y los demás llegaban a la valla que separaba la mugrienta extensión de la planta del jardín recuperado, un guardia giró en redondo y disparó todo un cargador. Las balas alcanzaron la parrilla delantera y los neumáticos. La furgoneta patinó de lado, sin control, y se estrelló contra una pila de balas de papel. Los airbags se abrieron, y Bond y Jordaan se quedaron aturdidos.

Al ver que su enemigo tenía problemas, Dunne y los demás guardias dispararon con mayor entusiasmo todavía.

Mientras las balas se estrellaban ruidosamente contra el metal, Bond y Jordaan bajaron del vehículo y se refugiaron en una zanja.

—¿Está herida?

—No... ¡Es ese ruido!

Su voz tembló, pero sus ojos comunicaron a Bond que estaba combatiendo su miedo con bastante éxito.

Desde debajo del guardabarros de la furgoneta, Bond veía bien a uno de sus adversarios, al que apuntó con la automática.

Quedaba una bala.

Apretó el gatillo, pero en el momento en que el percutor golpeó el cebo, el hombre se agachó y la bala pasó de largo.

Bond cogió una caja de municiones y abrió la tapa. Contenía sólo balas de calibre 223 para rifles. La segunda contenía lo mismo. De hecho, todas eran iguales. No había balas para pistolas de 9 milímetros. Suspiró y rebuscó en la furgoneta.

—¿Tiene algo con lo que dispararlas?

Señaló la abundancia de balas inútiles.

—No llevamos rifles de asalto. Sólo tengo esto. —Desenfundó su arma—. Cójala.

El arma era un Colt Python de calibre magnum 357, potente, con un robusto bloqueo de cilindro y un disparador excelente. Un arma espléndida. Pero era un revólver y sólo llevaba seis balas.

No, se corrigió cuando la examinó. Jordaan era conservadora como propietaria de un arma, y la recámara bajo el percutor estaba vacía.

—¿Cargador rápido? ¿Balas sueltas?

—No.

De modo que contaban con cinco balas contra tres adversarios provistos de armas semiautomáticas.

—¿No ha oído hablar de las Glock? —masculló, mientras introducía la pistola vacía bajo el cinto y sopesaba el Colt en la palma.

—Investigo crímenes —repuso la mujer con frialdad—. No tengo muchas ocasiones de disparar contra gente.

No obstante, cuando se produjera una de esas raras circunstancias, pensó Bond airado, sería útil contar con la herramienta adecuada.

—Vuelva —dijo—. Póngase a cubierto.

Ella lo miró a los ojos, con las sienes perladas de sudor, donde su lustroso pelo negro se ensortijaba.

—Si va a perseguirlos, voy con usted.

—Sin arma no podrá hacer nada.

Jordaan miró hacia el punto donde Dunne y los otros habían desaparecido.

—Ellos tienen varias armas, y nosotros, sólo una. Eso no es justo. Tenemos que arrebatarles una.

Bien, tal vez la capitana Bheka Jordaan tuviera sentido del humor, al fin y al cabo.

Compartieron una sonrisa, y en sus ojos feroces Bond vio el reflejo de las llamas anaranjadas del metano que ardía. Era una imagen impresionante.

Se internaron agachados en los Campos Elíseos, utilizando un espeso jardín de variedades de fynbos de agujas finas, watsonias, gramíneas, jacarandas y proteas rey como protección. También había árboles kigelia y algunos baobabs jóvenes. Incluso a finales de otoño, gran parte del follaje exhibía todo su colorido, gracias al clima de la Provincia Occidental del Cabo. Una bandada de pintadas les observó con irritación y continuó su camino con andares torpes, que a Bond le recordaron a Niall Dunne.

Jordaan y él se habían adentrado unos setenta y cinco metros en el parque, cuando el ataque empezó. El trío se había alejado, pero por lo visto sólo lo había hecho para atraer a Bond y a la agente del SAPS hacia el follaje… y una trampa. Los hombres se habían separado. Uno de los guardas se tumbó sobre una loma de blanda cubierta verde y empezó a disparar, mientras el otro (posiblemente Dunne, pensó Bond, aunque no podía verle) se abría paso entre la alta hierba en su dirección.

Bond tenía buena visibilidad y disparó, pero el guardia se protegió en cuanto oyó la detonación. Erró de nuevo. Calma, se dijo.

Quedaban cuatro balas. Cuatro.

Jordaan y Bond se refugiaron en una hondonada cerca de un pequeño campo lleno de suculentas, y de un estanque que debía albergar majestuosas koi cuando llegase la primavera.

Miraron por encima de la sabana herbácea en busca de objetivos. Entonces, lo que se les antojó un millar de disparos, aunque sólo debían ser cuarenta o cincuenta, llovió sobre ellos, muy cerca, haciendo añicos las rocas y levantando agua.

Los dos hombres de caqui, tal vez desesperados y frustrados por su fuga aplazada, intentaron un audaz ataque, de modo que cargaron contra Bond y Jordaan desde direcciones diferentes. Bond disparó dos veces contra el hombre que llegaba de la izquierda, y alcanzó el rifle y el brazo izquierdo del individuo. El guardia gritó de dolor y dejó caer el arma, que cayó al pie de la colina. Bond observó que, si bien había herido al hombre en el antebrazo, éste había desenfundado una pistola con la mano derecha y, por lo tanto, era capaz de combatir. El segundo guardia corrió a protegerse. Bond le disparó en el muslo, pero la herida debía ser superficial, porque el hombre desapareció en la maleza.

Una bala, una bala.

¿Dónde estaba Dunne?

¿Al acecho detrás de él?

Se hizo el silencio, aunque le zumbaban los oídos y resonaba en su interior el bajo de los latidos de su corazón. Jordaan estaba temblando. Bond echó un vistazo al Bushmaster, el rifle que el guardia herido había dejado caer. Se hallaba a diez metros de distancia.

Paseó la vista a su alrededor con cautela, examinó el paisaje, las plantas, los árboles.

Entonces reparó en que la hierba alta oscilaba a unos cincuenta o sesenta metros de distancia. Los dos guardias, invisibles en el espeso follaje, estaban avanzando, manteniendo cierta distancia entre ellos. Al cabo de uno o dos minutos estarían por encima de Bond y Jordaan. Tal vez abatiera a uno con su última bala, pero el otro guardia tendría éxito.

—James —susurró Jordaan, y le apretó el brazo—, yo los distraeré. Me iré por ahí. —Señaló una llanura cubierta de hierba baja—. Si disparas, puede que alcances a uno, mientras que el otro se pone a cubierto. Eso te concederá la oportunidad de bajar a buscar el rifle.

—Es un suicidio. Estarás expuesta por completo.

—Tienes que dejar de flirtear de esa manera, James.

Él sonrió.

—Escucha, si alguien va a hacerse el héroe, ése debo ser yo. Voy a ir hacia ellos. Cuando te haga una señal, corre cuanto puedas y ve a buscar el Bushmaster. —Señaló el rifle negro tirado en el polvo—. ¿Sabrás utilizarlo?

Ella asintió.

Los guardias se acercaron más. Treinta metros.

—Quédate ahí hasta que yo te lo diga —susurró Bond—. Preparada.

Los guardias se encontraban a tan sólo veinticinco metros de distancia, y avanzaban con cautela entre la hierba alta. Bond inspeccionó el paisaje de nuevo, respiró hondo, se levantó con calma y caminó hacia ellos, con la pistola apuntando al suelo. Levantó la mano izquierda.

—¡No, James! —susurró Jordaan.

Bond no respondió.

—Quiero hablar con ustedes —gritó a los hombres—. Si me dicen los nombres de las demás personas implicadas, recibirán una recompensa. No se presentarán acusaciones contra ustedes. ¿Comprendido?

Los dos guardias se detuvieron a unos diez metros de distancia. Estaban confusos. Eran conscientes de que no podía abatirlos antes de que uno de ellos le disparara, aunque estaba andando con lentitud en su dirección, con calma, sin levantar la pistola.

—¿Lo han entendido? La recompensa es de cincuenta mil rands.

Los hombres intercambiaron una mirada, y asintieron con excesivo entusiasmo. Bond sabía que no se habían tomado en serio la oferta. Estaban pensando que podían conseguir que se acercara más antes de disparar. Se volvieron hacia él.

En aquel momento, la potente pistola de Bond ladró una vez, todavía apuntada hacia abajo, y la bala se hundió en el suelo. Cuando los guardias se agacharon, asustados, Bond corrió veloz hacia su izquierda, interponiendo entre él y los guardias una hilera de árboles.

Se miraron confusos, y después corrieron hacia delante para ver mejor a Bond, quien se escondió detrás de una loma, justo cuando sus Bushmaster empezaban a disparar.

Fue entonces cuando todo el mundo estalló.

Los disparos de los rifles habían prendido fuego al metano que surgía de la falsa raíz de árbol, que transportaba gas desde el vertedero hasta el crematorio de Green Way. Bond la había reventado con su última bala.

Los hombres desaparecieron en una oleada de llamas, un remolino en forma de nube. Los guardias y el suelo que los sustentaba habían desaparecido, mientras el fuego se propagaba al tiempo que las aves alzaban el vuelo, y los árboles y arbustos estallaban en llamas como si estuvieran empapados en un acelerante de incendios.

A veinte metros de distancia, Jordaan se levantó vacilante. Se encaminó hacia el Bushmaster, pero Bond corrió hacia ella.

—¡Cambio de planes! —gritó—. ¡Olvídalo!

—¿Qué tenemos que hacer?

Fueron arrojados al suelo de nuevo cuando otro hongo de llamas estalló no muy lejos. El estruendo fue tan potente que Bond apretó los labios contra el lustroso cabello de la Jordaan para hacerse oír.

—Tal vez sea mejor que nos marchemos.

61

—¡Están cometiendo una terrible equivocación!

Una amenaza velada se transparentaba en la voz de Severan Hydt, pero la expresión de su largo y barbudo rostro revelaba un estado de ánimo muy diferente: horror por la destrucción de su imperio, tanto física, a juzgar por los incendios lejanos, como legal, debido a las tropas de fuerzas especiales y policía que habían invadido los terrenos y la oficina.

Ya no se mostraba imperioso.

Hydt, esposado, además de Jordaan, Nkosi y Bond, estaban parados entre un grupo de niveladoras en la zona que separaba la oficina de la calle de la Resurrección. Estaban cerca del lugar donde habrían matado a Bond..., de no ser por la oportuna y espectacular llegada de Bheka Jordaan para detener a los «cazadores furtivos».

El sargento Mbalula entregó a Bond su Walther, los cargadores extra y el teléfono móvil guardados en el Subaru.

—Gracias, sargento.

Agentes del SAPS y fuerzas especiales de Sudáfrica recorrían las instalaciones en busca de más sospechosos, al tiempo que iban recogiendo pruebas. A lo lejos, los bomberos luchaban (y se trataba de una verdadera batalla) para apagar las hogueras de metano, mientras que el límite occidental de los Campos Elíseos se transformaba en otra avanzadilla del infierno.

Al parecer, los políticos corruptos de Pretoria, los que Hydt tenía en el bolsillo, no ocupaban puestos tan importantes, al fin y al cabo. Funcionarios de alto rango intervinieron y ordenaron su detención, además de apoyar al cien por cien la operación de Jordaan en Ciudad del Cabo. Se envió a otros funcionarios a ocupar las oficinas de Green Way en todas las ciudades sudafricanas.

Los médicos iban de un lado a otro atendiendo a los heridos, todos ellos guardias de seguridad de Hydt.

Habían detenido a los tres socios de Hydt: Huang, Eberhard y Mathebula. Aún no estaba claro qué delitos habían cometido, pero no tardarían en descubrirlos. Como mínimo, habían entrado armas de contrabando en el país, lo cual ya justificaba su detención.

También habían detenido a cuatro guardias supervivientes, y a un centenar aproximado de empleados de Green Way que deambulaban por el aparcamiento, con el fin de interrogarlos.

Dunne había escapado. Agentes de las fuerzas especiales habían encontrado pruebas de que habían ocultado una moto debajo de una lona recubierta de paja. El irlandés tenía preparado su salvavidas, por supuesto.

—¡Soy inocente! —insistió Severan Hydt—. Me acosan porque soy inglés. Y blanco. Tienen prejuicios.

Jordaan no pasó por alto sus palabras.

—¿Prejuicios? He detenido a seis hombres negros, cuatro blancos y un asiático. Si eso no es un arco iris, ya me dirá usted.

Hydt era cada vez más consciente de la magnitud del desastre. Apartó la mirada de los incendios en dirección al resto de los terrenos. Debía de estar buscando a Dunne. Estaría perdido sin su ingeniero.

Miró a Bond, y después dijo a Jordaan, con voz preñada de desesperación:

—¿A qué clase de acuerdo podríamos llegar? Soy muy rico.

—Qué suerte. Sus minutas legales serán muy elevadas.

—No estoy intentando sobornarla.

—En eso confío. Es un delito muy grave. Quiero saber adónde ha ido Niall Dunne. Si me lo dice, informaré al fiscal de que me ayudó a localizarlo.

—Puedo darle la dirección de su piso de aquí...

—Ya he enviado agentes allí. Dígame otros lugares adonde puede haber ido.

—Sí… Seguro que se me ocurre algo.

Bond observó que Gregory Lamb se acercaba desde un lugar desierto de la planta, cargado con su pistolón como si jamás hubiera disparado un arma. Bond dejó a Jordaan y Hydt parados juntos entre hileras de palés que contenían bidones de aceite vacíos y se reunió con Lamb cerca de un contenedor abollado.

—Ah, Bond —saludó el agente de Seis, con la respiración entrecortada, y sudoroso pese al frío aire de otoño. Tenía la cara manchada de tierra, y un desgarrón en la manga de la chaqueta.

—¿Lo alcanzaron?

Bond indicó con un cabeceo el desgarrón, causado al parecer por una bala. Le había ido de poco. Manchas de pólvora rodeaban el agujero.

—Por suerte, no me produjo ningún daño. Salvo a mi gabardina favorita.

Era afortunado. Un centímetro a la izquierda, y la bala le habría destrozado el antebrazo.

—¿Qué ha sido de los individuos a quienes perseguía? —preguntó Bond—. No los vi.

—Lamento decirle que huyeron. Se separaron. Sabía que intentaban rodearme, pero de todos modos perseguí a uno. Así conseguí mi lord Nelson. —Se tocó la manga—. Pero, maldita sea, ellos conocían bien el terreno y yo no. No obstante, herí a uno de ellos.

—¿Quiere seguir el rastro de sangre?

Lamb parpadeó.

—Ah, lo hice. Pero desapareció.

Bond perdió el interés por la incursión del aventurero a través de los matorrales y se alejó para llamar a Londres. Estaba tecleando el número cuando, a unos metros de distancia, oyó una serie de crujidos fuertes que reconoció al instante como potentes balas que encontraban su blanco, seguidos por la detonación de un rifle lejano.

Bond giró en redondo y se llevó la mano a la Walther, mientras examinaba los terrenos. Pero no vio ni rastro del tirador, tan sólo a su víctima, Bheka Jordaan, con el rostro y la cara convertidas en una masa sanguinolenta, arañaba el aire mientras caía hacia atrás y se precipitaba a una zanja embarrada.

62

—¡No! —gritó Bond. Quiso correr en su ayuda, pero la cantidad de sangre, huesos y tejido que había visto le avisó de que la mujer no habría podido sobrevivir a los devastadores disparos.

No...

Bond pensó en Ugogo, en el feroz brillo anaranjado en los ojos de Jordaan cuando habían abatido a los dos guardias en los Campos Elíseos, la tenue sonrisa.

Ellos tienen varias armas, y nosotros, sólo una. Eso no es justo. Tenemos que arrebatarles una...

—¡Capitana! —gritó Nkosi, apostado tras un contenedor cercano. Otros agentes estaban disparando al azar.

—¡Alto el fuego! —gritó Bond—. Nada de disparar a ciegas. Vigilen el perímetro visible, estén atentos a destellos de disparos.

Las fuerzas especiales estaban más contenidas, en busca de blancos desde refugios seguros.

Así que el ingeniero sí tenía un plan de escape para su amado jefe. Eso era lo que Hydt estaba buscando. Dunne mantendría atrapados a los agentes mientras Hydt huía, tal vez al bosque, donde otros guardias de seguridad le estarían esperando con un coche, o tal vez incluso un helicóptero oculto en los terrenos. Hydt aún no había iniciado su carrera hacia la libertad. Continuaba escondido entre las hileras de palés donde Jordaan le había interrogado, a la espera de que el tiroteo aumentara de intensidad.

Bond, agachado, empezó a moverse hacia él. En cualquier momento, el hombre correría hacia los matorrales, protegido por Dunne, y tal vez por otros guardias leales.

Y James Bond no estaba dispuesto a permitir que eso sucediera.

—¿Estamos a salvo? —oyó que susurraba Gregory Lamb, pero no le vio. Comprendió que el hombre se había zambullido en un contenedor lleno.

Bond tenía que actuar de inmediato. Aunque eso significara exponerse a la estupenda puntería de Dunne, no permitiría que Hydt escapara. Bheka Jordaan no habría muerto en vano.

Corrió hacia el espacio en sombras que se extendía entre los altos palés de bidones de aceite, con la pistola alzada.

Y se quedó petrificado. Severan Hydt no iba a escapar a ninguna parte: el Trapero, el visionario rey de la putrefacción, el señor de la entropía, estaba tendido de espaldas, con dos balas en el pecho y una tercera en la frente. Una parte importante del cráneo había desaparecido.

Bond guardó la pistola. Las fuerzas tácticas empezaron a levantarse a su alrededor. Un hombre anunció a gritos que el tirador había abandonado su posición y desaparecido entre la maleza.

Oyó detrás de él un ronco grito de mujer:

—*Sihlama!*

Bond giró en redondo y vio que Bheka Jordaan estaba saliendo de la zanja, mientras se secaba la cara y escupía sangre. ¡Estaba ilesa! O bien Dunne había errado el blanco, o bien el objetivo verdadero era su jefe. Los restos humanos que habían salpicado a Jordaan eran de Hydt.

Bond la llevó a cubierto detrás de los bidones de aceite y percibió el enfermizo olor cobrizo de la sangre.

—Dunne ha escapado.

—¿Se encuentra bien, capitana? —gritó Nkosi.

—Sí, sí —contestó la mujer como sin darle importancia—. ¿Qué pasa con Hydt?

—Ha muerto —dijo Bond.

—*Masende!* —exclamó ella.

Lo cual hizo que Nkosi sonriera.

Jordaan se quitó la camisa. Debajo llevaba un chaleco antibalas encima de una camiseta negra de algodón. Se secó la cara, el cuello y los pelos con ella.

Los agentes del promontorio anunciaron que el perímetro estaba despejado. A Dunne no le había interesado quedarse, por supuesto. Ya había logrado lo que deseaba.

Bond contempló de nuevo el cadáver. Decidió que las heridas tan juntas significaban que Hydt había sido el verdadero objetivo. Era lógico, por supuesto. Dunne tenía que matar a aquel hombre para asegurarse de que no hablara de él a la policía. Recordó varias miradas que Dunne había lanzado a Hydt durante los últimos días; eran unas miradas sombrías, que insinuaban... ¿el qué? ¿Irritación?, ¿resentimiento? Casi celos, daba la impresión. Quizás había algo personal detrás de la muerte del Trapero.

Fuera cual fuera el motivo, había llevado a cabo un trabajo de lo más profesional.

Jordaan entró corriendo en el edificio de la oficina. Salió diez minutos después. Había encontrado una ducha o un lavabo en algún sitio. Llevaba el pelo y la cara mojados, pero más o menos limpios de sangre.

La mujer estaba furiosa consigo misma.

—He perdido a mi prisionero. Tendría que haberlo custodiado mejor. Nunca pensé...

Un aullido estremecedor la interrumpió. Alguien estaba corriendo hacia ellos.

—No, no, no...

Jessica Barnes estaba corriendo hacia el cadáver de Hydt. Se arrojó al suelo, indiferente a las grotescas heridas, y acunó a su amante muerto.

Bond avanzó, asió sus estrechos y temblorosos hombros, y la ayudó a levantarse.

—No, Jessica. Venga conmigo.

Bond la llevó a cubierto tras una niveladora. Bheka Jordaan se reunió con ellos.

—Está muerto, está muerto...

Jessica apretó la cabeza contra el hombro de Bond.

Bheka Jordaan sacó las esposas de su funda.

—Intentó ayudarme —le recordó Bond—. No sabía lo que Hydt estaba haciendo. Estoy seguro.

Jordaan guardó las esposas.

—La llevaremos a la comisaría para tomarle declaración. Creo que ahí terminará todo.

Bond se separó de Jessica. La tomó por los hombros.

—Gracias por ayudarme. Sé que fue difícil.

La mujer respiró hondo.

—¿Quién lo hizo? —preguntó a continuación, más serena—. ¿Quién le disparó?

—Dunne.

Jessica no pareció sorprenderse.

—Nunca me cayó bien. Severan era apasionado, impulsivo. Nunca pensaba demasiado. Niall se dio cuenta y le sedujo con todos sus planes y su inteligencia. Yo creía que no debía confiar en él. Pero nunca tuve la valentía de decir nada.

Cerró los ojos un momento.

—Hizo un buen trabajo con las oraciones —comentó Bond.

—Demasiado bueno —susurró ella en tono sombrío.

Había manchas de la sangre de Hydt en la mejilla y el cuello de Jessica. Bond se dio cuenta de que era la primera vez que veía algo de color en su cara. La miró a los ojos.

—Conozco a algunas personas que podrán ayudarla cuando vuelva a Londres. Se pondrán en contacto con usted. Yo me encargaré.

—Gracias —murmuró Jessica.

Una mujer policía se la llevó.

Una voz masculina cercana sobresaltó a Bond.

—¿Está despejado?

Frunció el ceño, porque no veía al que hablaba. Después lo comprendió. Gregory Lamb seguía en el contenedor.

—Está despejado.

El agente salió de su escondite.

—Cuidado con la sangre —le advirtió Bond, pues estaba a punto de pisar un charco.

—¡Santo Cielo! —murmuró el hombre, con aspecto de ir a desmayarse.

—Tengo que saber todo lo que implica Gehenna —dijo Bond a Jordaan, sin hacer caso de Lamb—. ¿Puede ordenar a sus agentes que recojan todos los archivos y ordenadores de Investigación y Desarrollo? También necesitaré que el grupo de delitos informáticos descifre las contraseñas.

—Sí, por supuesto. Los llevaremos a la oficina del SAPS. Puede examinarlos allí.

—Yo me encargaré, comandante —dijo Nkosi.

Bond le dio las gracias. La cara redonda del hombre parecía menos irónica y risueña que antes. Bond supuso que habría sido su primer tiroteo. El incidente le cambiaría para siempre, pero, por lo que Bond estaba viendo, el cambio no debilitaría, sino que fortalecería, al joven agente. Nkosi hizo una seña a varios agentes de los Servicios Científicos Forenses y los guió hasta el interior del edificio.

Bond miró a Jordaan.

—¿Puedo hacerte una pregunta?

Ella se volvió hacia él.

—¿Qué dijiste? Cuando saliste de la zanja, dijiste algo.

Debido a su tez especial, era difícil saber si se había ruborizado.

—No se lo digas a Ugogo.

—No lo haré.

—La primera palabra significa en zulú… Creo que en inglés dicen «mierda».

—Yo mismo utilizo diversas variantes. ¿Y la otra palabra?

Jordaan entornó los ojos.

—Creo que eso no te lo voy a decir, James.

—¿Por qué?

—Porque se refiere a cierta parte de la anatomía masculina…, y no considero prudente alentarte a ese respecto.

63

Al atardecer, el sol estaba empezando a hundirse hacia el noroeste. James Bond se dirigió en coche desde el hotel Table Mountain, donde se había duchado y cambiado, a la jefatura de policía de Ciudad del Cabo.

Cuando entró y se encaminó hacia el despacho de Jordaan, observó que varios pares de ojos le miraban. Intuyó que las expresiones ya no eran de curiosidad, como cuando había entrado por primera vez en el edificio, unos días antes, sino de admiración. Tal vez la historia de su papel en el desmantelamiento del plan de Severan Hydt había circulado. O que había abatido a dos adversarios y volado un vertedero con una sola bala, que no era pecata minuta (Bond se había enterado de que ya habían extinguido el incendio, para su inmenso alivio. No le habría gustado que lo conocieran como el hombre que redujo a cenizas una zona considerable de Ciudad del Cabo.)

Bheka Jordaan le recibió en el pasillo. Se había dado otra ducha para limpiarse los restos de Severan Hydt, y vestía unos pantalones oscuros y una camisa amarilla, alegre y vital, tal vez un antídoto para el horror de los acontecimientos sucedidos en Green Way.

Le indicó con un gesto que entrara en su despacho. Se sentaron juntos ante el escritorio.

—Dunne ha conseguido llegar a Mozambique. Los de seguridad del Gobierno le localizaron allí, pero se esfumó en una zona indeseable de Maputo, que abarca casi toda la ciudad, para ser sincera. He llamado a algunos colegas de Pretoria, de Inteligencia Económica, de la Unidad de Investigaciones Especiales y del Centro de Información de Riesgos Bancarios. Investigaron sus cuentas..., gracias a una orden judicial, por supuesto. Ayer por la tarde, se transfirieron doscientas mil libras a una cuenta suiza de Dunne. Hace media hora las transfirió a docenas de cuentas anónimas en línea. Puede acceder a ellas desde cualquier parte, de modo que no tenemos ni idea de adónde pretende huir.

La expresión de disgusto de Bond coincidía con la de ella.

—Si sale a la superficie o se va de Mozambique, su gente de seguridad nos informará. Pero hasta entonces, está fuera de nuestro alcance.

Fue entonces cuando apareció Nkosi, empujando un carrito grande lleno de cajas: los documentos y ordenadores portátiles del departamento de Investigación y Desarrollo de Green Way.

El suboficial y Bond siguieron a Jordaan hasta un despacho vacío, donde Nkosi puso las cajas en el suelo y alrededor del escritorio. Bond se dispuso a abrir una tapa.

—Ponte esto —se apresuró a decir Jordaan—. No quiero que contamines las pruebas.

Le ofreció unos guantes de látex azules.

Bond lanzó una carcajada irónica, pero se los puso. Jordaan y Nkosi se fueron. No obstante, antes de abrir las cajas, llamó a Bill Tanner.

—James —dijo el director ejecutivo—. Hemos recibido los mensajes. Parece que ahí se ha desatado un infierno.

Bond rió de la elección de palabras y explicó en detalle el tiroteo ocurrido en Green Way, la muerte de Hydt y la huida de Dunne. También le habló del presidente de la compañía farmacéutica que había contratado a Hydt. Tanner pediría al FBI que, desde Washington, abriera una investigación y detuviera al hombre.

—Necesito que un equipo clandestino capture a Dunne, si podemos descubrir dónde está. ¿Tenemos cerca a algún agente 00?

Tanner suspiró.

—Veré qué puedo hacer, James, pero no puedo desprenderme de mucha gente, sobre todo teniendo en cuenta la situación en el este de Sudán. Estamos asesorando al FCO y a los *marines* en lo tocante a la seguridad. Tal vez pueda conseguirte alguna fuerza especial. SAS o SBS. ¿Te iría bien?

—Estupendo. Voy a investigar todo lo que hemos recogido en el cuartel general de Hydt. Llamaré en cuanto haya terminado e informaré a M.

Tras hablar con Tanner, Bond empezó a distribuir los documentos de Gehenna sobre el amplio escritorio del despacho que Jordaan le había facilitado. Vaciló. Después, con cierta sensación de ridículo, se puso los guantes azules, después de decidir que le proporcionarían una historia divertida que contar a su amigo Ronnie Vallance, del Yard. Vallance decía con frecuencia que Bond sería un inspector nefasto, teniendo en cuenta su preferencia por golpear o disparar contra delincuentes, antes que reunir pruebas para meterles en chirona.

Hojeó los documentos durante casi una hora. Por fin, cuando se consideró lo bastante bien informado sobre la situación, telefoneó a Londres una vez más.

—Esto es una pesadilla, 007 —gruñó M—. Ese idiota de División Tres apretó un botón muy gordo. Consiguió que cerraran Whitehall. Y también Downing Street. Si hay algo que salga mal parado en los tabloides es la suspensión de una conferencia de seguridad internacional por culpa de una maldita alerta de seguridad.

—¿Era infundada?

Bond se había sentido seguro de que York era el lugar elegido para el atentado, pero eso no significaba que Londres no corriera peligro, tal como había dicho a Tanner durante la llamada vía satélite desde el despacho de Jessica Barnes.

—Nada. Green Way tenía su lado legal, por supuesto. Los ingenieros de la empresa estaban trabajando con la policía para comprobar que no hubiera nada sospechoso en los túneles de eliminación de basura que rodean Whitehall. Ni radiación peligrosa, ni explosivo, ni Guy Fawkes. Se produjo un repunte en el tráfico SIGINT afgano, pero se debió a que nosotros y la CIA desembarcamos allí el lunes pasado. Y todo el mundo se preguntaba qué demonios estábamos haciendo.

—¿Y Osborne-Smith?

—Intrascendente.

Bond no sabía si la palabra se refería al hombre o significaba que más valía no hablar de su destino.

—Bien, ¿qué está pasando por ahí abajo, 007? Quiero detalles.

Bond explicó primero la muerte de Hydt y la detención de sus tres socios principales. También describió la huida de Dunne y el plan de Bond para ejecutar la orden de nivel 2 desde el domingo, que todavía era válida, consistente en secuestrar al irlandés cuando lo localizaran.

Después, Bond entró en detalles acerca de Gehenna (la información secreta robada y reunida por Hydt), el chantaje y la extorsión, y añadió las ciudades donde se habían concentrado casi todos sus esfuerzos.

—Ciudades como Londres, Moscú, París, Tokio, Nueva York y Bombay, e instalaciones más pequeñas en Belgrado, Washington, Taipei y Sydney.

Se hizo un momentáneo silencio, y Bond imaginó a M mordisqueando su puro mientras le daba bocanada tras bocanada.

—Muy inteligente, reunir todo esa información a partir de basura.

—Hydt dijo que nadie se fija ya en los barrenderos, y es verdad. Son invisibles. Están por todas partes, pero casi siempre los miras sin verlos.

M lanzó una de sus raras risitas.

—Yo estaba pensando más o menos lo mismo ayer. —Se puso serio—. ¿Qué recomienda, 007?

—Que la gente de nuestra embajada y Seis cierren todas las instalaciones de Green Way cuanto antes, con el fin de impedir que los actores empiecen a desaparecer. Congelar sus bienes y rastrear todos los ingresos. Eso nos conducirá al resto de clientes de Gehenna.

—Ummm —dijo M, con voz extrañamente alegre—. Supongo que podríamos hacerlo.

¿En qué estaría pensando el viejo?

—Aunque no estoy seguro de que debamos darnos excesivas prisas. Vamos a detener a los directores de todas las delegaciones, sí, pero ¿qué le parece si el ODG infiltra varios agentes 00 en sus oficinas y alarga la vida de Gehenna en algunos lugares, 007? Me encantaría saber lo que el Aerospacio GRS $ de las afueras de Moscú nos depara. Y también me pregunto qué documentación destruye el consulado de Pakistán en Bombay. Sería interesante saberlo. Tendremos que pedir la devolución de algunos favores a la prensa, para que no informe de lo que Hydt estaba tramando. Solicitaré a los chicos de desinformación de Seis que aireen que estaba mezclado con una organización criminal, o algo por el estilo. Nada muy concreto. Al final se sabrá todo, pero para entonces ya habremos recogido información valiosa.

El viejo zorro. Bond rió para sí. De modo que el ODG iba a meterse en el negocio del reciclaje.

—Brillante, señor.

—Dele todos los detalles a Bill Tanner y partiremos de ahí —dijo M—. El idiota de Osborne-Smith ha paralizado por completo el tráfico de Londres —bramó—. Tardaré siglos en llegar a casa. Nunca he entendido por qué no prolongaron la M4 hasta Earl's Court.

La línea enmudeció.

64

James Bond buscó la tarjeta de Felicity Willing y la llamó a su despacho para darle la noticia de que uno de sus donantes era un criminal... y había muerto en la operación hecha para detenerle.

Pero ya se había enterado. Los reporteros habían ido a verla para que hiciera una declaración, a la luz del hecho de que Green Way estaba implicada con la mafia y la Camorra. (Bond reparó en que los «chicos de desinformación de Seis» no perdían el tiempo.)

Felicity estaba furiosa porque algunos de los periodistas habían insinuado que ella estaba enterada de los manejos del hombre, pero que no obstante había aceptado sus donaciones.

—¿Cómo demonios pudieron preguntarme eso, Gene? Por el amor de Dios, Hydt nos daba cincuenta o sesenta mil libras al año, lo cual era generoso, pero nada comparado con lo que mucha gente dona. No dudaría en dejar plantado a cualquiera si supiera que estaba metido en algo ilegal. —Su voz se suavizó—. Pero tú te encuentras bien, ¿verdad?

—Ni siquiera estaba cuando empezó la redada. La policía me telefoneó y me hizo algunas preguntas cuando iba de camino. Menudo susto, de todos modos.

—Estoy segura.

Bond preguntó cómo iban las entregas. Ella le dijo que el tonelaje era superior al que habían prometido. Ya se estaba distribuyendo a diez países diferentes del África subsahariana.

Había comida suficiente para alimentar a cientos de miles de personas durante varios meses.

Bond la felicitó.

—No estarás demasiado ocupada para Franschhoek, ¿verdad? —preguntó después.

—Si crees que vas a librarte de nuestro fin de semana en el campo, Gene, será mejor que te lo vuelvas a pensar.

Hicieron planes para encontrarse por la mañana. Bond recordó que debía encontrar a alguien que lavara y adecentara el Subaru, por el cual había empezado a sentir cierto afecto, pese al color hortera y el alerón ornamental del maletero.

Después de colgar, se sentó y saboreó la alegría de su voz. También saboreó el recuerdo de las horas que habían pasado juntos. Y pensó en el futuro.

«Si vas a lugares oscuros, ¿podrías prometerme no ir a los… peores?»

Sonriente, dio vuelta a la tarjeta, la guardó y se puso de nuevo los guantes para continuar sumergiéndose entre documentos y ordenadores, tomando notas sobre las oficinas de Green Way y la operación Gehenna para M y Bill Tanner. Trabajó durante una hora o así, hasta decidir que había llegado el momento de tomar una copa.

Se estiró a sus anchas.

Paró y bajó los brazos poco a poco. En aquel momento, había sentido una sacudida en su interior. Conocía la sensación. Se producía de vez en cuando en el mundo del espionaje, aquel gran paisaje de subtexto donde casi nada es lo que parece. Con frecuencia, el origen de esa punzada inquietante era la sospecha de que una suposición básica era errónea, capaz quizá de provocar un desastre. Contempló sus notas, oyó su respiración acelerada entre los labios resecos. Su pulso se aceleró.

Bond volvió a hojear cientos de documentos una vez más, y después cogió el móvil y envió por correo electrónico a Philly

Maidenstone una solicitud de prioridad. Mientras esperaba su respuesta, paseó de un lado a otro del pequeño despacho, su mente inundada de pensamientos, que aleteaban y flotaban como las frenéticas gaviotas que sobrevolaban la calle de la Desaparición, en Green Way.

Cuando Philly respondió, asió el móvil y leyó el mensaje, y después se dejó caer poco a poco en la incómoda silla.

Una sombra cayó sobre él. Alzó la vista y vio a Bheka Jordaan parada delante.

—Te he traído, café, James —dijo—. En una taza apropiada.

Estaba adornada con los rostros sonrientes de los jugadores de los Bafana Bafana, con su mejor uniforme de fútbol.

Como él no dijo nada y no cogió la taza, la dejó sobre la mesa.

—¿James?

Bond sabía que su expresión traicionaba la alarma que bullía en su interior.

—Creo que me equivoqué —susurró al cabo de un momento.

—¿A qué te refieres?

—A todo: Gehenna, Incidente Veinte.

—Cuéntame.

Bond frunció el ceño.

—La información original que recibimos afirmaba que alguien llamado Noah estaba implicado en el incidente de hoy, el acontecimiento que daría lugar a todas esas muertes.

—Sí. —La mujer se sentó a su lado—. Severan Hydt.

Bond negó con la cabeza. Indicó las cajas de documentos de Green Way.

—Pero he examinado casi todos los papeles, móviles y ordenadores. No aparece en ellos ninguna referencia a Noah. Y en todos mis encuentros con Hydt y Dunne no se produjo la menor referencia a ese nombre. Si ése era su apodo, ¿por qué no apareció en ningún sitio? Se me ocurrió una idea, de modo que me puse en contacto con una colega del MI6. Sabe bastante de informática. ¿Estás familiarizada con los metadatos?

—Información codificada en archivos de ordenador. Condenamos por corrupción a un ministro gracias a ello.

Bond señaló su teléfono con la cabeza.

—Mi colega investigó la media docena de referencias de Internet en las que aparecía Noah como apodo de Hydt. Los metadatos de todas ellas demostraron que fueron escritas y colgadas esta semana.

—Como nosotros colgamos datos sobre Gene Theron para crear tu tapadera.

—Exacto. El verdadero Noah lo hizo para que nos concentráramos en Hydt. Lo cual significa que el Incidente Veinte, los miles de muertos, no era la bomba de York. Gehenna y el Incidente Veinte son dos planes diferentes por completo. Va a pasar algo más. Y será pronto; esta misma noche. Eso decía el correo electrónico original. Esas personas, sean quienes sean, aún corren peligro.

Pese al éxito logrado en Green Way, se enfrentaba de nuevo a las preguntas vitales: ¿quién era el enemigo, y cuál era su propósito?

Hasta que obtuviera la respuesta, no podía pensar en la reacción adecuada.

Pero debía hacerlo. Quedaba muy poco tiempo.

... confirma incidente viernes 20 noche, bajas iniciales calculadas en miles

—¿James?

Fragmentos de hechos, recuerdos y teorías daban vueltas en su mente. Una vez más, tal como había hecho en las entrañas de las instalaciones de investigación de Green Way, empezó a ordenar todos los datos que poseía, intentando recomponer el rompecabezas del Incidente Veinte. Se levantó y, con las manos enlazadas a la espalda, se inclinó hacia delante, mientras contemplaba los fragmentos de papel y notas que cubrían el escritorio.

Jordaan había enmudecido.

—Gregory Lamb —susurró Bond por fin.

Ella frunció el ceño.

—¿Qué pasa con él?

Bond no contestó de inmediato y volvió a sentarse.

—Necesitaré tu ayuda.

—Por supuesto.

65

—¿Qué pasa, Gene? Dijiste que era urgente.

Estaban solos en el despacho de Felicity Willing, en la organización benéfica de Ciudad del Cabo, no lejos del club donde se habían conocido el miércoles por la noche. Bond había interrumpido una reunión en la que participaban una docena de hombres y mujeres, cooperantes fundamentales en las entregas de comida, y le pidió que se vieran a solas. Cerró la puerta del despacho.

—Espero que puedas ayudarme. No hay mucha gente en Ciudad del Cabo en la que pueda confiar.

—Por supuesto.

Se sentaron en un sofá barato. Felicity, con pantalones vaqueros negros y camisa blanca, se acercó más a Bond. Sus rodillas se tocaron. Parecía todavía más cansada que el día anterior. Bond recordó que se había marchado de su habitación antes del amanecer.

—En primer lugar, debo confesarte algo. Y, bueno, es posible que afecte nuestros planes de ir a Franschhoek... Puede afectar muchos planes.

Ella frunció el ceño y asintió.

—Debo pedirte que no se lo digas a nadie. Es muy importante.

Los ojos penetrantes de la mujer escudriñaron su rostro.

—Por supuesto, pero dímelo de una vez, por favor. Me estás poniendo nerviosa.

—No soy quien te dije que era. De vez en cuando trabajo para el Gobierno británico.

—¿Eres un… espía? —susurró ella.

Bond rió.

—No, nada tan espectacular como eso. Mi cargo es el de analista de seguridad e integridad. Por lo general, es de lo más aburrido.

—Pero ¿trabajas para los buenos?

—Podríamos decirlo así.

Felicity apoyó la cabeza sobre su hombro.

—Cuando dijiste que eras consultor de seguridad, en África eso suele significar «mercenario». Dijiste que no lo eras, pero no me lo acabé de creer.

—Era una tapadera. Estaba investigando a Hydt.

El alivio le inundó el rostro.

—Y yo te pregunté si podrías cambiar un poco. Y ahora… has cambiado por completo. Un giro de ciento ochenta grados.

—¿Es algo frecuente en los hombres? —preguntó Bond con ironía.

Ella insinuó una sonrisa.

—Eso significa… ¿No te llamas Gene? ¿No eres de Durban?

—No. Vivo en Londres. —Extendió la mano, al tiempo que renunciaba a su falso acento afrikaans—. Me llamo James. Es un placer conocerla, señorita Willing. ¿Va a echarme a patadas?

Ella vaciló apenas un instante, y después le echó los brazos al cuello, riendo. Se reclinó en el sofá.

—Has dicho que necesitabas mi ayuda.

—No te implicaría si existiera otra solución, pero se me ha acabado el tiempo. Miles de vidas corren peligro.

—¡Dios mío! ¿Qué puedo hacer?

—¿Sabes algo de Gregory Lamb?

—¿Lamb? —Felicity enarcó sus marcadas cejas—. Se postula como un pez gordo, de modo que lo he abordado varias veces para que hiciera donaciones. Siempre decía que nos daría algo, pero no lo hizo. Es un hombre bastante raro. Un paleto.

—Debo decirte que es algo más que eso.

—Oímos rumores de que estaba a sueldo de alguien. Aunque no puedo imaginar que nadie se lo tome en serio como espía.

—Creo que es una fachada. Se hace el idiota para que la gente se sienta cómoda con él y no sospeche que se dedica a asuntos sucios. Has estado en el muelle durante estos últimos días, ¿verdad?

—Sí, bastantes veces.

—¿Has oído algo sobre un gran carguero de Lamb que zarpa esta noche?

—Sí, pero desconozco los detalles.

Bond guardó silencio un momento.

—¿Sabes si alguien llama Noah a Lamb?

Felicity pensó.

—No puedo afirmarlo con certeza, pero… Espera, sí, creo que sí. Un apodo que alguien utilizó una vez con él. Debido a su negocio. Pero ¿qué has querido decir con eso de que hay «miles de vidas en juego?»

—No estoy seguro de lo que está tramando. Yo diría que va a utilizar el carguero para hundir un transatlántico.

—¡No, Dios mío! Pero ¿por qué haría eso?

—Tratándose de Lamb, supongo que debe ser por dinero. Se habrá puesto al servicio de islamistas, señores de la guerra o piratas. Pronto sabré más. Hemos pinchado su teléfono. Se va a encontrar con alguien dentro de una hora en un hotel abandonado al sur de la ciudad, el Sixth Apostle Inn. Iré allí para averiguar qué está tramando.

—Pero… James, ¿por qué tienes que ir tú? ¿Por qué no llamas a la policía y pides que le detengan?

Bond vaciló.

—No puedo utilizar a la policía para esto.

—¿Debido a tu trabajo de «analista de seguridad»?

Bond hizo una pausa.

—Sí.

—Entiendo. —Felicity Willing asintió. Después, se inclinó hacia delante y le dio a Bond un beso en los labios—. En respuesta a tu pregunta, hagas lo que hagas, James, sea lo que sea lo que vayas a hacer, eso no afectará en absoluto a nuestros planes de ir a Franschhoek. Ni a nuestros planes para lo que sea, en lo que a mí concierne.

66

En mayo, en Ciudad del Cabo el sol se pone alrededor de las cinco y media. Mientras Bond se dirigía hacia el sur por Victoria Road, el escenario adquirió una cualidad surrealista, bañado en el glorioso ocaso. Después, descendió el crepúsculo, surcado por pinceladas de nubes púrpuras sobre el turbulento Atlántico.

Había dejado atrás Table Mountain, también Lion's Head, y ahora iba en paralelo a las solemnes y escarpadas formaciones rocosas de la cordillera de los Doce Apóstoles, sembradas de hierba, fynbos y brotes de proteas. Desafiantes bosques de pinos se alzaban en lugares incongruentes.

Media hora después de salir del despacho de Felicity Willing, divisó el desvío a la Sixth Apostle Inn, a la izquierda y en dirección este. Dos letreros señalaban el camino de entrada: el nombre del establecimiento en pintura descolorida y desconchada, y debajo otro, más colorido y nuevo, un aviso de que estaban haciendo obras y se prohibía la entrada.

Bond atravesó la entrada con el Subaru, apagó las luces y recorrió sin prisas un largo camino sinuoso. La grava chirriaba bajo los neumáticos. Conducía directamente hacia la imponente cara del risco de los Apóstoles, que se elevaba a unos treinta metros o más por encima del edificio.

Ante él tenía la hostería, desvencijada y necesitada con desesperación de la prometida reconstrucción, aunque se suponía que en otro tiempo había sido el marco ideal para unas vacaciones o para agasajar a tu amante de Londres o de Hong Kong. Era un edificio laberíntico de una planta erigido entre extensos jardines, ahora invadidos de malas hierbas y echado a perder.

Bond condujo hasta la parte trasera y entró en el aparcamiento. Escondió el Subaru en una hilera de maleza y hierba alta, bajó y miró hacia el remolque que utilizaban los obreros. Como estaba a oscuras, lo iluminó con la linterna. No había señales de que estuviera ocupado. Desenfundó la Walther y se encaminó con sigilo hacia el hostal.

La puerta principal estaba abierta y entró. Olía a moho, hormigón nuevo y pintura. Al final del pasillo, la recepción carecía de mostrador. A la derecha encontró salas de estar y una biblioteca, a la izquierda un comedor grande para desayunos y un salón, con cristaleras que daban al norte y ofrecían la vista de los jardines y, arriba, los Doce Apóstoles, apenas visibles en el ocaso. Dentro de aquella sala los obreros habían dejado sus taladros, caballetes para serrar y muchas otras herramientas, todas aseguradas con cadenas y candados. Detrás de esa zona había un pasadizo que conducía a la cocina. Bond reparó en que había interruptores para las luces de trabajo y del techo, pero mantuvo el lugar en la penumbra.

Diminutos pies de animales corrieron bajo las tablas del techo y las paredes.

Bond se sentó en una esquina del comedor, sobre el kit de herramientas de un obrero. Sólo podía esperar a que el enemigo apareciera.

Bond pensó en el teniente coronel Bill Tanner, quien le había dicho poco después de ingresar en el ODG: «Escucha, 007, gran parte de tu trabajo se limita a esperar. Ojalá seas un hombre paciente».

No era paciente. Pero si su misión exigía esperar, esperaba.

Antes de lo que imaginaba, un fragmento de luz bañó la pared, y se levantó para mirar por una ventana de delante. Un coche traqueteaba hacia el hostal, y después frenó en la maleza cercana a la puerta principal.

Alguien bajó del coche. Bond entornó los ojos. Era Felicity Willing. Se aferraba el estómago.

Bond atravesó a toda prisa la puerta, al tiempo que enfundaba la pistola, y corrió hacia ella.

—¡Felicity!

Ésta avanzó penosamente y cayó sobre la grava.

—¡Ayúdame, James! ¡Ayúdame! Estoy herida.

Cuando se acercó, vio una mancha roja en la pechera de la camisa. Sus dedos también estaban manchados de sangre. Cayó de rodillas y la acunó.

—¿Qué ha pasado?

—Fui a… Fui a echar un vistazo a un cargamento en los muelles. Había un hombre —dijo casi sin aliento—. ¡Sacó una pistola y me disparó! No dijo nada… Me disparó y huyó. Conseguí llegar al coche y conducir hasta aquí. ¡Tienes que ayudarme!

—¿Por qué no llamaste a la policía?

—Era policía, James.

—¿Qué?

—Vi una placa en su cinturón.

Bond la llevó en volandas hasta el comedor, y la depositó con delicadeza sobre unos guardapolvos amontonados contra la pared.

—Voy a buscar un vendaje —murmuró—. Ha sido por mi culpa. ¡Tendría que haberlo adivinado! Tú eres el objetivo del Incidente Veinte. Lamb no va detrás de un transatlántico. Son los barcos cargados de comida. Le contrató una de esas empresas agrocomerciales de los Estados Unidos o Europa de las que me hablaste, con el fin de asesinarte y destruir la comida. Debió de sobornar a algún policía para que lo ayudara.

—James, ¡no dejes que muera!

—Te pondrás bien. Iré a buscar vendajes y llamaré a Bheka. Es de confianza.

Se encaminó hacia la cocina.

—No —dijo Felicity. Su voz era extrañamente serena y firme.

Bond se detuvo. Dio media vuelta.

—Tira el móvil, James.

Lo estaba mirando con sus penetrantes ojos verdes, clavados en él como los de un depredador. Empuñaba el arma de Bond, la Walther PPS.

007 dio una palmada sobre la funda, de la que ella había extraído la pistola mientras él la llevaba dentro.

—El teléfono —repitió—. No toques la pantalla. Sujétalo por un lado y tíralo a un rincón de la sala.

Bond obedeció.

—Lo siento —dijo Felicity—. Lo siento muchísimo.

Y James Bond creyó que, en alguna diminuta parte de su corazón, así era.

67

—¿Qué es eso? —preguntó Bond, señalando su blusa.

Era sangre, por supuesto. Sangre auténtica. De ella. Felicity todavía sentía el pinchazo en la mano, donde se había pinchado una vena con un imperdible. Había sangrado lo suficiente como para mancharse la camisa e imitar una herida de bala.

Ella no le contestó, pero los ojos del agente se fijaron en el moratón de la mano y revelaron que ya lo había deducido.

—No había ningún policía en el muelle.

—Mentí, ¿verdad? Siéntate. En el suelo.

Cuando lo hubo hecho, Felicity movió la corredera, que expulsó una bala, y después comprobó que hubiera otra en la recámara, lista para disparar.

—Sé que estás entrenado para desarmar a alguien. Ya he matado antes, y no me ha afectado lo más mínimo. No es esencial que sigas con vida, de modo que será un placer para mí dispararte si haces el menor movimiento.

No obstante, su voz estuvo a punto de quebrarse en «placer». «¿Qué demonios te pasa?», se preguntó, furiosa.

—Póntelas.

Tiró unas esposas sobre el regazo de Bond.

Él las cogió. «Buenos reflejos», observó Felicity, que retrocedió un metro.

Percibió el agradable aroma que Bond le había dejado en la piel al tocarla unos momentos antes. Sería jabón o champú del hotel. No era el tipo de hombre que se aplicaba loción para después del afeitado.

La ira de nuevo. ¡Maldita sea!

—Las esposas —repitió.

Una vacilación, y después se las puso en las muñecas.

—¿Y bien? Explícate.

—Más apretadas.

Bond accionó el mecanismo. Ella se quedó satisfecha.

—¿Para quién trabajas exactamente? —preguntó ella.

—Para una organización de Londres. Y lo dejaremos así. ¿Tú trabajas con Lamb?

La mujer rió.

—¿Con Lamb? ¿Con ese gordo idiota y sudoroso? No. No sé para qué va a venir, pero no tiene nada que ver con mi proyecto de esta noche. Será alguna ridícula aventura empresarial. Tal vez comprar este hotel. Te mentí cuando dije que alguien lo había llamado Noah.

—Entonces, ¿qué estás haciendo aquí?

—He venido porque estoy segura de que informaste a tus jefes de Londres de que Lamb es tu principal sospechoso.

Un destello de sus ojos se lo confirmó.

—Lo que la capitana Jordaan y sus más o menos competentes agentes descubrirán aquí por la mañana es un combate a muerte. Tú y el traidor que iba a volar un transtlántico, Gregory Lamb, y la persona con la que iba a entrevistarse. Los sorprendiste y se produjo un tiroteo. Todos muertos. Quedarán cabos sueltos, pero, en conjunto, el asunto se olvidará. Yo lo olvidaré, al menos.

—Lo cual te permitirá hacer lo que te dé la gana. Pero no lo entiendo. ¿Quién demonios es Noah?

—No es quién, James, sino qué. N-O-A-H.

Confusión en su apuesto rostro. Un momento después, comprensión.

—Dios mío… Tu grupo es la Organización Internacional Anti Hambre. OIAH. En la fiesta de recaudación de fondos, dijiste que la habías expandido hacía poco para dotarla de proyección internacional. Lo cual significaba que era la Organización Nacional Anti Hambre. ONAH. O sea, NOAH en inglés.

Ella asintió.

—En el texto que interceptamos el fin de semana pasado —musitó Bond con el ceño fruncido—, «noah» estaba mecanografiado en minúsculas, como todo el resto del mensaje. Supuse que era un nombre.

—Fuimos descuidados en ese caso. Hace tiempo que no es NOAH, pero fue el primer nombre y aún lo seguimos llamando así.

—¿En plural? ¿Quién envió el mensaje?

—Niall Dunne. Él es socio *mío*, no de Hydt. Fue un préstamo.

—¿Tuyo?

—Hace unos cuantos años que trabajamos juntos.

—¿Cómo te pusiste en contacto con Hydt?

—Niall y yo trabajamos para muchos señores de la guerra y dictadores del África subsahariana. Hará unos nueve o diez meses, Niall se enteró del plan de Hydt, de este Gehenna. Era bastante descabellado, pero había posibilidades de obtener pingües beneficios de la inversión. Entregué a Dunne diez millones para ello. Explicó a Hydt que eran de un hombre de negocios anónimo. Una condición para darle el dinero era que el propio Dunne trabajara con Hydt para supervisar cómo se gastaba.

—Sí, habló de otros inversores. ¿De modo que Hydt no sabía nada de ti?

—Nada en absoluto. Resultó que a Hydt le encantaba utilizar a Dunne como planificador táctico. Gehenna no habría llegado tan lejos sin él.

—El hombre que piensa en todo.

—Sí, se sentía bastante orgulloso de que Hydt lo describiera de esa forma.

—No obstante, existía otro motivo por el que Dunne no se separaba de Hydt. Era tu plan de fuga, una posible maniobra de evasión.

—Si alguien se ponía suspicaz, como te pasó a ti, sacrificaríamos a Hydt. Lo convertiríamos en chivo expiatorio para abortar cualquier investigación. Por eso Dunne convenció a Hydt de que la bomba de York estallaría hoy.

—¿Sacrificaste diez millones de dólares?

—Los buenos seguros son caros.

—Siempre me pregunté por qué Hydt siguió adelante con su plan, después de que yo interviniera en Serbia y en March. Cubrí mi rastro con cuidado, pero me aceptó con más entusiasmo, en mi papel de Gene Theron, del que yo habría pensado que me dispensaría. Eso fue porque Dunne no paraba de repetirle que yo era legal.

Ella asintió.

—Severan siempre hacía caso de Niall Dunne.

—Así que fue Dunne quien colgó en Internet la referencia acerca de que el apodo de Hydt era Noah. Y de que construía sus barcos en Bristol.

—Exactamente, así ocurrió. —La ira y la decepción florecieron de nuevo—. ¡Maldita sea! ¿Por qué no te diste por vencido cuando debiste haberlo hecho, después de la muerte de Hydt?

Bond la miró con frialdad.

—Y después, ¿qué? ¿Habrías esperado a que me durmiera a tu lado... para degollarme?

—Confiaba en que fueras quien afirmabas, un mercenario de Durban —replicó ella—. Por eso te pregunté la otra noche si podías cambiar, para concederte la posibilidad de confesar que eras un asesino. Pensé que las cosas podían...

Enmudeció.

—¿... funcionar entre nosotros? —Bond apretó los labios—. Por si sirve de algo, yo también lo pensé.

Qué ironía, pensó Felicity. Estaba amargamente decepcionada por el hecho de que fuera uno de los buenos. Él también debía de sentir la misma decepción por su error.

—¿Qué vas a hacer esta noche? ¿Cuál es el proyecto que hemos llamado Incidente Veinte? —preguntó Bond, mientras se removía en el suelo. Las esposas tintinearon.

—¿Estás al tanto de los conflictos que hay en el mundo? —preguntó ella, apuntándolo con la pistola.

—Escucho la BBC —replicó él con sequedad.

—Cuando trabajaba en un banco de la City, mis clientes invertían a veces en empresas de lugares bastante problemáticos. Llegué a conocer cada una de esas regiones. Me fijé en que en todas las zonas conflictivas el hambre era un factor decisivo. Los que tenían hambre estaban desesperados. Podías conseguir que hicieran cualquier cosa si les prometías comida: cambiar de lealtad política, luchar, asesinar civiles, o derrocar dictaduras o democracias. Cualquier cosa. Se me ocurrió que se podía utilizar el hambre como arma. Así que me convertí en eso, en traficante de armas, por así decirlo.

—Eres una *broker* del hambre.

«Bien dicho», pensó Felicity.

—El IOAH controla el treinta y dos por ciento de la ayuda alimentaria que llega al país —continuó la mujer con frialdad—. Pronto lograremos lo mismo en varios países latinoamericanos, la India y Sudeste Asiático. Si, por ejemplo, un señor de la guerra de la República Centroafricana quiere acceder al poder y me paga lo que le pido, yo me encargaré de que sus soldados y la gente que le apoye reciban toda la comida que necesiten, y de que los seguidores de su contrincante no reciban nada.

Bond parpadeó sorprendido.

—Sudán. Eso es lo que va a pasar esta noche: estallará la guerra en Sudán.

—Exacto. Hemos estado trabajando con la autoridad central de Jartum. El presidente no quiere que la Alianza Oriental se escinda y forme un estado laico. El régimen del este piensa fortalecer sus lazos con el Reino Unido y vender su petróleo al Reino Unido en lugar de hacerlo a China. Pero Jartum no es lo bastante fuerte como para someter el este sin ayuda, así que me está pagando para que suministre comida a Eritrea, Uganda y Etiopía. Sus tropas invadirán el este al mismo tiempo que lo harán las fuerzas centrales. La Alianza Oriental no tendrá nada que hacer.

—Así que los miles de muertos del mensaje que interceptamos… son el recuento de cadáveres de la invasión que comenzará esta noche.

—Exacto. Tuve que garantizar ciertas pérdidas de vidas en las filas de las tropas de la Alianza Oriental. Si el número supera los dos millares, obtendré una bonificación.

—¿Y el impacto adverso para el Reino Unido? ¿Que el petróleo no vaya a parar a nosotros, sino a Beijing?

Un cabeceo.

—Los chinos ayudaron a Jartum a pagar mi factura.

—¿Cuándo empezarán los combates?

—Dentro de una hora y media. En cuanto los aviones con la comida estén en el aire y los barcos en aguas internacionales, empezará la invasión del este de Sudán. —Felicity consultó su discreto reloj Baume & Mercier. Suponía que Gregory Lamb no tardaría en llegar—. Bien, necesito negociar algo más: tu colaboración.

Bond soltó una fría carcajada.

—De lo contrario, tu amiga Bheka Jordaan morirá. Así de sencillo. Tengo muchos amigos en toda África expertos en matar y dispuestos a utilizar dicho talento.

La complació ver que aquello le preocupaba. A Felicity Willing siempre le gustaba descubrir el punto débil de las personas.

—¿Qué quieres?

—Que envíes un mensaje a tus superiores confirmando que Gregory Lamb es el inductor de un atentado con bomba contra un transatlántico. Has conseguido detener la conspiración, y pronto te reunirás con él.

—Ya sabes que no puedo hacer eso.

—Estamos negociando la vida de tu amiga. Vamos, James, pórtate como un héroe. De todos modos, vas a morir.

Bond volvió la mirada hacia ella.

—Pensaba en serio que las cosas nos iban a salir bien —repitió Bond.

Un escalofrío recorrió la espina dorsal de Felicity Willing.

Pero entonces, los ojos de Bond se endurecieron.

—De acuerdo, ya es suficiente —dijo con brusquedad—. Tenemos que proceder con celeridad.

Ella frunció el ceño. ¿De qué estaba hablando?

—Procurad no utilizar fuerza letal contra ella..., si podéis.

—Joder, no —susurró Felicity.

Se encendieron las luces del techo y, mientras se giraba hacia el ruido de los pies que corrían, le arrebataron la Walther de la mano. Dos personas la tiraron al suelo cabeza abajo, una de las cuales apoyó la rodilla sobre los riñones y le inmovilizó las manos con unas esposas.

Felicity oyó una seca voz femenina.

—De acuerdo con el artículo treinta y cinco de la Constitución de Sudáfrica de 1996, tiene derecho a guardar silencio y a ser informada de que cualquier declaración que manifieste a los agentes que la detienen puede ser utilizada en su contra.

68

—¡No! —jadeó Felicity Willing, con el rostro convertido en una máscara de incredulidad. Después, repitió la palabra enfurecida, casi un chillido.

James Bond miró a la menuda mujer sentada en el suelo, más o menos en el mismo lugar que él había ocupado un momento antes.

—¡Lo sabías! —chilló la mujer—. ¡Lo sabías, hijo de perra! ¡Nunca sospechaste de Lamb!

—Mentí, ¿verdad? —replicó él con frialdad, escupiéndole las palabras.

Bheka Jordaan también estaba mirando a su prisionera, sin demostrar la menor emoción.

Bond se estaba masajeando las muñecas, después de que le quitaran las esposas. Gregory Lamb se encontraba cerca, hablando por el móvil. Lamb y Jordaan habían llegado antes que Bond para poner micros y grabar la conversación, por si Felicity picaba. Se habían escondido en el remolque de los obreros. La luz de la linterna de Bond había verificado que eran invisibles y les había avisado de que iba a entrar. No había utilizado transmisiones de radio.

El teléfono de Jordaan sonó y ella contestó. Escuchó y anotó la información en su libreta.

—Mi gente ha entrado en el despacho de la señorita Willing. Sabemos los lugares donde van a aterrizar todos los aviones, y las rutas de los barcos que entregan la comida.

Gregory Lamb repasó sus notas y pasó la información a su teléfono. Si bien el hombre no inspiraba confianza como agente secreto, por lo visto tenía contactos que en esa situación serían muy útiles, y ahora los estaba utilizando.

—¡No pueden hacer esto! —aulló Felicity—. ¡No entienden nada!

Bond y Jordaan no le hicieron caso y miraron a Lamb. Por fin, desconectó.

—Hay un portaaviones estadounidense frente a la costa. Han lanzado cazas para interceptar a los aviones cargados de comida. Además, los helicópteros de combate de la RAF y de Sudáfrica se dirigen hacia los barcos.

Bond dio las gracias al hombretón sudoroso por sus esfuerzos. Nunca había sospechado de Lamb, cuyo extraño comportamiento se debía al hecho de que, en esencia, era un cobarde: había desaparecido durante la acción en la planta de Green Way para esconderse entre los matorrales. Lo admitió, pero sin confesar que se había disparado en la manga. Bond lo había considerado el cebo perfecto para engañar a su sospechosa, Felicity Willing.

Bheka Jordaan también recibió una llamada.

—Los refuerzos se van a retrasar un poco: se ha producido un accidente grave en Victoria Road. Pero Kwalene dice que podrá estar aquí dentro de veinte o treinta minutos.

Bond miró a Felicity. Incluso ahora, sentada en el mugriento suelo de aquella deteriorada obra, se mostraba desafiante, como una leona enjaulada y rabiosa.

—¿Cómo...? ¿Cómo lo supiste? —preguntó.

Oyeron el relajante aunque potente sonido del Atlántico al estrellarse contra las rocas, el cántico de los pájaros, un claxon lejano. Este lugar no estaba lejos del centro de Ciudad del Cabo, pero la ciudad parecía encontrarse a un universo de distancia.

—Algunas cosas me intrigaban. En primer lugar, el propio Dunne. ¿Por qué se produjo ayer una transferencia de fondos misteriosos a su cuenta, justo antes de que comenzase Gehenna? Eso sugería que Dunne tenía otro socio. Además, interceptamos otro mensaje, que mencionaba que si Hydt se apeaba del proyecto, éste continuaría con otros socios. ¿A quién se lo habían enviado? Una explicación era que se trataba de alguien ajeno a Gehenna.

»Entonces recordé que Dunne viajaba a la India, Indonesia y el Caribe. En la fiesta para recaudar fondos, dijiste que tu organización había abierto delegaciones en Bombay, Yakarta y Puerto Príncipe. Un poco casual. Tanto tú como Dunne teníais contactos en Londres y Ciudad del Cabo, y ambos estabais presentes en Sudáfrica antes de que Hydt abriera aquí su delegación de Green Way.

»Establecí la relación con NOAH yo solo —continuó Bond. Cuando estaba en la jefatura del SAPS, se había fijado en la tarjeta de Felicity. IOAH. De pronto se había dado cuenta de que sólo había una letra de diferencia con NOAH—. Investigué la documentación de la empresa en Pretoria y descubrí el nombre original del grupo. Cuando me dijiste que alguien había llamado Noah a Lamb, supe que estabas mintiendo. Eso confirmó tu culpabilidad. Pero todavía necesitábamos engañarte para que nos contaras todo lo que sabías y qué era el Incidente Veinte. —La miró con frialdad—. No tenía tiempo para un interrogatorio agresivo.

Propósito… Respuesta.

Sin saber cuál era el objetivo de Felicity, aquella añagaza había sido la mejor respuesta que se le ocurrió.

Felicity se deslizó hacia la pared. Al mismo tiempo, miró por la ventana.

Varios pensamientos confluyeron en la mente de Bond: el movimiento de sus ojos, el «accidente» que había bloqueado

Victoria Road, el genio de Dunne para la planificación y el claxon del coche, que había sonado unos tres minutos antes. Había sido una señal, por supuesto, y Felicity había estado contando los segundos desde que había sonado a lo lejos.

—¡Ya llegan! —gritó Felicity mientras se abalanzaba sobre Bheka Jordaan.

Las dos, y Lamb, cayeron al suelo, mientras las balas destrozaban las ventanas y la habitación se llenaba de fragmentos de confeti relucientes.

69

Bond, Lamb y Jordaan se protegieron lo mejor que pudieron, tarea nada fácil debido a que toda la pared norte de la sala estaba desprotegida. Se parapetaron como pudieron tras unos caballetes de sierra y demás maquinaria de construcción, pero continuaban siendo vulnerables, puesto que las luces de trabajo y del techo proporcionaban a los tiradores una vista perfecta de las habitaciones.

Felicity se agachó más.

—¿Cuántos hombres van acompañando a Dunne? —preguntó Bond.

La mujer no contestó.

Apuntó cerca de su pierna y disparó un tiro ensordecedor, que clavó astillas de madera en su cara y pecho. La mujer chilló

—De momento sólo está él —susurró Felicity enseguida—. Pero vienen más de camino. Escucha, déjame ir y...

—¡Cierra el pico!

Así que Dunne había utilizado parte de su dinero para sobornar a fuerzas de seguridad de Mozambique, con el fin de que mintieran y dijeran que había sido visto en el país, mientras él se quedaba aquí para apoyar a Felicity. Y para contratar mercenarios a fin de ayudarlo, en caso necesario.

Bond paseó la vista alrededor del comedor y echó un vistazo al vestíbulo cercano. No había forma de protegerse. Apuntó con cuidado y apagó las luces de trabajo, pero las del techo siguieron brillando, y había demasiadas para apagarlas a tiros.

Proporcionaban a Dunne una vista perfecta del interior. Bond se levantó y fue recompensado con dos disparos. No había visto a su objetivo. Brillaba la luna, pero la luz del interior teñía de negro el exterior. Suponía que Dunne disparaba desde un terreno elevado, en la cordillera de los Apóstoles. No obstante, el irlandés podía estar en cualquier sitio.

Transcurrieron uno o dos segundos y más balas se incrustaron en la sala, alcanzando sacos de yeso. El polvo se elevó, y Bond y Jordaan tosieron. Bond observó que el ángulo de estos disparos había variado. Dunne estaba avanzando hacia una posición desde la cual pudiera irlos abatiendo de uno en uno.

—Las luces —gritó Lamb—. Tenemos que apagarlas.

Sin embargo, el interruptor se hallaba en el pasadizo que comunicaba con la cocina, y para llegar a él tendrían que pasar delante de una serie de puertas cristaleras y ventanas, ofreciendo un blanco perfecto a Dunne.

Bond lo intentó, pero se encontraba en la posición más vulnerable y, en cuanto se levantó, se hundieron proyectiles en una columna y en las herramientas que tenía al lado. Se arrojó al suelo de nuevo.

—Yo iré —dijo Bheka Jordaan. Estaba calculando la distancia hasta el interruptor de la luz, observó Bond—. Estoy más cerca. Creo que puedo conseguirlo. James, ¿te he contado que fui una estrella del rugby en la universidad? Me movía muy deprisa.

—No —replicó Bond con firmeza—. Es un suicidio. Esperaremos a tus agentes.

—No llegarán a tiempo. Dentro de unos minutos se habrá desplazado hasta una posición desde la que podrá matarnos. El rugby es un deporte maravilloso, James. ¿Has jugado alguna vez? —Rió—. No, claro. No te veo formando parte de un equipo.

Bond le respondió con una sonrisa exacta a la de ella.

—Tú estás mejor situada para cubrirme. Ese gran Colt tuyo le asustará. Voy a contar hasta tres. Uno... dos...

—¡Oh, por favor! —dijo de repente una voz.

Bond miró a Lamb, quien continuó.

—Esas escenas de contar hasta tres de las películas son tópicos execrables. Chorradas. En la vida real, nadie cuenta. ¡Te levantas y corres!

Y eso fue exactamente lo que hizo Lamb. Saltó sobre sus carnosas piernas y avanzó con paso pesado hacia el interruptor de la luz. Bond y Jordaan apuntaron a la oscuridad y le cubrieron. No tenían ni idea de dónde se encontraba Dunne, y era improbable que sus balas pasaran cerca de él, y aunque así fuera, no impidieron que el irlandés lanzara una andanada de balas cuando Lamb se encontraba a tres metros del interruptor. Las balas destrozaron la ventana que tenía al lado y alcanzaron su objetivo. Un chorro de sangre del agente pintó el suelo y la pared. Se inclinó hacia delante, cayó y permaneció inmóvil.

—¡No! —gritó Jordaan—. Oh, no.

Abatir a uno de sus enemigos debió de aumentar la confianza de Dunne, porque los siguientes disparos se acercaron todavía más a sus objetivos. Por fin, Bond se vio obligado a dejar su posición. Reptó hacia Jordaan, acuclillada detrás de un caballete de aserrar, cuya cuchilla estaba mellada por las balas del calibre 223 de Dunne.

Intuyó, aunque sin verle, que Dunne se estaba acercando para acabar con ellos.

—Yo puedo parar esto —dijo Felicity—. Soltadme. Lo llamaré. Dadme un teléfono.

El destello de la boca de un arma, y Bond empujó hacia abajo la cabeza de Jordaan, mientras la pared de al lado estallaba. La bala pasó rozando los rizos recogidos detrás de la oreja de la mujer. Lanzó una exclamación ahogada y se apretó contra él, temblorosa. El olor a pelo quemado los rodeó.

—Nadie sabrá que me dejasteis escapar —insistió Felicity—. Dadme un teléfono. Llamaré a Dunne.

—¡Vete al infierno, zorra! —dijo una voz desde el otro lado de la sala, y Lamb se puso en pie, agarrándose el pecho, y cargó contra la pared. Dio un manotazo al interruptor y cayó de nuevo al suelo. El hostal quedó a oscuras.

Bond se puso en pie al instante y propinó una patada a una de las puertas laterales. Se zambulló entre los arbustos en pos de su presa.

Y pensó que quedaban cuatro balas y un cargador más.

Bond corría a través de la maleza que conducía a la base del empinado precipicio, el risco de los Doce Apóstoles. Corría describiendo eses mientras Dunne le disparaba. La luna no estaba llena, pero había luz suficiente para disparar, aunque ninguna de las balas se acercaba a menos de un metro de él.

Por fin, el irlandés dejó de disparar contra Bond. Debió suponer que le había alcanzado, o que había huido en busca de ayuda. El objetivo de Dunne no era necesariamente matar a sus víctimas, por supuesto, sino mantenerlos a raya hasta que llegaran sus secuaces. ¿Tardarían mucho?

Bond se acurrucó contra un peñasco. La noche era helada y se había levantado viento. Dunne estaría a unos treinta metros encima de él. La atalaya desde la que disparaba era un saliente de roca que gozaba de una vista perfecta del hostal y sus cercanías..., y del propio Bond a la luz de la luna, si Dunne se hubiera asomado y mirado.

Entonces, una potente linterna hizo señas desde las rocas de arriba. Bond se volvió hacia su objetivo. Una barca avanzaba hacia la playa. Los mercenarios, por supuesto.

Se preguntó cuántos habría a bordo y con qué iban armados. Tardarían diez minutos en desembarcar, y Bheka Jordaan y él se encontrarían en inferioridad numérica. Dunne se habría encargado de que Victoria Road fuera impracticable durante bastante rato. De todos modos, sacó el teléfono y envió un mensaje de texto a Kwalene Nkosi, para informarle del inminente desembarco en la playa.

Bond examinó la cara de la montaña.

Sólo podía llegar a Dunne mediante dos rutas. A la derecha, hacia el sur, había una serie de senderos estrechos para excursionistas, empinados pero llanos, que conducían desde la parte posterior del Sixth Apostle Inn hasta pasado el saliente donde Dunne se encontraba apostado. Pero si Bond tomaba ese camino, estaría expuesto al fuego de Dunne durante la mayor parte del sendero: carecía de protección.

La otra opción era asaltar el castillo sin más trámites: escalar una pared de roca escarpada pero empinada, de treinta metros en vertical.

Estudió esta posible ruta.

Casi cuatro años después de que sus padres murieran, un James Bond de quince años había decidido que ya estaba harto de las pesadillas y temores que le asaltaban cuando miraba montañas o paredes rocosas, incluso, por ejemplo, los impresionantes pero domesticados cimientos del castillo de Edimburgo, visto desde el aparcamiento de Castle Terrace. Había comentado con un maestro de Settes la posibilidad de unirse a un club de escalada, que hacía excursiones regulares a las Tierras Altas para que los miembros se familiarizaran con el deporte.

Resistió dos semanas, pero el dragón del miedo había muerto y Bond añadió la escalada a su repertorio de actividades al aire libre. Enfundó la Walther y alzó la vista, mientras se repetía las reglas básicas: utiliza tan sólo la fuerza suficiente para agarrarte, no más; utiliza las piernas para apuntalar tu cuerpo, los brazos para mantener el equilibrio y cambiar el peso del cuerpo; mantén el cuerpo pegado a la cara rocosa; utiliza la aceleración para alcanzar el punto muerto. Y una docena más.

Y así, sin cuerdas, sin guantes, y sin más accesorios y con zapatos de piel (muy elegantes, pero un calzado de lo más inadecuado para una cara resbaladiza como aquella), Bond inició la ascensión.

70

Niall Dunne estaba descendiendo la cara del risco de los Doce Apóstoles por los senderos de excursionismo que conducían al hostal. Con la Beretta en la mano, se mantenía alejado de la vista del hombre que con tanta habilidad había adoptado la personalidad de Gene Theron, el hombre que, según le había contado Felicity una hora antes, era un agente británico llamado James.

Aunque ya no podía verle, Dunne había divisado al hombre unos minutos antes escalar la pared del risco. James había mordido el anzuelo y estaba asaltando la ciudadela, mientras que Dunne escapaba por la puerta de atrás, por decirlo de alguna manera, descendiendo con cautela por los senderos. Al cabo de cinco minutos llegaría al hostal, mientras que el agente inglés estaría ocupado en la pared del precipicio.

Todo de acuerdo con el proyecto..., bueno, con la versión revisada del proyecto.

Lo único que quedaba por hacer era huir del país, lo más deprisa posible y para siempre. Aunque no sólo eso, por supuesto. Se iría con la persona a la que más admiraba, la persona a quien amaba, la persona que era el motor de todas sus fantasías.

Su jefa, Felicity Willing.

«Éste es Niall. Es brillante. Es mi delineante...»

Así lo había descrito varios años antes. Su rostro se había iluminado de placer cuando oyó esas palabras, y las llevaba grabadas en su memoria, como un mechón de su pelo, tal como conservaba el recuerdo de su primer golpe juntos, cuando ella trabajaba en un banco de inversiones de la City y lo había contratado para inspeccionar las obras de unas instalaciones, para cuya conclusión le prestaba dinero un cliente. Dunne se había negado a dar su visto bueno al chapucero trabajo, con lo que había ahorrado varios millones de libras a ella y al cliente. Ella lo había invitado a cenar, él había bebido demasiado vino y perorado acerca de que la moralidad debería quedar excluida en la guerra o en los negocios o, maldita sea, en todo. La hermosa mujer le había dado la razón.

«Dios mío —pensó él—, he aquí a alguien a quien no le importan mis andares, que esté construido de partes sobrantes, que sea incapaz de contar un chiste o echar mano del encanto para salvar la vida.»

Felicity era su pareja perfecta: su pasión por ganar dinero era idéntica a la de él por crear máquinas eficaces.

Esa noche acabaron ambos en su lujoso piso de Knightsbridge e hicieron el amor. Había sido, sin la menor duda, la mejor noche de su vida.

Habían empezado a trabajar juntos con más frecuencia, efectuando la transición a trabajos que eran, bien, por decirlo de alguna manera, más provechosos y mucho menos legales que llevarse un porcentaje de un crédito rotativo en el ramo de la construcción.

Los trabajos habían empezado a ser más osados, más oscuros y más lucrativos, pero lo otro, entre ellos, bien, eso había cambiado..., como había supuesto desde el primer momento. Ella, le había confesado, no pensaba en él de aquella manera. La noche que estuvieron juntos, sí, había sido maravillosa y se sintió muy tentada, pero le preocupaba que estropeara su asombrosa conexión intelectual, no, espiritual. Además, ya le habían hecho daño antes, y mucho. Era un pájaro con un ala herida que aún no había cicatrizado. ¿No podrían seguir siendo socios y amigos?

«Serás mi delineante...»

La historia no resultaba muy creíble, pero había preferido creer en ella, como solemos hacer cuando un amante inventa una historia menos dolorosa que la verdad.

Pero su negocio moría de éxito, con una malversación aquí y una extorsión allá, y Dunne esperaba, porque creía que Felicity volvería con él. Había fingido que él también había superado el romance. Consiguió mantener su pasión por ella enterrada, tan oculta y explosiva como una mina terrestre VS-50.

Ahora, sin embargo, todo había cambiado. Pronto estarían juntos para siempre.

Niall Dunne estaba convencido de esto a pies juntillas.

Mientras se acercaba al hostal, Dunne recordó que James había seducido a Hydt con su comentario sobre Isandlwana, la masacre zulú del siglo XIX. Ahora estaba pensando en la segunda batalla de aquel día de enero, la de Rorke's Drift. Allí, una fuerza de cuatro mil zulús había atacado un pequeño puesto avanzado y un hospital defendido por 130 soldados ingleses. Aunque pareciera imposible, los ingleses habían logrado defenderlo con éxito, y sólo sufrieron unas bajas mínimas.

Lo más importante de la batalla para Niall Dunne era, no obstante, el comandante de las tropas británicas, el teniente John Chard. Estaba en el cuerpo de Ingenieros Reales: un zapador, como Dunne. Chard había ideado un plan para la defensa, y lo había llevado a la práctica de manera brillante. Le habían distinguido con la Cruz Victoria. Ahora, Niall Dunne estaba a punto de lograr su propia condecoración: el corazón de Felicity Willing.

Avanzó con lentitud bajo la noche otoñal y llegó al hostal, sin que el espía inglés pudiera verle desde la cara rocosa.

Meditó sobre su plan. Sabía que el agente obeso estaba muerto o agonizante. Recordó lo que había visto del comedor a través del visor del rifle, antes de que el hombre apagara las luces. El único otro agente presente en el hostal parecía la mujer del SAPS. Podría abatirla con facilidad. Lanzaría algo por la ventana para distraerla, y después la mataría y se iría con Felicity.

Los dos correrían a la playa para subir a la embarcación, y después se dirigirían al helicóptero que les conduciría a la libertad en Madagascar.

Juntos...

Se acercó con sigilo a una ventana del Sixth Apostle Inn. Se asomó con cuidado y vio al agente inglés al que había disparado tendido en el suelo. Tenía los ojos abiertos, vidriosos en la muerte.

Felicity estaba sentada cerca, en el suelo, con las manos esposadas a la espalda, y respiraba con fuerza.

Dunne se quedó conmovido al ver a su amor tan mal tratada. Más ira. Esta vez, no se disolvería. Entonces oyó a la mujer policía en la cocina, llamando por radio para pedir refuerzos.

—Bien, ¿cuánto vais a tardar? —preguntó con brusquedad.

Bastante, pensó Dunne. Sus compinches habían volcado un camión grande, para luego prenderle fuego. Victoria Road estaba cerrada por completo.

Dunne se deslizó por la parte de atrás del hostal hasta el aparcamiento, abandonado e invadido de malas hierbas y sembrado de basura, y se encaminó hacia la puerta de la cocina. Con la pistola alzada delante de él, la abrió sin hacer el menor ruido. Oyó el sonido de la radio, una transmisión acerca de un camión de bomberos.

Bien, pensó. La agente del SAPS estaba concentrada en la llamada por radio. La sorprendería por detrás.

Se adentró más y avanzó por un estrecho pasadizo que conducía a la cocina. Podría...

Pero la cocina estaba vacía. Una radio descansaba sobre la encimera, mientras la voz deformada por la estática continuaba perorando. Se dio cuenta de que eran transmisiones aleatorias procedentes de la centralita de emergencias del SAPS, acerca de incendios, robos y quejas por ruidos.

La radio estaba conectada en modo de escaneo, no de comunicaciones.

¿Por qué había hecho eso la mujer?

No podía ser una trampa para atraerle hacia el interior. James no podía saber que Dunne había abandonado su atalaya y estaba aquí. Se acercó a la ventana y miró hacia la pared rocosa, donde vio al hombre subir poco a poco.

Su corazón dio un vuelco. La vaga forma seguía en el mismo punto exacto de diez minutos antes. Dunne cayó en la cuenta de que, tal vez, lo que había visto antes en la pared rocosa no era el espía, sino su chaqueta, colocada sobre una roca y que la brisa movía.

No, no...

Entonces, una voz masculina dijo, con suave acento inglés:

—Tire el arma. No se de la vuelta o dispararé.

Los hombres de Dunne se hundieron. Se quedó con la vista clavada en el pico de los Doce Apóstoles. Lanzó una breve carcajada.

—La lógica me dijo que subiría al nido de águilas. Estaba convencido.

—Y la lógica me dijo que me engañaría y vendría aquí —replicó el espía—. Subí lo suficiente para dejar la chaqueta en caso de que usted mirara.

Dunne miró hacia atrás. La agente del SAPS estaba parada al lado del espía. Ambos iban armados. Dunne vio los fríos ojos del hombre. La agente sudafricana parecía igual de decidida. A través de la puerta, en el vestíbulo, Dunne vio también a Felicity Willing, su jefa, su amor, que intentaba ver qué pasaba en la cocina.

—¿Qué sucede ahí? —preguntó Felicity—. ¡Que alguien me conteste!

Mi delineante...

—No se lo volveré a repetir —dijo con aspereza el agente inglés—. Dentro de cinco segundos le dispararé en los brazos.

No existía anteproyecto para aquello. Y por una vez, la inapelable lógica de la ingeniería y la ciencia de la mecánica fallaron a Niall Dunne. De repente, se sintió divertido, al pensar que aquélla sería la primera decisión irracional que iba a tomar en su vida. Lo cual no significaba que no pudiera salir bien.

A veces, la fe irracional funcionaba.

Saltó de lado sobre sus largas piernas, se acuclilló, dio media vuelta y disparó primero contra la mujer policía.

Dos pistolas hicieron añicos el silencio, voces similares pero de tono diferente, en armonías grave y aguda.

71

Las ambulancias y los coches del SAPS estaban llegando. Un helicóptero de las fuerzas especiales del Recces sobrevolaba la embarcación que albergaba a los mercenarios venidos para recoger a Dunne y Felicity. Potentes focos apuntaban hacia abajo, así como las bocas de dos cañones de 20 milímetros. Una breve descarga sobre la proa fue suficiente para que los ocupantes se rindieran.

Un coche camuflado de la policía frenó entre una nube de polvo justo delante del hotel. Kwalene Nkosi bajó y saludó a Bond con un cabeceo. Otros agentes se reunieron con él. Reconoció a algunos de la redada en la planta de Green Way.

Bheka Jordaan ayudó a Felicity Willing a ponerse en pie.

—¿Dunne ha muerto? —preguntó.

Sí. Bond y Jordaan habían disparado al mismo tiempo antes de que la boca de la Beretta se elevara hasta una posición amenazadora. Había muerto un momento después, con los ojos azules tan apagados en la muerte como lo habían estado en vida, aunque su última mirada había sido para la habitación donde estaba sentada Felicity, no para la pareja que le había disparado.

—Sí —dijo Jordaan—. Lo siento.

Lo dijo con cierta compasión, pues al parecer había deducido que existía entre ambos una relación tanto profesional como personal.

—Lo siente —respondió Felicity con cinismo—. ¿De qué me sirve muerto?

Bond comprendió que no estaba lamentando la muerte de una pareja, sino la de una moneda de cambio.

Felicity Willful...

—Escúcheme. No tiene ni idea de a qué se enfrenta —masculló a Jordaan—. Soy la Reina de la Ayuda Alimentaria. Yo soy la que salva a los bebés muertos de hambre. Si intenta detenerme, será mejor que entregue la placa ahora mismo. Y si eso no le impresiona, acuérdese de mis socios. Hoy le ha costado millones y millones de dólares a gente muy peligrosa. Le haré una oferta: clausuraré mi organización de aquí. Me iré a otra parte. Usted quedará a salvo. Se lo garantizo.

»Si no lo acepta, no vivirá ni un mes. Ni su familia. Tampoco crea que va a enviarme a una de esas prisiones secretas. Si existe la más mínima sospecha de que el SAPS ha tratado a un sospechoso de manera ilegal, la prensa y los tribunales los crucificarán.

—No te van a detener —dijo Bond.

—Estupendo.

—La historia oficial será que has huido del país después de estafar cinco millones de dólares a la tesorería de la IOAH. A tus socios no les va a interesar vengarse de la capitana Jordaan ni de nadie. Sólo les interesará encontraros a ti… y su dinero.

En realidad, iban a enviarla a un centro clandestino para «hablar» con ella largo y tendido.

—¡No puedes hacer eso! —rugió, con la ferocidad dibujada en sus ojos verdes.

En aquel momento, llegó una furgoneta negra. Dos hombres uniformados bajaron y se acercaron a Bond. Reconoció en sus mangas el emblema del Special Boat Service inglés, que consistía en una espada sobre un lema que a Bond siempre le había gustado: «Por la fuerza y la astucia».

Era el equipo clandestino que Bill Tanner había reunido.

Uno de sus miembros saludó.

—Comandante.

Bond, vestido de paisano, se limitó a cabecear.

—Aquí está el paquete.

Señaló a Felicity Willing.

—¿Cómo? —gritó la leona—. ¡No!

—Les autorizo a ejecutar la orden de nivel 2 del ODG con fecha del pasado domingo —dijo a los soldados.

—Sí, señor. Traemos la documentación. Nosotros nos encargaremos.

Se la llevaron por la fuerza. Desapareció en la furgoneta, que salió a toda velocidad por el camino de grava.

Bond se volvió hacia Bheka Jordaan, pero ella ya se estaba alejando hacia su coche a grandes zancadas. Subió sin mirar atrás, puso en marcha el motor y se fue.

Bond se acercó a Kwalene Nkosi y le entregó la Beretta de Dunne.

—Hay un rifle allí arriba, suboficial. Vayan a buscarlo.

Señaló la zona donde Dunne se había apostado.

—Sí, ya lo creo. Mi familia y yo subimos de excursión muchos fines de semana. Conozco bien los Apóstoles. Yo lo recogeré.

Bond clavó los ojos en el coche de Jordaan, cuyos faros traseros se alejaban.

—Se ha ido bastante deprisa. No se habrá disgustado por lo de la operación clandestina, ¿verdad? Nuestra embajada contactó con su Gobierno. Un magistrado de Bloemfontein aprobó el plan.

—No, no. Esta noche, la capitana Jordaan tiene que llevar a su ugogo a casa de su hermana. Cuando va con su abuela, nunca llega tarde.

Nkosi estaba observando a Bond con atención, mientras éste seguía las luces del coche. Rió.

—Esa mujer es especial, ¿verdad?

—Ya lo creo. Bien, buenas noches, suboficial. Póngase en contacto conmigo si va a Londres alguna vez.

—Lo haré, comandante Bond. Creo que no soy un gran actor, al fin y al cabo. Pero me encanta el teatro. Tal vez podríamos ir al West End a ver alguna obra.

—Tal vez.

Siguió un apretón de manos tradicional. Bond asió la del suboficial con firmeza, mantuvo el ritmo de las tres partes y, lo más importante, procuró no soltar su presa demasiado pronto.

72

James Bond estaba sentado en una esquina de la terraza del restaurante del hotel Table Mountain.

Estufas de gas brillaban sobre su cabeza y derramaban una cascada de calor. El olor del propano resultaba curiosamente atrayente en el frío aire de la noche.

Sostenía una pesada copa de cristal que contenía bourbon Baker con hielo. El licor poseía el mismo ADN que el de Basil Hayden, pero era de mejor calidad. Por consiguiente, le daba vueltas para permitir que los cubitos suavizaran el impacto, aunque James Bond no estaba muy seguro de querer hacerlo, aquella noche no.

Por fin, dio un largo sorbo y miró las mesas cercanas, todas ocupadas por parejas. Manos que acariciaban manos, rodillas apretadas contra rodillas, mientras se susurraban secretos y promesas con aliento a vino. Velos de pelo sedoso remolineaban cuando las mujeres ladeaban la cabeza para escuchar las dulces palabras de su acompañante.

Bond pensó en Franschhoek y en Felicity Willing.

¿Cuál habría sido el programa del sábado? ¿Se proponía confesar a Gene Theron, despiadado mercenario, su carrera de corredora de bolsa del hambre y reclutarlo para su grupo?

Y, de haber sido la mujer que creyó al principio, la salvadora de África, ¿le habría confesado él que era un agente del Gobierno inglés?

Pero las especulaciones irritaban a Bond (puesto que suponían una pérdida de tiempo), y se sintió aliviado cuando su móvil zumbó.

—Bill.

—Ésta es la situación general, James —dijo Tanner—. Las tropas de los países que rodean el este de Sudán han retrocedido. Jartum hizo una declaración acerca de que «Occidente ha interferido una vez más en el proceso democrático de una nación soberana, en un intento de sembrar el feudalismo en toda la región».

—¿Feudalismo?

Bond lanzó una risita.

—Sospecho que el redactor quería decir «imperialismo», pero se hizo un lío. No entiendo por qué Jartum no puede utilizar Google para localizar a un encargado de prensa decente, como hace todo el mundo.

—¿Y los chinos? Se han quedado privados de un montón de petróleo con descuento.

—No están en situación de quejarse, puesto que fueron responsables en parte de lo que habría sido una guerra muy desagradable. Pero el Gobierno regional de la Alianza Oriental está encantado de haberse conocido. Su gobernador sopló al primer ministro que van a votar para separarse de Jartum el año que viene, y que celebrarán elecciones democráticas. Quieren establecer relaciones comerciales a largo plazo con nosotros y con los Estados Unidos.

—Y tienen montones de petróleo.

—Pozos, James, a mansalva. Bien, casi toda la comida que Felicity Willing iba a repartir está volviendo a Ciudad del Cabo. El Programa Mundial de Alimentos se va a encargar del reparto. Es una buena organización. Lo enviarán a los lugares que la necesitan. Siento lo de Lamb.

—Se interpuso en la línea de fuego para salvarnos. Debería recibir una condecoración póstuma.

—Llamaré a Vauxhall Cross para decírselo. Ahora lo siento, James, pero necesito que vuelvas el lunes. Algo se está cociendo en Malasia. Existe una relación con Tokio.

—Extraña combinación.

—Ya lo creo.

—Llegaré a las nueve.

—Mejor a las diez. Has tenido una semana muy ocupada.

Desconectaron y Bond tuvo tiempo de dar otro sorbo al whisky antes de que el teléfono volviera a zumbar. Miró la pantalla.

Contestó al tercer zumbido.

—Philly.

—He estado leyendo los mensajes, James. Dios mío... ¿Te encuentras bien?

—Sí. Ha sido un día bastante movidito, pero da la impresión de que todo se ha solucionado.

—Eres el maestro del comedimiento. ¿Así que Gehenna y el Incidente Veinte eran dos cosas diferentes por completo? ¿Cómo lo averiguaste?

—Correlación de análisis y, por supuesto, hay que pensar en tres dimensiones —dijo muy serio Bond.

Una pausa.

—Me estás tomando el pelo, ¿verdad, James?

—Supongo.

Una leve carcajada.

—Bien, estoy segura de que estás rendido y de que necesitas descansar, pero he descubierto una pieza más del rompecabezas de Cartucho de Acero. Si te interesa.

«Relájate», se dijo.

Pero no pudo. ¿Su padre había sido un traidor o no?

—He identificado al topo del KGB en Seis, el que fue asesinado.

—Entiendo. —Respiró hondo—. ¿Quién era?

—Espera un momento… ¿Dónde lo tengo? Estaba por aquí. Qué agonía. Se esforzó por mantener la calma.

—Ah, aquí está. Su nombre falso era Robert Witherspoon. Reclutado por un adiestrador del KGB cuando estaba en Cambridge. Un agente de medidas activas del KGB lo empujó al metro de Piccadilly Circus en 1988.

Bond cerró los ojos. Andrew Bond no había ido a Cambridge. Su esposa y él habían muerto en 1990, en una montaña de Francia. Su padre no había sido un traidor. Ni un espía.

—Pero también encontré a otro agente *freelance* del MI6, que murió dentro de la operación Cartucho de Acero, y no era doble. Por lo visto, le consideraban un superagente que trabajaba en contraespionaje, investigando a los topos de Seis y la CIA.

Bond dio vueltas a la idea en la mente, como al whisky del vaso.

—¿Sabes cómo murió él?

—Todo está muy confuso. Sé que ocurrió alrededor de 1990, en Francia o Italia. También lo disfrazaron de accidente, y dejaron en el lugar de los hechos un cartucho de acero a modo de advertencia para los demás agentes.

Una sonrisa irónica cruzó los labios de Bond. De modo que tal vez su padre había sido espía, al fin y al cabo, aunque no un traidor. Al menos, a su país no. Pero, reflexionó, ¿había sido un traidor a su familia y a su hijo? ¿No había sido temerario Andrew al llevarle con él cuando iba a reunirse con agentes enemigos a los que pretendía engañar?

—Otra cosa, Bond. Has dicho «él».

—¿Y?

—Acerca del agente de contraespionaje de Seis que fue asesinado en la década de 1990, has dicho «él». Un mensaje que encontré en los archivos insinúa que era una mujer.

Dios mío, pensó Bond… ¿Su madre una espía? ¿Monique Delacroix Bond? Imposible. Pero era fotoperiodista *freelance*, una profesión que se utilizaba con frecuencia como tapadera no oficial de los agentes. Además, era mucho más aventurera que su padre. Era ella quien había animado a su marido a escalar y esquiar. Bond también recordaba su educado pero firme rechazo a dejar que el pequeño James la acompañara en sus tareas fotográficas.

Una madre nunca pondría en peligro a su hijo, por supuesto, con independencia de lo que recomendaran las normas del oficio.

Bond desconocía las exigencias del reclutamiento en aquellos tiempos, pero el hecho de que fuera de nacionalidad suiza no habría sido un obstáculo para que trabajara de agente.

No obstante, era necesario llevar a cabo más investigaciones para confirmar las sospechas. Y si era cierto, descubriría quién había ordenado el asesinato y quién lo había ejecutado. Pero eso era responsabilidad exclusiva de Bond.

—Gracias, Philly. Creo que eso es todo cuanto necesito. Has estado magnífica. Te mereces la Orden del Imperio Británico.

—Un vale-obsequio de Selfridges será suficiente… Lo emplearé cuando celebren la semana de Bollywood en la sección de gastronomía.

Ah, otro ejemplo de su interés compartido por la cocina.

—En ese caso, todavía mejor, te llevaré a un indio que conozco en Brick Lane. El mejor de Londres. No tienen autorización para vender bebidas alcohólicas, pero nos llevaremos uno de esos burdeos de los que hablabas. El sábado que viene, ¿te parece bien?

Ella hizo una pausa. Debía estar consultando su agenda.

—Sí, James, será estupendo.

La imaginó de nuevo: el espeso pelo rojo, los ojos verde dorados centelleantes, y el crujido que producía cuando cruzaba las piernas.

—Tendrás que venir con pareja —añadió ella.

El whisky se detuvo a mitad de camino de sus labios.

—Por supuesto —dijo Bond como un autómata.

—Tú y tu chica, Tim y yo. Nos lo pasaremos en grande.

—Tim. Tu prometido.

—Te habrán dicho que pasamos una mala temporada. Pero rechazó la oportunidad de un magnífico empleo en el extranjero para quedarse en Londres.

—Era un buen tipo. Recobró la razón.

—No le culpo por pensárselo. No es fácil vivir conmigo. Pero decidimos probar otra vez. Tenemos una historia en común. Vamos a ver qué pasa el sábado. Tim y tú hablaréis de coches y motos. Sabe mucho de eso. Incluso más que yo.

Hablaba deprisa, demasiado deprisa. Ophelia Maidenstone era inteligente, además de lista, y era muy consciente de lo que había pasado entre ellos en el restaurante el lunes anterior. Había intuido la verdadera relación que compartían, y ahora estaría pensando en lo que habría podido suceder,..., si el pasado no se hubiera interpuesto.

El pasado, reflexionó Bond con ironía: la pasión de Severan Hydt.

Y su némesis.

—Me alegro mucho por ti, Philly —dijo con sinceridad.

—Gracias, James —contestó ella, con una pizca de emoción en la voz.

—Pero escucha, no quiero que te pases la vida paseando niños por Clapham en un cochecito. Eres el mejor agente de enlace que hemos tenido nunca, e insistiré en utilizarte en todas las misiones posibles.

—Siempre estaré a tu disposición, James.

Teniendo en cuenta las circunstancias, no era la mejor elección de palabras, reflexionó Bond, mientras sonreía para sí.

—Debo irme, Philly. Te llamaré la semana que viene para analizar el balance del Incidente Veinte.

Desconectaron.

Bond pidió otra copa. Cuando llegó, se bebió la mitad mientras contemplaba el puerto, aunque no apreciaba del todo su espectacular belleza. Y su distracción no tenía nada que ver (bueno, apenas nada que ver) con el compromiso recompuesto de Ophelia Maidenstone.

No, ahora sus pensamientos giraban en torno a un tema más importante.

Su madre, una espía...

Dios mío.

De pronto, una voz interrumpió sus turbulentas reflexiones.

—Llego tarde. Lo siento.

James Bond se volvió hacia Bheka Jordaan, que estaba sentada delante de él.

—¿Ugogo se encuentra bien?

—Ah, sí, pero en casa de mi hermana nos ha obligado a todos a ver la reposición de 'Sgudi 'Snaysi.

Bond arqueó una ceja.

—Una *sitcom* en idioma zulú de hace unos años. En conjunto, es divertida.

Hacía calor bajo la estufa de la terraza, y Jordaan se quitó la chaqueta azul marino. Su camisa roja era de manga corta, y observó que no se había aplicado maquillaje en el brazo. La cicatriz infligida por sus compañeros de trabajo se destacaba mucho. Se preguntó por qué esta noche no la ocultaba.

Jordaan le observaba con detenimiento.

—Me sorprendió que aceptaras mi invitación a cenar. Invito yo, por cierto.

—No es necesario.

—Yo tampoco lo veo así —respondió ella con el ceño fruncido.

—Gracias.

—No estaba segura de proponértelo. Me lo pensé un buen rato. No soy una persona que le de demasiadas vueltas a las cosas. Por lo general, decido enseguida, como creo que ya te dije. —Hizo una pausa y desvió la vista—. Lamento que tu cita en el país del vino no saliera bien.

—Bien, teniendo en cuenta lo sucedido, prefiero estar contigo aquí que en Franschhoek.

—Me lo imagino. Soy una mujer difícil, pero no una asesina múltiple. Pero no deberías flirtear conmigo —añadió en tono ominoso—. ¡No lo niegues! Recuerdo muy bien tu mirada en el aeropuerto el día en que llegaste.

—Flirteo mucho menos de lo que crees. Los psicólogos han encontrado una palabra para eso. Lo llaman proyectar. Proyectas tus sentimientos en mí.

—¡Ese comentario ya supone flirtear!

Bond rió y llamó con un gesto al sumiller. Exhibió la botella de vino espumoso sudafricano que Bond había pedido que trajera cuando llegara su acompañante. El hombre la abrió.

Bond la probó y cabeceó para indicar su aprobación.

—Te gustará —dijo a Jordaan—. Un Graham Beck Cuvée Clive. Chardonnay y pinot noir. Cosecha de 2003. Es de Robertson, en la Provincia Occidental del Cabo.

Jordaan emitió una de sus raras carcajadas.

—Yo dándote conferencias sobre Sudáfrica, y parece que tú ya sabes algunas cosas.

—El vino es tan bueno como el que puedas encontrar en Reims.

—¿Dónde está eso?

—En Francia, la cuna del champán. Al este de París. Un hermoso lugar. Te gustaría.

—Estoy segura de que es encantador, pero no hace falta ir allí si nuestro vino es tan bueno como el de ellos.

Su lógica era implacable. Entrechocaron las copas.

—*Khotso* —dijo ella—. Paz.

—*Khotso*.

Bebieron y guardaron silencio unos momentos. Se encontraba muy a gusto en compañía de aquella «mujer difícil».

Ella dejó la copa sobre la mesa.

—¿Puedo preguntarte algo?

—Por favor.

—Cuando Gregory Lamb y yo estábamos en el remolque del hostal, grabando tu conversación con Felicity Willing, le dijiste que habías esperado que lo vuestro saliera bien. ¿Era cierto?

—Sí.

—Pues lo siento. Yo también he tenido mala suerte en lo tocante a las relaciones. Sé lo que pasa cuando el corazón se revuelve contra ti. Pero somos seres correosos.

—Ya lo creo. Contra viento y marea.

Jordaan desvió la vista y contempló un rato el puerto.

—Fue mi bala la que le mató, ¿sabes? Me refiero a Niall Dunne —dijo Bond.

—¿Cómo has sabido que estaba...? —preguntó ella sobresaltada. Su voz enmudeció.

—¿Era la primera vez que disparabas contra alguien?

—Sí, pero ¿por qué estás tan seguro de que fue tu bala?

—Decidí que, desde aquella distancia, mi vector de objetivo tenía que ser un disparo en la cabeza. Dunne tenía una herida en el antebrazo y otra en el torso. El disparo en la cabeza era mío. Fue fatal. La herida de más abajo, la tuya, fue superficial.

—¿Estás seguro de que fuiste tú quien le disparó en la cabeza?

—Sí.

—¿Por qué?

—No podía fallar en aquella situación de tiroteo —se limitó a explicar Bond.

Jordaan guardó silencio un momento.

—Supongo que tendré que creerte. Cualquiera que utilice las expresiones «vector de objetivo» y «situación de tiroteo» debe saber dónde metió la bala.

Antes, pensó Bond, lo habría dicho con burla (una referencia a su naturaleza violenta y al flagrante desprecio por la letra de la ley), pero ahora se limitaba a hacer una observación.

Estuvieron charlando un rato, sobre la familia de ella y la vida de él en Londres, y sus viajes.

La noche estaba cayendo sobre la ciudad, una agradable noche de otoño del tipo que adorna esta parte del hemisferio sur, y la vista refulgía de luces fijas en tierra y luces flotantes en los barcos. También estrellas, salvo en los vacíos negros cercanos, donde el rey y el príncipe de las formaciones rocosas de Ciudad del Cabo ocultaban el cielo: Table Mountain y Lion's Head.

La quejumbrosa llamada de barítono de un claxon se oyó desde el puerto.

Bond se preguntó si sería uno de los barcos que transportaban comida.

O tal vez era de un barco que congregaba a los turistas desde la prisión situada en la cercana Robben Island, donde gente como Nelson Mandela, Kgalema Motlanthe y Jacob Zuma (todos los cuales habían llegado a ser presidentes de Sudáfrica) habían estado encerrados muchos años durante el apartheid.

O quizás era la bocina de un crucero que se preparaba para zarpar hacia otros puertos, y que llamaba a pasajeros cansados, cargados con bolsas de biltong envuelto en flim, vino pinotage y paños de cocina negros, verdes y amarillos del Congreso Nacional Africano, junto con sus impresiones turísticas de aquel complicado país.

Bond hizo un gesto al camarero, que trajo las cartas. Cuando la policía cogió una, su brazo herido rozó un momento el codo de Bond. Y compartieron una sonrisa, que fue algo menos breve.

No obstante, pese a la reconciliación, Bond sabía que, después de la cena, la dejaría en un taxi que la llevaría a Bo-Kaap, y él regresaría a su habitación para hacer la maleta en vistas a su viaje a Londres de la mañana siguiente.

Lo sabía, como diría Kwalene Nkosi, sin duda.

Oh, la idea de una mujer con la que se entendiera a la perfección, con la que pudiera compartir todos los secretos, compartir su vida, atraía a James Bond, y en el pasado le había resultado consoladora y vigorizante. Pero al final, comprendió ahora, esa mujer, en realidad cualquier mujer, sólo podía desempeñar un pequeño papel en la peculiar realidad en que vivía. Al fin y al cabo, era un hombre cuyo propósito le encontraba en movimiento constante, de un lugar a otro, y su supervivencia y tranquilidad de espíritu exigían que este tránsito fuera veloz, sin descanso, con el fin de que pudiera sorprender a su presa y dejar atrás al perseguidor.

Y, si recordaba bien el poema que Philly Maidenstone había recitado con tanta elegancia, viajar deprisa significaba viajar siempre solo.

GLOSARIO

AIVD: Algemene Inlichtingen- en Veiligheidsdienst. El servicio de seguridad de los Países Bajos, centrado en la recogida de información y el combate de amenazas internas no militares.

BIA: Bezbednosno-informativna Agencija. El servicio de inteligencia exterior y de seguridad interna serbio.

CIA: Central Intelligence Agency. La principal organización de recogida de información y espionaje de los Estados Unidos. Se ha dicho que Ian Fleming desempeñó un papel relevante en la fundación de la CIA. Durante la Segunda Guerra Mundial redactó un extenso informe acerca de la creación y dirección de una organización de espionaje para el general William «Wild Bill» Donovan, jefe de la Oficina de Servicios Estratégicos de los Estados Unidos. Donovan fue fundamental en la fundación del sucesor del OSS, la CIA.

COBRA: Cabinet Office Briefing Room A, un comité de respuesta a crisis de alto nivel del Reino Unido, a las órdenes del primer ministro u otro funcionario gubernamental de alto rango, compuesto de individuos cuyos cargos están relacionados con un peligro concreto que amenace a la nación. Si bien el nombre incluye, al menos en los medios, una referencia a la sala de conferencias A del edificio principal del Consejo de Ministros en Whitehall, puede convocarse en cualquier sala de reuniones.

CCID: División de Represión e Investigación del Crimen del Servicio de Policía de Sudáfrica (ver más abajo). La principal unidad de investigación. Se especializa sobre todo en delitos graves, como asesinato, violación y terrorismo.

Cinco: referencia informal al MI5, el Servicio de Seguridad (ver más abajo).

DI: Inteligencia de Defensa. La organización de inteligencia militar inglesa.

División Tres: órgano de seguridad ficticio del Gobierno británico sito en Thames House. Relacionado en términos generales con el Servicio de Seguridad (ver más abajo), la División Tres se encarga de misiones tácticas y operativas dentro de las fronteras del Reino Unido, con el fin de investigar y neutralizar amenazas.

FBI: Federal Bureau of Investigation. La principal agencia de seguridad interior estadounidense, responsable de investigar actividades delictivas dentro de sus fronteras, y ciertas amenazas contra los Estados Unidos y sus ciudadanos en el extranjero.

FO o FCO: Foreign and Commonwealth Office, Ministerio de Asuntos Exteriores y de la Commonwealth. La principal agencia de diplomacia y política extranjera del Reino Unido, al mando del secretario de Asuntos Exteriores, un miembro de alto rango del gabinete.

FSB: Federal'naya Sluzhba Bezopasnosti Rossiykoy Federatsii. La agencia de seguridad interior de Rusia. Similar al FBI (ver más arriba) y el Servicio de Seguridad (ver más abajo). Con anterioridad, el KGB (ver más abajo) ejercía sus funciones.

GCHQ: Government Communications Headquarters, Jefatura de Comunicaciones del Gobierno. La agencia gubernamental del Reino Unido que recoge y analiza información de mensajes extranjeros. Similar al NSA (ver más abajo) de los Estados Unidos. También se le llama «el Dónut», debido a la forma del edificio principal, situado en Cheltenham.

GRU: Glavnoye Razvedyvatel'noye Upravleniye. La organización de inteligencia militar rusa.

KGB: Komitet Gosudarstvennoy Bezopanosti. La organización de seguridad interior e inteligencia extranjera soviética hasta 1991, cuando lo sustituyeron el SVR (ver más abajo), para la inteligencia extranjera, y el FSB (ver más arriba), para la seguridad e inteligencia internas.

Metropolitan Police Service: El cuerpo policial cuya jurisdicción abarca el Gran Londres (excluida la City, que cuenta con su propia policía). Conocido de manera informal como el Met, Scotland Yard o el Yard.

MI5: El Servicio de Seguridad (ver más abajo).

MI6: el Servicio Secreto de Inteligencia (ver más abajo).

* * *

MoD: Ministerio de Defensa. La organización del Reino Unido que supervisa las Fuerzas Armadas.

NIA: National Intelligence Agency. La agencia de seguridad interior de Sudáfrica, como el MI5 (ver más arriba) o el FBI (ver más arriba).

NSA: National Security Agency. La agencia gubernamental estadounidense que recoge y analiza mensajes extranjeros e información relacionada de teléfonos móviles, ordenadores y demás. Es la versión estadounidense de la GCHQ británico (ver más arriba), con el cual comparte instalaciones tanto en Inglaterra como en los Estados Unidos.

ODG: Grupo de Desarrollo Exterior. Una unidad operativa secreta de la seguridad británica en gran parte independiente, pero en última instancia bajo el control del FCO británico (ver más arriba). Su propósito es identificar y eliminar amenazas contra el país gracias a medios extraordinarios. El ficticio ODG opera desde un edificio de oficinas cercano a Regent's Park, Londres. James Bond es un agente de la Sección 00 de la Rama O (Operaciones) del ODG. Su director general es conocido como M.

SAPS: South African Police Service. La principal organización de policía interior de Sudáfrica. Sus funciones abarcan desde patrullar las calles a delitos mayores.

SAS: Special Air Service. La unidad de fuerzas especiales del ejército británico. Se formó durante la Segunda Guerra Mundial.

SBS: Special Boat Service. La unidad de fuerzas especiales de la Marina Real. Se formó durante la Segunda Guerra Mundial.

Security Service: la agencia de seguridad interior del Reino Unido, responsable de investigar tanto amenazas extranjeras como actividades criminales dentro de sus fronteras. Equivale al FBI (ver más arriba) en los Estados Unidos, aunque se trata sobre todo de una organización de investigación y vigilancia. Al contrario que el FBI, carece de autoridad para proceder a detenciones. Conocida informalmente como MI5 o Cinco.

SIS: Secret Intelligence Service. La agencia de recogida de inteligencia extranjera y de espionaje del Reino Unido. Equivale a la CIA en los Estados Unidos. Conocido de manera informal como MI6 o Seis.

SOCA: Serious Organized Crime Agency. La organización en defensa de la ley del Reino Unido. Responsable de investigar actividades criminales graves dentro de sus fronteras. Sus agentes y autoridades poseen la potestad de detener.

Spetznaz: Voyska Spetsialnogo Naznacheniya. Se refiere en general a las fuerzas especiales de la comunidad de inteligencia rusia y militar. Se la conoce de manera informal como Spetznaz.

SVR: Sluzbha Vneshney Razvedk. La agencia de recogida de inteligencia extranjera y espionaje rusa. Antes, el KGB (ver más arriba) se encargaba de sus funciones.

NOTA DEL AUTOR

Todas las novelas son fruto, hasta cierto punto, de un esfuerzo común, y ésta más que la mayoría. Deseo expresar mi profundo agradecimiento a las siguientes personas, por su ayuda incansable para conseguir que este proyecto despegara y se convirtiera en el mejor libro posible: Sophie Baker, Francesca Best, Felicity Blunt, Jessica Craig, Sarah Fairbairn, Cathy Gleason, Jonathan Karp, Sara Knight, Victoria Marini, Carolyn Mays, Zoe Pagnamenta, Betsy Robbins, Deborah Schneider, Simon Trewin, Corinne Turner y mis amigos de la familia Fleming. Deseo dar las gracias de manera especial a la mejora correctora de textos de todos los tiempos, Hazel Orme, así como a Vivienne Schuster, cuyo inspirado título embellece la novela.

Por último, gracias a los agentes de mi propio Grupo de Desarrollo Exterior: Will y Tina Anderson, Jane Davis, Julie Deaver, Jenna Dolan y, por supuesto, Madelyn Warcholik.

En cuanto a los lectores convencidos de que les suena el hotel Table Mountain de Ciudad del Cabo que menciono en el libro, se debe a que está inspirado en el Cape Grace, igualmente encantador, si bien, que yo sepa, no se aloja en él ningún espía.

IAN FLEMING

Ian Fleming, creador de James Bond, nació en Londres el 28 de mayo de 1908. Estudió en Eton y más adelante pasó un período de formación en Kitzbuhel, en Austria, donde aprendió idiomas e inició sus primeros ensayos en la escritura de obras de ficción. Durante la década de 1930 trabajó para la agencia Reuters, donde afiló sus dotes narrativas y, gracias al hecho de ser destinado a Moscú, logró valiosos conocimientos sobre la que llegaría a ser su bête noire literaria: la Unión Soviética.

Pasó la Segunda Guerra Mundial como ayudante del Director de Inteligencia Naval, donde su fértil imaginación dio lugar a una serie de operaciones secretas, todas ellas notables por su osadía e ingeniosidad. La experiencia le proporcionó una abundante fuente de material para el futuro.

Después de la guerra trabajó como director de la sección de internacional del *Sunday Times*, un trabajo que le permitió pasar dos meses al año en Jamaica. En 1952, en su casa llamada Goldeneye, escribió un libro titulado *Casino Royale*. Se publicó un año después, y así fue como nació James Bond.

Durante los siguientes doce años, Fleming produjo una novela al año protagonizada por el agente 007, el espía más famoso del siglo. Su interés por los coches, los viajes, la buena mesa y las mujeres hermosas, así como su amor por el golf y el juego, se reflejaron en los libros, de los cuales se vendieron millones de ejemplares, aupados por la triunfal franquicia cinematográfica.

Su carrera literaria no se limitó a Bond. Aparte de ser un consumado viajero y escritor de viajes, también escribió *Chitty Chitty Bang Bang*, un relato infantil acerca de un coche volador, que inspiró una película y una producción teatral. Fue un notable bibliófilo y consiguió reunir una biblioteca de primeras ediciones que se consideró tan importante que fue evacuada de Londres durante los bombarderos alemanes. En 1952 se hizo con la propiedad de una editorial de publicaciones especializadas, Queen Anne Press.

Fleming murió de un fallo cardíaco en 1964, a la edad de cincuenta y seis años. Sólo pudo ver las dos primeras películas de Bond, *Agente 007 contra el Dr. No* y *Desde Rusia con amor*, y fue incapaz de imaginar lo que había puesto en marcha. No obstante, hoy en día, teniendo en cuenta que una de cada cinco personas de todo el mundo ha visto una película de Bond, éste se ha convertido no sólo en un personaje popularísimo, por no decir que en un fenómeno global.

Para más información sobre Ian Fleming y sus libros pueden visitar la página web:
<www.ianfleming.com>

JEFFERY DEAVER

En el año 2004, el autor de thrillers Jeffrey Deaver ganó el premio Ian Fleming Steel Dagger, de la Crime Writer's Association, por su libro *El jardín de las fieras*, y en su discurso de agradecimiento habló de su admiración por la obra de Ian Fleming y la influencia de los libros de Bond en su carrera. Corinne Turner, directora general de Ian Fleming Publications Ltd., se encontraba entre el público y contó lo siguiente: «Fue en aquel momento cuando pensé por primera vez que James Bond podría vivir una aventura interesante en manos de Jeffrey Deaver».

Deaver dijo lo siguiente:

Soy incapaz de describir la emoción que experimenté cuando los herederos de Ian Fleming me abordaron para preguntarme si estaría interesado en escribir el siguiente libro de la serie de James Bond. Mi historia con Bond se remonta a hace cincuenta años. Yo tenía ocho o nueve años cuando compré mi primera novela de Bond. Era un poco precoz en lo tocante a la lectura, pero debo dar las gracias a mis padres por eso. Imponían la norma de que no podía ver determinadas películas, pero podía leer cualquier cosa que cayera en mis manos. Aquello era irónico, puesto que, en la década de 1950 y la de 1960, nunca se veía sexo o violencia en la pantalla. Por lo tanto, tenía permiso para leer todos los libros de Bond que mi padre llevaba a casa o que podía permitirme con mi paga semanal.

Sentí la influencia de Fleming a edad muy temprana. Mi primera obra de ficción, escrita cuando tenía once años, estaba basada en Bond. Giraba en torno a un espía que robaba un avión ultrasecreto a los rusos. El agente era estadounidense, pero tenía cierta relación con Inglaterra, pues durante la Segunda Guerra Mundial lo habían destinado a East Anglia, al igual que mi padre.

No puedo recordar el momento en que me enteré de que Ian Fleming había muerto. Tendría unos quince años. Fue como si hubiera perdido a un buen amigo o un tío. Casi igual de preocupante fue la noticia anunciada por el presentador de la televisión, quien informó de que Bond también moría en las páginas finales de El hombre de la pistola de oro. Fue una agonía hasta el momento en que pude comprarla nada más publicarse. Me la leí de una sentada y descubrí la verdad: al menos, sólo tenía que llorar por la pérdida de uno de mis héroes, no de los dos.

He ganado o he sido nominado a varios premios por mis novelas de intriga, pero del que me siento más orgulloso es la Ian Fleming Steel Dagger. El premio tiene forma de cuchillo de comando, que según se dice había portado Fleming cuando trabajaba en la División de Inteligencia Naval, durante la Segunda Guerra Mundial. El imponente premio ocupa un lugar destacado en mitad de la repisa de la chimenea de mi casa.

Debo admitir que existen no pocos paralelismos entre la vida de Bond y la mía. Me gustan los coches veloces. Tengo un Maserati y un Jaguar, y de vez en cuando saco a la pista mi Porsche 911 Carrera S o el Infiniti G37. Me gustan el esquí y el buceo. Me gustan el whisky de malta y los bourbons estadounidenses, pero no el vodka, aunque el espía bebía mucho más whisky que sus martinis «agitados, no revueltos».

Jeffery Deaver, ex periodista (como Fleming), cantante de folk y abogado, empezó a escribir novelas de intriga cuando iba y venía en tren de su oficina de Wall Street. Ahora es el autor número uno internacional de dos colecciones de relatos breves y veintisiete novelas. Sus libros se venden en 150 países y se han traducido a 25 idiomas.

Es más popular por sus libros de Kathryun Dance y Lincoln Rhyme, sobre todo *El coleccionista de huesos*, adaptada para el cine en 1999, y protagonizada por Denzel Washington y Angelina Jolie. La novela *The Bodies Left Behind* fue proclamada Novela del Año en los International Thriller Writers' Awards, en septiembre de 2009.

La última entrega de Lincoln Rhyme es *The Burning Wire*. Su thriller de Standalone novela de intriga *Edge* se publicará en septiembre de 2011.

Jeffery Deaver nació cerca de Chicago y actualmente vive en Carolina del Norte.

Para saber más, pueden visitar las siguientes páginas web:

<www.007carteblanche.com> o bien <www.jefferydeaver.com>

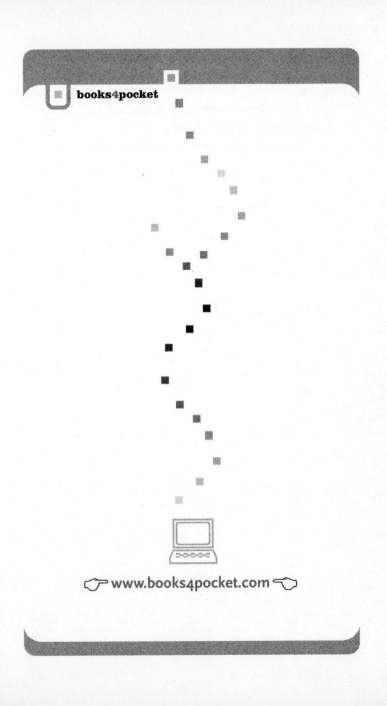

books4pocket

www.books4pocket.com